MARIUS SCHAEFERS

AF197642

Die fehlenden Worte unserer Herzen

MARIUS SCHAEFERS

Die fehlenden Worte unserer Herzen

LAGO

Bibliografische Information der Deutschen Nationalbibliothek
Die Deutsche Nationalbibliothek verzeichnet diese Publikation in der Deutschen Nationalbibliografie. Detaillierte bibliografische Daten sind im Internet über http://d-nb.de abrufbar.

Für Fragen und Anregungen
info@lago-verlag.de

Originalausgabe
1. Auflage 2023
© 2023 by LAGO Verlag, ein Imprint der Münchner Verlagsgruppe GmbH
Türkenstraße 89
80799 München
Tel.: 089 651285-0
Fax: 089 652096

Redaktion: Nina Krönes
Umschlaggestaltung: Manuela Amode
Umschlagabbildung: Katharina Borgs
Satz: Christiane Schuster | www.kapazunder.de
Druck: CPI books GmbH, Leck
Printed in the EU

ISBN Print 978-3-95761-235-9
ISBN E-Book (PDF) 978-3-95762-360-7
ISBN E-Book (EPUB, Mobi) 978-3-95762-361-4

Wir produzieren
nachhaltig
www.m-vg.de

Weitere Informationen zum Verlag finden Sie unter

www.lago-verlag.de

Beachten Sie auch unsere weiteren Verlage unter www.m-vg.de

TRIGGERWARNUNG

(Achtung: Spoiler für das gesamte Buch!)

Liebe Leser*innen,
in dieser Geschichte kommen folgende Themen vor, die triggernd sein können. Diese sind:

(Internalisierter) Rassismus

(Internalisierte) Transfeindlichkeit

(Internalisierte) Queerfeindlichkeit, Homofeindlichkeit

Queerfeindliche und rassistisch motivierte Gewalt

Deadnaming (nicht ausgeschrieben), Misgendering

Geschlechtsdysphorie

Struggle mit dem eigenen Körper(-gewicht)

Fat-Shaming

Mobbing

Trauma

Alkoholkonsum, Erwähnung von Drogen

Bitte passt beim Lesen gut auf euch auf.

PROLOG

RIC

ZWEI WOCHEN ZUVOR

Sie ist wieder da. Das Herz schlägt mir bis zum Hals, als ich Eliza aus dem Auto ihrer Eltern steigen sehe, das vor jenem Haus parkt, in dem ich mit ihr als Kind unzählige Stunden verbracht habe. *Flintstone Cottage* erweckt den Anschein, die Zeit sei stehengeblieben. Nur einer der beiden Schornsteine wurde irgendwann erneuert. Ansonsten sind da der dunkle Sandstein, die grauen Schindeln, der Erker mit den tiefen weißgerahmten Fenstern, in dem noch die Papiergirlande hängt, die wir in der Primary School zum Thema *Waldtiere* gebastelt haben. Ich hätte nicht gedacht, dass ich Eliza jemals wiedertreffen würde, nachdem sie für ihre Ausbildung weggezogen war, und hatte mir längst eingeredet, dass es besser so wäre, aber hier ist sie. Das Mädchen, dem ich vor Jahren entgegen jeder Vernunft verfallen bin.

Vermutlich sollte ich nicht wie ein Creep hinter dieser Mauer herumlungern, die den Vorgarten an einer Seite vom Nachbargrundstück trennt, sondern meinen Hintern in Bewegung setzen und ihr »Hallo« sagen. Nur ist mein Mund wie ausgetrocknet und meine Beine verweigern mir den Dienst.

Bei Elizas bisherigen Besuchen in Norriesford habe ich alles darangesetzt, ihr aus dem Weg zu gehen. Das war eine Herausforderung bei nur etwa 5000 Einwohnenden, zwei Supermärkten und einem winzigen Stadtkern, doch es war mir gelungen. Zu sehr hatte ich mich geschämt, weil ich es damals richtig verbockt habe. Meine Angst vor ihrer Reaktion war groß. Aufgrund der räumlichen Distanz wäre es sowieso fruchtlos gewesen, auf sie zuzugehen. Warum auch? Sie wäre nach den Ferien zur Akademie zurückgekehrt. Diesmal bleibt sie. Wofür der Anhänger mit den Umzugskartons spricht, den ihr Vater soeben öffnet.

Glaubt man ihren Posts auf Social Media und den Gerüchten, die in unserem Städtchen die Runde machen, wird Eliza ab Herbst ihre erste größere Rolle tanzen. Am *Theatre Royal Glasgow*. Ihr freudestrahlendes Selfie mit der schriftlichen Zusage für die kommende Saison, auf dem ihre unzähligen mir altbekannten Sommersprossen deutlich sichtbar waren, habe ich noch gut in Erinnerung. Das heißt, wir könnten eine zweite Chance bekommen. Hoffentlich gelingt es mir, sie zu nutzen. Ich kann mein scheußliches Verhalten wiedergutmachen. Der erste Schritt dazu ist es, über meinen Schatten zu springen und die Funkstille zu beenden.

Elizas Vater hebt einen der Umzugskartons aus dem Hänger und trägt ihn Richtung Eingangstür. Stirnrunzelnd verfolge ich, wie seine Tochter sich ihm mit einem kleineren anschließt. Laden sie direkt aus? Oder muss ich sofort handeln, bevor sie erst mal im Haus verschwinden und verschnaufen? Na ja, offen herumstehen lassen, werden sie das restliche Gepäck kaum. Es muss mindestens noch mal jemand rauskommen, um den Laderaum abzuschließen.

Okay, dann mal los, sporne ich mich an. *Solange sie dir den Rücken zukehren.*

Was für einen Eindruck würde es machen, wenn Eliza mich bei dieser Stalking-Aktion erwischt? Positiv ausgedrückt: kein Wiedersehen, wie ich es mir wünsche. Es wird seltsam genug werden, ihr das erste Mal seit dem Beginn meiner Hormontherapie unmittelbar gegenüberzutreten, auch wenn ich weiß, dass sie weiß, wie ich mittlerweile aussehe.

Ich streiche mein kariertes Hemd glatt und hoffe, dass ich immerhin annähernd an jenen Mann heranreiche, den meine bearbeiteten und mit Bedacht inszenierten Instagram-Fotos zeigen. Von denen hat Eliza vor einer Weile mal eines gelikt, was mir einen halben Herzstillstand bescherte. Sogar meine Jeans sind gebügelt, wofür ich von meiner Mutter schief angeguckt worden bin.

Abrupt richte ich mich auf, stolpere etwas unbeholfen aus meinem Versteck heraus und laufe möglichst unauffällig und cool die Straße entlang. Als hätte ich mich spontan und zufällig dazu entschieden, hier einen Spaziergang zu machen. Nicht etwa, weil ich anhand ihres *Auf-geht's-nach-Hause*-Status-Updates ausgerechnet habe, wie lange sie von London nach Schottland brauchen würde. Selbstverständlich nicht.

Sie muss nach der Reise völlig fertig sein. South Lanarkshire liegt zwar im Süden Schottlands, aber mindestens sieben Stunden Autofahrt wird sie unterwegs gewesen sein. Solche Strecken können sich ewig ziehen, doch als Eliza wieder aus dem Haus tritt, ist ihr von der Anstrengung nichts anzumerken. Ihren Bewegungen wohnt jene elegante Leichtigkeit inne, die ich schmerzlich vermisst habe. Diesen Gang würde ich immer und überall erkennen.

Als sie mich erblickt, passiert ein Wunder. Ihre blauen Augen weiten sich *und* sie lächelt, so als würde sie sich freuen, mich zu sehen. Trotz allem, was war, und was für ein beschissener bester Freund ich gewesen bin. Mir wird heiß und kalt gleichzeitig. Wohin mit meinen Händen? Und überhaupt.

»Ric?«, fragt Eliza.

Mir fällt ein, dass sie es war, die mich als Erste so genannt hat, weil sie meinen Deadname so unpassend für mich fand. Nach meinem Coming-out habe ich die drei Buchstaben offiziell für mich beansprucht, da der Name etwas Vertrautes hatte und sich gleichzeitig deutlich von meinem alten und allem unterschied, was damit verknüpft war.

Eliza klingt bedächtig. Auf der Hut. Nicht wütend. Das ist schon mal etwas, oder?

»Hi«, stoße ich hervor. »Ist ewig her, was?«

Sie schüttelt den Kopf, wodurch ihre fuchsrot gefärbten Locken um ihre Wangen herumspringen. In echt leuchten sie noch stärker als auf ihren Bildern. Ich halte die Luft an, mache mich auf das Schlimmste gefasst, denn wie könnte sie auch ruhig bleiben? Das war sicher nur der erste Schock unserer Begegnung und gar kein glückliches Lächeln, sondern eine Grimasse. Da fängt sie an zu lachen. »Ich fass es nicht. Ja!«

»Ja?«, wiederhole ich perplex.

Was meint sie? Lacht Eliza über mich und meine Naivität, zu glauben, wir könnten wieder befreundet sein?

»Viel zu lange.« Sie macht eine auffordernde Geste. Was geschieht hier bitte? Ich verliere den Anschluss. Will sie … »Na, komm her!«, ruft sie.

Im nächsten Moment fällt sie mir um den Hals. Intuitiv breite ich die Arme aus. Unerwartete Freude sprudelt in mir hoch und vertreibt sofort die Frage, wie sich mein durch das Testosteron veränderter Körper für sie anfühlen mag. Träume ich? Nein, ich bin wach. Ihr Fliedergeruch hüllt mich ein, macht mich innerlich ganz weich, und als ich sie ebenso fest an mich drücke wie sie mich, werden mir drei Dinge klar. In der Aufregung habe ich meinen Pfefferminzkaugummi verschluckt. Ich bin in Eliza verliebt, noch immer. Und unter keinen Umständen darf ich das mit uns erneut vermasseln.

Nicht schon wieder.

KAPITEL 1

DAVIE

Keine Ahnung, wie lange ich bereits die edel aussehende, verschlossene Tür aus dunklem Eichenholz anstarre, in der Hoffnung, dass sie sich öffnet. *Zwanzig Minuten,* hieß es, als man mich auf den Gang geschickt hat, um sich zu beraten. Zwanzig Minuten, bis man mir die Entscheidung mitteilen wollte. Zwanzig Minuten, bis ich wissen würde, ob ich dieses Jahr mein Wunschstudium anfangen darf. Kreatives Schreiben ist immer eine große Leidenschaft von mir gewesen und die Vorstellung, das Handwerk von Grund auf zu erlernen und mich in eben diesem Bereich auch während meiner Ausbildung und später beruflich austoben zu dürfen, löst ein Kribbeln in meiner Magengegend aus. Nach dem Eignungsgespräch habe ich mich erschöpft auf den Stuhl an der gegenüberliegenden Wand des Büros fallen lassen und hier sitze ich nun. Meine anfängliche Erleichterung darüber, es hinter mir zu haben, ist mittlerweile verpufft und meine Gedanken rotieren wieder.

Mein rechtes Bein wippt auf und ab, sämtliche meiner Nerven summen vor Strom. Wird man mich jetzt noch ablehnen, wo ich es so weit geschafft habe? Wie oft ich im Selfservice-Portal für Bewerber*innen in den vergangenen Monaten den Status aktualisiert habe, ist rekordverdächtig. Als ich Ende Juli noch keine Rückmeldung hatte, fürchtete ich, es müsste ein technischer Fehler vorliegen oder meine Bewerbung wäre aus irgendwelchen Gründen durchgerutscht. Bevor ich vollends in Panik verfallen konnte, war ich zu einem persönlichen Kennenlernen eingeladen worden. Zu einem persönlichen Kennenlernen! Heute – der sechzehnte August – könnte der Tag werden, an dem meine Autorenkarriere ihren Anfang nimmt.

Auch wenn das Hauptgebäude der University of Glasgow ein Traum für alle Dark Academia-Fans ist, zu denen ich mich zähle, habe ich mich an der Architektur fürs Erste sattgesehen. Ich will nicht mehr warten. Seufzend über mein Versäumnis, im richtigen Moment die Zeit zu checken, als ich den Raum verlassen habe, reibe ich mit dem Daumen über eine Macke im Glas meiner goldenen Armbanduhr. Dabei habe ich sie extra zu diesem besonderen Anlass angelegt. Die Uhr ist von meiner Mutter, die ebenfalls Autorin und mein größtes Idol ist. Der Gedanke daran, wie stolz sie auf mich sein wird, hat mich zusätzlich angespornt, Vollgas zu geben. Ich bin zufrieden mit meinem Auftritt, auch wenn der Einstieg etwas holprig war. Ich will das nicht alles durchanalysieren und infrage stellen. Nun kann ich sowieso nichts mehr daran ändern.

Als ich ein Dielenknarren aus dem Büro vernehme, springe ich sofort auf. Die Tür öffnet sich und die Frau in dem grauen Hosenanzug tritt heraus. Sie war während des Interviews die Wortführerin. Ein Adrenalinschub schießt durch meine Adern und die Härchen auf meinen Armen richten sich auf. Ich schlucke ein paar Mal, um meine trockene Kehle zu befeuchten.

»Mr Baker«, sagt sie zu mir, obwohl *Becker* korrekt wäre. Auf diesen kleinen, aber feinen Versprecher hatte ich sie gleich bei unserer Begrüßung mit einem freundlichen Lächeln und einem »Meine Familie kommt aus Deutschland« hingewiesen.

»Oh, tatsächlich?«, fragte der jüngere der beiden Männer nach.

Ich nickte bloß, nachdrücklich, um die Spekulationen über meine Wurzeln nicht zusätzlich anzufachen und verkneife es mir auch diesmal, das Gesicht zu verziehen. Offensichtlich ist meine Bitte um Korrektur nicht hängengeblieben. Leider kenne ich das in- und auswendig.

Viele haben Schwierigkeiten mit der richtigen Aussprache, wobei ich mir inzwischen sicher bin, dass nicht nur mein Nachname, sondern die Kombination mit meinem Aussehen ein gewisses Maß an Überforderung auslöst. Oft werde ich insbesondere von weißen Menschen als Afroamerikaner eingeordnet, was immerhin nicht völlig daneben ist. Mal abgesehen von meinem schottischen Akzent. Meist aber sorge ich als Schotte mit deutsch-brasilianischem Background für Verwirrung.

»Treten Sie wieder ein«, bittet mich die Frau jetzt.

Ich tue wie geheißen, verzichte darauf, mich erneut zu beschweren. Wenn es beim ersten Mal nichts gebracht hat, schätze ich die Wahrscheinlichkeit hoch ein, dass man mich sonst als »überempfindlich« oder »rechthaberisch« abstempelt. Würde mein Verhalten auf diese Weise interpretiert, wäre das zwar *weiße Zerbrechlichkeit* at it's best, aber ich ziehe hier den Kürzeren. Als ob so eine Bewerbungssituation nicht unangenehm genug wäre.

Kaum habe ich vor dem Schreibtisch Platz genommen und in die Gesichter der zwei anderen Anwesenden geblickt, verstärkt sich mein Magengrummeln. Auf einmal komme ich mir angreifbar und winzig vor, als würde mich das verblasste lila Poloshirt, das mir eine Nummer zu groß ist, verschlucken. Dafür eignet es sich perfekt, um es in den Hosenbund zu stecken. Als ich am Morgen vor dem Spiegel stand, war mir nach einem *gay kind of day*, was ich nun bereue. Mittlerweile gehe ich da in der Regel mit dem Flow. Ähnlich wie bei meinem Begehren. Genau dieser Flow ist mein bisexueller Vibe, wie ihn Julia Shaw in ihrem Sachbuch über Bi+ Lebensweisen so treffend beschreibt.

Der Professor übernimmt. »David«, beginnt er und spricht es richtig aus. Fast hätte er mich mit dieser Aufmerksamkeit von seinem Wohlwollen überzeugt, nur um mir gleich darauf den Boden unter den Füßen wegzuziehen. »Nachdem wir das Für und Wider sorgfältig abgewogen haben, muss ich Ihnen leider mitteilen, dass wir Sie nicht in den Studiengang aufnehmen können.«

Ab da höre ich nur noch Bruchstücke von dem, was er mir erklärt. »Massen an Bewerbungen«, »vielversprechendes, aber ausbaufähiges Talent«, »etwas zu oberflächlich und ausgelutscht«. Mein Schädel dröhnt. Ich verstehe nicht, wieso ich überhaupt hergebeten wurde, wenn ich angeblich so mies schreibe und meine Ideen so schlecht sind, dass man mit mir nicht weiterarbeiten kann. Sie kannten den Brief, in dem ich meine Motivation erläutert habe, und die Leseprobe aus meinem neuen Roman längst, weil diese Teile meiner Bewerbungsunterlagen waren. Das Manuskript mag nicht makellos sein, aber mein ganzes Herzblut steckt darin, und Lernen ist der Sinn eines Studiums? Das will ich und möglichst früh damit anfangen! Vor Schock bringe ich keinen Ton heraus, was mir nicht ähnlich sieht. Wodurch habe ich das Eignungsgespräch in den Sand gesetzt?

»Versuchen Sie es gern im kommenden Jahr wieder«, schlägt mir der andere Mann vor.

Im nächsten Jahr? Das kann nur ein Albtraum sein! Das hier war mein zweiter Anlauf. Noch mal zwölf Monate an meinen Texten feilen, hoffen, bangen … Und die Zeit überbrücken. Das halte ich nicht durch.

»Grundsätzlich hätten wir jemanden wie Sie gern dabei«, versichert er mir.

Der letzte Satz reißt mich aus meinem Verzweiflungsstrudel. »Wie meinen Sie das?«

»Wählen Sie bei Ihrem nächsten Projekt einen anderen Ansatz. Etwas, das die Leute emotional packt. Sie könnten sich zum Beispiel mit einem gesellschaftskritischen Thema auseinandersetzen«, führt der Typ weiter aus und macht eine Handbewegung, wie um meine Erscheinung zu erfassen. »Das könnte besser funktionieren als … nun ja, Ihre Arbeit über einen dämonischen Auftragsmörder. Diversität ist doch so im Trend.«

Ich zucke zusammen und bin wie vor den Kopf geschlagen. »Ich schreibe Fiktion, keine Zeitungsartikel«, zische ich und fokussiere den Typ schließlich meinerseits, statt mich unter seiner unangenehm intensiven Musterung zu winden. Ich bin kein Objekt, das er nach Lust und Laune oder weil »es in ist«, wie er meint, begaffen kann. Zumindest nicht, ohne eine Reaktion zu kassieren. »Vielleicht sollten Sie sich mehr auf meine Texte konzentrieren. Um die geht es hier schließlich. Ich will Menschen mit meinen Geschichten unterhalten und ihnen für eine Weile eine Pause vom Alltag gönnen und keine Aufklärungsarbeit leisten.«

Kurz fürchte ich, zu weit gegangen zu sein, hätte mir am liebsten die Hand vor den Mund geschlagen. Shit, Shit, Shit. Ich wollte mich zusammenreißen, nicht alles aussprechen, was ich denke. Dabei sind die anderen es, die angefangen haben, die sachliche Ebene zu verlassen.

Die Frau lächelt beschwichtigend, statt mich zurechtzuweisen. »Ziehen Sie mal einen Genrewechsel in Erwägung«, schließt sie sich ihrem Kollegen an. »Wenn Sie Bücher veröffentlichen wollen, müssen Sie strategischer denken und den Markt beachten. Wir sehen Sie nicht in diesem Bereich. Nutzen Sie Ihre Stärken, um ihre Schreibstimme zu finden. Persönliche Bezüge erzeugen oftmals mehr Tiefe in Texten. Sicher haben Sie rassistische Diskriminierung bereits erlebt und etwas dazu zu sagen. Sie könnten über veraltete Männlichkeitsideale schreiben. Oder waren Sie schon mal in eine Person des eigenen Geschlechts verliebt?«

Meine Kehle schnürt sich zu und mir wird heiß. Fast wünschte ich mir, ich hätte weiter an das Versagen meiner schriftstellerischen Fähigkeiten geglaubt. Sie klingt so gutmütig, wodurch mich ihre Argumentation nur noch mehr aufregt. Merkt sie nicht, wie unsensibel sie agiert?

»Was wollen Sie mir hier vermitteln?«, erkundige ich mich heiser.

»Sie sind noch nicht soweit«, betont der Professor. »Was und wen wir hier fördern, muss etwas Besonderes sein. Da zählt das Gesamtpaket.«

»Probieren Sie sich etwas aus und bewerben Sie sich wieder«, ermuntert mich die Frau. »Wagen Sie ruhig mal was.«

Zum Abschluss nicken sie alle einvernehmlich.

Vermutlich sind sie der Überzeugung, mir mit ihrem Rat einen Gefallen zu tun, indem sie mich vor weiteren Enttäuschungen bewahren und meine Chancen auf eine Veröffentlichung erhöhen. Was, wenn ich übertreibe und womöglich wegen früherer ähnlicher Erfahrungen alles in den falschen Hals bekommen habe?

Bin ich als Schwarzer queerer Mann nur zu vermarkten, wenn ich in irgendeiner Form die Merkmale meiner Identität in meinen Geschichten aufgreife? Möchte etwa niemand Fantasy von queeren Schwarzen Menschen lesen? Hätte ich ihnen genauso gut Tagebucheinträge als Trauma-Porn vorsetzen können statt das Ergebnis meiner harten Arbeit?

Mit jeder Frage, die ich mir stelle, klopft mein Herz lauter und schneller. Das mag alles stimmen. Eben deswegen muss sich etwas ändern!

»Okay«, lenke ich ein, nehme eine aufrechtere Position ein, straffe die Schultern. »Aber lassen Sie mich Ihnen auch noch etwas mitgeben. Zum einen: Ich und mein Leben sind weit mehr als ein trendiger Trope in einem Buch. Zum anderen: Solange Sie mich für einen weißen hetero Typen gehalten haben, war mein Werk in Ihren Augen einer Förderung würdig. Denken Sie mal darüber nach.«

Das muss reichen. Ich habe nicht die Kraft, um eine flammende Rede über Rassismus und Queerfeindlichkeit zu halten. Es hat seine Gründe, wieso ich in meinen Projekten von meiner Realität Abstand nehme und die Figuren mit anderen Problemen konfrontiere. Die Scheiße, die ich oft genug erlebe, muss ich nicht auch noch in meinem Kopfkino durchspielen.

»Mr Baker, wir wollten nicht —«

»Ich bitte um Verzeihung«, wische ich den Protest der Frau beiseite, »aber ich werde jetzt gehen.«

Meine Augen brennen. Bevor man mich mit halbgaren Entschuldigungen und übertriebenem Bedauern, dass ich das alles falsch aufgefasst habe, bestürmen kann, erhebe ich mich wie ein Roboter, bedanke mich für die Einladung und verlasse den Raum.

Wie durch ein Wunder gelingt es mir, die Tränen lang genug zu unterdrücken, bis ich im Flur stehe. Ich fange an zu heulen, als nicht nur der ungeschönte Schmerz über die Ablehnung meines Schaffens in mich sickert, sondern auch die Konsequenzen, die mein erneutes Scheitern mit sich bringt. So sollte es nicht laufen. Habe ich nicht exakt das getan, was immer gepredigt wird? Ich bin meinen Träumen gefolgt, entgegen vernunftgeleiteten Stimmen. Nur was ist, wenn diese Träume sich nicht erfüllen, sondern in ein Schreckensszenario der Variante *leidend* und *in Geldnot* verwandeln? Der Studienplatz hätte erst mal nichts Konkretes verändert, aber er wäre ein Schritt Richtung Ziel gewesen und hätte mir bewiesen, dass ich es zumindest irgendwie draufhabe. Womöglich habe ich mich in etwas verrannt. Wie soll ich es jemals ertragen, mit meinem Buch auf Verlagssuche zu gehen oder kritische Leserstimmen zu meinen Storys zu sehen, wenn ich jetzt schon so am Boden bin? Das Leben als artsy Schreiberling habe ich mir alles in allem erstrebenswerter ausgemalt. Möglicherweise sollte ich erst mal etwas anderes studieren. Wäre meine Sorge nur nicht so groß, dass ich da dann einmal drinstecke und am Ende völlig woanders lande, als ich ursprünglich vorhatte.

Meine Tränen versiegen nur langsam. Mit einem Taschentuch, das ich, Gott sei Dank, in meiner Hosentasche finde, wische ich mir zittrig das Gesicht trocken. Ich atme tief durch – nur um überstürzt aufs Geratewohl loszulaufen, als das bekannte leise Dielenknarzen an meine Ohren dringt. Das fehlt mir noch, dass das Gremium mich doch noch so aufgelöst erlebt!

Ohne mich erneut nach dem Büro umzudrehen, behalte ich unbeirrt, aber mit rasendem Herzen mein Tempo bei, auch wenn ich, wie mir auffällt, im Weggehen einen anderen Weg eingeschlagen habe als jenen, den ich zum Eignungsgespräch gekommen bin. Na super.

Bevor ich mich nach diesen Ereignissen noch länger als nötig in der Universität aufhalte und weiter durch die Flure irre, beschließe ich kurzerhand, den nächsten Notausgang zu nehmen. Eben will ich die Tür mit dem grünen Schild darüber aufreißen, da schwingt sie bereits von allein zurück.

Verdutzt lasse ich die ausgestreckte Hand sinken. Kurze braune Haare, die nach hinten gegelt sind, ein rundes Gesicht mit weichen Konturen und ein hüpfender Adamsapfel fallen mir zuerst ins Auge. Ich schätze den vermutlich weißen Typ in Trainingsanzug auf Anfang zwanzig, also etwas älter als ich mit meinen neunzehn Jahren. Natürlich könnte ich mit meiner Zuschreibung ebenso danebenliegen, er lediglich als weiß durchgehen oder weder weiß noch Schwarz sein. Mir ist bewusst, dass es weit mehr Nuancen gibt. Wobei der gesellschaftliche Space, in dem ich mich vorwiegend bewege, Menschen recht strikt in diese Kategorien unterteilt, wie ich es ja leider immer wieder am eigenen Leib erfahre. Von daher ist es für mich bei der Begegnung mit anderen hilfreich, mir solche Gedanken zu machen.

»Sorry«, sagen wir beide gleichzeitig.

Der steinerne Treppenvorsprung, auf dem der Fremde steht, ist zu schmal, um aneinander vorbeizugehen. Ein paar Sekunden schauen wir uns unschlüssig an. Ob man erkennt, dass ich geweint habe? Dezent unangenehm. Allerdings wirkt auch er nicht wie die pure Lebensfreude und seine Haltung ist steif und angespannt.

»Alles okay?«, erkundige ich mich, weil ich nicht anders kann. Mein Helfersyndrom schlägt gnadenlos zu, selbst gegenüber Leuten, die ich nicht mal kenne.

In meiner eigenen Verlorenheit würde es mich erleichtern, wenn mich das mal jemand fragt. Ein Unbeteiligter, dem ich ehrlich antworten kann. Nicht wie beim Small Talk mit meinem Mitbewohner, der dazu mein Vermieter ist, oder vor den Kolleg*innen in meinem Nebenjob oder während eines Telefonats mit meinen Eltern. In all diesen Momenten muss ich wie ein rundlaufender Mensch dastehen.

»Klar«, entgegnet er. Ein Stirnrunzeln huscht über seine Züge und ich realisiere meinen Fehler. »Wieso auch nicht? Was geht dich das an?«

Als er das Kinn vorreckt, bin ich beinah eingeschüchtert und weiche minimal zurück.

»Nichts«, sage ich schnell.

»Dann lass mich gefälligst in Ruhe«, verlangt er.

Ein Schauder durchläuft mich. In Abwehr hebe ich die Hände. »Ja, klar, schon gut.«

Wieso kann ich nicht mal die Klappe halten? Mich in heikle Situationen zu bringen ist noch so ein ungewollter Nebeneffekt dieser Angewohnheit. Mein Gegenüber ist zwar kleiner als ich, aber seine breiten Schultern führen mich zu der Vermutung, dass er das Sportzeug nicht nur aus modischen oder Chill-Faktor-Gründen trägt. Meine Sorge scheint ihn brüskiert zu haben. Welch ein Verbrechen, dass mir meine Mitmenschen nicht egal sind.

Zur Stimmungsauflockerung zeige ich hinter ihm ins Freie. »Es ist nur, das hier ist zwar ein lauschiges Plätzchen«, witzele ich, »aber wenn ich mir dein Gesicht anschaue, macht so eine Solonummer keinen Spaß.« Darauf werde ich einer abschätzigen Musterung unterzogen. Nicht mal seine Mundwinkel zucken. Okay, okay, zum Comedian tauge ich nicht! Ernsthaft, hätte mir nichts einfallen können, was weniger zweideutig ist? Wie dem auch sei, aus Nettigkeit hätte der Kerl auf meinen Versuch, die Lage aufzulockern, eingehen können, finde ich.

»Möchtest du damit irgendetwas andeuten?«, fragt er tonlos.

»War ein Scherz«, winke ich ab. Im Stillen füge ich hinzu: *Das sollte kein Flirt werden, mach dir nicht in die Sweatpants. Du hast mich erfolgreich verschreckt.*

»Ach. Ist das so?«

Ich möchte unvoreingenommen sein, aber sein kalter, nahezu herablassender Gesichtsausdruck erschwert es mir, ihn nicht als Exemplar der Gattung »aufgeblasenes Ego«, »emotionslos wie ein Stein« und »Wozu brauchen wir Feminismus?« einzuordnen. Meiner Meinung nach habe ich nichts getan, was diese ruppige Behandlung rechtfertigen würde. Bedauernswert, denn auf den ersten Blick fand ich ihn rein optisch gar nicht übel. Zu meinem Ärger interessiert es mich, wie sein Urteil über mich ausfällt.

»Lässt du mich durch oder willst du zuerst?«, beende ich dieses unrühmliche Zwischenspiel. »Ich muss weiter.«

»Nach dir«, räuspert er sich und gewährt mir den Vortritt.

Mit einem »Danke« schiebe ich mich an ihm vorbei nach draußen, wobei ich tunlichst darauf achte, ihn nicht zu berühren. Er bewegt sich währenddessen keinen Millimeter. Sein Unwohlsein springt auf mich über. Ich frage mich, wobei ich ihn ertappt habe. Wie ich benutzt er in diesem Moment den Notausgang. Das ist verboten, solange kein Notfall vorliegt. Außerdem betritt er die Uni, statt sie zu verlassen.

Ich rechne damit, dass er mir noch irgendwas Abfälliges über mein feminin angehauchtes Auftreten an den Kopf werfen wird. Nur um sicher zu gehen, dass er sich seine eigene Maskulinität bewahrt, oder welcher Logik auch immer so ein Machogehabe folgen mag. Netterweise verschont er mich mit einem ätzenden Kommentar und ich schaffe es unbehelligt die Treppe hinunter.

Von dort fällt mir die Orientierung leicht. Immerhin eine gute Sache heute, abgesehen vom Wetter, welches sich angemessen sommerlich präsentiert. Hinter dem Flügel, in dem mein Eignungsgespräch stattgefunden hat, blitzt eine Ecke des Rasens auf, der die Fläche zwischen den majestätisch anmutenden Gebäuden und Türmchen begrünt. Zielstrebig überquere ich den Innenhof und halte auf einen der vier Torbögen zu, um das Gelände zu verlassen. Angesichts der vielen jungen Leute, die überall in Gruppen beisammenstehen, die Pfade entlangschlendern oder auf den gusseisernen Bänken sitzen, gebe ich mein Bestes, nicht daran zu denken, wie ich mir erst vor wenigen Stunden vorgestellt habe, dass ich bald einer von ihnen sein würde.

Ob Fitness-Boy Student ist? Wieso hat er keinen offiziellen Eingang benutzt? Wo mag er hergekommen sein?

Einmal mehr beschleunige ich meine Schritte.

Ist doch egal, was *er* am Notausgang getrieben hat! Ich werde diesen Typ nie wiedersehen, weil *ich* nicht hier studiere. Sowieso ist es hirnrissig, mehr über ihn erfahren zu wollen. Als würde ich etwas verpassen oder als hätte er im Gegenzug auch nur einen Hauch Interesse an mir gezeigt.

Die nächste Subway-Station befindet sich keine fünf Minuten von der Uni entfernt. Selten war ich so froh, den Nachhauseweg anzutreten, als ich mich in die enge orangene Röhre quetsche. Für den Augenblick stört es mich kaum, wie voll es ist und dass ich stehen muss. Saurer Schweißgeruch und andere Ausdünstungen dringen mir in die Nase.

Was soll's, dass das hier gerade mal die erste Etappe meines Pendlerschicksals darstellt. Von Glasgows Zentrum aus werde ich den Zug nach Hamilton nehmen und dann weiter mit dem Bus nach Norriesford fahren. Die pittoreske Kleinstadt etwas südlich von Glasgow hat keinen Bahnhof, mir dafür aber vor einem Jahr ein WG-Zimmer beschert. Weil die Wohnungssuche sich so anstrengend gestaltet hat und ich gestresst genug davon war, in der Fremde meinen Alltag zu bewältigen, bin ich da hängengeblieben. Zwei Stationen später ergattere ich einen freien Sitzplatz.

Erst bemerke ich das zerknickte Papierstück gar nicht, bis ich wiederholt von Unruhe ergriffen werde, das Gewicht verlagere und es unter meinem Hintern raschelt. Ich ziehe den Zettel hervor und lasse ihn zwischen meinen Fingern hin und her wandern, um ihnen etwas zu tun zu geben.

Was, wenn ich die Qualität meiner Texte tatsächlich erst weiter aufpolieren muss, bevor ich es würdig bin, in *Kreatives Schreiben* aufgenommen zu werden? Was, wenn mein Urban Fantasy-Roman belanglos und sinnfrei ist und ich den Genrewechsel in Erwägung ziehen sollte? Seit ich nicht mehr bei Mama und Papa in Inverness wohne, hat mein kreativer Output durchaus gelitten, obwohl ich mir das Gegenteil erhofft hatte. Zunächst mal bin ich nicht halb so viel dazu gekommen, an meinem Buch zu schreiben, wie ich es bis dato gewohnt war.

Etwas Dunkles regt sich in mir, das ich sonst gekonnt in Schach halte. Es frustriert mich, dass mein Autorendasein immer mehr zurückgestellt werden muss. Dabei ist mir das am wichtigsten. Ich möchte schreien, so sehr brodelt es in mir. Wie oft habe ich die Fertigstellung des Manuskripts nach hinten verschoben, wegen Extraschichten im Laden und zu knapp angesetzten Deadlines bei meiner Freelancer-Arbeit als Texter? Wann hatte ich das letzte Mal Spaß daran, in meiner

Geschichte zu versinken? Den habe ich irgendwann verloren. Diese Erkenntnis trifft mich eiskalt.

Meine Hände ballen sich zu Fäusten und ich zerknülle das aufgelesene Papier.

Das darf nicht sein. Ich muss es schaffen, das Schreiben zu priorisieren! Hänge ich mich nicht richtig rein? Würde ich, wenn ich es wirklich wollte, nicht um fünf Uhr morgens aufstehen, um meinen Soll zu tippen und von Kaffee gedopt wahre Meisterwerke wie am Fließband produzieren? Dann bräuchte ich diesen Studienplatz gar nicht und die Verlage würden sich darum reißen, meine Werke zu publizieren.

Stopp!, rufe ich mich zur Räson, beruhige meinen Atem. Indem ich mich fertigmache, wird es nicht besser.

An der St. Enoch Station steige ich aus und verlasse die Subway, um von dort zum Hauptbahnhof zu laufen. Im Gehen falte ich die Papierkugel auseinander, die ich als Flyer identifiziere, und lese die geschwungene Überschrift. Die Worte setzen sich in meinem Kopf zusammen und entlocken mir ein ungläubiges Auflachen.

Emotional Support Group für verzweifelte Autor*innen
in der Hidden Lane

Ja, sicher! Wo ist die versteckte Kamera?

Ich drehe mich einmal in der Station im Kreis und beäuge meine Mitmenschen, ehe ich die Rolltreppe nach oben nehme. Niemand beobachtet mich.

Eine Gänsehaut bildet sich auf meinen Armen, als ich es in Erwägung ziehe, da vorbeizuschauen.

KAPITEL 2

RIC

»Endlich! Wo warst du denn?«, ruft meine Mutter leicht verärgert, kaum dass ich zu ihr, Dad und Samuel in der Gewölbehalle stoße. Die hat sie sich, wie zuvor mehrmals angekündigt, in ihrer Pracht als krönenden Abschluss der Universitätsführung aufgehoben.

»Entschuldigt«, sage ich und schlucke die Bitterkeit hinunter.

Ursprünglich hatte ich darauf gepokert, es würde nicht auffallen, wenn ich mich zwischendrin ausklinke, solange ich am Ende da bin. Dann hatte das bockige Kind in mir protestiert. Meine Eltern rütteln es jedes Mal auf, wenn wir uns sehen. Strenggenommen ist meine Anwesenheit nicht vonnöten und man hat mich auch nicht gerne dabei. Ich bin hier nur pro forma, weil wir miteinander verwandt sind und eine Einheit hübscher aussieht. Insbesondere bei gesellschaftlichen Anlässen wie diesem. Wieso also sollte ich mich beeilen, nachdem ich aufgehalten wurde, oder bei dieser Farce mitmachen? Meine Motivation dazu hält sich ehrlich gesagt in Grenzen.

Jetzt« muss ich die alberne Rebellion ausbaden. Praktisch, dass ich darin geübt bin.

»Ich habe jemanden gesehen, den ich kenne«, lüge ich, »und Hallo gesagt.«

Das stimmt Mum, wie erwartet, milder. »Ach, schön.«

Kontakte zu pflegen und allzeit einen hervorragenden Eindruck zu machen, stehen bei ihr als Norriesfords Bürgermeisterin hoch im Kurs. Dass ich den jungen Mann, der mir beim Notausgang begegnet ist, nie zuvor gesehen habe, muss sie nicht wissen. Auch nicht, wie unfreundlich ich gewesen bin, obwohl *er* echt nett und lustig war. Aber was war das bitte für ein peinliches Aufeinandertreffen? Ich auf diesem Treppenvorsprung, wie ich mich vor meiner Familie verstecke.

Die Führung ist für meinen Bruder, weil Mum unglaublich begeistert davon ist, dass ihr Vorzeigekind in ihre Fußstapfen tritt und ab September Politik studiert. Als ich hier vor fünf Jahren mit Sportwissenschaften angefangen habe, habe ich keine solche Führung wie er heute erhalten. Mit achtzehn wäre ich vor Verlegenheit im Erdboden versunken, hätte ich mit meinen Eltern über den Campus streifen müssen und so hatte es auch etwas Gutes, dass sie sich bei mir nicht reinhängen. Seither genoss ich es, dass dieser bislang eine weitgehend *Cecelia und James MacInnes freie-*Zone war. Gekränkt bin ich dennoch.

»Wie dem auch sei«, fährt Mum fort. »Machst du bitte ein Foto von uns für meine Social Media-Kanäle?«

Sie zeigt auf sich, Dad und Samuel.

Das versetzt mir einen Stich. Ich beiße mir auf die Zunge. Ich bin nicht ihr persönlicher Fotograf! Als ihr ältester Sohn sollte ich auch auf diesem Foto sein.

»Ric«, sagt mein Vater mit einem warnenden Unterton, bevor ich irgendetwas davon überhaupt ausspreche. »Musst du immer herumzicken?«

Zischend ziehe ich die Luft ein. Damit provoziert er mich nicht nur, sondern trifft einen tieferliegenden Nerv. Vielleicht ist das die Gewohnheit. Für mich bedeuten solche und ähnliche Spitzen, dass er mich kritisieren möchte. Als würde er andeuten, dass ich mich gefälligst wie ein Mann benehmen soll, wenn ich schon einer sein will. Oder vermittelt er mir gar durch die Blume, mich nach wie vor als Frau zu betrachten, indem er typisch misogyne Begriffe auf mich abfeuert?

Sam hält sich wie üblich raus. Nie steht er mir bei. Bisher habe ich nicht durchschaut, ob er nicht kapiert, was abgeht, mir dieselbe Geringschätzung entgegenbringt wie Mum und Dad oder davor zurückscheut, sein eigenes Image als ihr Liebling zu beschmutzen. Klar könnte ich ihn fragen. Aber ich will es lieber nicht wissen, weil ich insgeheim befürchte, die Antwort wird mir nur mehr Bauchschmerzen bereiten.

»Sicher«, erwidere ich langsam, weise meinen Frust in die Schranken und nehme das Handy, das meine Mutter mir hinhält, entgegen. »Dann stellt euch mal auf.«

Einerseits würde ich am liebsten nichts mit diesen Menschen zu schaffen haben, andererseits bringt es mir einige Vorteile. Die finanzielle Sicherheit, die sie mir bieten, ist zentraler Bestandteil jener Annehmlichkeiten, für die ich weiter meinen Platz an ihrem Tisch und im Gefüge unserer Familie einnehme. Zu behaupten, dass es mich nicht erleichtert, von unserem Ansehen innerhalb der Dorfgemeinschaft zu profitieren, wäre außerdem eine Lüge. Womöglich verzehre ich mich insgeheim immer noch nach ihrer Liebe. Eine Abhängigkeit, von der ich mich bisher nicht befreien konnte.

Die drei positionieren sich. Dad legt Samuel einen Arm um die Schultern und Mum neigt voller Zuneigung den Kopf in seine Richtung. Ihre Haare fallen dabei weich um ihr dezent geschminktes Gesicht. Sie trägt ein schickes blaues Kostüm, mein Vater einen seiner legeren Beamtenanzüge, den sie farblich abgestimmt dazu ausgesucht haben.

Mein Bruder, in seinem dunkelgrünen Kapuzenpullover mit dem gelben Uni-Schriftzug (est. 1451), lächelt breit.

Es ist zum Kotzen, auch wenn ich bis zu einem gewissen Grad an meiner Isolation selbst schuld bin. Dass ich mich die meiste Zeit mindestens zwei Meter hinter ihnen gehalten habe, könnte dazu beigetragen haben. Oder meine Klamottenwahl, wobei ich mich als Sportler gut rausreden konnte. Ich nehme mein Studium und meine Gesundheit eben ernst und protze mit diesem Lifestyle. Nichts anderes tun meine Eltern mit ihren Jobs und Statussymbolen. Ihre Sprache zu sprechen ist elementar, will man in ihrem Dunstkreis überleben.

Ich drücke den Auslöser für die Aufnahme mehrere Male und lasse das, was sich vor der Kameralinse befindet, vor meinen Augen verschwimmen, damit es weniger wehtut. Vor mir steht eine glückliche Familie. Meine Familie, nur bin ich kein Teil davon.

Leider stellt sich danach heraus, dass Mum und Samuel noch mit einem ihrer früheren Studienkollegen verabredet sind. Das bedeutet, dass ich weitere zehn Minuten aushalten muss, bevor ich mich empfehlen kann, ohne dass es unverschämt rüberkommt. Ich möchte mir die Haare raufen. Eventuell ist der Kerl früher dran? Bitte!

»Wie geht es Eliza?«, erkundigt Sam sich unvermittelt bei mir und rückt effektvoll seine Brille zurecht, wie um mich ins Visier zu nehmen. »Du warst letztens bei ihr, oder?«

Ich zucke zusammen. Er spricht mich selten direkt an. Wir nennen es höfliche gegenseitige Ignoranz und Toleranz. Unausgesprochenerweise, versteht sich. Und jetzt fragt er mich ausgerechnet über *sie* aus? Noch so ein wunder Punkt.

»Aye«, bestätige ich, muss mich räuspern. »Ich habe sie besucht.«

Weil mein Bruder das garantiert nicht von mir hat, muss das der Kleinstadttratsch an ihn herangetragen haben. Gern würde ich ihm zugutehalten, dass er mich miteinbeziehen wollte. Doch vor diesem

Hintergrund, unserem Verhältnis und Elizas Ruf aus Schulzeiten, könnte es sich um Sensationsgier handeln. Ich muss vorsichtig sein.

»Alles prima«, halte ich es knapp.

Zumindest ist das der Stand von vor zwei Wochen.

Mittlerweile ist es vierzehn Tage her, dass ich Eliza nach ihrer Rückkehr in Norriesford abgefangen und mit ihr und ihren Eltern bei Tee und Shortbread auf der Terrasse zusammengesessen habe.

Vierzehn Tage.

Seitdem hat sie nur kurz angebunden auf meine Instagram-Nachrichten und Versuche, eine Unterhaltung in Gang zu setzen, reagiert.

»Ihr habt demnach wieder Kontakt?«

Okay, ich sollte definitiv misstrauisch werden.

»Der Besuch hat sich eher spontan ergeben«, weiche ich Samuel aus und hoffe, dass ihn das davon abhalten wird, weiter nachzubohren.

»Sie hat sich wirklich gemacht«, klinkt Mum sich in unseren Wortwechsel ein. »Wer hätte gedacht, dass aus dieser kleinen grauen Maus mal eine Profi-Ballerina werden würde, die auf so einer großen Bühne auftritt?«

»Du weißt, wie gut sie damals war«, werfe ich ein, auch wenn ich aktuell keine Lust habe, Eliza zu verteidigen.

Wir haben jahrelang zusammen Ballett getanzt und selbstverständlich waren meine Eltern, wie es sich gehört, regelmäßig bei unseren Auftritten. Es stimmt, dass Eliza vor allem beim Tanzen aufgeblüht ist, aber bei mir war sie nie schüchtern. Ich habe es geliebt, etwas Besonderes für sie zu sein und letztens da … da hat es sich wie früher angefühlt. Wenn auch nur für ein einziges Treffen.

Mein Magen verkrampft bei der schönen Erinnerung vor Wehmut.

Wir schwelgten in alten Zeiten, als hätte es die Jahre dazwischen nicht gegeben. Ich wurde nicht mal versehentlich misgendert oder mit meinem abgelegten alten Namen angesprochen. Weder von ihr noch von ihren Eltern. Dabei passiert das mit höherer Wahrscheinlichkeit, wenn Leute kaum Gelegenheit hatten, die neuen Bezeichnungen aktiv zu üben. Es war so wundervoll. Eliza erzählte von der *Brighton Academy* und London, der Audition, bei der sie sich einen Platz im Ensemble des *Theatre Royal Glasgow* erkämpft hatte, und dass sie den Beginn der Proben kaum erwarten konnte. Ich gab ein paar Einblicke in mein Studium, schilderte, wie es sich in meiner ersten eigenen Bude lebt, die meine Eltern mir gekauft haben, und was gemeinsame frühere Mitschüler*innen von uns so treiben.

Zum Abschied umarmte sie mich noch mal. »Es war so cool, dich zu sehen«, flüsterte sie mir dabei ins Ohr.

»Ich bin froh, dass es dir gut geht«, erwiderte ich. Ihr Atem an meinem Hals bescherte mir eine Gänsehaut und ihre Worte fühlten sich für mich ähnlich bedeutsam an wie ein *Heirate mich!*. Ich hüpfte förmlich vor Freude durch den Stadtpark an der Kirche vorbei nach Hause, so happy war ich, und voller Hoffnung. Bis sie anfing, mich zu ghosten, die Ernüchterung eintrat und ich die Welt nicht mehr verstand.

Elizas und meinen *Best-Friends-Forever*-Relaunch hatte ich mir nach diesem gelungenen Start anders vorgestellt. Hegt sie doch einen Groll gegen mich? Hat sie mir etwas vorgemacht oder es sich anders überlegt?

»Thomas und Beth müssen sehr stolz auf sie sein«, sagt Dad, womit er recht hat. Seine Worte ziehen mich in die Gegenwart zurück.

»Ach ja«, seufzt Mum. »So ein talentiertes Mädchen.«

Sie bedenkt mich mit einem stechenden Blick. Auch wenn der nur Sekunden dauert, die unterschwellige Botschaft kommt bei mir an und Kälte breitet sich in mir aus. Vielen Dank auch! Tut mir leid, dass ich ihr keine Tochter sein konnte.

Das Auftauchen von Mums Kontakt bewahrt mich davor, dass sich das unbehagliche Schweigen, das daraufhin eintritt, ausdehnt. Der Mann hat inzwischen einen Lehrstuhl inne und Sam überschlägt sich so dabei, sich bei seinem potenziellen Dozenten einzuschleimen, dass ich gelacht hätte, wäre ich besserer Laune.

Nach ein wenig versnobtem Geplänkel, bei dem deutlich wird, dass der Typ keinen Plan hat, wer ich bin, eise ich mich erfolgreich und endgültig los. Offenbar dachte er, dass meine Mutter nur *einen* Sohn hat.

Das Stück zum Fitnessstudio renne ich förmlich über den Campus. Mein Nacken kribbelt vor unterdrückter Wut und ich fasse immer wieder hin, weil es mich beruhigt, über die frisch ausrasierten Stellen zu fahren. Zwei Personen, die ich als Frauen lese und wegen ihrer Wanderrucksäcke für Touristinnen halte, weichen mir aus und auch ein Hipster macht mir auf dem Bürgersteig Platz. Mein düsterer Gesichtsausdruck in Kombination mit meiner muskulösen Gestalt wirkt in der gläsernen Eingangstür des *Stevenson Building* zugegebenermaßen so, als ob ich auf Krawall gebürstet wäre.

Normalerweise erfüllt mich das mit Genugtuung. Also nicht die verängstigten Leute, sondern ohne jeden Zweifel als besonders maskulin wahrgenommen zu werden. Vor allem, weil ich bisher keine Mastektomie hatte. Das ist auch der Grund, aus dem ich mich vor anderen aus Prinzip nicht umziehe und die Sportkleidung wie üblich vor einer Trainingseinheit bereits anhabe. Nach der vorangegangenen Konversation beschleunigt sich mein Puls leider nur noch mehr. Der Sport-BH, der sich um meinen Oberkörper schlingt – nein, das, was er verdeckt – rückt wie ein Schandmal stellvertretend für mein Geburtsgeschlecht in mein Bewusstsein. Dabei gehört dieser Körperteil zu mir, nur dass ihm von der Gesellschaft der Weiblichkeitsstempel aufgedrückt ist.

Da ich nun schon aufgewärmt bin, fange ich gleich an der Rudermaschine an. Die routinierten Bewegungsabläufe, die mich sonst erden und mein Gehirn auf Stand-by schalten, erfüllen ihre Funktion allerdings nur mäßig. Wofür das alles, wenn ich sowieso nie akzeptiert werde?

Mein Atem beschleunigt sich nicht bloß vor Anstrengung. Eindringlich erinnere ich mich daran, dass ich mich nicht darum zu sorgen brauche, ob jemand meine Brüste erahnt. Verstandesmäßig weiß ich, dass sich das harte Training auszahlt und mir eine nahezu einwandfrei männliche Silhouette verleiht, mich meine Brust nicht zu stören braucht, nur weil andere sie als unpassend betrachten. Die Dysphorie überwältigt mich trotzdem.

Abrupt stoppe ich die Übung und schlage mir die Hände vors Gesicht. Plötzlich sehe ich Tänzerinnen vor meinem inneren Auge, die sich in rosa Bodys, schwarzen Strumpfhosen und grauen Stulpen an einer Stange in einem Spiegelsaal aufreihen. Ich kann die sanften Klavierklänge sowie die vertrauten französischen Anweisungen der Lehrerin beinahe hören.

Die Hände senkend starre ich angestrengt durch die große Fensterfront auf eines jener Uni-Gebäude, die keinesfalls eine magische Aura umgibt. Es ist potthässlich. Der Kontrast durchbricht den seltsamen Zauber, den die Erinnerung auf mich ausgeübt hat. Das ist besser! Wobei da neben dem Unwohlsein etwas anderes in mir vor sich hin schwelt. Seit ich mitten in meiner letzten Unterrichtsstunde einen divamäßigen Abgang hingelegt habe, habe ich keine Ballettluft mehr geschnuppert. Nicht mal ein Stück habe ich besucht. Etwas zieht hinter meinen Rippen. Diese Phase meines Lebens war ja nicht nur schlecht …

Wo kommt das auf einmal her? Dieses Ziehen, die Sehnsucht?

Wäre Eliza nur mal in London geblieben!

Nein, sie ist nicht schuld daran. Ich will, dass sie sich meldet.

Ruckartig beuge ich mich vor, um nach meiner Hüfttasche zu greifen, die ich auf dem gummierten Boden neben dem Trainingsgerät abgelegt habe. Der Reißverschluss klemmt mal wieder. Erst nach einigen Anläufen schaffe ich es, mein Smartphone herauszufischen, bevor ich mir die Tasche schwungvoll über die Schulter hänge, mein Handtuch schnappe und zur nächsten Station laufe. Im Gehen entsperre ich den Bildschirm voller Erwartung auf eine Benachrichtigung … Leider werde ich erneut enttäuscht. Eliza hat überhaupt nicht auf mein »Ich liebe diesen Song!«, welchen sie in ihrer Instagram-Story geteilt hat, reagiert. Nicht mal ein Like.

Nun, ruft mir eine fiese Stimme in meinem Kopf erbarmungslos ins Gedächtnis, *nichts anderes hast du verdient.*

KAPITEL 3

DAVIE

»Haben Sie das auch in einer anderen Farbe?« Die Frau in dem Trenchcoat rümpft die Nase und hält mir das Objekt ihres Missfallens entgegen: ein rosa Notenheft.

Zuerst checke ich nicht, was sie meint, aber sobald es mir dämmert, bereue ich es, meine Hilfe angeboten zu haben. Allerdings arbeite ich in diesem Schreibwarenladen und es ist nur noch eine Viertelstunde bis Feierabend – theoretisch. Ich hatte gehofft, sie auf diese Weise schneller loszuwerden und demnach keine Wahl.

»Das ist für meinen Sohn«, betont sie, als würde das die Dringlichkeit hinter ihrer Nachfrage erklären, womit sie meine Vermutung bestätigt.

»Ich fürchte nicht«, sage ich, lächele entschuldigend und verkneife es mir, darüber zu diskutieren, inwiefern sie es für unzumutbar hält, dass Jungen rosa Hefte benutzen. Was würde sie erst über mein Vorhaben denken, mir die Haare lang wachsen zu lassen?

Ich weiß, was die Frau meint und worum es ihr geht. Nur hatte ich vorübergehend vergessen, wie tiefgreifend solche Geschlechterstereotype eingebrannt sein können, dass sie nicht mal vor neutralem Schulbedarf haltmachen. Ginge es um ein Etui mit Prinzessinnen drauf, würde ich's verstehen, oder zumindest den Druck, der von allen Seiten ausgeübt wird, sich in diese klischeehaften Vorstellungen von Männern und Frauen zu fügen und das von Kindesbeinen an. Aber das Notenheft wurde nicht in diesem Ton gestaltet, um eine bestimmte Zielgruppe anzusprechen, sondern um sich von anderen Heftgattungen zu unterscheiden. So haben auch linierte und karierte Hefte jeweils unterschiedliche, aber immer dieselben Farben.

Ich muss hier weg, durchzuckt es mich. Die Regale scheinen von beiden Seiten auf mich zuzukommen und mich erdrücken zu wollen. Das denke ich ständig, wenn ich im *Writing Stuff* bin. Jetzt meine ich damit nicht nur den Job, sondern etwas Elementareres.

Vehement dränge ich das ungute Gefühl zurück und konzentriere mich lieber voll auf meine Kundin. Gegen meine berufliche Unzufriedenheit werde ich gleich etwas unternehmen. Sofern ich irgendwann schließen kann, wonach es aktuell nicht aussieht.

»Sie könnten einen bunten Umschlag dazu kaufen«, schlage ich vor.

»Dann sieht man das Rosa nicht.«

Die Frau seufzt. »Ja, bitte. Einen blauen.« Sie legt das Notenheft zu den übrigen Waren in den Einkaufskorb, der über ihrem Arm hängt, und zückt eine Liste, um den nächsten Punkt anzugehen.

Ich hole den Umschlag. Als ich wieder zu ihr stoße, kleben ihre Augen immer noch an ihrem Zettel. Angespannt trete ich auf der Stelle. Erneut kann ich sie schlecht auf den Ladenschluss hinweisen. Der Beginn des neuen Schuljahrs ist mit die umsatzstärkste Zeit in dieser Branche und da gehört es dazu, mal länger zu bleiben, wenn Kund*innen Großeinkäufe tätigen, wie meine Chefin uns im letzten Mitarbeitermeeting eingeschärft hat.

»Darf ich mal sehen?«, biete ich stattdessen zuvorkommend an, als ich es nicht mehr aushalte, wie sie seelenruhig die Liste studiert.

Zu meiner Erleichterung übergibt die Kundin mir diese, sodass ich fix den Rest zusammensuchen kann. Gott sei Dank ist nichts Komplizierteres dabei wie beispielsweise ein Füller, was eine intensive Beratung erfordern könnte. Check, check, check, setze ich Haken um Haken hinter Bastelschere, Klebestift und Radiergummi sowie verschiedene Pinsel und einen Anspitzer. Wenn ich nur auch so konsequent wäre, sobald es um andere Dinge geht. Aber in dieser Rolle funktioniere ich.

Nachdem ich die Frau abkassiert, die Grußkartenständer von draußen in Rekordgeschwindigkeit hereingeholt und die Ladentür verriegelt habe, atme ich ungefähr zwei Wimpernschläge durch, ehe ich das Radio ausschalte und mich an den Kassenabschluss mache. Die Unmengen an zwei Pence-Stücken kosten mich beim Zählen den letzten Nerv.

Grundsätzlich bin ich kein ungeduldiger Mensch und verquatsche mich gern, wenn Leute mich nicht ausgerechnet nach vorzugsweise blauen Notenheften für ihre Söhne fragen oder ohne jeden Kontext wissen wollen, »was für ein Landsmann ich bin«. Nur habe ich mir nach einigem Hin und Her in der vergangenen Woche fest vorgenommen, heute zu dieser Schreibgruppe zu gehen.

Und nun komme ich zu spät zum ersten Treffen, was mein Stresslevel ungemein steigert. Ob ich das als Zeichen des Schicksals deuten sollte? Die Teilnahme ist eine schlechte Idee. Oder bin ich bloß zu feige, meinem Versagen und dem Fakt ins Gesicht zu blicken, dass meine Texte grauenhaft sind?

Irgendwann bin ich fertig mit Zählen und die Geldbeträge in der Kassenschublade und im System stimmen überein. Ich stopfe die Einnahmen in einen Umschlag und verstaue ihn mit dem Wechselgeld im Safe im Hinterzimmer. In der Umkleide schlüpfe ich rasch aus meinen

Arbeitsklamotten. Einer meiner Ohrringe verfängt sich in der Eile im Kragen meines Langarmshirts, aber ich befreie mich ohne größeren Schaden. Nur Augenblicke später hetze ich über die vom Regen glänzenden Wege durch den Kelvingrove Park.

Feierabend!, jubiliere ich.

Es ist fast September. Als mir der frische Wind unter die Kleidung fährt, verbuche ich das als sicheres Zeichen, dass der Spätsommer endet und der Herbst anbricht.

Dem neogotischen, reich ornamentierten Brunnen, der von Touris belagert wird, werfe ich im Vorbeirennen lediglich einen flüchtigen Blick zu. Dann muss ich meine Schritte verlangsamen, weil ich am Ziel nicht japsend zusammenbrechen will.

Meine Lungen brennen. Weit kann es nicht mehr sein. Ich überprüfe meinen Standort auf dem Handy, während ich in einen Stechschritt verfalle.

Finnieston ist eine dieser hippen, alternativ angehauchten Ecken mit unzähligen entsprechenden Shops, Pubs und Restaurants, für die ich Glasgow feiere, weil ich das so aus Inverness nicht kenne. Gespannt halte ich Ausschau nach der Hidden Lane, die ihrem Namen alle Ehre erweist. Fast laufe ich vorbei, obwohl der Straßenname in großen Buchstaben über dem Durchgang zwischen einem Spirituosengeschäft und einer Bäckerei prangt.

Das heftige Pochen in meiner Brust und die Zweifel weiterhin ignorierend, ob mein Erscheinen bei dieser Zusammenkunft von Schreiberlingen überhaupt notwendig ist, betrete ich die Gasse. Am Ende komme ich auf einem Hinterhof heraus und halte trotz der mir davonrennenden Zeit staunend inne. Überall lauter kleine niedliche Häuser, Schuppen mit Wellblechdächern und Garagen mit knallbunten Fassaden und Türen. Der Kontrast zur geschäftigen und menschengefüllten Argyle Street könnte kaum größer sein. Wärme breitet sich in mir aus, ich verliebe mich auf der Stelle. Das passt so perfekt zu einer wahren Fundgrube an schöpferischem Outlet wie Schmuck, Gemälde, Fashion oder schlichtweg einer Tasse feinsten Tees. All dies hat die Hidden Lane zu bieten, wie mir das Internet im Vorfeld meines Besuchs verraten hat.

Als ich neu in Glasgow und Umgebung war, hatte ich mir vorgenommen, jeden Winkel meines neuen Zuhauses zu erkunden und seitenlange Worddokumente mit meinen Eindrücken zu füllen. Wie wenig mir sogar das Vorhaben, Inspiration zu sammeln, gelungen ist, stimmt mich traurig.

Ich gebe mir einen Ruck und schaue mich nach dem richtigen Haus um. Vielleicht ist der Austausch mit anderen Wortakrobat*innen aufbauend und motivierend. Das rechteckige Ziegelsteingebäude wirkt beinahe unauffällig, wäre da nicht die stählerne Feuerschutztreppe voller Blumentöpfe. Sie sieht aus wie die Zeichnung auf dem Flyer, den ich in der Subway gefunden habe. Darunter die Tür, einladend geöffnet.

Bevor ich einen Rückzieher mache, trete ich ein und widme mich den verschlossenen Kursräumen im Inneren und ihrer Beschilderung. Es wundert mich, dass ich niemandem sonst begegne. Jede*r mit genügend finanziellen Mitteln kann hier ein Zimmer für sich oder Zusammenkünfte mieten und sich künstlerisch, spirituell oder sportlich austoben, solange Kapazitäten vorhanden sind. Das finde ich cool. Die Person, die meine Veranstaltung initiiert hat, besitzt wohl Geld oder wird gesponsert, da sie nicht mal Teilnahmegebühren verlangt.

Erst am Ende des unverputzten Flurs, gegenüber eines Treppenhauses, stoße ich auf den gesuchten Raum. Neben dem offiziellen Plan mit den Belegungszeiten klebt ein DINA4-Zettel mit der Abbildung einer steinernen Zwergentür. Es handelt sich um das Sternentor zu Moria aus dem *Herr der Ringe*-Universum und dazu der entsprechende Willkommensspruch auf Elbisch. Die literarische Anspielung bringt mich sofort zum Lächeln, nur damit mir der Magen als Nächstes in die Kniekehlen sackt.

Ich habe mir die Uhrzeit falsch gemerkt. Die Gruppe für Autor*innen startet erst in einer Stunde. Deshalb ist hier nichts los! Ich stöhne über meine Verpeiltheit und dass ich definitiv mit zu vielen Bällen auf einmal jongliere. Vor kurzem habe ich erst einen Videocall für eine Parfüm-Werbeanzeige verschwitzt, für deren Texte ich zuständig bin. Im Vergleich dazu ist das hier zwar super, weil ich pünktlich sein werde, aber es bedeutet, dass ich mich umsonst beeilt habe und zuschauen muss, in der Zwischenzeit bis zum Beginn des Kurses keinen Nervenzusammenbruch zu erleiden.

Ich kaue auf meiner Unterlippe.

Meine bisherigen Versuche, mich mit anderen Schreibenden zu vernetzen, sind jedes Mal im Sande verlaufen. Ich bin gut darin, Kontakte zu knüpfen, doch es fällt mir schwer, dabei die richtigen Leute zu finden, um tiefere Bindungen aufzubauen. Das ist mit jeder weiteren Enttäuschung nur schlimmer geworden.

Bleibe ich? Der Abgabetermin für den Werbetext ist morgen Mittag und wenn ich die Auftraggebenden noch mal enttäusche … Mich umzudrehen und zu gehen, kommt mir verlockend vor.

KAPITEL 4

RIC

Es war ein spontaner Entschluss, zu Elizas und meinem alten Ballett-studio zu fahren und das Training zu schwänzen. Mangelnde Impuls-kontrolle oder was weiß ich. Wobei es gar nicht abwegig ist, dass es mich in meiner Ruhelosigkeit hierhergezogen hat anstatt zum Fußball mit den Jungs wie sonst jeden Donnerstag um diese Zeit.

Grundsätzlich liebe ich meine Heimatstadt in ihrer idyllischen Be-schaulichkeit. Ich liebe die Natur und die Ruhe, mit der das Leben dort vor sich hinfließt, und würde es nicht anders wollen. Trotzdem atmet es sich außerhalb von Norriesford immer leichter, da dort niemand meine komplette Lebensgeschichte kennt. Mich in unmittelbarer Reichweite meiner Mutter aufzuhalten, ist wiederum eine zweischneidige Sache. Ich glaube, die Abwechslung macht es, die Möglichkeit, zwischenzeit-lich rauszukommen.

So finde ich mich acht Tage nach der Uniführung für meinen Bruder erneut in Glasgow wieder.

Wie um mein Wohlbefinden als vorgeschobene Ausrede für mein Handeln zu enttarnen, gerate ich ins Schwitzen, als ich in die Hidden Lane einbiege. Die Wände zu beiden Seiten der Gasse sind wie früher mit Plakaten für Konzerte behangen: Girl in Red, YUNGBLUD, Harry Styles. Ich spiele am Reißverschluss meiner Sweatshirtjacke und versuche zu fassen, dass ich gleich nicht nur auf demselben gebohnerten Parkett stehen werde wie zuletzt vor acht Jahren, sondern an einer Ballettstunde teilnehmen kann. Meine Schultern heben und senken sich heftig, dabei hat der Unterricht nicht mal angefangen.

Als ich aufbrach, hatte mein »Plan« lediglich daraus bestanden, durch die Studiotür in den Spiegelsaal zu spähen. Auf dem Parkplatz angekommen, war ich aber schlau genug gewesen, Google zu befragen, bevor ich mich ins West End aufmachte. Der stattfindende Hobbykurs für Erwachsene, bei dem ein Quereinstieg mit Vorwissen kein Problem darstellt, hätte mich fast abgeschreckt. Aber nun, da ich den Weg und den Ärger mit Arch, meinem Fußballtrainer, extra auf mich genommen habe …

Lass es nicht umsonst gewesen sein, ermuntere ich mich wie zuvor. *Lass dir die Tour nicht vermasseln.*

Die Frage ist nur, wird man mir überhaupt abkaufen, dass ich richtig bin? Ich kann nicht abstreiten, dass ich mir selbst nicht glaube, es ernst zu meinen. Gleichzeitig ist die Versuchung zu groß.

Mir schwirrt der Kopf.

Bin ich hergekommen, weil ich Ballett vermisse? Oder will ich mich Eliza näher fühlen, obwohl sie mich noch immer auf Abstand hält? Als ich als Teenager zehn Jahre Unterricht hingeschmissen habe, war ich zorn- und hasserfüllt. Allerdings nicht nur auf das Tanzen, mitten in der Pubertät und dann auch noch der falschen. Dass mir mir nichts dir nichts wieder danach sein soll, ist absurd. Wäre da nicht dieses innere Ziehen, dem ich gefolgt bin. Hätte ich es mehr hinterfragen sollen?

Als wäre ich nicht ausreichend verwirrt oder mit Bullshit beladen, erwartet mich im Hinterhof auf einer Holzbank ein Kerl. Er kommt mir unwahrscheinlich bekannt vor.

Wie angewurzelt bleibe ich stehen.

Das ist doch der Typ vom Notausgang, oder? Spielt mir mein gestresstes Gehirn einen Streich?

Die Beine in der lockeren Cargohose überschlagen, liest er in einem Buch, was es mir erlaubt, ihn unbemerkt zu mustern und mich zu versichern, dass ich mich nicht irre. Hellbraune Haut, spitz zulaufendes Kinn, eine breite Nase. Die pinke Wollmütze, unter der schwarze glatte Strähnen hervorblitzen, ist ein weiterer bunter Farbtupfer vor dem Graffiti auf der Ziegelsteinwand in seinem Rücken.

Er ist es, definitiv.

Mein Herz schaltet mindestens drei Gänge hoch und donnert gegen meine Rippen.

Als könnte ich vergessen, dass er mich in einem schwachen Moment erwischt und trotz meiner Bemühungen bemerkt hat, dass ich aufgewühlt war. Und jetzt muss ich ihm nach dieser Blamage unter die Augen treten.

Vermutlich sollte ich knapp grüßen und danach reingehen. Schließlich wartet der Typ nicht auf mich, sondern er möchte zu einem Kurs. Kein Grund, den Rest meiner Contenance zu verlieren.

Mein Körper will nichts davon hören und sendet weiter Alarmsignale. Unvermittelt überkommt mich dazu das Bedürfnis, mich für mein abweisendes Auftreten bei unserer ersten Begegnung zu entschuldigen. Vorausgesetzt, er weiß noch, wer ich bin.

Bevor ich in den Selbstzerfleischungsmodus schalte oder, was sinnvoller wäre, die Beine in die Hand nehme, um nicht als Letzter zu der Ballettstunde aufzukreuzen, hebt der junge Mann auf der Bank den Blick.

»Hi«, sagt er, vollkommen gelassen, obwohl *ich ihn anstarre*. »So sieht man sich wieder.«

Fuck.

Meine Wangen erhitzen sich. »Hi«, gebe ich möglichst locker zurück.

Nun könnte ich etwas sagen wie: *Sorry, dass ich letztens so neben der Spur war*. Die Worte bleiben mir im Halse stecken. Schwer genug, mir selbst gegenüber einzugestehen, dass etwas nicht stimmt, das muss ich nicht auch noch vor jemandem ausbreiten.

Mir wird übel. Nur mit Mühe halte ich mich davon ab, mir eine Hand auf den Bauch zu legen und fische zumindest nach einer Erklärung für meinen Auftritt als glotzende Salzsäule. »Kann mir Gesichter so schlecht merken ... Aber ich wusste, dich kenne ich irgendwoher.«

Er nickt, schlägt das Buch zu und scheint nicht sonderlich überzeugt. »Danke.«

»Wofür?«, wundere ich mich. War das nicht eher so was wie das Gegenteil eines Kompliments?

»In der Regel bleibe ich leicht im Gedächtnis.« Die Gewissheit, mit der er das behauptet, wirkt entwaffnend und zugleich wie eine Kampfansage.

Ich blinzele.

Vermutlich hat er recht. Das ist mit ein Grund, wieso er mich so unglaublich nervös macht. Er gibt sich völlig anders als die Kerle, die ich kenne und die ihn mutmaßlich als *Weichei* oder Schlimmeres bezeichnet hätten. Dabei strahlt er eine Selbstsicherheit aus, die ich allenfalls fake. Ob er schwul ist, so wie er sich verhält? Sollte uns das miteinander verbinden?

»Also vielen Dank«, wiederholt er. Sekunde. Meint er das ironisch? »Dafür, dass du mich nicht als *der komische Schwarze Typ* oder so abgespeichert hast. In einem mehrheitlich weißen Umfeld steche ich halt immer raus.«

»Oh«, ist alles, was mir dazu einfällt. Über sensible Themen wie diese zu reden ist für mich Neuland. Dabei kann ich das Gefühl bis zu einem gewissen Grad verstehen. Oft bin ich in einer Gruppe die einzige trans* Person. Wenn ich nur von cis Menschen umgeben bin, sei es in meiner Familie oder im Freundeskreis, geht es mir trotz Passing in diesen Situationen ähnlich. Anders ist es, wenn niemand um mein Transsein weiß wie an der Uni. Mein Gegenüber wird dagegen wahrscheinlich immer als Schwarz eingeordnet. »Ich habe dich wirklich nicht sofort erkannt«, beteuere ich.

Diese Überlegungen sind mir zu viel on top.

Was bitte tue ich hier?

Ich sollte in Norriesford auf dem Fußballfeld stehen, während Arch die anderen und mich zu Höchstleistungen anspornt, obwohl wir nicht besonders gut sind. Aber egal. Mein Platz ist dort oder im Gym. Ich bin nie eine Ballerina gewesen! Und werde kaum noch eine werden. Will ich ja auch gar nicht. Damit habe ich vor Ewigkeiten abgeschlossen.

»Wie ist es mit Namen?«

»Was?« Angestrengt fokussiere ich mich auf meinen Gesprächspartner, den zu verstehen sich über das anschwellende Rauschen in meinen Ohren schwierig gestaltet.

»Sind die mehr dein Ding?«

Keine Ahnung, wovon er redet und wieso ich so schlecht Luft bekomme. Alles dreht sich, sodass ich mich in meiner Not neben ihn auf die Bank fallen lasse.

»Ich bin Davie.«

Da klickt es. So heißt er. Und es hilft, weil es diesen Moment realer macht, wofür ich ihm im Stillen danke. Die Welt kommt, wenn auch rumpelnd, zum Stehen, als wäre sie nie aus den Fugen geraten.

»Ric«, krächze ich, als sich das beklemmende Gefühl um meinen Brustkorb langsam löst.

»Freut mich.« Bei den meisten Menschen hätte ich das als Floskel abgetan, aber Davie macht auf mich einen aufrichtigen Eindruck. Diese herzliche Ausstrahlung, die ihn auch heute umgibt, scheint Teil seiner Persönlichkeit zu sein.

Vielleicht hätte ich mich ebenfalls gefreut, wenn ich nicht immer noch ein bisschen neben mir stehen würde.

Bemüht unauffällig nehme ich einen tiefen Atemzug, während Davie in seinem Jutebeutel herumkramt.

»*Rick* wie Rick Riordan?«, hakt er nach, sobald er fündig geworden ist, und trinkt einen Schluck Wasser aus einer Glasflasche. Anschließend wischt er sich mit dem Handrücken über den Mund, verstaut auch sein Buch und steht auf. Rasch tue ich es ihm nach, vertraue meinen Beinen wieder.

Dadurch muss ich jetzt zu ihm aufschauen. Entgegen der landläufigen Vorstellung von trans* Männern bin ich nicht klein. Trotzdem überragt er mich um gut zehn Zentimeter. Wobei seine Größe nicht so auffällt, weil seine Statur ansonsten recht durchschnittlich ist. Er ist weder besonders schlank noch breiter gebaut.

Der Name, den er eben erwähnt hat, sagt mir nichts. Ich habe keine Ahnung, von wem Davie spricht. Meist verbinden Menschen meinen Namen mit der Zeichentrickserie *Rick and Morty*. Weil ich es auf den Tod nicht ausstehen kann, mir eine Blöße zu geben, rate ich. »Mit C. Also nur mit C.«

»Ah.« Er funkelt mich an. »Und was geht so, Ric nur mit C?«

Sein Versuch, mich nun mit kumpelhafter Lässigkeit zu einem Gespräch über meine Befindlichkeiten zu verleiten, wo ich sein »Alles okay?« abgeblockt habe, entlockt mir ein amüsiertes Schnauben. Passt er sich etwa an meinen Umgangston an? Leider ist es mir unmöglich, ihn dafür zu belohnen, dass er mich nicht als hoffnungslosen Fall abgestempelt hat.

Ich kann mir bildhaft vorstellen, wie er gucken würde, wenn ich ihm von meinem Vorhaben berichtete, in Tutu Pirouetten zu drehen oder grazile Luftsprünge zu vollführen. Nope, auf diesen Unglauben verzichte ich lieber. Davie mit dem Gemäldeprint auf seinem Langarmshirt gehört hierher, wohingegen ich auf Abwege geraten bin.

»Nicht viel«, entgegne ich daher und mache mich bereit, den Rückzug anzutreten. Ich hätte mich fernhalten sollen. Die Vergangenheit ist vorbei und das ist ja das Gute daran.

Davies Augenbrauen rucken in die Höhe. Das *Ernsthaft, Mann?* ist nicht schwer zu entziffern.

»Schön.« Schließlich macht er eine wegwerfende Handbewegung. »War cool, mit dir zu plaudern.« Seine Worte triefen vor Sarkasmus und aus irgendeinem Grund trifft es mich, dass er mich abschreibt. »Aber ich will pünktlich zu meinem Kurs kommen. Dafür habe ich eine Stunde gewartet, auch wenn das bedeutet, dass ich mit Bus und Bahn gefühlt erst mitten in der Nacht zurück in *Norriesford* bin.«

Er betont jede Silbe meiner Heimatstadt gesondert, wodurch es klingt, als würde kein Schwein diesen Ort kennen.

Siedend heiß durchläuft es mich, als ich in all seiner Bandbreite inklusive Folgen rekapituliere, was er gesagt hat.

Davie wohnt in Norriesford?!

Das ändert einiges.

»Tschüss.« Damit geht er zum Eingang des Ziegelsteinhauses, ohne auf eine Erwiderung meinerseits zu warten. Logisch, ich habe ihm mit meinen einsilbigen Gesprächsbeiträgen keineswegs vermittelt, mich gern mit ihm zu unterhalten.

Bis eben dachte ich, dass wir uns nie wiedersehen und jeder seiner Wege gehen wird. Dass es mit einem Mal deutlich wahrscheinlicher geworden ist, dass wir uns noch einmal oder öfter begegnen, wühlt mich auf.

Unter meinen Achseln breitet sich feucht der Schweiß aus. Meine Gedanken überschlagen sich und mit ihnen mein Herz. Schon wieder. Das arme Ding. Nicht nur, dass ich erneut ein bisschen arschig war.

Was, wenn Davie – sollten wir uns von nun an häufiger zufällig in Norriesford treffen – irgendwann zu grübeln beginnt, was mich heute in die Hidden Lane geführt hat? Jetzt bin ich kein Unbekannter mehr für ihn. Wenn er neugierig ist, könnte er nachforschen.

Ich verkrampfe mich. Findet außer seinem und meinem noch ein anderer Kurs statt? Falls er die Verknüpfung zum Ballett herstellt und entsprechende Informationen über mich in Umlauf bringt, wäre ich geliefert. Ich kenne ihn nicht, aber meine Mutter dafür umso besser. Sie und ihre üblichen Wähler*innen sind ziemlich konservativ eingestellt. Sie wäre fuchsteufelswild, sollten diese erfahren, wo ich mich herumtreibe. Diese Art von Tanz ist in ihren Augen nichts für Jungen. Was würde das für ein Licht auf Mum werfen, vor allem, nachdem sie ihnen mein Transsein erst so geschickt verkauft hat? *Er war ja schon immer ein halber Kerl. Wie schlimm, dass wir ihn unwissentlich zu diesem ganzen Mädchenzeug gezwungen haben!* Gerüchte mit Wahrheitsgehalt sind die schlimmsten. Und ehrlich gesagt, fände auch ich es nicht prickelnd, wenn diese Sache über mich die Runde machen würde.

»Warte«, entfährt es mir. Für meinen Geschmack klingt meine Stimme deutlich zu dünn und zu hoch. Erschreckend, dass ich mich fast wie eine frühere Version von mir anhöre.

Davie wirft mir einen Blick über die Schulter zu. »Aye?«

»Ich komme mit dir«, verkünde ich.

Wo auch immer er hinwill.

Bestimmt ist es nicht so skandalös wie Ballett.

Jetzt dreht er sich vollständig zu mir um. »Du meinst, du willst auch zu dem Autor*innen-Event?«

Eifrig bewege ich meinen Kopf von oben nach unten, obwohl ich mir darunter nicht wirklich etwas vorstellen kann. Redet er von einem Schreibworkshop? Anstatt weitere mögliche Optionen auszuspucken, wo ich mich da hineinkatapultiert habe, wendet mein Gehirn sich bereits der nächsten Variablen zu: Davie ist Schriftsteller, kein Kunststudent?

Konzentration!, ermahne ich mich.

Sein skeptischer Gesichtsausdruck wechselt zu Vorsicht. Er wägt ab, wie die angemessene Reaktion auf meine Offenbarung ist. Oder malt er sich aus, was ich schreibe? Würde er sich gern erkundigen, ob ich überhaupt schon mal ein Buch in der Hand gehalten habe, geschweige denn eines verfasst?

Innerlich winde ich mich unter seiner Musterung und zwinge mich mit größerem Nachdruck, ihr standzuhalten. Verdammt, würde ich statt der Kontaktlinsen meine Brille tragen, sähe ich weniger wie ein Hochstapler und mehr wie ein Mensch aus, dessen Passion es ist, Buchstaben aneinanderzureihen.

Wie wäre das erst geworden, wenn ich ihm die Wahrheit offenbart hätte? *Ich bin zum Tanzen hier.* Vermutlich hätte ich nach zwei Sekunden vor lauter Scham *Haha, reingefallen! Hast du mir das echt abgenommen?* gerufen.

Als Davies Lippen sich öffnen, halte ich die Luft an. Doch alles, was er sagt, ist: »Dann mal los«, ehe er enthusiastisch herumwirbelt.

KAPITEL 5

DAVIE

Mit Biegen und Brechen bekomme ich es in meinen Kopf, dass ich Ric a.k.a. Fitness-Boy nicht nur durch einen Zufall wiedergetroffen habe, sondern dass er wie ich ein aufstrebender Autor sein soll. Nach seinem Geständnis ist mir ein Moment, um mich zu sortieren und in dem er mein Gesicht nicht sieht, gerade recht.

Kann das sein?

Mein Puls hat sich innerhalb der letzten paar Minuten beschleunigt. Verarscht er mich? So etwas würde mir nicht zum ersten Mal passieren, weil ich kein Händchen dafür habe, wohlwollende von schlechten Absichten zu unterscheiden. Aber welchen Nutzen sollte er daraus ziehen? Ich will nicht an Vorurteilen festhalten. Wieso sollte er nicht schreiben *und* pumpen gehen können? Nur weil *ich* ein hobbyloser Nerd bin, muss er nicht auch einer sein.

Ich warte bei der Tür auf Ric, wohin er mir eher grummelnd hinterhertrottet. Begeisterung sieht anders aus. Aber das muss ausgerechnet ich sagen. Ich bin ein lächerlicher Schisser, so oft wie ich innerhalb der vergangenen Stunde kurz davor war, die Biege zu machen. Nun kann ich nicht mehr abhauen, da ich in ihm einen Zeugen habe. Und einen ersten Verbündeten? Rauscht da Freude durch meine Adern?

Drei Frauen mittleren Alters, mit Sporttaschen beladen, betreten den Hof und steuern plaudernd und bester Laune an Ric vorbei auf mich zu, woraufhin ich den Durchgang freimache. Kaum dass er danach mit seiner *Mich-beeindruckt-so-schnell-nichts*-Fassade zurück in mein Blickfeld rückt, schüttele ich über mich selbst den Kopf.

Selbstverständlich freue ich mich nicht. Das wäre übertrieben, bedenkt man, wie stockend unsere bisherigen Unterhaltungen verlaufen sind. Es ist eher die Erleichterung darüber, nicht allein vor einer Gruppe fremder Leute aufzuschlagen. Unabhängig davon, wie unzulänglich diese Begleitung ist. Das ist alles.

Nachdem die Frauen weg sind, setzt Ric sich unvermittelt in Bewegung. So entschlossen, wie er auf einmal an mir vorbei stapft, hefte ich mich rasch an seine Fersen. Schluss mit dem Gedanken-Pingpong.

»Nun«, sprudelt es aus mir hervor, während wir nebeneinander dem Flur folgen. »Da wir in einem Boot sitzen, wo hakt es denn bei dir?«

Zumindest einmal will ich den Kurs um jeden Preis durchziehen, wenigstens reinschnuppern. Einen Sneak Peek auf das zu kriegen, was auf mich zukommt, wird dabei helfen. Erst mal in kleinem Rahmen, wenn auch last minute üben. Danach kann ich immer noch entscheiden, ob ich als Einzelkämpfer besser funktioniere.

Ric taxiert mich voller Feindseligkeit, als hielte er das für verschwendeten Atem. Aber noch mal wird er mich nicht abwimmeln. Zumal die Tatsache, dass er sich an mich drangehängt hat, dafür spricht, dass er mich höchstens halb so furchtbar findet, wie er vorgibt. Das spornt mich an.

»Ric?«

Ich für meinen Teil fühle mich vor allem gehemmt, meiner So-zusagen-Konkurrenz von Angesicht zu Angesicht gegenüberzutreten und meine Unsicherheiten und Misserfolge mit ausgerechnet diesem Personenkreis zu teilen.

Da wir den Raum fast erreicht haben und Ric mir nach wie vor eine Antwort schuldet, überhole ich ihn, um ihm den Weg zu versperren. Dann werfe ich mich in eine *Bitte-bitte*-Pose. »Komm schon«, jammere ich, die Hand auf die Brust gelegt.

Ich könnte schwören, dass er lächelt. Und dann knickt er ein. »Ehr-lich gesagt, weiß ich nicht mal, wo ich anfangen soll. Was ist es denn bei dir?«

Dass er den Spieß umdreht, ist gemein und rettet mich über die erste Überraschung hinweg, dass er nicht weiter einen auf unnahbar macht.

»Für mich ist da inzwischen eine Hürde, mich überhaupt ans Schrei-ben zu wagen«, sage ich überrumpelt. »Weil das, was dabei entsteht, sowieso scheiße ist.«

»Wie kommst du darauf?«

Trügt mich der Schein oder ist er ernsthaft interessiert? Auf jeden Fall hat er mir schon das zweite Mal in Folge von sich aus eine Frage gestellt. Die Aufregung, die das in mir auslöst, macht mich zu meiner Verwunderung hibbelig.

»Mhm.« Ich wiege den Kopf hin und her, entscheide mich, mit gutem Beispiel voranzugehen. Ich muss es richtig probieren, nicht nur so tun.

»Ein Anfall von Selbstmitleid«, fasse ich zusammen. »Das volle *Wieso-bin-ich-nie-gut-genug?*-Programm. On top Verbitterung, weil jede*r mehr erreicht zu haben scheint als ich. Keine schönen Charakter-züge, ich weiß.«

Meine Ehrlichkeit verschlägt Ric zunächst die Sprache, bis er etwas murmelt, das ich als »Geht es uns nicht allen mal so?« entschlüssele.

Ich lache auf. Wenn das kein fantastischer Start ist, weiß ich's auch nicht. »Tja, gut möglich, dass nicht mal mein Scheitern einzigartig ist und ich im Endeffekt schlicht zu eingenommen von mir bin.«

»Alter, so ein Quatsch«, widerspricht er, was ausgesprochen lieb von ihm ist und Wärme in mir hervorruft. Wer hätte das gedacht. Als Ric mir dazu unbeholfen die Schulter tätschelt, schießt ein Prickeln durch meinen Arm, ausgehend von der Stelle, die er berührt hat. Ich finde die Geste umso süßer, weil er sich damit augenscheinlich auf unerforschtem Terrain bewegt.

In meinem Rücken erklingt eine Stimme. »Wollt ihr zur Schreibgruppe?«

Wie von der Tarantel gestochen, fahre ich herum. Ich erkenne eine große junge Frau mit blonden Haaren in einem gestreiften bauchfreien Top. Sie ist von mir unbemerkt zu uns auf den Gang getreten und lächelt uns an.

»Himmel, hast du mich erschreckt«, beschwere ich mich halb ernst, halb im Spaß, während ich mich dank ihr daran erinnere, wie es zu dieser unerwarteten Zuneigungsbekundung kommen konnte. Kein Grund, derart abzugehen!

Sie verzieht das Gesicht. »Tut mir leid!«

Meine Herzfrequenz normalisiert sich und ich wische ihre Entschuldigung beiseite. Sie kann ja nichts dafür, dass ich abgelenkt war.

Daraufhin kehrt ihr Lächeln zurück. »Also? Schreibt ihr auch?«

»Deshalb sind wir hier«, übernimmt Ric und präsentiert einen Augenaufschlag, der die perfekte Mischung aus Coolness und Verbindlichkeit entfaltet.

Obwohl mir auffällt, dass er wieder dichtmacht, seine Zweifel vor ihr verbirgt und das demnach nur aufgesetzt sein kann, bleibt mir die Spucke weg.

Hatten wir einen schlechten Start oder wieso legt er sich bei ihr derart ins Zeug, einen positiven ersten Eindruck zu hinterlassen?

»Nice! Ich bin Mara«, stellt die junge Frau sich vor.

Flink mustere ich sie genauer. Nun ja, sie ist hübsch. Um zu glauben, dass wir in einer Liga spielen, müsste ich naiv sein. Im Grunde ist es keine Überraschung, dass Ric übergangslos in den Jagdmodus geschaltet hat. So sind viele hetero Kerle programmiert. Ich verkneife es mir, die Augen zu verdrehen. Man muss ja nicht alle direkt anmachen. Obwohl ich selbst sowohl auf Männer als auch auf Frauen stehe, ist es verdammt schwer, eine Person zu finden, die zu mir passt.

»Kommt rein!«, fordert Mara uns auf, ohne sich anmerken zu lassen, was sie von Rics *James Dean*-Einlage hält. »Wir warten ein paar Minuten, ob noch jemand dazu stoßen möchte und starten danach mit einer Kennenlernrunde.«

»Alles klar. Ich bin Davie.«

Meine Anspannung flaut ab. Nun da ich mich in der Situation befinde, die mir vorher Angst gemacht hat, bleibt sowieso nichts mehr, als mich mit dem, was ist, zu arrangieren.

»Und das ist Ric«, füge ich hinzu, als dieser sich mir wortlos anschließt, was sich völlig selbstverständlich anfühlt.

Kaum habe ich den Satz ausgesprochen, erhitzen sich meine Wangen. Mit einem schnellen Seitenblick versichere ich mich, ob das okay für ihn war. Leider hat er seine undurchdringliche Miene aufgesetzt. Ich kann nicht einschätzen, ob es ihn stört, dass ich ihn übergangen oder ihm womöglich den Flirt mit Mara versaut habe. Jedenfalls beschwert er sich nicht.

Drei weitere Personen, die einen Halbkreis bilden, drehen sich allesamt interessiert in unsere Richtung, als wir den Kursraum betreten. Der Geruch von Staub und Papier hängt in der Luft. Es gibt Stühle und Kissen, die wie zur Meditation auf dem Holzboden verteilt wurden. Eine Wand des Altbaus besteht aus hohen Fenstern. Ich entdecke eine Tafel und eine Chaiselongue, vereinzelte Zimmerpflanzen und im hinteren Bereich Regale voller Bücher.

In die Runde grüßend lasse ich mich auf einem der Sitzkissen nieder, wohingegen Ric seinen Platz auf dem königlich anmutenden Polstermöbel wählt. Der Stilbruch zu seinem sportlichen Look und wie er es sich dort zurückgelehnt bequem macht, ist zu legendär, als dass ich nicht grinsen müsste.

Weil die anderen vor unserem Auftauchen geschwiegen haben, möchte ich die erwartungsvolle Stille nicht mit meiner oft als zu laut empfundenen Art stören. *Sei keine Nervensäge*, halte ich mich an das, was seit der Schule erstaunlich gut geholfen hat. Selbst wenn ich bloß freundlich bin, schieße ich leicht übers Ziel hinaus.

Nach uns tauchen noch zwei Leute auf. Um Punkt halb sechs schließt Mara die Tür und setzt sich im Schneidersitz neben Ric auf die Chaiselongue.

»Schön, dass ihr hier seid«, heißt sie uns erneut willkommen. »Ich freue mich riesig darüber.«

Erst da kombiniere ich, dass sie die Gruppe leitet. Eher hätte ich damit gerechnet, dass die ältere Dame zu meiner Linken das Wort ergreifen würde, was sie nicht tut. Ich bin positiv überrascht.

»Das Wichtigste zuerst«, verkündet Mara. »Ich wollte die Teilnahme unkompliziert gestalten, deshalb ist eine Anmeldung nicht notwendig und es steht euch jederzeit frei, nicht mehr zu kommen.« Sie wirkt umso jünger, weil sie beim Reden mit den Schnürsenkeln ihrer Vans spielt. Das ändert nichts daran, dass ihr alle aufmerksam zuhören, was ich total schön finde. »Trotzdem wäre mein Wunsch, dass wir es schaffen, zu einer Gemeinschaft zusammenzuwachsen. Ich würde daher darum bitten, dass ihr möglichst zu allen Terminen erscheint. Es soll hier weniger darum gehen, uns Wissen anzueignen oder unser Handwerk zu verbessern, sondern mehr um den Kontakt und den Support untereinander, mit Leuten, die dieselbe Leidenschaft vereint.«

Die Vision, die sie malt, berührt mich und packt mich sofort. Ihre Worte entfachen einen Funken Hoffnung in meiner Brust.

»Nun denn«, fährt Mara fort. »Vor allem für den Anfang habe ich mir Gesprächsthemen überlegt. Zum Beispiel Vergleiche mit anderen, Schreibblockaden, Wartezeiten und Absagen bei der Literaturagentur- und Verlagssuche, die Benutzung von Instagram und Co.. Grundsätzlich sollt ihr die Stunden aber aktiv mitgestalten und gern Erfahrungen zu allem Möglichen teilen. Das heißt, wir sprechen über alles, was uns Schreibenden auf dem Herzen liegt. Habt ihr bis hierhin Fragen?«

Keine Reaktion.

Ich werde unruhig und verändere meine Sitzposition auf dem Kissen, bis ich mehr oder weniger knie. Ist diese Zurückhaltung normal? Ob ich hier als extrovertierte Person reinpasse?

»Gut.« Mara dagegen wirkt nicht im Mindesten verunsichert. Es ist nicht bloß das, was sie sagt, sondern auch ihr selbstbewusstes Auftreten, das mich in ihren Bann zieht. »Dann stelle ich mich mal als Erste vor. Ich bin Mara, meine Pronomen sind sie/ihr, ich bin zwanzig Jahre alt und schreibe dramatische Romance à la Amber Thompson. Nur nicht in hetero, sondern zwischen Frauen. Amber ist mein großes Vorbild. Bestimmt kennt ihr ihre Internatstrilogie. Die wurde sogar verfilmt.«

Jetzt kann ich mich endgültig nicht mehr zusammenreißen. »Klar, da gab es doch diesen Riesenhype!«, rufe ich. »Und das in queer? Klingt megacool! War die Autorin damals nicht sogar noch minderjährig?«

»Ja.« Mara nickt und lacht zu meiner Erleichterung angesichts meines Begeisterungsausbruchs. »Sehe ich wie du. Tatsächlich habe ich auch mit sechzehn mein erstes Buch veröffentlicht, allerdings leider nicht mehr daran anknüpfen können. Der Druck ist seitdem gigantisch.«

»Wow«, befinde ich. »Aber so ein Comeback ist nie ausgeschlossen.«

Obwohl man nach Ambers Debüt-Reihe nicht mehr viel von ihr gehört hat, ist ihr Name immer noch in aller Munde. Jemand wie sie könnte jederzeit auf den früheren Erfolgsstorys aufbauen. Ich schlucke. So etwas ist zum Beneiden. Wenn ich nur weiter an meinem Schreiben arbeite, werde ich dann irgendwann belohnt werden?

Mara tippt sich an die Schläfe, erhebt einen Finger. »Ja, wer weiß, was daraus wird. Könnte sein, dass der Knoten platzt, wenn ihr mir ab sofort alle so gut zuredet. So ist es gleich viel schöner und die Freude dabei wohl auch ein großer Faktor.«

Daraufhin geht ein Lachen durch die Runde und die gesamte Atmosphäre entspannt sich deutlich. Anstatt eine Katastrophe heraufzubeschwören, wie ich sie für einen Sekundenbruchteil vor mir gesehen habe, habe ich das Eis gebrochen. Der Hoffnungsfunke in mir flackert, wird größer.

»Im Übrigen«, schließt Mara ihre Vorstellung ab, »ist es für mich eine Herzensangelegenheit, gerade lesbische Liebesromane zu schreiben. Mit denen kann ich mich am besten identifizieren und es gibt bisher definitiv zu wenige Geschichten dieser Art auf dem Markt. Wer damit ein Problem hat, geht am besten gleich. Ich dulde hier keine Diskriminierung. Falls irgendetwas in dieser Richtung vorfallen sollte und ich kriege es nicht mit, sprecht es an. Sei es Homo- oder Transfeindlichkeit, Rassismus, Ableismus oder, oder, oder … Okay?«

Ich nicke, um meine Zustimmung zu zeigen.

»Darf ich weitermachen?«, will da die junge Frau mir gegenüber wissen. Sie ist vollständig in Schwarz gekleidet und hat die dunklen Haare zu einem kurzen Pferdeschwanz zusammengebunden. »Leider muss ich gleich los zur Arbeit, weil ein Kollege krank geworden ist.«

Mara übergibt ihr mit einer Handbewegung das Wort.

»Ich bin Sachiko, meine Pronomen sind sie/ihr, ich bin vierundzwanzig und studiere Literatur. Ich habe bereits drei Kurzgeschichten in Anthologien unterbringen können, möchte nun mit meinem ersten Roman starten und später am liebsten im Verlagswesen arbeiten.«

»Wo arbeitest du momentan?«, höre ich mich nachhaken. Meine Zunge ist unwiederbringlich gelockert und seien wir ehrlich, das heißt, es gibt kein Halten mehr.

Sachiko schneidet eine Grimasse. »Ich jobbe als Barkeeperin in einem Pub an der Buchanan Street. Oder wie ich die Gastronomie-Branche nenne: in *der Hölle auf Erden*.«

»O je«, spreche ich ihr mein Beileid aus. »Ich bin froh, nicht wieder in diesem Bereich gelandet zu sein, nachdem ich mal neben der Schule in einer Eisdiele ausgeholfen habe.«

»Du arbeitest jetzt wo?«, gibt sie meine Frage zurück.

»In einem Schreibwarenladen.«

»Wie passend«, meint Mara.

»Es geht so.« Ich stöhne. »Das dachte ich auch am Anfang. Inzwischen sieht das anders aus.«

Die meisten meiner Kund*innen suchen nicht romantischerweise nach Notizbüchern, einem schicken Füllfederhalter oder hochwertigem Briefpapier. Wobei Letzteres überraschend oft vorkommt, selbst heutzutage. Überwiegend verkaufe ich Schulzeug, Grußkarten und Krimskrams.

Das gebe ich mit ausladender Gestik zum Besten.

»Dass einige Leute noch handschriftlich Karten schreiben, ist aber echt toll«, kommentiert die Brünette mit der rundlichen Figur, die bisher nichts gesagt hat, zaghaft. »Becky«, schiebt sie hinterher. Auf einmal spricht sie schneller, verhaspelt sich. »Zweiundzwanzig, angehende Journalistin, Strathclyde University. Sie/ihr Pronomen. Sorry, fast vergessen. Ich bin zu nervös!«

Und niedlich, denke ich. Ein Lächeln zupft an meinen Lippen, welches sie errötend aufschnappt.

Derart losgelöst habe ich mich seit Längerem nicht gefühlt. Zuletzt, bevor ich aus Inverness weggezogen bin. Mit Kieran und Vika oder mit Mama und Papa, an einem der guten Tage. Nicht, dass dort alles rosig gewesen wäre. Keinesfalls. Aber ich bin einsam in Glasgow und in Norriesford, wie ich es nie zuvor war. Das ist ein Fakt, einer von vielen, der mir kurz die Kehle zuschnürt.

So sehr ich die neu gewonnene Freiheit anfangs brauchte und beweisen wollte, allein zurechtzukommen, vermisse ich es, anderen nah zu sein. Es hat mir gefehlt, mich in der Gesellschaft von Menschen aufzuhalten, deren Gegenwart ich genieße und die meine ebenso schätzen. Das Gegenteil habe ich zu oft erlebt, als dass ich inzwischen nicht vorsichtiger wäre oder es aus Selbstschutz häufig absichtlich oberflächlicher halte.

»Möchtest du noch mehr zu dir sagen, Davie?«, schlägt Mara vor und mir wird bewusst, dass ich bisher nur reingequatscht habe. »Wie alt bist du, was schreibst du, …?«

»Ja, ja, natürlich.« Ich räuspere mich.

Das hier mag lediglich eine Momentaufnahme sein und Melancholie wird mich später, wenn ich allein bin, geballt überfallen, doch macht es das nicht weniger wertvoll.

»Ich bin Davie«, setze ich an, »verwende er/ihm Pronomen und bin neunzehn Jahre alt.«

Wie von selbst wandert mein Blick zu Ric, der im Gegensatz zu mir nahtlos mit dem Hintergrund verschmolzen ist und maßgeblich dazu beigetragen hat, dass ich hier bin. In dem Moment, in dem er aufgetaucht ist, hatte ich es mir anders überlegt und mir erfolgreich eingeredet, dass ich niemanden bräuchte. Ohne ihn wäre ich nach Hause gegangen.

Er erwidert mein Lächeln nur schwach. Umso mehr möchte ich auf einmal, dass er dieselbe Zuversicht empfindet wie ich. Letzten Endes hat er mir geholfen und nicht ich ihm.

Das will und kann ich so nicht stehen lassen.

KAPITEL 6

RIC

Davie holt tief Luft. »Mein erster Roman war eine Hommage an *Sherlock Holmes*. Momentan arbeite ich an einem Urban Fantasy-Text«, sagt er ungewöhnlich schleppend und ohne den sarkastischen Unterton von vorhin, als wir zu zweit waren und er sich selbst ein bisschen auf die Schippe genommen hat. »Wobei beides unveröffentlicht ist. Ich würde gern *Kreatives Schreiben* studieren, nur wurde ich erst vor kurzem zum zweiten Mal abgelehnt, obwohl ich es sogar zu einem persönlichen Eignungsgespräch geschafft habe. Alles in allem schreibe ich in letzter Zeit kaum. Ich bin zu demotiviert und an Inspiration mangelt es mir auch.«

Bislang habe ich mein Unwohlsein halbwegs im Zaum halten können und es war mir gelungen, netter zu ihm zu sein. Nun schwitze ich wieder und zupfe an dem klamm auf meiner Haut liegenden Shirt. Mann, die letzten Stunden waren anstrengender als jede Trainingseinheit beim Ballett, Fußball und Cardio zusammen, und das will was heißen.

Na schön, das ist leicht übertrieben. Dennoch gut, dass ich vorhatte, mich körperlich zu verausgaben, sodass ich wenigstens ausreichend Deo aufgetragen habe.

Mein Mund ist dagegen staubtrocken. Ich will nicht, dass Davie mich so ansieht, wie er es tut. Als müsste ich irgendeinen schlauen Spruch parat haben. Ich sollte gar nicht hier sein und jeden Augenblick wird das ans Licht kommen.

»Ach, Sweetheart«, tröstet ihn zu meiner Erleichterung die mit Abstand älteste Anwesende, bevor ich irgendetwas hervorstammeln kann oder ihm einen weiteren Schulterklopfer verpasse, der ihn zusammenzucken lässt. »Du hast noch alle Zeit der Welt, um deinen Weg zu finden.«

Bei ihr klingt das nicht einmal abgedroschen, weil sie den Eindruck erweckt, sie weiß, wovon sie spricht. Die Frau in der beigen Seidenbluse ist mindestens siebzig und wir Übrigen könnten locker ihre Enkelkinder sein.

Davie ringt sich ein »Ja, möglich« ab. Ich werde das nagende Gefühl nicht los, ich wäre an seinem Stimmungsumschwung schuld. Bis er mich mit seinem Blick fixiert hat, war er voll in seinem Element. Er manövrierte durch die Unterhaltung wie ein Talkshow-Moderator und steckte jede*n mit seiner ungezwungenen Ausgelassenheit an. Ich war fasziniert, absolut. Wie er sich im Mittelpunkt der allgemeinen Aufmerksamkeit sonnte und trotzdem nicht arrogant rüberkam.

Die ältere Dame heißt Lorraine, wie sie uns mitteilt. Während die pensionierte Lehrerin von ihrem schriftstellerischen Werdegang berichtet, verschafft mir das ein paar letzte Minuten zum Durchatmen, bevor ich an der Reihe bin, eine ausgedachte Geschichte über mein »Autorenleben« aufzufahren. So ein Mist.

Sachiko verabschiedet sich, wie angekündigt. Zwei Männer sind noch vor mir dran. Alles, was sie sagen, geht bei mir auf der einen

Seite rein und auf der anderen raus. Mein Puls rast dermaßen, dass ich glaube, mich übergeben zu müssen.

»Ric«, spricht Mara mich als Letzten an. »Möchtest du die Runde abschließen?«

Erst bin ich verwirrt, woher sie weiß, wie ich heiße, bis mir einfällt, dass Davie mich ihr vorgestellt hat.

Davie.

Meine Augen wandern automatisch in seine Richtung. Erwartungsvoll betrachtet er mich ohne Scheu. Wäre das nicht albern, würde ich glauben, ich hätte Angst, ihn zu enttäuschen. Wobei ich mich gut mit ihm stellen sollte. Es wird nicht lange dauern, bis er über die Info stolpert, dass meine Mutter eine in unserer Gemeinde bekannte Politikerin ist.

Spätestens nachdem Leute davon wissen, agiere ich nicht mehr nur als ich selbst. Automatisch werde ich zu Mums Repräsentant und Lakai. Alles, was ich tue oder sage, birgt das Potenzial, auf sie und ihre Position zurückzufallen. Wann immer ich kann, schwimme ich unter dem Radar. Doch bin ich mir der Gefahr bewusst, dass die Medien mein Verhalten jederzeit gegen meine Familie und mich verwenden können. Ich hasse das, beiße mir auf die Zunge.

»Ich glaube«, hüstele ich, »ich hatte eine falsche Vorstellung von diesem Kurs. Ich bin kein Autor. Wobei … Meine Misere bietet Stoff für eine Geschichte.« Gekünstelt lache ich und schaue auf meine Hände, die ich im Schoß knete. »Ich bin nur ein liebeskranker Narr, der partout nicht von einer Frau loskommt. Da hatte ich den fixen Einfall, es könnte etwas bringen, ihr ein Gedicht zu schreiben. Um sie zu umwerben. So richtig romantisch. Oder ist das zu old school? Wie auch immer, weil das hier kein Schreibworkshop ist, suche ich mir besser woanders eine Anleitung.«

Ich bin froh, dass ich nicht unterbrochen werde. Andernfalls hätte ich beim Aneinanderreihen der Sätze den Faden verloren und meine

Argumentation hätte wenig Sinn ergeben. Zwar bin ich mit meiner Improvisation zufrieden, bloß der Kern des Ganzen – Eliza, die ich mir nicht nur ausgedacht habe –, schlägt mir sofort auf den Magen.

»Ein Gedicht als romantische Geste mag gut ankommen, je nachdem, auf was sie steht«, sagt einer der beiden Typen, deren Namen ich nicht mitgekriegt habe. Dafür erntet er bestätigendes Murmeln aus verschiedenen Ecken.

Nett, dass man sich nicht über mich lustig macht.

Ich seufze. »Danke, ich experimentiere mal rum und hoffe, dass das Ergebnis nicht zu kitschig wird.«

Worauf die Chancen schlecht stehen, sollte ich das allen Ernstes tun. Realistischer betrachtet würde Eliza, wenn sie von meiner Verliebtheit wüsste, erst recht die Flucht ergreifen.

Mara neben mir auf dem edlen Sofa schürzt die Lippen. »Ich verstehe, wenn du die Gruppe als unpassend empfindest. Überleg dir in Ruhe, ob du teilnehmen möchtest. Es war so oder so schön, dich kennenzulernen.«

Dankbar darüber, dass sie sich an ihr eigenes Credo hält und hier rauszukommen unkomplizierter ist als befürchtet, nicke ich. Und Davie gegenüber bin ich zum Glück nicht damit aufgeflogen, dass ich zum Ballett wollte. Dass er sich nicht zu meiner Story äußert, bedeutet nichts. Wahrscheinlich ist ihm mein Herzschmerz schlicht egal. Damit kann ich leben.

Die restliche halbe Stunde sitze ich geduldig ab und stelle mir vor, wie ich mich morgen über diesen Zwischenfall amüsieren werde. Schade, dass ich ihn mit niemandem teilen kann. Bei Arch habe ich eine Erkältung vorgeschoben und Martin, Steven und Dennis werde ich sicherheitshalber dasselbe vorschwindeln wie unserem Trainer, sollten sie auf mein Fehlen zu sprechen kommen. Keiner meiner Freunde würde meine Vernarrtheit in Eliza und das mit dem Tanzen bei unserer gemeinsamen Vorgeschichte nachvollziehen können. Dafür ist es zu komplex. Nicht mal ich blicke durch. Angesichts dessen wird mein Ausflug in die Hidden Lane im Rückblick belanglos sein. Ein beruhigender Gedanke.

Davie findet zu seinem gesprächigen Ich zurück, sodass ich mich traue, ihn nach dem Kurs ohne Muffensausen abzufangen. Vom Türrahmen aus sehe ich zu, wie er seinen Namen und Handynummer in eine Liste einträgt. Während er mit der Journalismus-Studentin herumschäkert, schiebe ich mir einen Kaugummi in den Mund. Hat er ein Auge auf sie geworfen? Der Pfefferminzgeschmack auf meiner Zunge ist wie Balsam für meine Seele und lässt mich offensichtlich klarer sehen. Meine erste Vermutung, er könnte schwul sein, nur weil er nicht hypermaskulin auftritt, war auf jeden Fall zu voreilig und ist zugegebenermaßen arg klischeehaft.

Erst nachdem Davie sich von Mara und der anderen verabschiedet hat, bemerkt er mich. Er stockt und mir wird seltsam flatterig zumute. Alle anderen sind längst weg. Dann überwindet er das Überraschungsmoment und tritt zu mir. Gemeinsam verlassen wir das Gebäude. Plötzlich bin ich gehemmt und meine Zunge will mir nicht gehorchen. Dabei ist Davie keine Frau, die ich auf ein Date einladen möchte.

»Kann ich dich mitnehmen?«, erkundige ich mich im Hof, um die Schadensbegrenzung gebührend abzuschließen. Wie unhöflich wäre es, es ihm nicht mal angeboten zu haben, wo wir beide aus Norriesford kommen? Vor allem, nachdem er sich über die endlose Fahrt mit den öffentlichen Verkehrsmitteln bei mir beklagt hat. »Ich bin mit dem Auto da.«

Irritiert zieht Davie die Stirn kraus. »Ich muss nach —«

»Ich weiß«, unterbreche ich ihn und bleibe stehen, damit wir uns vernünftig ansehen können. Es ist mir wichtig, dass er erkennt, wie aufrichtig ich das Angebot meine. »Du hast es erwähnt. Darum frage ich. Ich wohne auch in Norriesford.«

»Was? Echt?« Seine Kinnlade klappt wortwörtlich herunter, was mich zum Grinsen bringt, obwohl es nicht mal besonders lustig aussieht und natürlich lache ich ihn nicht aus. Aber der Anblick macht etwas mit mir.

»Bin dort geboren und aufgewachsen«, erläutere ich mit der Intention, meine Glaubwürdigkeit zu unterstreichen und weil Geheimniskrämerei diesbezüglich sowieso keine Option ist, kann ich es auch gleich herausposaunen. »Meine Mutter Cecelia MacInnes hat seit rund zehn Jahren das Bürgermeisteramt inne. Wie ihr Vater vor ihr und dessen Onkel. Man könnte sagen, wir sind eine dieser alteingesessenen, hochangesehenen Familien. Unser Stammbaum reicht zurück bis zum Clan MacInnes.«

Zu spät geht mir auf, dass ich übers Ziel hinausgeschossen bin und wie großkotzig ich mich gebe. Wieso führe ich mich auf wie ein Kerl, der imponieren möchte, sich aber im Grunde nur gern reden hört? »Bist du zugezogen?«, kriege ich die Kurve, um Davie nach meiner Angeberei hoffentlich noch rechtzeitig zu zeigen, dass ich mich auch für ihn interessiere. Obwohl ich mir sicher bin, dass es so ist. Er wäre sonst auf dieselbe Schule wie mein Bruder und ich gegangen, wo er zwangsläufig aufgefallen sein müsste.

»Aus Inverness«, gibt Davie zu und zieht die Schultern hoch. Er versteift sich, wie um sich gegen irgendetwas zu wappnen.

Fürchtet er, dass ich Einspruch einlege?

Ich spüre, wie ich rot werde. Vielleicht habe ich mit einer anderen Antwort gerechnet und schäme mich augenblicklich dafür. Auch wenn er nicht weiß ist, kann er trotzdem Schotte sein.

»Wow, okay«, schnaube ich über meine eigene eingeschränkte Weltsicht, »dann bist du der eigentliche Highlander von uns beiden. Touché.«

Ein spitzbübisches Funkeln tritt in Davies braune Augen. »So ist es.«
Das gefällt mir deutlich besser als diese defensive Haltung. Wie anstrengend es ist, wegen eines Teils des eigenen Selbst unter Beschuss zu stehen, kenne ich, leider, nur eben aus anderen Situationen.

»Also fährst du mit«, stelle ich klar.

Er rammt die Hände in die Taschen seiner Cargohose und scharrt mit der Spitze seiner Boots auf dem Boden. »Wenn das okay für dich ist. Die kleine Weltreise zur Arbeit ist jedes Mal ermüdend und dass nun die Fahrten für die Gruppe dazukommen, macht es nicht besser. Trotzdem will ich mich nicht aufdrängen. In Glasgow habe ich leider kein passendes WG-Zimmer gefunden.«

Das wundert mich nicht. Der Wohnungsmarkt mag nicht so umkämpft sein wie in Edinburgh, dennoch habe ich von dort auch einige Horrorgeschichten über die Suche nach einer Bleibe gehört. Was mich dagegen überrascht, ist dieses nahezu schüchterne Gehabe.

Beschwichtigend lächele ich. »Nicht der Rede wert.«

»Okay«, gibt Davie sich geschlagen, »behaupte nachher nur nicht, du hättest nicht geahnt, auf was du dich einlässt.«

Übertrieben misstrauisch verenge ich die Augen. »Worauf denn?«

Mit fremden Menschen in ein Auto zu steigen, ist je nach Situation nicht uneingeschränkt zu empfehlen. Man will nett sein und schwupps, hat man einen Serienkiller im Genick. Ich habe genug Filme geschaut und True Crime Podcasts gehört, um das zu wissen. Außerdem zeigt die Statistik, dass ich einer Minderheit angehöre, die mit höherer Wahrscheinlichkeit Opfer von Hassverbrechen wird. Aber ich gehe nicht davon aus, dass Davie trotz Mums lokaler Prominenz und der Erwähnung meines Nachnamens sofort parat hatte, dass ich »der trans* Sohn« bin. Und selbst wenn, glaube ich nach meinem bisherigen Eindruck nicht, dass es ihn groß juckt.

Ob *er* Angst vor *mir* hat und es nicht ansprechen will?

Unschuldig blinzelt er mich an. Eine feine Gänsehaut überzieht meine Arme. »Sei gewarnt, dass ich Stille nicht ausstehen kann.«

»Wie jetzt?« Ich gluckse, obwohl ich eben noch über die widerwärtige Realität nachgedacht habe, in der wir leben. »Habe ich gar nicht bemerkt.«

Wie zum Beweis, dass er sich beherrschen kann, redet Davie kaum, bis wir mein Auto erreichen. Nur einmal macht er mich auf die Street-Art an der Seite einer ehemaligen Fabrik aufmerksam, welche laut ihm eine Gestalt aus einem Anime darstellt. Der mit Moos und Blumen überwucherte Roboter hat etwas Trauriges an sich. *I feel you*, durchzuckt es mich. Ein andermal freut er sich über den Pride-Sticker an einer Fußgängerampel, wo wir wegen des Verkehrsstroms warten müssen. Solche Kleinigkeiten mögen unbedeutend erscheinen. Davies Lächeln ist es nicht. Ich kann mir das Schmunzeln nicht verkneifen.

Wir erreichen den Parkplatz kurze Zeit später. Ich habe extra nahe des Clyde geparkt, um nicht so weit in die Innenstadt laufen zu müssen. Im Gegensatz zu heute Morgen ist er wie auch die Promenade, die am Fluss entlangverläuft, menschenleer. Wir sind nicht die Einzigen, die nach einem Tag in der Stadt nach Hause raus aufs Land fahren. Sobald das neue Semester losgeht, werde ich die Strecke regelmäßig zurücklegen. Obwohl ich mit dem Auto nur eine Dreiviertelstunde brauche, habe ich keine Lust aufs Pendeln. Davies Situation mit Wohnung und Job ist bescheiden. Wenn das hier cool wird, könnten wir öfter eine Fahrgemeinschaft bilden.

Stutzend über diese Idee und meinen sich beschleunigenden Herzschlag entriegele ich den Toyota und gehe zur Fahrerseite. Selbst meine Freunde strengen mich an, wenn ich die gemeinsame Zeit zu hoch dosiere. Ich dachte, dass ich Teil ihrer Gruppe sein wollte. Aber am Ende ist das alles anders gelaufen, als ich es mir ausgemalt hatte. Leider steckte ich da schon mittendrin. Ich sollte nichts überstürzen. Das mit Davie und den Fahrten würde nie und nimmer funktionieren. Die einzige Person, von der ich stets mehr gewollt hätte, ist Eliza.

Es tut wieder weh. So sehr, dass ich die Zähne zusammenbeißen muss, um nicht zu fluchen.

Ich bin es mehr als satt.

Fünf Minuten später sind wir unterwegs.

Davie muss an meinen mechanischen Bewegungen beim Schalten und wegen meiner ums Lenkrad gekrallten Finger merken, dass sich meine Stimmung gewitterartig verschlechtert hat. Er probiert es gar nicht erst mit belangloser Plauderei oder mit weiteren Späßen, sondern schaut stumm aus dem Fenster auf die vorbeiziehende Umgebung. Das rechne ich ihm hoch an. Unter die Dankbarkeit mischt sich eine Prise Enttäuschung, dass er mich kein drittes Mal fragt, wie es um mein seelisches Gleichgewicht bestellt ist. Allerdings bin ich auf seine bisherigen Versuche, mir darauf eine Antwort zu entlocken, kaum eingegangen und hätte ihn mutmaßlich erneut abgeblockt.

Nachdem wir auf die Autobahn aufgefahren sind, mache ich die Musikanlage an, um meine Gedanken zu übertönen, und verbinde mein Handy über Bluetooth. Unpraktischerweise ist der Song aufgerufen, den ich, seit Eliza ihn in ihrer Insta-Story hatte, bestimmt hundert Mal auf *repeat* gehört habe. Beim Fahren hantierend, verklicke ich mich, sodass von einer auf die nächste Sekunde *Free* von Florence and the Machine aus den Boxen hallt. Die Verse erschüttern mich und die Sehnsucht in der Stimme der Sängerin hindert mich daran, die Wiedergabe sofort zu stoppen, weil sich meine eigene darin widerspiegelt. Ich schaudere, fühle mich aufgefangen und verstanden. Hoffentlich interpretiert Davie in die Lyrics nichts rein.

Mit einer Hand reibe ich mir über die Augen und klappe die Sonnenblende runter. Wenn Eliza und ich nicht mehr befreundet sind und es nie wieder sein werden, kann ich ihr dann nicht gleich gestehen, dass ich mehr in ihr sehe als eine alte Freundin? Alles, was war, liegt sowieso in Scherben. Wieso es kitten, wo ich etwas Neues aufbauen könnte?

Das Mädchen, das sie damals zu kennen geglaubt hat und von dem sie unsagbar verletzt wurde, bin ich nie gewesen. Auch wenn ich für die Taten dieser Person verantwortlich bin. Ich könnte das Ganze anders angehen und Eliza Schritt für Schritt erst mal wieder kennenlernen, mehr oder weniger so tun, als wären wir Fremde. Ich muss ihr klarmachen, dass der Mann, der ich bin, es wert ist und für seine Fehler geradesteht.

Womöglich können sie und *er* ein Paar werden, wenn ich meine Verführungskünste aufpoliere? Himmel, was denke ich da? Meine Notlüge in der Schreibgruppe hat mir Flausen in den Kopf gesetzt.

Nur nichts überstürzen, Kumpel, ersticke ich die Euphorie, die bei diesem Wunschdenken in mir aufwallen möchte. Damit der Spagat von *Ich bin Luft für sie* zu unserem Happy End gelingt, braucht es einen ausgeklügelten Plan.

Sobald die Stimme der Sängerin verklungen ist, wähle ich wohlbemerkt eine rock-/poplastige Mainstream-Playlist aus, die von Spotify erstellt wurde und neutraler nicht sein könnte. Davie schweigt noch immer. Erst als ich ihn einen Stau, drei Kreisverkehre und mindestens fünf Schafweiden später frage, wo ich ihn absetzen soll, spricht er wieder.

»16 Old Mill Street«, gibt er mir seine Adresse ohne einen Hauch von Gereiztheit in der Stimme.

Damit hätte ich nicht gerechnet, wo ich mich die Fahrt über nicht mit ihm unterhalten habe. Wie könnte das nicht abweisend wirken? Ich an seiner Stelle hätte geglaubt, dass ich es bereue, ihn mitgenommen zu haben und das durchaus eine Zumutung für mich war. Obwohl ich zuvor das Gegenteil behauptet habe und mich seine Anwesenheit nicht gestört hat, sondern ich schlicht zu stark von meinen eigenen Gefühlen eingenommen gewesen bin. Entweder ist Davie erschöpft oder nicht nachtragend.

Hinter dem Ortseingangsschild drossele ich das Tempo. Mein schlechtes Gewissen wird übermächtig. Wie um mich zu foppen, gibt mein Handy jetzt *Anti-Hero* wieder. Ich verwünsche Taylor Swift und das Schicksal für sein Timing und schlage die Route ein, die an der Ruine von Norriesford Castle entlangführt.

»Hier links?«, versichere ich mich an der nächsten Abbiegung. Inzwischen hat es zu dämmern begonnen und ich bin ziemlich müde.

»Rechts«, korrigiert Davie mich. Meinen Fehler lässt er unkommentiert, wie mir positiv auffällt. Dabei hätte er es mir unter die Nase reiben können, dass ich mich vorhin aufgeführt habe, als würde mir die Stadt gehören. Nein, er neigt garantiert nicht dazu, angepisst zu sein oder Gemeinheiten zu verteilen.

»Da ist es«, sagt er und deutet auf ein graues Reihenhaus.

Ich nehme den Fuß vom Gas, halte mitten auf der Straße auf Höhe der Haustür. Die Laternen gehen flackernd an. Unvermittelt habe ich einen Kloß im Hals und ärgere mich einmal mehr, dass ich nicht von mir aus Initiative gezeigt habe, mich mit ihm zu unterhalten. Diesmal um meinetwillen.

Das hätte nett werden können. Und es gibt ja noch andere Gesprächsthemen als meine frühere beste Freundin, auf die ich einen Crush habe. Theoretisch.

Leider fällt mir keines ein, als Davie mich anlächelt, als wäre es das Leichteste von der Welt. Mein Kopf ist wie leergefegt. »Danke fürs Mitnehmen.«

Ich winke ab. »Gern geschehen.«

Mir seiner Präsenz überdeutlich bewusst schlucke ich. Abrupt unterbricht er den Blickkontakt, um den Türgriff herunterzudrücken. Nur steigt er nicht gleich aus, hält inne. Ich höre auf zu atmen, hoffe, dass ich es entgegen meiner Vorsätze nicht doch noch verkackt und ihn vor den Kopf gestoßen habe. Er darf nicht schlecht auf mich und somit auch auf meine Mutter zu sprechen sein.

»Tut mir leid«, sagt er. Mir ist es schleierhaft, wofür er sich entschuldigen müsste. »Das mit der Frau, die du magst.«

»Ah.« Ich atme weiter. »Du meinst wegen Eliza.«

»Falls ich irgendwas tun kann«, nuschelt Davie, »melde dich, wenn du willst.«

Wohlige Wärme durchflutet mich. Wie herzensgut ist er bitte?

Doch runzele ich die Stirn. »Wie zuhören? Oder mir bei meinem Gedicht helfen?«

»Ja, oder … Keine Ahnung!« Er lehnt sich im Autositz zurück, hebt abwehrend die Hände. »Ich denke nicht, dass ein paar hübsche Verse allein die Lösung sind, wenn es woanders hakt. Sag Bescheid, solltest du einen Wingman brauchen.«

Bis eben wusste ich nicht, worauf ich gewartet habe.

Das ist es.

»Okay«, sage ich, ohne weiter nachzudenken, was mir gar nicht ähnlich sieht.

»Okay?«

»Okay«, bestätige ich.

Ein Wirbel aus Endorphinen durchfährt mich. Ich könnte Davie abknutschen oder eine Party schmeißen. So happy bin ich plötzlich. Ich kann Hilfe gebrauchen, um das mit meiner Ex-besten-Freundin auf die Reihe zu kriegen. Insbesondere, wenn ich es weiterspinnen möchte.

Das ist genial!

Anders als meinen anderen Freunden ist Eliza ihm gegenüber unvoreingenommen und er schreibt Bücher, was sie bestimmt spannend findet. Davies Vorschlag erspart es mir auch, nach meiner Show im Auto endgültig den Clown zu geben, indem ich ihn um Verzeihung für das eisige Schweigen bitte oder aus dem Nichts zur Wiedergutmachung frage, ob er mal was mit mir unternehmen möchte.

»Danke!« Ich strahle ihn an. »Du bist engagiert. Hast du am Sonntag was vor? Sonst könnten wir dann alles Weitere besprechen.«

»Äh, nein«, stammelt er. »Ist gut.«

Wenn möglich, wird mein Grinsen sogar noch breiter. »Perfekt!«

Bis dahin sollte ich genügend Zeit haben, um noch einmal in mich zu gehen. Und findet da nicht das *Balloon Festival* in Strathaven statt?

»Ich glaube, ich weiß schon, wo wir anfangen werden.«

KAPITEL 7

DAVIE

Es ist 5:15 Uhr. Ich bin wach und ein Teil von mir möchte Ric albern finden. Diese Poetry-Sache *ist* albern. Das zu sehen, fällt mir umso leichter, nachdem mich mein Wecker dank ihm an meinem wohlverdienten freien Tag sozusagen mitten in der Nacht aus dem Schlaf gerissen hat. Stöhnend wälze ich mich im Dunkeln auf die Seite und befehle mir, aufzustehen und nicht sofort wieder einzuschlafen.

Auf so einen unbedarften Einfall kommt man nur, wenn man keine Ahnung vom Schreibhandwerk hat. So als könnte man da mal eben was hinschmieren, solange es von Herzen stammt und zack, darf man sich Dichter nennen. Das geht im Grundschulalter. Aber danach?

Wäre es nur nicht so niedlich, dass er diesen Versuch ernsthaft wagen wollte, bis ich ihm diesen ausgeredet habe. Ein fluffiges Gefühl erfüllt mich bei der Erinnerung daran. Dazu kommt, wie tief mich seine Hoffnungslosigkeit berührt hat, als er vor der Gruppe von seiner Schwärmerei erzählt hat. Wenn ich ihm etwas dafür zurückgeben kann, dass er zur richtigen Zeit am richtigen Ort gewesen ist und meinen Rückzieher verhindert hat, sollte ich das tun. Irgendetwas musste ich abgesehen davon im Auto zu ihm sagen, was die Bilder von seinen schön geschwungenen vollen Lippen wirkungsvoll aus meinem Kopf vertreiben konnte.

Niedlich? Rics Lippen? Was zum Geier!

Durch den Schock über diese unangebrachten Gedanken gelingt das Unmögliche. Unvermittelt sitze ich aufrecht im Bett und taumele ins Bad. Das einzig Positive zu dieser frühen Stunde ist, dass es nicht von meinem Mitbewohner oder seiner Freundin blockiert wird. Ohne Umschweife stelle ich mich unter die Dusche und wecke meine Lebensgeister und meinen Verstand mit einem Schwall kaltem Wassers.

Himmelherrgott!

Mir entweicht ein Ächzen. Es killt mich. Dafür wirkt es. Als ich auf warmes Wasser switche, bin ich wacher und nicht mehr so beduselt.

Auf jeden Fall bedeutet diese Frau Ric viel. *Eliza*. Er, der großen Wert auf Coolness legt, hat für sie sogar einen vermeintlichen Schreibworkshop besucht und eine Blamage in Kauf genommen. Das sollte ich akzeptieren und mein Bestes geben, ihm eine Stütze zu sein.

Zurück in meinem Zimmer schlüpfe ich schnellstmöglich in Jeans und Pullover. Die Temperaturen an diesem letzten Augustwochenende sind frisch. Zu diesem Zeitpunkt gibt es im Nachbarort traditionsgemäß eine Veranstaltung rund um Heißluftballons, wie ich neuerdings weiß. Ric will unbedingt dahin, weil Eliza mutmaßlich auch dort sein wird.

Nachdem ich zum Abschluss in meine Sneaker geschlüpft bin, checke ich mein Smartphone, auf dem mich eine WhatsApp-Nachricht von ihm erwartet. Wie vereinbart, holt er mich in zehn Minuten ab.

Magst du Kaffee?, fragt er außerdem. *Dann bringe ich dir einen mit.*

Ich würde mich eher als Teetrinker bezeichnen, doch besondere Situationen erfordern besondere Maßnahmen. Es entzieht sich meinem

Verständnis als Schlafliebhaber, wieso die ersten Ballons um halb sieben starten und aus welchem Grund.

Du bist meine Rettung, tippe ich eine von Herzen kommende Antwort.

Ach, was, schwächt Ric sogleich ab. *Meine Leute und ich haben uns das Event schon öfter angeschaut. Irgendwann hat man den Dreh raus, worauf es bei der Organisation ankommt. Früh da zu sein und der passende Muntermacher gehören dazu.*

Ich nehme an, er spricht von seinen eigentlichen Freund*innen. Ob die dabei sein werden? Darüber habe ich bisher kaum nachgedacht. Alles in allem habe ich, wie mir auffällt, so gut wie keine Infos über ihn und Eliza, geschweige denn Instruktionen, wie ich mich verhalten soll oder was er konkret von mir erwartet. Das ist schlecht. Wie stellt er sich das vor?

Connections zu Locals sind Gold wert. Um ihn mit meiner Direktheit nicht weiter zu überfordern, formuliere ich meine Erwiderung diesmal sachlicher und nehme mir vor, ihn gleich, wenn wir uns persönlich sehen, dafür erst mal gründlich auszuquetschen.

Ich bekomme keine Lesebestätigung mehr, weshalb ich davon ausgehe, dass Ric sich jetzt im Auto auf dem Weg zu mir befindet.

Auf meinen Schreibtischstuhl sinkend, vertreibe ich die Hoffnung, dass er mir über diese Wingman-Sache hinaus erhalten bleibt. Neue Freundschaften zu knüpfen, würde mir nicht schaden. Ich fange zwar leichthin Gespräche mit fremden Menschen an – sei es beim Einkaufen mit der Kassiererin, dem Postboten oder im Zug. Doch das sind nur Bekanntschaften, wenn überhaupt. Auch Ric und ich sind zu verschieden, als dass sich mehr daraus ergeben könnte, oder? Zumal er anders als ich bereits eine Clique hat. Wobei es mich wundert, dass er trotzdem meine Unterstützung in Anspruch nimmt.

Nervosität erfasst mich. Um den Stress, der sich durch meine Adern zieht, etwas abzubauen, laufe ich um den runden Teppich mit dem ausgefallenen Flamingo-Motiv im Kreis. Möblierte Zimmer haben ihre Vor- und Nachteile und ich habe keine großen Anstalten unternommen, dem Raum eine persönliche Note zu verleihen. Bis auf die selbstgemachte Regenbogen-Stickerei, die meine brasilianische Oma mir nach meinem Coming-out geschickt hat, sind die Wände kahl. Die bedeutet mir umso mehr, weil meine deutschen Großeltern beschissen auf die Information, dass ich bi bin, reagiert haben.

Aus einem Gefühl heraus ziehe ich statt meiner geblümten Fleecejacke eine gefütterte Kunstlederjacke an. Die schreit weniger: *Ich bin hier, ich bin queer!* Ich möchte mich nicht von vornherein ins Aus katapultieren oder irgendwelche Grundsatzdiskussionen durch das Muster entfachen. Was das angeht, ist Ric zahm, aber das gilt nicht für alle. Zufrieden nicke ich meinem Spiegelbild zu, bevor ich die Wohnung verlasse.

Das Erste, was ich kläre, nachdem ich zu Ric in den Wagen gestiegen bin, ist: »Ich benötige ein Briefing.«

»Was?« Sein verwirrter Gesichtsausdruck lässt ihn doppelt zerknittert aussehen.

Offenbar bin ich nicht der einzige Morgenmuffel. Nur muss ich im Gegensatz zu ihm nicht fahren. Ich bezweifle, dass er mit der gangsterhaft tief in die Stirn gezogenen Kapuze seines Hoodies die Straße erkennt. Auch wenn er heute eine Brille trägt.

»Um dich zu unterstützen«, erkläre ich. »Dafür solltest du mir was über dich und Eliza verraten.«

Und weil es mich interessiert.

Ric nippt an seinem Thermobecher, als würde der Inhalt ihm den Sinn meiner Worte eingeben.

Plötzlich denke ich daran, wie mein bester Freund Kieran aus Kindheitstagen und ich bis zum Ende der Primary School sonntags immer mit meinem Papa im Schwimmbad waren. Ebenfalls stets zu nachtschlafener Stunde, in den schönen alten Zeiten. Wettrutschen, nach Ringen tauchen und Wasserschlachten, im Anschluss Pommes Frites mit Ketchup. Das war lange, bevor er mir Vika ausgespannt hat. Davon haben wir uns nie erholt. Oder *ich* konnte es nicht, damit abschließen und ihm vergeben. Seitdem fällt es mir noch schwerer, mich auf neue Menschen richtig einzulassen.

Ein ekliger Geschmack breitet sich in meinem Mund aus, unwillkürlich schüttelt es mich.

Wortlos reicht Ric mir einen zweiten Thermobecher, den ich ihm förmlich aus der Hand reiße. Ich trinke zu schnell, um die Bitterkeit zu vertreiben, und verbrenne mir die Zunge. Verdammt.

»Ursprünglich hatte ich vor, die Heizung erst im September anzumachen«, sagt er, nur um im selben Moment die Armaturen zu bedienen.

»Danke«, bringe ich hervor, obwohl an meinem Zittern nicht die Kälte schuld war.

Die Aufmerksamkeit und dass Ric mein Frösteln bemerkt hat, sorgen dafür, dass sich ein Lächeln in meinem Gesicht ausbreitet. Meine Vermutung, dass er sensibler und empathischer ist, als er sich selbst zu geben pflegt, verstärkt sich. Von jetzt auf gleich fühle ich mich geborgen, wie wir beide unseren Kaffee schlürfen und sich der Autoinnenraum gemütlich aufwärmt. Die Sonne geht auf und verleiht der Welt Farbe.

Viel zu schnell stellt Ric seinen Becher in die Halterung zwischen unseren Sitzen, schlägt die Kapuze zurück und manövriert den Wagen aus der Parklücke. Scheinbar war *er* der besonderen Atmosphäre unempfänglich gegenüber. Nun, da ich sein Gesicht vollständig sehen kann, fallen mir die dunklen Stoppeln an seinem Kinn und den Wangen auf. Die machen ihn zusammen mit dem Gestell auf seiner Nase im Übrigen noch attraktiver. Wer hätte das gedacht?

»Was möchtest du wissen?«, kommt Ric auf meine Bitte mit dem Briefing zurück.

Wir fahren in die entgegengesetzte Richtung, die wir nach Glasgow einschlagen müssten, sofern ich mich nicht irre.

Auch ich konzentriere mich wieder auf unser Unterfangen. »Gib mir erst mal die Basics. Wie alt seid ihr?«

»Ich bin dreiundzwanzig«, entgegnet Ric wie aus der Pistole geschossen.

»Das hast du während der Vorstellungsrunde in der Hidden Lane übersprungen«, bemerke ich.

Ebenso wie die Pronomen, die er verwendet, aber er hat mich nicht eingeladen, damit ich ihn über den trans* inklusiven Nutzen dabei belehre. Aktuell möchte ich mich nicht als Klugscheißer aufspielen, daher erwähne ich das nicht. Wahrscheinlich hat er nie darüber nachdenken müssen, falsch adressiert zu werden. Wie könnte man ihn dem weiblichen Geschlecht zuordnen?

»Eliza auch«, fährt Ric gleichmütig fort, ohne auf meinen Einwurf einzugehen. »Wir kennen uns seit Ewigkeiten. Derselbe Kindergarten, dieselbe Schule. Wobei sie ihren Abschluss ein Jahr früher als ich gemacht hat. Ich habe länger für meine Highers gebraucht. Für eine Weile waren wir befreundet.«

Na schön, *auskunftsfreudig* würde ich das nicht nennen, aber ich nehme, was ich kriege. Damit lässt sich arbeiten. Was habe ich erwartet? Das hier ist derselbe mürrische Typ vom Notausgang, ungeachtet dessen, dass wir Fortschritte machen.

Apropos, Freund*innen.

»Sammeln wir noch jemanden ein?«, erkundige ich mich.

»Nein, wieso?«

Wie um das zu unterstreichen, endet der Ort und geht in eine Landstraße über.

»Dann sind es nur wir zwei?«, entgegne ich erstaunt. »Und Eliza«, schiebe ich rasch hinterher. »Inklusive hypothetischer Begleitung.« Ric soll mich auf keinen Fall missverstehen … »Vorausgesetzt, dass sie auftaucht.«

»Das wird sie«, beharrt er. »Sie hat bis vor kurzem in London gelebt und davor eine renommierte Ballettschule in Brighton besucht. Nun da sie in Glasgow am Theater und das erste Jahr zurück zu Hause ist, wird sie sich diese Tradition nicht entgehen lassen. Menschen kommen von überall her nach Strathaven und wir haben das Ding vor unserer Tür. So ein Volksfest hat für die Leute hier eine Bedeutung. Bei solchen Veranstaltungen aufzutauchen, macht dich zum Teil eines großen Ganzen.«

»Okay«, signalisiere ich ihm, dass ich verstehe, was er meint. »Das wollte ich nicht anzweifeln.«

Den Unterton in seinen Ausführungen, als müsste er sich verteidigen, habe ich ebenfalls wahrgenommen. Ich weiß nicht, wie es ist, in einer Dorfgemeinschaft aufzuwachsen, aber *dazugehören zu wollen* ist mir bekannt. Womöglich steckt mehr dahinter, als ich je erfahren werde. Wie der Grund, aus dem Ric sich nicht auf seine Freund*innen verlässt, es nicht will oder nicht kann. Aus Rücksicht und weil er ausgewichen ist, entscheide ich, nicht nachzubohren.

Das Koffein fängt an, seine Wirkung zu entfalten.

»Krass, dass Eliza ihre Leidenschaft zum Beruf gemacht hat«, sinniere ich vor mich hin. »Und dann ausgerechnet Ballett. Sie muss knallhart und unfassbar diszipliniert sein.«

»Aye«, stimmt Ric mir zu. Er klingt voller ehrlicher Bewunderung für sie – und etwas bekümmert. »Das muss man erst mal schaffen.«

»Tanzen ist schön. Ich bin gespannt darauf, sie kennenzulernen.«

»Ihr versteht euch bestimmt gut«, meint er.

»Aber«, klage ich, »mir ist es bisher nicht gelungen, meine Geschichten in die Welt hinaus zu tragen.«

»Du bist ja noch jung.«

»Wie bitte?« Ich hebe die Brauen.

Ric tut es mir nach. »Ist doch so. Als Autor kannst du auch später erfolgreich werden.«

»Du meinst, wenn ich alt bin? Oder tot?« Ich schüttele den Kopf. »Ich habe jetzt etwas zu sagen! Und würde gern selbst mitkriegen, wie man meine Worte aufnimmt. Es macht mich traurig, wenn ich mir vorstelle, wie viele meiner Ideen auf der Festplatte verstauben, ohne je von einem anderen Menschen gelesen zu werden. Ich hoffe doch, damit etwas zu bewirken, Leute glücklich zu machen. Um erst fünfzig Bücher zu schreiben, bevor jemand den eigenen Namen kennt, braucht man einen langen Atem. Ich habe Ambitionen!«

»Offensichtlich.«

Empörung kocht in mir hoch. Nichts reizt mich so wie diese Ignoranz. Wenn man mich oder mein Schreiben nicht ernst nimmt. Es zieht sich wie ein roter Faden durch mein Leben. *Wannabe* wurde ich zu oft genannt. Natürlich weiß ich, dass in der Buchbranche kaum eine Autorschaft Reichtum und Fame ihr Eigen nennt und eine kleine Leserschaft ist besser als keine. Das würde mir schon einiges bedeuten. Meinen Eltern ist es jedoch gelungen, problemlos von den Honoraren für ihren kreativen Output zu leben. Es wurde mir in die Wiege gelegt, es als Schriftsteller weit zu bringen.

»Was soll das heißen?«

»Du willst richtig berühmt sein?«, versichert Ric sich.

»Idealerweise.« Nur so werde ich es den Lästermäulern formvollendet zeigen, beweisen, wozu ich tauge, und den mir gebührenden Respekt erlangen.

Er schürzt die Lippen. »Das ist mal 'ne Ansage. Nicht negativ gemeint.«

»Was machst du denn so?«, drehe ich den Spieß um.

Ric ist es, dem ich mich widmen wollte. Er ist geübt darin, von sich selbst abzulenken. Als ob ich das nicht merken würde! Bei mir, der es liebt, über alles und jeden zu schwafeln, hat er dazu leider gute Karten.

»Ich studiere noch im Bachelor. Wie gesagt, habe ich erst mit achtzehn angefangen.«

»Ist doch kein Beinbruch. Ich bin mit siebzehn auch noch zur Schule gegangen. Welches Fach?« Probieren wir es mal mit einer anderen Strategie, ihn gesprächiger zu stimmen. »Ich hätte vermutet«, stelle ich eine Theorie auf, »du wärst wie Eliza Hochleistungssportler. Dann wärt ihr so ein Power-Paar.«

Irgendetwas an meiner Formulierung bringt ihn ins Stocken.

»Was? Bist du noch nicht im Gym eingezogen? Oder Bodybuilder?«

»Sei nicht albern« maßregelt er mich. »Sieh mich an.«

Das tue ich, wenn er mich schon dazu auffordert.

»Ich finde, du bist heiß.«

In meinen Augen hat er das perfekte Fitnesslevel. Einen Ticken too much vielleicht, aber weit von Extremen entfernt, wobei ich ihn mit meiner Bemerkung absichtlich necken und herausfordern wollte. Um das richtig zu beurteilen, müsste ich ihn mal im T-Shirt sehen. Wenn schon nicht oben ohne.

Ric lacht. »Schön. Das baut mich auf.«

Wieso bin ich so überdreht?

Ich spüre, wie meine Wangen warm werden.

Gott sei Dank hat er meinen Ausrutscher mit Humor genommen.

Kaum dass wir Strathaven erreichen, kurvt Ric auf den Parkplatz eines Supermarktes. Noch ist der ziemlich leer.

»Oh, *das* ist der Trick dabei!«, verleihe ich meiner Erleuchtung Ausdruck. Der Laden macht erst um acht auf und die wenigsten, die von außerhalb kommen, stehen jetzt schon auf der Matte für den Ballon-Flug.

»Ich denke«, behauptet er und erleichtert mich um meinen Kaffeebecher, »du hattest erst mal genug davon.«

Ich öffne den Mund, um zu widersprechen. Da fährt er mir über den Mund: »Nein«, und stellt den Motor aus. Ich kann ihm nicht gleich folgen, checke erst ein paar Sekunden später, dass er damit meine vorherige Frage beantwortet hat. »Ich bin Sport*wissenschaftler*. Physiologie, Ernährung, Trainingspläne erstellen und so was. Auch wenn das in den Augen meiner Eltern nicht unter das Bild eines *intellektuellen Akademikers* fällt. In meiner Freizeit mache ich gern Sport. Aber eine Karriere oder mich professionell mit irgendwem bei irgendwas zu messen, wäre aus verschiedenen Gründen nichts für mich. Es reicht mir, im Schatten meiner Mutter hin und wieder ins Rampenlicht zu treten. Politik, der blanke Horror. Und Ballett …« Er unterbricht sich, sucht nach Worten, während er strikt durch die Windschutzscheibe schaut. »Ballett ist keine Sportart, sondern Kunst.«

Auf einmal vibriert seine Stimme vor *Gefühlen*, die in mir nachhallen. Ich kann nicht anders, als Ric anzustarren.

»Die körperliche Leistung«, fährt er fort, »ist mit der eines Spitzensportlers oder einer Spitzensportlerin gleichzusetzen und muss dementsprechend gewürdigt werden. Dasselbe gilt für das technische Können. Daher der Vergleich. Aber der Sinn des Tanzes ist nicht der Wettkampf untereinander. Tänzer*innen erzählen dem Publikum durch ihr darstellerisches Ausdrucksvermögen eine Story, transportieren Emotionen.«

Sämtliche Härchen auf meinen Armen stehen zu Berge. Ich bin baff. Das war nichts, was ich je von ihm erwartet hätte, dass er so über dieses Thema sprechen könnte. Womöglich würde er gar keinen so schlechten Dichter abgeben.

»Wow«, rufe ich aus, schnalle mich ab und hüpfe aus dem Auto. »Hast du das auswendig gelernt? Eliza wird so was von begeistert sein, wenn du das einstreust!«

Ich und meine artsy Seele sind jedenfalls angetan.

Er schneidet eine Grimasse statt mein Lob anzunehmen, bevor auch er aussteigt. Bescheiden ist er, soso. Meine Mundwinkel zucken.

»Oben auf dem Hügel neben dem Kriegsdenkmal haben wir den perfekten Ausblick auf den George Allan Park«, erläutert Ric, ohne meinen Ausbruch zu kommentieren und deutet in die ungefähre Richtung, setzt sich in Bewegung. »Von da starten die Heißluftballons.«

Ich war bisher nie in Strathaven, also vertraue ich seiner Führung und nicke.

Obwohl es mittlerweile hell ist, bedecken Wolken den Himmel und es ist nach wie vor eisig. Im Gehen schlinge ich mir die Arme um die Schultern. Immerhin regnet es nicht, während wir den Schutz der Siedlung verlassen und zum Friedhof hinaufsteigen.

»Tun wir jetzt so, als wären wir Freunde?«, überlege ich. »Und behaupten, dass wir uns an der Uni kennengelernt haben, falls jemand fragt?«

Ich nehme an, er will nicht, dass alle von dem Grund für seinen Besuch in der Hidden Lane erfahren. Insbesondere Eliza nicht.

»So war es doch.« Ric mustert mich einen Moment. »Also ja, ich denke, das sind wir.«

»Wie großzügig.« Ich reiße die Augen auf, wie um zu verdeutlichen, dass ich von dieser Nettigkeit zutiefst ergriffen bin. Ich freue mich wirklich. Zusätzlich wärmt mich dieses Gefühl auf.

»Ich finde, es macht Sinn«, meint er, »dass ich dir die Gegend zeige, da du aus einer anderen Ecke von Schottland kommst.«

Und da ist sie wieder: Rics rationale Nüchternheit. Ich möchte wetten, die wird mich irgendwann in fürchterliche Verzweiflung stürzen.

KAPITEL 8

RIC

Wenig später kommt die Mauer des *Strathaven Cemetery* in Sicht. Von unten sieht man bereits die Schaulustigen, die auf der Hügelkuppe Position bezogen haben. Wir schlüpfen durch das schmiedeeiserne Tor auf den historischen Teil des Friedhofs mit seinen alten, verwitterten Grabsteinen und erklimmen die letzten Meter bis zum Monument, das dort als Andenken an die gefallenen Soldaten des Ersten Weltkriegs thront.

Es ist voller, als ich dachte, und die Leute sind erstaunlich munter. Einige haben Kameras dabei und Stative aufgebaut. Familien mit Kindern, Freundesgruppen und Liebespaare. Sie alle sind hier, um dem morgendlichen Spektakel beizuwohnen.

In mir summt Vorfreude und Aufregung, während ich meinen Blick suchend über die Anwesenden gleiten lasse und mich mit Davie im Schlepptau durch die Menge schiebe. Immer wieder werden Grüße laut und Umarmungen ausgetauscht. Zwei, drei Mal winke ich jemandem zu, aber es sind nur Bekannte aus der Schule oder von meinen Eltern.

Meine Freunde werde ich kaum antreffen. Die waren gestern bis Mitternacht in der *Old Sailor's Song Tavern*, unserem Stamm-Pub in Norriesford, von wo ich mich zeitig verabschiedet habe, indem ich vorgab, noch nicht richtig fit zu sein. Zum Glück haben es mir dieser Umstand und ihre ständige Feierlaune erspart, sie abwimmeln zu müssen oder mit ihnen hier aufzutauchen.

»Von hier haben wir einen guten Blick«, sage ich zu Davie, nachdem wir den steinernen Obelisken einmal umrundet haben. Ohne auf Eliza gestoßen zu sein.

Mein leerer Magen grummelt. Für Frühstück hatte ich keine Zeit, bevor ich los musste, um ihn einzusammeln. Das ist schlecht für meine heutige Kalorienbilanz, falls ich das nachher nicht aufhole, aber momentan ist mir das egal. Ich kann mir noch so viel Mühe bei meinem Auftreten geben und wer weiß wie gut gebaut sein. Diejenigen, die mir eins reinwürgen wollen, hindert das sowieso nicht daran, mich an meine Unzulänglichkeiten als Mann zu erinnern. Und Davies Kompliment war ein nett gemeinter Booster für mein Selbstbewusstsein. Er ist ein toller Kumpel. Auch wie er sich vorbereiten wollte, um mir bestmöglich beizustehen. Total cool.

Nur was mache ich, wenn Eliza nicht kommt? Habe ich mich geirrt? Wie von selbst finden meine Finger die Kaugummipackung in meiner Hosentasche und fummeln eins heraus. Womöglich hat sie niemanden, der sie begleitet und wollte nicht allein hin. Als sie im Anschluss an ihre Highers nach England gezogen ist, um dort zu studieren, war sie hier mehr oder weniger eine Einzelgängerin. Hätte ich ihr geschrieben, um zu fragen, ob wir zusammen auf das Fest gehen wollen, wäre ich aber wahrscheinlich abgeblitzt. Das ersparte ich mir lieber ein weiteres Mal.

»Ich bin gespannt!«, verkündet Davie und dreht sich im Kreis.

Na schön, freue ich mich eben über *sein* Strahlen und die neugierige Energie, die er aussendet. Immerhin einer von uns wird nicht enttäuscht und das fängt meine kippelnde Stimmung auf.

»Da.« Ich strecke den Arm aus und zeige über die Häuserdächer hinweg auf die bunten Heißluftballons auf der Wiese, die man in der Ferne erkennt. Einige stehen schon, sind fertig aufgeblasen, andere liegen noch. »Es sollte gleich losgehen.«

Er folgt meiner Handbewegung, indem er den Kopf wendet. Wenn er heute Spaß hat, war die Aktion immerhin nicht umsonst. Da die letzten Wochen nach der Absage für seinen Wunschstudiengang hart gewesen sein müssen, hat er das mehr als verdient. Ich fühle das.

»Meinst du, das hier könnte dich inspirieren?«, frage ich, als der erste Heißluftballon in den Himmel aufsteigt. Er hat blau-rot-gelbe Streifen und verschwindet halb im Morgennebel.

Handys werden gezückt und Fotos geschossen.

Davie und ich sehen bloß zu.

Korrekter wäre: Er sieht zu und ich sehe ihn an, wie er zusieht und über meine Frage nachdenkt. Die Schultern hochgezogen, die pinke Mütze auf dem Kopf, wirkt er so schützenswert verfroren, dass mir selbst kalt werden müsste. Doch umspielt ein Schmunzeln seine Lippen und gleich darauf auch meine.

Nur weil man mir mal das Hirngespinst eingepflanzt hat, Ballerina werden zu wollen und das nicht wahr geworden ist, muss ich Davies Träume nicht schlecht machen. Das ist mir vorhin kurz passiert, weil Mums passiv-aggressive Kommentare in mir nachgehallt sind. Zumal ich mir mit meinem Coming-out meinen bislang größten Wunsch erfüllt habe und es stimmt, dass ich kein Fan von Auftritten bin. Im Mittelpunkt zu stehen, behagt mir nicht.

»Alles kann Inspiration sein«, erklärt Davie ernst, nachdem der erste Ballon nicht mehr zu sehen ist. Ein zweiter hebt ab. Er ist hellblau mit weißen Wolken darauf, die die Form von Schäfchen haben. »Das Leben ist die beste Muse.«

Ich setze zu einer pseudophilosophischen Erwiderung an, um ihn noch mal zu überraschen. Es hat mir gefallen, ihn eben mit meiner theoretischen »Balletteinlage« zu beeindrucken. Auch wenn ich ihm fast zu viel über meine Vergangenheit und das unterkühlte Verhältnis zwischen Mum und Dad und mir verraten hätte. Zum Glück habe ich die Kurve bekommen.

Auf der Suche nach der perfekten Wortwahl schweift mein Blick über den Hang. Daher stechen mir die paar Nachzüglerinnen sofort ins Auge, als sie am Fuß des Hügels auftauchen. Action wie auf Knopfdruck. Sämtliche Mitglieder der Mädelsclique tragen modische aufeinander abgestimmte Onesies, wodurch sie sich von den Kids in ihren Pyjamas unter Daunenjacken deutlich abheben.

Obwohl es keinen Sinn ergibt, dass Eliza Teil dieser Gruppe ist, weil sie früher abgesehen von mir keine Freund*innen hatte, scanne ich die Gesichter der Frauen automatisch. Und finde ihres sofort.

Die Zeit schaltet auf Slowmotion.

Wie in einem Film sieht sie auch mich direkt an. Unsere Blicke verhaken sich für Sekundenbruchteile. Ihre Miene offenbart mir nicht, wie sie darüber denkt, mir zu begegnen, nachdem sie mich geghostet hat.

Mein Herz rast, sinkt, krepiert.

Wird sie weiter so tun, als existierte ich nicht?

Neben ihr geht Charlotte, mit der sie in der Schule nach dem Ende unserer Freundschaft oft automatisch zusammengewürfelt wurde, da diese ebenfalls eine Außenseiterin war. Dass sich die beiden daraufhin angefreundet haben, ist mir dagegen neu. Ich erkenne eine weitere ehemalige Mitschülerin und die Vierte war bei uns im Ballett. Sieht aus, als hätte Eliza ihre Zurückhaltung irgendwann abgelegt und seit ihrem Weggang alte Kontakte weiter ausgebaut und verfestigt.

»Ich wusste, dass sie auftaucht«, flüstere ich aufgeregt entgegen meiner vorherigen Resignation und ramme Davie meinen Ellbogen in die Seite, weil er bislang nur flüchtig auf die Frauen geachtet hat.

»Autsch!«, japst er, reibt sich die getroffene Stelle.

»Sorry«, entschuldige ich mich rasch, betone: »Die Rothaarige in dem hellgrauen Zopfstrick-Onesie. Eliza!«

Anscheinend wurde nur ich vollkommen gefesselt und niemand schert sich sonderlich darum, als meine ehemalige beste Freundin und ihr Anhang sich unters Volk mischen. Immerhin mein Begleiter widmet sich nun den Neuankömmlingen. Ich merke, wie mir eine Schweißperle über die Stirn läuft. Es wäre schön, Martin, Steven und Dennis im Rücken zu haben, nur kann ich auf die Jungs leider nicht zählen. Dafür sind unsere Differenzen zu groß und haben wir schlicht nicht das passende Verhältnis. Ich weiß nicht, ob ich Eliza bei so viel Publikum ansprechen soll. Die Frauen lachen mich bestimmt aus, vor allem, da mindestens zwei von ihnen ohnehin nichts als Abneigung für mich übrighaben.

»Zopfstrick-Onesie?«, wiederholt Davie, was mich derart irritiert, dass es meine Panikspirale durchbricht. »Bemerkenswert spezifisches Know-how in Sachen Damenbekleidung.«

»Das ist jetzt unwichtig«, stottere ich, ertappt, verlegen und überfordert. Alles gleichzeitig.

Mir geht auf, dass ich mich vor Aufregung verplappert habe und Davie diese Formulierung deshalb nicht mit dem Bro-Typ-Image, das ich mir zugelegt habe, übereinbringen kann. Sonst achte ich darauf, nicht in alte Verhaltensmuster zu verfallen und mich anders auszudrücken, als ich es getan hätte, während ich als Mädchen gelebt habe.

»Das sind mehr Freundinnen, als ich dachte«, murmelt er.

»Was du nicht sagst.«

Unter anderen Umständen hätte ich mich für Eliza gefreut, aber für mich ist es jetzt ungünstig. Die Heißluftballons sind vergessen.

Knapp umreiße ich, wer die anderen sind, wobei ich unauffällig auf die jeweilige Person deute.

»Charlotte war nie gut auf meine Freunde und mich zu sprechen und Courtney ist mit uns in einer Klasse gewesen. Ich hatte letztes Silvester was mit ihr am Laufen.«

Voller Unglaube blinzelt Davie mich an. »Super!«, kommentiert er.

Dabei war das nicht mal alles. Leider bleibt keine Zeit, um ihn direkt lückenlos einzuweihen oder die passenden Worte für all das zu finden, was ich ihm theoretisch sagen müsste, damit er sich wappnen kann. Würde ich mich nicht immer so schwer damit tun, das, was in mir vorgeht, anderen gegenüber zu kommunizieren, wäre das hier bedeutend unkomplizierter und er längst über alles Wichtige im Bilde. Nun, wäre ich in der Lage, lockerflockig zu meinen Gefühlen zu stehen, wäre diese Situation nie zustande gekommen. Dann hätte ich meine Freundschaft mit Eliza gar nicht kaputt gemacht.

Ein panisches Lachen steigt in meiner Kehle auf.

Diesmal ist es zudem nicht nur die Angst davor, mich verletzlich zu zeigen, die mich hindert, sondern die Peinlichkeit darüber, als der schlechte Mensch dazustehen, der ich bin.

»Was ist mit der Letzten im Bunde?«, hakt Davie nach.

»Jolyne hat mit Eliza von Kindesbeinen an Ballettunterricht genommen«, bringe ich auch diese Episode auf den Punkt. »Ich bezweifle, dass sie viel über mich weiß.«

Außer, was für eine Sensation mein Ausstieg vom Tanzen damals bedeutet hat.

Hoffentlich ist inzwischen Gras darüber gewachsen. Wenn es rauskommen sollte, dass auch ich in diesem Ballettkurs war, könnte ich es zumindest damit entschuldigen, dass ich mir erst später darüber klar geworden bin, ein Junge zu sein. Hätte ich das von Anfang an gewusst, wäre mein Protest sicher früher erfolgt. Dass Mädchen – auch die vermeintlichen – zum Ballett geschickt werden, ist dagegen nichts Außergewöhnliches.

Bei der Recherche vor unserem heutigen Treffen hat Davie mit einer Google-Suche zu meiner Mutter wahrscheinlich ohnehin herausgefunden, dass ich trans* bin. War das mit dem Hinweis auf meine Ausdrucksweise gar eine humorvolle Andeutung, dass er sich schlau gemacht hat?

Er strafft die Schultern. »Ich würde gern Beschwerde einreichen, damit du mich zukünftig ordentlich einweist.«

»Tut mir leid.« Ich knirsche mit den Zähnen, meine es von Herzen.

Ich verstehe ihn. So hätte es nicht laufen sollen. Jedes Detail findet man Gott sei Dank auch nicht über mich im Internet. Es wäre meine Aufgabe gewesen, hier mehr als völlig unbegründeten Optimismus und das Auftreiben eines Sidekicks reinzustecken.

»Sie kommen auf uns zu«, zischt besagter Sidekick da.

»Was?«

Als Nächstes tippt mir jemand mit einem spitzen Fingernagel auf die Schulter.

KAPITEL 9

RIC

»Was soll die Scheiße, Ric?«, fährt Charlotte mich an.

Selbstverständlich ist es nicht Eliza, weil das nicht ihre Art wäre, auf jemanden loszugehen. Andererseits hat sie sich verändert und ich sollte auf weitere Neuerungen gefasst sein, obwohl ich beim Teetrinken mit ihr und ihren Eltern das Gefühl hatte, alles wäre wie früher. Es sind sechs Jahre vergangen. Vermutlich habe nicht nur ich mich weiterentwickelt und dieser erste Eindruck wurde von meiner nostalgischen Stimmung und der Wiedersehensfreude beeinflusst. Vielleicht ging es ihr in dem Moment ähnlich und nun, da diese Emotionen verflogen sind, verhält sie sich angemessen distanziert.

»Hi«, mache ich langgezogen und setze im Umdrehen mein überzeugendstes Lächeln auf, was Charlotte null beeindruckt. So war sie immer. Selbst fiese Sprüche und Aktionen sind an ihr abgeprallt. Jedenfalls tat sie stets so. »Seid ihr auch hier, um euch die Show anzusehen?«

Naserümpfend blickt sie sich um. »Wo hast du die anderen Genies gelassen? Ihr steckt doch sonst ständig zusammen, um euch kollektiv danebenzubenehmen und aufzuführen, als würde euch die Welt gehören. Wessen Idee war es bitte, mal eben so zu tun, als wäre nie etwas gewesen? Glaubst du, nach allem, was du angerichtet hast, wieder anzukriechen, wäre eine gute Idee? Es mag dir neu sein, aber Handlungen haben Konsequenzen.«

»Ich bin heute mit Davie unterwegs«, erwidere ich und überhöre die Sticheleien geflissentlich. Mit denen bezieht Charlotte sich wohl auf mein überfallartiges Erscheinen an Elizas Ankunftstag.

Leider tut sie im Grunde richtig daran, mein Verhalten zu kritisieren. Sie ist nicht die Böse, sondern eine gute Freundin, hat Eliza, wie es wirkt, nach unserem Bruch miteinander aufgefangen. Alles, dessen sie mich bezichtigt, bin ich schuldig, weshalb ihre Worte umso schwerer wiegen und mich innerlich zum Beben bringen.

Meine Augen zucken zu Eliza, die sich, deutlich blasser geworden, im Hintergrund hält. Ihre halblangen Locken sind zu einem Half-Bun hochgebunden, einzelne Strähnen haben sich gelöst und umspielen ihr verkniffenes Gesicht. Der Wind sticht in meine Wangen, obwohl ich meine Kapuze aufhabe.

Ich weiß, dass ich mich auf ihre Seite hätte schlagen müssen, als sie ins Schussfeuer geriet, nachdem ich auf Abstand zu ihr gegangen war. Plötzlich stand sie allein da. Nur war es mein Ziel gewesen, meine Gefühle für sie zu unterdrücken. Dazu kam: Bei den Typen, zu denen ich übergewandert war, handelte es sich um eben jene, die ein paar Wochen später anfingen, auf sie loszugehen. Ich war überfordert. Eigentlich war ich froh, dort aufgenommen worden zu sein. Es half mir, meine männliche Identität auf andere Weise zu erforschen als bisher, was mich zu der finalen Erkenntnis brachte, ebenfalls ein Junge zu sein. Und ich wollte nicht, dass sie auch auf mich losgingen, ich gebe es zu. Deshalb erschien es mir unmöglich, zu Eliza zurückzukehren, so wie sich die Dinge entwickelt hatten.

»Dann war es sein Einfall, hier aufzukreuzen?« Charlotte zeigt auf Davie.

»Nein«, sagen er und ich gleichzeitig.

Charlotte hat recht, ich muss mich zumindest entschuldigen. Ich würde nur gern erst wissen, was Eliza denkt. Zu einer privaten Aussprache hatten wir seit ihrer Rückkehr bisher keine Gelegenheit.

Jetzt drängt Eliza sich zwischen Charlotte und mich, um ihrer Freundin eine Hand auf den Unterarm zu legen. Mein Puls beschleunigt sich, doch sie spricht nicht mich an.

»Charlotte, ist in Ordnung. Ich habe gesagt, lass es gut sein. Es ist nicht nötig, eine Szene zu machen. Schauen wir uns die Heißluftballons an. Deshalb sind wir hergekommen.«

Sie will also Frieden, aber keinen Kontakt?

Ich öffne den Mund, nichts kommt heraus. Am liebsten möchte ich sie ohne Umschweife fragen, ob ihr unser Wiedersehen nichts bedeutet hat, bevor sie sich mir erneut entzieht. Mein Magen krampft sich zusammen und Säure kriecht meine Kehle hinauf. Ich möchte mich vor ihr auf die Knie werfen und Buße tun oder in der Zeit zurückreisen, um mit Courage für sie einzutreten. Ich möchte mit einem Körper auf die Welt gekommen sein, der zu mir passt oder meine Transgeschlechtlichkeit früher erkannt haben. Dann hätte es mir nicht solche Angst gemacht, als ich mich in sie verliebt habe.

»Irgendwer muss dem mal die Meinung sagen«, schnaubt Charlotte, wobei sie meine Anwesenheit ignoriert.

Da sie nur Elizas Bestes im Sinn hat, sage ich ihr nicht *meine* Meinung. Weil klar, ich bin ein Arschloch, aber fun times hatte ich als Teenager auch nicht.

»Char–«, setzt Eliza neu an und versucht, sie wegzuziehen, was nicht klappt.

»Es ist total abgefuckt, dass er dir nachstellt, Liz!«, regt sie sich auf.

»Tut mir leid.« Eliza gibt es auf und bedenkt mich mit einem entschuldigenden Augenaufschlag unter ihrem dichten Wimpernkranz hervor, der mir eine Gänsehaut zaubert und mir wieder Hoffnung macht, dabei ist diese gestorben.

Wie konnte die Situation so schnell aus dem Ruder laufen?

So viel zu meinem neuen Plan, Eliza könnte sich romantisch für mich erwärmen, wenn wir schon unsere Freundschaft nicht recyceln.

In dem Moment, in dem ich mitkriege, dass ein paar der Umstehenden zu uns herüberstarren, schaltet Davie sich ein. »Ric führt mich nur herum«, entschärft er Charlottes Anschuldigung. »Wir befinden uns an einem öffentlichen Ort und an dem Event können alle teilnehmen. Unser Auftauchen hat nichts mit euch zu tun.«

Es kommt mir vor, als ob ihm unwohl dabei wäre, nicht zu wissen, was damals vorgefallen ist. Dafür, dass er dennoch Partei für mich ergreift, bin ich ihm mehr als dankbar. Mir wird warm. Er ist mein Held. Wie soll ich ihm das zurückzahlen?

»Ich habe bisher kaum etwas von der Gegend rund um Glasgow gesehen«, schiebt er nach. »Ric und ich kennen uns aus der Uni.«

»Also machst du ein Auslandssemester?«, leitet Jolyne einen endgültigen Themenwechsel ein. Das hätte hilfreich sein können, hätte sie vorher nachgedacht.

»Nein, ich komme aus Schottland«, stellt Davie klar. »Aus den Highlands.«

»Ahhh!« Mit der flachen Hand schlägt sie sich an die Stirn. »Gott, ich bin so mies in Dialekten.«

Den hört man so gut wie gar nicht bei ihm. Unserer ist ausgeprägter. Ich winde mich vor Fremdscham. Wie anstrengend muss das für Davie sein, potenziell bei jeder ersten Begegnung mit der Annahme konfrontiert zu werden, er gehörte nicht in dieses Land? Wäre ich nur nicht so froh, dass ich einen Augenblick zum Luftholen erhalte.

Zu meiner Verblüffung ist es Eliza, die Davie in ein nur unwesentlich weniger unangenehmes Gespräch verwickelt. »Was studierst du denn?«

Immerhin eine vorurteilsfreie und auf Fakten basierende Annahme. Dass sie bei einer fremden Person in die Offensive geht, ist allerdings ungewohnt. Ist sie neugierig auf ihn, weil er ein Freund von mir ist, den sie nicht kennt, oder will sie Jolynes Fauxpas überspielen?

Bevor ich Davie beispringen kann, damit niemand in seiner Wunde stochert, klärt er Eliza bereits über die gescheiterte Aufnahme in den Studiengang auf, anstatt abzublocken, wie ich es getan hätte. »Leider habe ich eine Absage für *Kreatives Schreiben* erhalten.« Bei seinen Kommunikationsskills braucht er meine Hilfe gar nicht. Statt eine Lüge aufzutischen, leitet er galant zu seinem Autorenleben über: »Natürlich hält mich das trotzdem nicht davon ab, weiter an meinen Projekten zu feilen.«

Darauf springt Eliza, wie ich gehofft habe, direkt an. Zwei Herzen der Boheme, die im selben Takt schlagen.

»Krass, wie spannend!«, ruft sie, leuchtet von innen auf. Wie schön kann eine Frau sein? Mir wird flau. »Wo kann man etwas von dir lesen? Was schreibst du? Bücher oder …?«

Davie lächelt, geschmeichelt von ihrer Begeisterung, was mich gleich noch zufriedener macht. Obwohl er allein die Rettung für die Unterhaltung herbeigeführt hat und ich nichts dazu beigetragen habe.

Auf einmal kann ich mich nicht mehr entscheiden, ob ich lieber sie oder ihn ansehen möchte. Geheimnisvoll hebt er einen Finger an die Lippen. »Noch ist das top-secret, aber kleine Teaser sollten drin sein. *Sherlock Holmes* kennt ihr. Ich habe daran angelehnt meinen eigenen Detektivroman verfasst.«

»Wie *Enola Holmes*?«, fragt Jolyne. »Die Filme mit Millie Bobby Brown habe ich letztens erst auf Netflix geschaut.«

»So in der Art«, bestätigt Davie. »Es gibt ja unendlich viele Adaptionen. Aber ich möchte zu behaupten wagen, meine sticht trotzdem heraus.«

Eine Spur Neid regt sich in mir, so fasziniert wie Eliza ihn betrachtet. Der verfliegt gleich wieder, als auch ich seinem Charisma erliege. Nun da Davie ungehemmt über seine Leidenschaft spricht, kann ich mich seinem einnehmenden Wesen nicht mehr verschließen. Es ist weniger, was er sagt, sondern wie. Ein angenehmer Schauder rinnt meine Wirbelsäule hinab. Alles andere außer seine funkelnden braunen Augen und seine samtene Stimme treten in den Hintergrund, was einem Wunder gleicht, wo ich mich zuvor furchtbar gefühlt habe.

Als er die Schreibgruppe erwähnt, fällt meine ehemalige beste Freundin in seine Schwärmerei mit ein. »In der Hidden Lane habe ich Ballett gelernt, wie verrückt!«

Elizas Freude über diesen Zufall ist zu süß. Ich bin verloren.

Plötzlich richtet sie ihren Blick auf mich. »Pardon, haben *wir*.«

Aus Reflex sehe ich sofort weg, obwohl ich eben wollte, dass sie sich mir zuwendet. Ohne Vorwarnung sind da diese Bilder in meinem Kopf: von meinem früheren Ich mit langen Haaren, lieblich, zart und zerbrechlich. Ich kann mir nichts Schlimmeres vorstellen, als dass auch die anderen sie aus ihrem Gedächtnis hervorkramen oder gar etwas in dieser Art kommentieren, wie ich mich verändert habe. Darauf war ich in dieser Intensität nicht vorbereitet und die Schmetterlinge in meinem Bauch begeben sich in den Sturzflug. Durch den Tanz bin ich stets schlank und definiert gewesen, nur ist das kein Vergleich zu meiner mittlerweile massig-muskulösen Statur. Ich hatte die perfekte Ballerinenfigur, wohingegen Eliza immer kurviger war und ist.

Vermutlich hat sie einen Teil meiner Gedanken erraten und ihr engelsgleiches Wesen nicht verloren. Rücksichtsvoll schwenkt sie um und richtet sich an Jolyne. Mit viel gutem Willen könnte man nun meinen, sie hätte mit ihrem *wir* nicht von sich und mir gesprochen, sondern von ihr und unserer ehemaligen Ballettkollegin.

Ich linse zu Davie, um zu checken, ob er etwas mitbekommen und eins und eins zusammengezählt hat. Er wirkt weder irritiert noch verwundert und sieht mich auch nicht an. Vorsichtig atme ich auf. Dass er in der Theorie über mein Transsein Bescheid weiß, ist etwas anderes, als es aktiv vor ihm auszurollen. Wenn ich das vermeiden kann, vermeide ich es.

»Erinnerst du dich an Madame Laurents Lieblingsspruch«, fährt Eliza fort, »und wie sie jedes Mal mit der Zunge geschnalzt hat, wenn eine von uns aus der Reihe getanzt ist?«

»Oh, Gott, ja«, bestätigt Jolyne. »Laut ihr waren wir alle hoffnungslose Fälle. Ich hätte es ihr abgekauft, wenn sie dabei nicht so versonnen gelächelt hätte.«

»Aber nur, wenn sie sich unbeobachtet geglaubt hat!«

»Ich denke immer gern an diese Zeiten zurück, auch wenn ich nach dem Sturz mit dem Tanzen aufhören musste.«

Davon höre ich zum ersten Mal, aber Jolyne kommt auch nicht aus Norriesford, sondern aus Motherwell. Sie scheint nicht verbittert. Wieso bin ich es so sehr, dass ich es nicht mal schaffe, mich in das Gespräch einzuklinken, obwohl ich es möchte? Um klarzustellen, dass sie das, was war, stark zum Positiven verklären. Was ist mit all dem Schweiß, all den Selbstzweifeln, all dem Druck und all den Tränen? Säßen mir die Konsequenzen, meine Verbindung zum Ballett vor Davie zu entfalten, nur nicht im Nacken. Falls es gegen meinen Willen passiert, okay, aber ich muss es nicht selbst forcieren. Würde er mich danach noch als richtigen Mann akzeptieren?

»Ich auch«, seufzt Eliza. »Rückblickend cute, wie eingeschüchtert ich am Anfang war und irgendwann wurde dieses Studio zu meinem zweiten Zuhause. Inzwischen tanze ich am Royal Theatre in Glasgow«, weiht sie Davie ein. »Ich weiß nicht, ob du es wusstest.«

Diesmal weiche ich nicht aus, als sie zwischen ihm und mir hin und her schaut, gebe wenigstens stummes Kontra. Sie ist kein Engel, sondern der aus der Asche, die ich hinterlassen habe, auferstandene Phönix. Will sie mich provozieren, damit ich mich äußere, zugebe, was uns einst verbunden hat, bis ich es zerstört habe, anstatt weiter zu schweigen? Subtil, aber effizient. Ich würde ja mit Eliza reden, nur bitte unter vier Augen!

Charlotte wirkt nach wie vor überrumpelt davon, wie sich die von ihr herbeigeführte Konfrontation entwickelt hat. Das kann ich ihr nicht verdenken, es fällt mir selbst schwer zu glauben. Der Groll, den sie mir gegenüber hegt, brodelt unter der Oberfläche.

»Ric hat es mir erzählt«, sagt Davie, weil ich nach wie vor nichts herausbringe.

Am liebsten würde ich wegrennen. Ich bin eine wandelnde Katastrophe. Ich kann ihn das nicht komplett für mich ausbaden lassen, aber ich weiß nicht mehr, wo vorne und hinten ist, was richtig und was falsch ist. Es ist viel zu viel.

Als würde er zum letzten Zug vor dem Schachmatt ansetzen, fixiert Davie Eliza. Verführerisch senkt er die Stimme. »Und wann kann man dich dort tanzen sehen?«

»Du interessierst dich für Ballett?« Ihre Verblüffung ist echt. Da bin ich sicher. »Die Premiere ist erst Mitte November, aber bald gibt es die ersten öffentlichen Proben.«

»Wie heißt das Stück?«, möchte Davie wissen.

»*Prince of Sea*. Eine Art Märchen rund um ein nixen-ähnliches Volk aus dem Meer«, erläutert Eliza, »und eine Sterbliche, die in diese magische Welt entführt wird.«

»Klingt super!«

»Die Karten sind begehrt. Ich schicke dir welche, wenn du möchtest, damit du noch welche bekommst«, bietet sie ihm an. »Ein paar werden immer zurückgelegt, falls wir Tänzer*innen *Family and Friends* einladen wollen.«

Davie grinst übers ganze Gesicht. »Das wäre klasse, auf jeden Fall!«

Sie lächelt zurück und speichert sich seine Nummer ins Handy und er ihre.

Mir wird immer komischer. Obwohl mir bewusst ist, dass Davie diesen Kontakt für mich knüpft und eine neue Anlaufstelle für Annäherungsversuche meinerseits in Erfahrung gebracht hat. Im Übrigen kokettiert er stets, ohne es ernsthaft flirty zu meinen. Mir gegenüber ist er bisher genauso aufgetreten. Meine Eifersucht ist unangebracht.

»Du bist aber schon schwul, oder?«, fragt Charlotte unvermittelt in die Pause hinein, die danach entsteht. Ihre Augen sprühen vor Wut Funken.

Ich bin nicht der Einzige, der nach Luft schnappt. Das war ja super unhöflich und übergriffig! Auch wenn ich mir diese Frage selbst bereits gestellt habe, sehe ich nicht, was Charlotte zu der Annahme verleitet hat, es wäre okay, so dreist in Davies Privatsphäre einzudringen. Glaubt sie etwa, es würde Elizas Interesse auf einen Schlag ersticken, sollte Davie nur auf Männer stehen, oder unser abgekartetes Spiel zum Auffliegen bringen?

»Nein«, antwortet Davie geradeheraus. Er macht einen gelassenen Eindruck. Kann er mir was davon abgeben? Bitte? »Ich bin bi.«

Die Info rastet in meinem Kopf ein. Ich bin noch nie einer Person begegnet, von der ich wusste, dass sie bi ist. Im Grunde überhaupt noch nie einem anderen queeren Menschen. Mal abgesehen von Mara, der Leiterin der Schreibgruppe, was auch erst nach Davie passiert ist.

Ein Kribbeln durchläuft mich.

Vielleicht erklärt das, wieso er sich hier an meiner Seite befindet und keiner meiner anderen Freunde. Ist dieser gemeinsame Nenner der Grund, aus dem es sich für mich inzwischen anfühlt, als wäre es allein Davies Anwesenheit zu verdanken, dass ich bisher nicht die Flucht ergriffen habe? Trotz unserer Unterschiede und der gegenwärtigen Lage gibt er mir ein gutes Gefühl, als stünde er hinter mir, komme, was wolle. Das kann ich nicht von der Hand weisen, obwohl ich die Vorstellung vor kurzer Zeit vollkommen abwegig gefunden hätte.

»Das passt ja«, kommentiert Courtney. Nur kann sie unmöglich dasselbe meinen wie ich. Ihre Anwesenheit hatte ich verdrängt. Umso unsanfter rückt sie in mein Bewusstsein.

Ich glaube, es war Steven, der sie mir ausgeguckt hatte, »damit ich mich auch mal mit jemandem ins neue Jahr vögeln kann«. Dass das ein Reinfall wurde, erklärt sich von selbst. Seit Eliza habe ich mich nie groß für andere Frauen interessiert. Die Jungs waren es, die entschieden, es sei an der Zeit, und ich wollte mit ihnen mithalten. Also machten wir an Silvester in der Scheune von Bauer Winfried rum.

»Was meinst du?« Davie runzelt die Stirn.

»Das heißt doch«, versichert die Gegenwarts-Courtney sich, »dass dir geschlechtsspezifische Merkmale bei deinen Partnern egal sind, oder?«

Mein Kopf glüht auf wie ein Heizstrahler.

In welchem Universum hätte das ein angebrachter Einwurf sein können? Und will sie damit andeuten, sie glaubt, Davie und ich seien ein Paar? Wie absurd! Ist das ein verdrehter Versuch, mich zu beglückwünschen, nachdem ich bei ihr aufgrund meiner »Biologie« abgeblitzt war? Als wir uns auszogen und ihr mit einem »Oh, ach ja« einfiel, mit wem sie es zu tun hatte … Sie war betrunken, doch dadurch hatte die Zurückweisung für mich nicht weniger geschmerzt.

Eliza findet ihre Sprache als Erste wieder. »Schluss damit!«, spricht sie ein Machtwort und diesmal setzt sich niemand über sie hinweg.

Diese entschiedene Unnachgiebigkeit ist verdammt sexy. Angesichts der auf einmal wieder so präsenten Erinnerung mit Courtney kann ich das jedoch kaum würdigen. In diesem Moment finde ich mich selbst regelrecht abstoßend.

Es schüttelt mich.

Will ich wissen, was Eliza oder Davie sich zusammenreimen? Garantiert nicht, nein. Als hätte die Demütigung damals nicht ausgereicht.

»Ja«, stimme ich zu, muss mich räuspern. Wenn ich mich nicht täusche, ist das das erste Mal seit ihrem Auftauchen, dass ich direkt das Wort an Eliza richte.

Ich bin ein hoffnungsloser Fall.

Selbst wenn sie in Bezug auf meinen Körper anders als Courtney empfindet. So wird das niemals etwas mit uns werden.

KAPITEL 10

DAVIE

Das nenne ich mal einen wilden Schlagabtausch! Noch als Eliza und ihre Freundinnen sich längst auf die andere Seite des Hügels zurückgezogen haben, klopft mir das Herz bis zum Hals. Der nach und nach abklingende Adrenalinrausch ist wenigstens nicht gänzlich unangenehm. Ein Teil von mir genießt den Sieg, auch wenn er mich einiges an Kraft und Nerven gekostet hat.

Wenn ich mir Ric ansehe, geht es mir allerdings im Vergleich zu ihm gut. Es wäre beschönigt zu behaupten, er wirkte fertig. Seine Haut hat einen kränklichen Weißton angenommen und die Ringe unter seinen grünbraunen Augen scheinen tiefer als zuvor. Gerade reibt er sie sich, wodurch die Brille hochrutscht und schief auf seiner Nase landet. In einem Anfall von Fürsorge juckt es mich in den Fingern, sie zurechtzurücken, als könnte ein wenig Ordnung im Außen auch die inneren Wogen glätten.

»Also«, beginne ich.

Ich erinnere mich daran, dass ich sauer bin, weil er mir nicht unter die Arme gegriffen hat und ich alle Angriffe abwehren musste. Ein Teil von mir will auf der Stelle verlangen, dass er reinen Tisch macht und mir erklärt, was er getan hat, um Charlotte und Co. gegen sich aufzubringen. Ich habe so viele Fragen, dass ich nicht mal weiß, wo ich anfangen soll. Wieso klang Elizas Wortwechsel mit Jolyne über ihren Ballettunterricht wie eine geheime Botschaft und was meinte Courtney am Ende mit ihrem *Das passt ja*? Wo kommen da Geschlechter ins Spiel? Ist Ric etwa wie ich queer?

»Ich könnte was zu essen vertragen«, lasse ich verlauten, anstatt nach Antworten zu verlangen, als er mich erschöpft anblinzelt. Etwas in meiner Brust zieht sich bei diesem Anblick zusammen.

Seufzend verschiebe ich mein Bombardement auf später. Fürs Erste reicht es mir zu wissen, dass er kein herzloses Monster ist. Darauf kommt es an, oder? Eliza, um die es bei der Sache geht, hat nicht den Eindruck erweckt, als würde sie ihm am liebsten den Kopf abreißen. Sie schien verhalten, nicht unversöhnlich. Rics Perspektive der Geschichte interessiert mich brennend, aber das muss warten.

»Heute Morgen habe ich nichts runterbekommen«, erläutere ich, weil er sich immer noch in einer Art Schockstarre befindet. »Mein Biorhythmus ist mehr auf *Nachteule* ausgelegt statt auf *früher Vogel*. Und deiner?«

Endlich nickt er, schaut flüchtig zu den letzten Heißluftballons, die als Nächstes am Start sind. »Wenn wir uns beeilen«, verkündet er, »schaffen wir es vor den Massen in den Coffeeshop und müssen nicht ewig anstehen.«

Gesagt, getan.

Wir laufen den Hang hinunter, ohne uns noch einmal nach den Frauen umzudrehen, durch das Friedhofstor und in den Ort hinein. Die Fronten der Geschäfte, welche die schmalen Straßen säumen, sind unten zumeist bunt gestrichen und bestehen in der oberen Hälfte aus hellem Sandstein. Sie liegen noch im Dunkeln. Die mit viel Liebe hergerichteten Schaufenster machen mich trotzdem neugierig. Nur hier und da bläst einer der zahlreichen Schornsteine weißen Rauch aus. Das Café, wo wir hinwollen, sprüht dagegen bereits vor Leben und hat eine schwarze Fassade, wozu das rustikale Holzschild über der Tür perfekt passt.

Das Gefühl, mich richtig verhalten zu haben, indem nicht ich ihn als Nächstes in die Mangel nehme, verstärkt sich, als Ric mich im *Roasted* einlädt.

Kaum zücke ich am Tresen mein Portmonee, nachdem wir unsere Bestellung aufgegeben haben, grätscht er mir mit einem »Ich übernehme das!« dazwischen.

Irgendwie ist mir klar, dass das Rics Art ist, mir seine Dankbarkeit zu zeigen. Ausbaufähig, aber der Wille ist da. Ich verzeihe ihm, dass er die Champignons auf meinem Toastie kritisch begutachtet und schlendere zu einem Platz, bevor alle besetzt sind. Das Ambiente ist total heimelig. Meine Mundwinkel biegen sich hartnäckig nach oben, nachdem ich auf die mit Kissen gepolsterte Eckbank gerutscht bin, von wo ich ihn beim Bezahlen beobachte. Seine breiten Schultern, die grauen Baggys, welche meine Fantasie anregen, und das lässige »Ja, Mann«, mit dem er auf etwas, das der Barista gesagt hat, reagiert. Ich glaube, es geht um ein Tennismatch.

Weil an dieser Situation nichts Romantisches ist, freue ich mich über das kostenlose Frühstück. Das darf man in jedem Fall. Insbesondere, wenn man knapp bei Kasse ist.

Nachdem Ric mit unserem Essen an den Tisch gekommen ist und sich mir gegenüber hingesetzt hat, kommentiere ich nun seine Auswahl. »Glaub nicht, ich hätte nicht bemerkt, wie du meine Pilze vorhin gemustert hast. Was ist auf deinem Sandwich? Ei, Ei und … Extra-Ei?«

Über die Holzplatte hinweg funkelt er mich düster an. Ich nippe an meiner Orangenlimonade. Daraufhin rupft Ric das einzige Rucolablatt zwischen den Scheiben des Sauerteigbrots hervor und hält es demonstrativ in die Höhe. »Salat«, sagt er.

Ich muss so lachen, dass ich fast die Limo ausspucke.

»Das«, japse ich, nachdem ich sie erfolgreich runtergeschluckt habe, »war Absicht! Gib zu, du hast extra gewartet, bis ich das Zeug im Mund hatte, bevor du deine Einlage bringst.«

»Ich dachte nicht, dass du das so lustig finden würdest«, streitet er diesen Schachzug wenig überzeugend ab. Sein Grinsen spricht Bände.

Die Leichtigkeit, die nach diesem beschissenen Tagesstart zwischen uns herrscht, ist eine Wohltat und erwischt mich unerwartet. Ich höre auf zu lachen und lehne ab, als er fragt, ob ich Lust habe, nachher zum Jahrmarkt zu gehen, welcher im Zuge des Fests ab Mittag im Park aufmacht. Bis dahin dauert es zwar eine Weile und ich hätte Zeit, um mich von der unangenehmen Situation zu erholen, aber die Vorstellung, mehrere Stunden mit Ric allein zu verbringen, erscheint mir sowohl verheißungsvoll als auch gefährlich. Ich sollte mir nicht zu viel zumuten und auf die Dosierung achten. Es ist nicht leicht, mit jemandem befreundet zu sein, der die eigenen Endorphine derart in Aufruhr versetzt. Außerdem weiß ich nach wie vor nicht, was Ric in der Vergangenheit angestellt hat. Im Grunde ist mir die Vorgeschichte einer Person egal, ich würde sie deswegen nicht verurteilen. Wir haben alle in unserem Leben mal etwas getan, auf das wir nicht stolz sind. Mich würde interessieren, was das bei Ric ist. Etwas muss vorgefallen sein, sonst hätten Elizas Freundinnen, insbesondere Charlotte, nicht so reagiert.

»Ich bin nicht so scharf auf Kirmes«, lüge ich, schiebe ehrlicher nach: »Und ich würde deinen Feindinnen heute ungern noch mal über den Weg laufen. Ich bin noch angeschlagen.«.

Die erste größere Ladung Gäste derjenigen, die sich den morgendlichen Flug der Heißluftballons angesehen haben, wird in den Coffeeshop gespült. Zu meiner Beruhigung sind keine bekannten Gesichter darunter.

Als ich Ric wieder meine Aufmerksamkeit schenke, hat er eine zerknirschte Miene aufgesetzt. »Entschuldige, dass sie sich so aufgeführt haben. Damit habe ich nicht gerechnet. Ich bin selbst schuld, aber du hättest das nicht abkriegen sollen.«

»Warst du ein böser Junge?«, witzele ich, um die Schärfe aus meiner Frage zu filtern. Dass er das Thema von sich aus vertieft, überrascht mich positiv. So stehen die Chancen auf eine Antwort besser, als wenn ich ihn anklage, was ohne eine konkretere Grundlage sowieso ungerecht wäre.

Er stöhnt und vergräbt das Gesicht in den Händen. »Ich habe Dinge getan, die ich zutiefst bereue oder eher: habe sie nicht getan, obwohl ich sie hätte tun sollen«, gesteht er. »Als Eliza mich gebraucht hat, habe ich weggesehen und war nicht für sie da. Es war mir wichtiger, meinen eigenen Ruf zu wahren. Und das habe ich davon.«

»Hey.« Mit dem Fuß stupse ich gegen sein Schienbein, woraufhin er die Hände senkt und aufblickt. »Es ist nicht alles verloren.«

Ich ernte ein Kopfschütteln. »Ich hätte ihr viel früher sagen müssen, wie leid es mir tut, dass ich ihr nicht geholfen habe. Wir hätten uns vor Jahren aussprechen sollen. Aber zum einen war da der Abstand, zum anderen war ich ein Feigling. Das bin ich immer noch. Wie du ja gemerkt hast.«

Rics Niedergeschlagenheit geht mir zu Herzen. Möglich, dass ich auch an seine Unschuld glauben möchte und durch meine schriftstellerische Ader voreingenommen bin. Man denke nur an Mr Darcy. Nun, nicht jeder verschlossene Mistkerl ist ein missverstandener Softie. Wie es um meine Menschenkenntnis bestellt ist, hat mir Kierans Betrug schonungslos bewiesen.

»Daran können wir arbeiten«, muntere ich Ric weiter auf. »Ich glaube nicht, dass Eliza dich hasst.«

»Sollte sie aber«, widerspricht er.

»Mach mal halblang. Du bist kein Schurke aus einem Disney-Film.«

Sehe ich da einen Funken Erheiterung in seinen Augen?

Er schnaubt. »Darf ich mein Schicksal des ewigen Bedauerns nicht wenigstens zelebrieren?«, will er wissen.

Ich lehne mich ein großzügiges Stück in seine Richtung. »Möchtest du darüber reden?«

Er bedenkt mich mit einem Augenverdrehen. »Was willst du von mir hören?«

»Keine leeren Phrasen«, befinde ich und merke gleich, dass das die Stelle ist, an der es mich zwickt.

Das hier mag ein Riesenzugeständnis von seiner Seite sein. Nur was sich hinter seinen Andeutungen verbergen könnte, ist auf eine Weise hässlich, die mir auf den Magen schlägt. Gleichzeitig regt sich das Bedürfnis in mir, zu begreifen, was jemanden dazu verleitet, andere zu schikanieren. Obwohl es mich nicht wundert, wenn ich zusammentrage, was ich bisher über ihn weiß. Ric ist ein Typ, dem es wichtig ist, was die Leute über ihn denken. Kann Angst so mächtig sein?

»Du verlangst von mir, mein Herz auszuschütten *und* Verantwortung zu übernehmen?« Seine Stimme hebt sich ungläubig. »Das ist, wie sich sowohl für Pest als auch für Cholera zu entscheiden!«

»So ist es.« Ich gebe mir extra Mühe mit meinem Quizmaster-Tonfall, da ihm dieses spielerische Getue offenbar am wirkungsvollsten die Zunge lockert. »Oder ich lasse dich in Frieden und du kannst dich weiter auf dich gestellt in Selbstmitleid suhlen. Ich glaube nur nicht, dass das zielführend ist.«

»Du bist viel durchtriebener, als du aussiehst«, beschwert er sich.

»Danke.« Ich hauche Ric einen Luftkuss zu. Er hat recht, denn ich wiege ihn bewusst in Sicherheit, damit er nicht merkt, was er in mir auslöst, wie ich mich vor ihm zurückziehen will und mich doch zu ihm hingezogen fühle. »Das nehme ich mal als Kompliment. Und du viel weniger.«

»Was bitte willst du damit andeuten?«

Oh, oh, da schwingt ein Hauch von Ärger mit. Ich glaube, ich habe es zu weit getrieben! Ich hätte ihn nicht noch mal darauf hinweisen sollen, wie emotional entblößt er sich in den vergangenen Minuten vor mir gezeigt hat, obwohl er so erpicht darauf ist, unnahbar zu wirken.

»Davie«, sagt Ric, entgegen meiner Befürchtung, er würde sich wieder abschotten, da ergeben. Ich horche auf, weil er meinen Namen so eindringlich ausspricht. Mein Puls beschleunigt sich. »Ich bin keiner von den Guten, nur weil ich einen weichen Kern habe oder so was. Um es mit deinen Worten zu sagen: Wäre mein Leben ein Teenie-Drama in irgendeiner Serie oder einer deiner Geschichten, sollst du wissen, dass ich zu den *angesagten Kids* gehören würde. Dafür bin ich zwar nicht über Leichen gegangen, aber Beliebtheit ist eine hohe Währung und als Jugendlicher war ich bereit dazu, jeden Preis zu zahlen. Ich habe Eliza nie persönlich attackiert, doch ich habe ihr den Rücken zugewendet und mich mit ihren Mobbern verbündet, weil sie das Sagen hatten. Was mir das gebracht hat, ist die Frage, das erwähnte ich ja schon. Eine Zeit lang, bevor sie Eliza ins Visier genommen haben, war es gar nicht so übel mit ihnen … Sie konnten mir etwas geben, das ich gebraucht und gesucht habe. Inzwischen sind wir nur noch oberflächlich befreundet, wenn man es denn so nennen will. Mehr aus Gewohnheit. Ich bezeichne sie noch als meine Kumpels, weil ich sonst niemanden habe. Trotzdem würde ich verstehen, wenn du mich nicht mehr unterstützen möchtest.«

Es ist diese Ehrlichkeit, mit der Ric mich überzeugt, dass er es mit Eliza ernst meint. Ob er ihre Vergebung – und Liebe – verdient hat, obliegt ihrer Entscheidung. Ich bin sicher, in ihm schlummert mehr, als er zu sehen vermag. Eine bessere Version seiner selbst? Ich fürchte, dass er mich am Haken hat. Dieser verletzliche Teil von ihm fasziniert mich stärker als jede Zurschaustellung seiner Coolness. Wenn ich für ihn da bin, könnte er auch für mich da sein. Irgendwann.

»Zu spät«, murmele ich.

Wieso fällt es mir schwer, mich von Ric abzuwenden? Er hat mich vor sich gewarnt! Sollte ich ihn nicht verachten? Daran, dass ich mich körperlich zu ihm hingezogen fühle, kann es allein nicht liegen. Ist es, weil ich nicht mehr hundertprozentig sicher bin, dass Ric hetero ist?

»Bist du auch bi?«, wage ich einen riskanten Vorstoß. Nicht so riskant, wie es wäre, das mit uns fortzuführen, solange meine Gedanken in diese romantische Richtung driften. Immerhin gibt es einen Aufhänger und wenigstens diese Ungewissheit sollte ich aus der Welt schaffen, bevor ich mich weiter mit ihm abgebe.

»Was? Nein!« Rics Entsetzen tut ein bisschen weh. »Wie kommst du darauf?«

»Wegen dem, was Courtney gesagt hat«, erkläre ich rasch.

Habe ich ihn mit dieser Vermutung verprellt? Schreckt ihn die Vorstellung, queer zu sein, so ab?

Seine Stirn glättet sich. »Sie hat Bullshit gelabert und wollte mich beleidigen.«

Ich nicke. »Okay.«

Fühle ich mich durch dieses Wissen befreiter? Nicht wirklich.

»Hey.« So plötzlich wie Ric die Hand ausstreckt und sie flüchtig auf meine legt, kann ich unmöglich zurückweichen. Umso blitzartiger schlägt der Stromstoß in mich ein. Ich hoffe, mein Teint verhindert, dass er mein Erröten bemerkt. Es ist lieb, dass er mir mit dieser Geste unmissverständlich verdeutlicht, mit meiner Bisexualität kein Problem zu haben. Es erleichtert mich, dass er nun nicht glaubt, ich würde auf jeden Menschen abfahren.

»Mach dir keine Gedanken darüber«, sagt er, ehe er sich zurück-lehnt. »Ja?«

»Aye.« Ich zwinge mich zu einem Lächeln.

Wieso ist Ric kein skrupelloses Stück Scheiße? Das würde es leichter machen, ihn im Stich zu lassen und auf mein Herz zu achten.

Na schön, ich weiß, was ich als guter Freund zu tun habe. Und das möchte ich für ihn werden.

KAPITEL 11

RIC

Davie hat uns Tickets für die zweite öffentliche *Prince of Sea*-Probe am Freitagnachmittag gesichert. Ich muss seine Nachricht mehrmals lesen, bis ich checke, was das heißt. Dass das so fix ging und meine beste Freundin aus Kindheitstagen keinen Rückzieher gemacht hat, erstaunt mich und jagt mir einen kalten Schauder den Rücken hinunter. Der Drang aufzuspringen, überkommt mich. Ich werde Eliza wiedersehen, tanzend, und ins Ballett gehen! Nur lümmele ich gegenwärtig neben Dennis in Stevens Kellerzimmer auf dem Sofa und schaue offiziell dabei zu, wie Martin sich an der Playstation als Monsterjäger auf der Suche nach dem prophezeiten Kind durch eine beeindruckend animierte Fantasy-Welt schlägt. Demnach bemühe ich mich, meine innere Aufregung nicht nach außen scheinen zu lassen, damit ich keine Fragen beantworten muss, die ich vor meinen Jungs nicht beantworten will. Beim letzten Kampf gegen irgendwelche kreischenden Ghule bin ich abgeschweift und hielt es für einen geeigneten Zeitpunkt, um mein

Handy zu konsultieren. Mit so einer Neuigkeit habe ich nicht gerechnet, ansonsten wäre ich aufs Klo gegangen, um sie in Ruhe in mich aufzunehmen.

Das ist ja der Hammer, bedanke ich mich überschwänglich. Meine Hände beben leicht beim Tippen und ich muss das Grinsen niederringen. *Wie hast du das angestellt? Sie muss ahnen, dass du mit mir hingehen wirst.*

Davie schreibt sofort zurück, obwohl seine letzte Nachricht über eine Stunde her ist. Gespannt warte ich, welche Worte als Nächstes auf meinem Bildschirm auftauchen mögen.

Dass er nach der Auseinandersetzung in Strathaven und trotz meines Geständnisses, zu Elizas Mobbern gehört zu haben, noch an meiner Seite steht und sich nach wie vor so reinhängt, bedeutet mir alles. Es löst wohlige Wärme in mir aus. Schlagartig meldet sich mein schlechtes Gewissen, das anmerkt, dass er zu gut zu mir ist, zumal ich noch mit Martin, Steven und Dennis abhänge, obwohl ich Besserung gelobt habe.

Vielleicht, mutmaßt Davie, *ist sie gar nicht abgeneigt, dich zu sehen, und froh um diese Vorlage. Charlotte hat immerhin eine einschüchternde Persönlichkeit.*

Das wäre zu schön!

Wenn Elizas Rückzug von mir mehr an dem Druck gelegen hätte, den ihre Freundinnen auf sie ausüben, als an ihrem eigenen Willen. Sicher, sie wollen sie beschützen, aber im Endeffekt muss sie selbst wissen, was sie möchte. Wird sie mich je so wollen, wie ich sie will?

Die restliche Woche erstreckt sich nahezu endlos vor mir, bis ich dem weiter nachspüren kann. Dabei ist immerhin schon Dienstagabend.

Hast du sie von dir aus auf die Proben und ihr Angebot angesprochen?, hake ich nach.

Am liebsten würde ich Davie darum bitten, mir einen Screenshot ihres Chatverlaufs zu schicken, aber das wäre übertrieben. Was befürchte ich? Dass er mich veralbert? Unsinn. Ich denke, es ist eher schwierig für mich, dass er so normal mit Eliza Kontakt haben kann, wohingegen ich zu solchen Mitteln greifen muss.

Yes, bestätigt Davie. *Hatte erst Sorge, zu aufdringlich zu sein. Sie hat sich aber noch mal entschuldigt für Sonntag und meinte, es sei daher das Mindeste, mir die Tickets for free zur Verfügung zu stellen.*

Darunter kann ich mir mehr ausmalen und es beruhigt mich, das zu hören. Praktisch, dass Davie schnell ins Plaudern gerät! Nicht nur in dieser Hinsicht. Es ist, als würde er einen mit seinen wohlgesetzten Worten und seinem gewinnenden Wesen stets mühelos auffangen und aufbauen oder zielgenau versenken.

»Hey, MacInnes!« Ich schrecke von meinem Smartphone hoch. Trotzdem bin ich zu langsam, um *Stevens* Geschoss auszuweichen. Als ich es zurückwerfen will, identifiziere ich es als müffelndes Sockenpaar und kicke es stattdessen außer Reichweite unter den Couchtisch.

»Dein Ernst?«, schnauze ich.

Steven hebt beschwichtigend die Hände. »Was ist dir denn über die Leber gelaufen? Das war Spaß!«

So wie es Spaß war, als sie damals auf Eliza herumgehackt haben? Fast hätte ich das laut geäußert, halte mich in letzter Sekunde davon ab. Ich bin ein rückgratloser Jammerlappen. Die Wärme, die mich eben erfüllt hat, verwandelt sich in heiße Scham. Wieso ist es mir nach wie vor so wichtig, was sie über mich denken? Wäre es nicht besser, keine Freunde zu haben statt solche Arschlöcher? Anders als in der Schule könnte ich ihnen jetzt leichter aus dem Weg gehen.

Meine Hände ballen sich zu Fäusten. Ich weiß noch gut, wie schrecklich es war, als Martin und Konsorten anfingen, systematisch alles an Eliza durch den Dreck zu ziehen. Sie machten sich darüber lustig, dass sie so still war, nannten sie *hässlich*, *gestört* und *Freak*, doch mein Mund war wie versiegelt. Egal, wie sehr ich mit mir rang, zu widersprechen. Ich verstand nicht richtig, woher das auf einmal kam, was in sie gefahren war, und hoffte, es würde sich von selbst legen. Ursprünglich hatte ich die Jungs cool gefunden, schon als ich noch mit Eliza befreundet war, und mir insgeheim gewünscht, eines Tages einer von ihnen zu sein. Zuvor war ich in der Schule Elizas einziger Freund und sie meine einzige Freundin gewesen. Das hatte sie geschützt. So wie es mich seit jeher schützt, dass meine Familie reich ist und gesellschaftlich so hoch geschätzt wird.

Ich beiße mir auf die Zunge und richte meinen Blick wieder auf das Videospiel, welches Martin pausiert hat, sodass sich mir das Standbild einer nackten Frauensilhouette präsentiert. Alle drei haben sich mir zugewendet, wie ich mit Schrecken registriere.

Habe ich falsch eingeordnet, wie gut sie mich kennen, obwohl ich einiges nie mit ihnen teile? Bedeute ich ihnen tatsächlich etwas? Mittlerweile klammere ich mich vor allem an den Glauben, dass all die Jahre nicht komplett gefaket gewesen sein können. Ich halte fest, weil ich zu viel reingesteckt habe, um es mal eben so abzuhaken.

»Ich dachte, du bist gut drauf«, verteidigt Steven sich und richtet seine Cap, wie um seine Aussage zu unterstreichen. »Mit wem hast du geschrieben? Dieses Lächeln war verräterisch.«

Mir bleibt der Mund offenstehen.

Verdammt, ich hätte vorsichtiger sein müssen!

Zu meinem Leidwesen fällt Dennis augenblicklich in die Frotzelei mit ein. »Gibt es da jemanden, von dem wir wissen sollten?«

Obwohl mein Handydisplay schwarz geworden ist, lehnt er sich neugierig zu mir, woraufhin ich ihn spielerisch zurückschubse.

»Nicht, wie ihr denkt«, weiche ich aus. Der heisere Unterton in meinen Worten enttarnt mich.

»Ach, ja?« Am anderen Ende des Sofas wackelt Martin mit den Augenbrauen. »Dann warst du letzte Woche echt krank oder wieso hast du Arsch uns zweimal versetzt?«

Womöglich sollte ich es darauf anlegen. Im Grunde glaube ich nicht, dass sie Eliza nicht mögen. Es ging mehr darum, sich durch die Erniedrigung anderer selbst zu erhöhen, und die Hackordnung von damals existiert heute nicht mehr. Doch wie soll ich erklären, wieso ich auf einmal wieder Kontakt zu ihr suche, ohne das komplette Dilemma auszubreiten?

Gewöhnlich vermeide ich es, meine Freunde darauf zu stoßen, dass es je ein *vor meiner Transition* gab, obwohl sie wie die meisten in meinem Umfeld dabei waren. Ich kann das nicht, ihnen diese Angriffsfläche bieten. Es ist meistens so, als schwiegen wir es tot, dass ich trans* bin. Zu Anfang unserer Freundschaft hatte ich Versuche unternommen, weil ich diesbezüglich Redebedarf hatte. Bloß gingen sie entweder nicht darauf ein oder machten einen Witz aus meinen Sorgen. Wahrscheinlich waren sie überfordert, bemühten sich aber auch nie darum, mich zu verstehen. An ihrem Lachen merkte ich, dass es ihnen unangenehm war, daran erinnert zu werden, dass ich anders bin als sie. Dass sie mich nach meinem Coming-out nicht aus ihrer Gruppe geworfen haben, kann ich mir nur damit erklären, dass sie sich etwas von meiner Aufnahme versprachen. Wie meinen Status auszunutzen.

Meine Mutter hat durchaus politische Gegner*innen und nicht jede*r in Norriesford findet sie toll. Trotzdem ist da dieser grundsätzliche Respekt, der mehr mit unseren Ahnen zusammenhängt als mit ihrer tatsächlichen Position als Bürgermeisterin. Die MacInnes sind hier eine Institution, das wurde über Generationen so weitergegeben und in unserem Ort steht die Zeit bisweilen still.

»Ich habe Eliza willkommen geheißen«, entscheide ich mich für eine Variante, die zwar ein paar Auslassungen enthält, aber nicht völlig erlogen ist. Kleine Schritte. »Ich war neugierig, wie es ihr mittlerweile geht. Wie wir alle«, betone ich, mich an den Klatsch vor ihrer Rückkehr erinnernd. Im Übrigen nehme ich an, dass sie sowieso von meinem

Spontanbesuch gehört und mich nur noch nicht darauf angesprochen haben. Die Info hatte ja ebenfalls die Runde gemacht.

»Das war eine nette Geste«, lobt Martin mich zu meiner Verwunderung, nur um mich gleich darauf weiter zu verwirren. »Geschickt von dir, bei eurer gemeinsamen Vergangenheit anzusetzen, um dir ein Bild zu machen. Und hat sie sich wirklich so krass verändert?«

»Sie soll ein Mega-Glow-up nach der Schulzeit durchlaufen haben!«, ereifert Dennis sich.

Steven nickt und lacht. »Aber pass auf, dass sie sich auf deine Freundlichkeit nichts einbildet und du sie wieder an der Backe hast. Du solltest kein Mitleid mit solchen Weirdos haben.«

Es fällt mir schwer, den Gedankengängen der drei zu folgen.

Stellen sie es so hin, als hätte ich Eliza ausspioniert, indem ich Nettigkeit vortäusche? Und als wäre ich ein selbstloser Mensch, weil ich jahrelang mit ihr befreundet gewesen bin und das aber kaum zumutbar gewesen wäre, weshalb ich sie dann auch fallen gelassen habe?

»Ich muss euch enttäuschen«, würge ich sie steif ab. Immerhin das, bevor sie richtig gemein werden und alte Geschichten auskramen. »Ist alles nicht halb so spektakulär, wie es klingt, und ich denke, wir sollten nicht so viel Lärm um nichts veranstalten.«

Die einzige Geschichte, die ich gern auskramen würde, ist jene über Elizas Stärke, mit der sie sich durch jeden Gegenwind hindurchgekämpft hat. Eine Stärke, wie ich sie nie besitzen werde. Wenn ich nur nicht so fies zu ihr gewesen wäre.

»Dein Herz ist zu weich«, tadelt Dennis und nimmt mich halb in den Schwitzkasten, um mir das Haar zu verstrubbeln. »Und wer war das jetzt, mit dem du am Handy geschrieben hast?«

Ich huste, nicht nur, weil ich wegen seines Griffs schlecht Luft kriege. Ich wehre mich nicht weiter. Ihre Denkweise erschlägt und schockiert mich. Vor allem, wie ich die so lange ignorieren und tolerieren konnte.

Leider muss ich mir dabei eingestehen, dass ich mich nicht zum ersten Mal an diesem Punkt befinde. Bisher habe ich mir nur wiederholt erfolgreich eingeredet, so schlimm wären die Jungs gar nicht.

Was soll's. Gebe ich ihnen, was sie wollen, dann habe ich gleich meine Ruhe. »Ich habe an der Uni jemanden kennengelernt«, räume ich ein.

»Uhh«, macht Martin.

Steven grinst. »Wusste ich's doch. Du hast 'ne Flamme.«

»Glaubt, was ihr wollt«, sage ich und mache damit deutlich, dass sie mehr Details nicht aus mir herausbekommen.

Sowieso ist das gar nicht schlecht, wenn sie vorerst annehmen, dass ich an jemand anderem als Eliza Interesse zeige. Wer weiß, wofür das gut sein kann. Zumal es sich nicht mehr so abwegig anfühlt, Davie diesen Stempel aufzudrücken, wie es vor kurzem der Fall war, als Courtney uns geshippt hat. Wahrscheinlich liegt das auch daran, dass diesmal niemand außer mir weiß, dass sich am anderen Ende der Leitung ein Mann befindet und keine Frau, was sie sicher als selbstverständlich ansehen und daher nicht mal in Erwägung ziehen, es könnte anders sein.

Martin verdreht die Augen und setzt das Videospiel fort.

Dadurch merkt zum Glück keiner von ihnen, dass ich nur Sekunden später durch das Geschehen hindurchstarre und nicht wie sie gebannt an den Bewegungen der unbekleideten Zauberin hänge. Mir gehen noch immer viel zu viele Gedanken durch den Kopf.

Als ich sicher bin, dass ich nicht mehr im Zentrum der Aufmerksamkeit stehe, widme ich mich wieder meinem Handy, weil ich mich so mit etwas anderem befassen kann. Setzt da schon wieder die Verdrängung ein? Wow. Wie viele Augenblicke habe ich durchgehalten? Mein Herz macht einen Satz, als mir eine neue Nachricht von Davie entgegenblinkt.

Es gibt nur einen Haken.

Der Kloß in meinem Hals schwillt weiter an. Es fühlt sich an, als müsste ich weinen, dabei habe ich das ewig nicht getan.

Der wäre?, verlange ich zu erfahren.

Diesmal lässt seine Antwort auf sich warten. Mit jeder verstreichenden Minute fürchte ich mehr, die Fassung zu verlieren. Ich sollte gehen. Sofort. Egal, was meine vermeintlichen Freunde davon halten.

Eine Viertelstunde später sitze ich, weil ich eben ich bin, immer noch an Ort und Stelle und Davie gesteht mir: *Ich muss zur Zeit der Probe leider im Schreibwarenladen arbeiten und kann dich daher nicht begleiten.*

Das trifft mich.

Neeeein!, erwidere ich und schicke drei tränenüberströmte Smileys hinterher. Zumindest auf irgendeine Weise muss ich meiner Verzweiflung jetzt Ausdruck verleihen und bei ihm kann ich sicher sein, dass er mich nicht verurteilt, das fühle ich. So ist er nicht, wenn ich davon ausgehe, wie ich ihn bisher erlebt habe.

Davie enttäuscht mich nicht.

Ich bin sicher, du kriegst das hin! Ist doch super, dass ihr nur zu zweit seid. So könnt ihr euch danach ungestört aussprechen. ☺

Meine Vernunft gibt ihm recht. Das ist die Gelegenheit! So erfahre ich schnell und schmerzlos, woran ich bin, und kann mir die falsche Hoffnung danach sonst wohin stecken – oder komme meiner Traumvorstellung gar einen entscheidenden Schritt näher. Es ist nur Eliza. Ich brauche keine Angst vor ihr zu haben. Eliza, mit der ich einst am Weiher Frösche für unsere selbstgebauten Terrarien gefangen habe. Eliza, mit der ich an Halloween erfolglos auf der Lauer lag, um den alten Mühlengeist zu Gesicht zu bekommen. Eliza, die mir mehr als einmal mit einem Tampon aushalf, weil ich vergessen hatte vorzusorgen. Früher hätte ich ihr mein Leben anvertraut und alle Geheimnisse, bis auf eines. Trotzdem fände ich es zu meiner eigenen Verwunderung schön, wenn Davie Freitag dabei wäre. Nicht bloß, um mir den Rücken zu stärken.

Reden wir noch mal darüber, nachdem ich grandios gescheitert sein werde, gebe ich mich daher noch nicht geschlagen.

Wie war das mit dem Selbstmitleid?, weist er mich sogleich auf unser letztes Gespräch hin. *Stop it now!*

Möglichst beiläufig mustere ich Martin, Steven und Dennis, ohne mich zu bewegen. Sie nehmen keine Notiz von mir, weil Yennefer von Vengerberg inzwischen zwar angezogen ist, aber ihre beeindruckenden magischen Fähigkeiten in Form einer gigantischen Feuersbrunst demonstriert.

Schnell mache ich in Ermangelung eines passenden Emojis ein Selfie von mir, auf dem ich einen Schmollmund ziehe, und sende es an Davie. Seltsam daran ist, dass ich mich so gut wie nie fotografiere, außer zu Dokumentationszwecken in Sachen Training und Hormontherapie, oder wenn ich jedes Detail perfekt hergerichtet habe. Aber ist ja egal, wie ich auf diesem Foto aussehe, darum geht es hier nicht.

Dass ich eine Lesebestätigung erhalte, er jedoch laut Anzeige nicht an einer Antwort tippt, verunsichert mich.

Was machst du gerade?, schicke ich schnell eine unverfängliche Frage hinterher.

KAPITEL 12

DAVIE

Was machst du *gerade?*, kontere ich.

Womit ich in Wirklichkeit meine: Flirtest du etwa mit mir? Anders als mein in die Höhe schnellender Puls kapiert mein Verstand allerdings, dass Ric nicht mal auf die Idee käme, sein Verhalten könnte von mir auf diese Weise interpretiert werden. Das Foto und die Frage sind garantiert keine Signale, wo wir letztens erst geklärt haben, dass er nur an Frauen interessiert ist. Dabei ist das Bild umwerfend und in meiner Bauchgegend flattert es. *Er* ist umwerfend.

Nimm es mir nicht übel, schreibt er nun, *aber ich bin mit den Jungs bei Steven. Ich konnte mich noch nicht von ihnen loseisen. Es ist komplizierter, als ich dachte.*

Hastig verkleinere ich das Foto und beschwichtige ihn. *Tu ich nicht.*

Er hat mir nichts versprochen und ich will nicht, dass er sich runtermacht. Es ist selten leicht, sich aus toxischen Beziehungen zu lösen, daraus werde ich ihm keinen Strick drehen. Wer wäre ich, ihn deswegen zu verurteilen?

Ric schickt noch ein Foto. Es lädt.

Kurz sehe ich von meinem Handy zum Notebook, das aufgeklappt vor mir auf dem Schreibtisch steht. Ich sollte an meinem Roman arbeiten, statt meine blühende Fantasie dafür zu nutzen, mir mit meinem neuen Kumpel Dinge vorzustellen, die niemals eintreten werden.

Und schon schaue ich wieder auf mein Telefon. Das Bild stellt scharf.

Damit entlockt er mir ein begeistertes: *Geralt von Riva <3*

Du magst The Witcher?????

Selbstverständlich!, empöre ich mich.

Das überrascht mich, wundert Ric sich. *Da ist alles so … düster und brutal.*

Und ich bin was?, amüsiere ich mich. *Mehr so der Typ, der bei Sonnenschein über eine Blumenwiese hüpft?*

Äh, nein!

Jaja …

Daraufhin schwärme ich ihm lang und breit von meiner Liebe zu den Büchern vor, mit denen Andrzej Sapkowski eine denkwürdig fulminante Saga gelungen ist. Was sonst?

Tut mir leid, dass ich dir meine dunkle Seite enthüllen muss, scherze ich. *Ich hoffe, du kommst damit klar. In meinem aktuellen Buchprojekt geht es im Übrigen um einen dämonischen Auftragskiller, der sich in sein Zielobjekt verliebt. Eine junge magisch begabte Frau, die darüber hinaus etwas mit dessen Schicksal als Verfluchtem zu tun hat.*

All das nimmt Ric aufmerksam in sich auf. Es freut mich, dass ihn mein Geschwafel nicht langweilt. Er ermutigt mich dazu, weiterzuerzählen, bis ich gezwungen bin, dem wegen der Spoiler einen Riegel vorzuschieben. Es macht unglaublich Spaß, mich mit ihm über meine Geschichte zu unterhalten. Ich glühe vor positiver Energie, drohe vor ihr förmlich überzulaufen. Sein Feedback bestärkt mich darin, dass das, was ich da fabriziere, durchaus das Potenzial hat, Menschen mitzureißen und an die Buchseiten zu fesseln.

Im Folgenden bin ich so motiviert, dass ich trotz der späten Stunde zwei ganze Kapitel schreibe, nachdem Ric sich entschuldigt hat und offline gegangen ist. Ich weiß nicht mehr, wann ich das letzte Mal so im Flow war und dabei unentwegt grinsen musste, weil … seien wir mal unbescheiden, es ist genial, was ich da runtertippe! Meine Finger fliegen nur so über die Tasten. Erst im Anschluss falle ich weit nach Mitternacht todmüde und glücklich ins Bett. Der Rausch, in den mich die Schreibsession versetzt hat, klingt bis in meine Träume nach. Dort bin ich es und nicht mehr mein Protagonist, der in einem Parkhaus in einen Hinterhalt gerät. Nur dank seiner krassen Kampfsportkünste entkommen wir knapp mit dem Leben. Seine innere Bestie wagen er und ich nämlich nicht zu rufen …

Beim Weckerklingeln bin ich ähnlich zerschlagen wie am Sonntag, nur muss ich mich heute aus einem deutlich unerfreulicheren Grund als einem Heißluftballon-Festival aus dem Bett quälen. Nicht nur Freitag habe ich im Schreibwarenladen anzutreten, obwohl ich hundertmal lieber mit Ric zu der Ballett-Probe gehen würde, sondern auch heute. Und diesmal wurde ich für die verflixte Frühschicht eingeteilt.

Weil das letztens gut gegen die Müdigkeit geholfen hat, hole ich mir in Hamilton einen Kaffee. Auf der Busfahrt von Norriesford hierher wäre ich bereits fast eingedöst. Um ein Haar hätte ich meine Haltestelle verpasst. Je mehr ich von dem Gebräu am Bahnhof am Gleis wartend in mich hineinkippe, desto wacher werde ich.

Im Zug nach Glasgow vertiefe ich mich in das neue Jugendbuch von Aiden Thomas: *SOL. Das Spiel der Zehn* und drehe die Musik, die aus meinen Kopfhörern dröhnt, extra laut auf, um meine Lebensgeister weiter zu fordern. Erst als *weird!* von YUNGBLUD startet, lausche ich jedoch auf die Lyrics. Die Härchen an meinen Unterarmen richten sich auf.

Keine Ahnung, ob das eine Grenzüberschreitung bedeutet, mich indirekt in Rics persönliche über Eliza hinausgehenden Angelegenheiten einzumischen. Nach unserer coolen Unterhaltung gestern sollte ich vorsichtig sein, ihn nicht wieder dazu zu bringen, sich in seinem Schneckenhaus zu verkriechen. Fuck it! Ich tu's und schicke ihm einen Link zu dem Song mit einem *Hab dabei an dich gedacht.*

Er reagiert erst, als ich im Laden stehe, die Lichter im Verkaufsraum angeschaltet habe und die Kasse in Betrieb nehme. Ein *Pling* verkündet mir den Eingang einer Nachricht. Ric hatte auch einen langen Abend und hätte ich die Wahl, würde ich ebenfalls noch in den Federn liegen. Bevor ich die Ladentür aufschließe und die Kartenständer hinausfahre, linse ich schnell ein letztes Mal in unseren Chat. Danach kriege ich keine Gelegenheit mehr dazu, bis meine Kollegin Olivia später dazustößt.

Wow, ich fühle mich attackiert, hat Ric geschrieben, *aber auf eine gute Art und Weise. Danke, dass du hinsiehst.*

Mit einem Lächeln schalte ich mein Smartphone auf *lautlos*, stecke es in die hintere Hosentasche meiner Cordhose und starte mit neuer Beschwingtheit in die Arbeit.

Den restlichen Mittwoch nach meiner Schicht schreiben wir mehrmals hin und her. Über die Unmengen an neuen Waren, die heute reingekommen sind und die Olivia und ich in der uns zur Verfügung stehenden Zeit kaum alle kontrollieren und verräumen konnten. Über das Buch, mit dem ich mich danach bei *Caledonia Books*, dem Antiquariat gleich gegenüber, belohnen musste: *Das Silmarillion* von J.R.R. Tolkien in einer wunderschönen und überraschend preiswerten Sonderausgabe. Es rief nach mir! Ich war machtlos dagegen. Was Ric mir fieserweise nicht abnimmt. Dafür freut er sich mit mir, dass ich dank todesmutiger Sprinteinlage den früheren Zug nach Hause erwische.

Während ich darauf warte, dass meine Lasagne fertig wird und ich sie aus dem Backofen nehmen kann, beklagt er sich über die Aussicht auf das wöchentliche Abendessen bei seiner Familie.

Ich fühle mich dabei jedes Mal wie Lorelai aus Gilmore Girls, lässt er mich wissen.

Damit überrascht er diesmal mich. Ich habe die Serie immer für so ein Frauending gehalten und muss mir an die eigene Nase packen, in ein Fettnäpfchen des klischeehaften Denkens getappt zu sein.

»Hi«, grüßen mich in dem Moment Ralph und Tabea wie aus einem Mund, als sie zu mir in unsere kleine WG-Küche kommen.

»Hi«, gebe ich zurück. »Alles klar bei euch?«

Mein Mitbewohner holt eine Flasche Cola aus dem Kühlschrank, wobei seine Freundin buchstäblich an ihm dran klebt. Das finde ich umso süßer, da es sich bei ihnen nicht um frisch verknallte Teenies handelt, sondern Ralph zwischen vierzig und fünfzig Jahre alt ist und seine Partnerin ebenfalls. Verliebtheit funktioniert im Kern wohl gleich, egal, welches Alter man hat.

»Was muss, das muss«, grummelt Ralph auf meine Frage.

»Kennt man«, stimme ich ihm zu.

Er ist echt in Ordnung, nur seit Tabea auf der Bildfläche erschienen ist, laufen die meisten unserer Begegnungen ähnlich ab. Davor hat er öfter mal mit mir gequatscht, unter anderem, um Frust über seinen Job in der Bank abzuladen. Aber ich freue mich für ihn, dass er mit Tabea glücklicher wirkt.

Nachdem die zwei in seinem Zimmer verschwunden sind, bitte ich Ric: *Das musst du weiter ausführen. Wie meinst du das? Ich habe* Gilmore Girls *nie gesehen.*

Ein wenig unwillig – weil er dadurch tiefer blicken lässt, als beabsichtigt? – erläutert er mir daraufhin das finanzielle Abhängigkeitsverhältnis zwischen der Figur und ihren wohlhabenden Eltern und dass diese sie immer wieder dazu zwingen wollen, die Tochter aus gutem Hause zu mimen und sich entsprechend aufzuführen. Auch wenn er nicht noch mal betont, dass es ihm ähnlich geht, kommt die Botschaft bei mir an. Dass er der Sohn der Bürgermeisterin von Norriesford ist, habe ich nicht vergessen, aber hatte dem keine große Bedeutung beigemessen. Den Einfluss, den dieser Umstand auf ihn ausübt, habe ich unterschätzt. So einen Druck von Seiten meiner Familie kenne ich nicht. Den mache ich mir dafür selbst.

Klingt anstrengend, spreche ich ihm mein Mitgefühl aus, auch wenn ihm das momentan nicht viel bringen wird. Ich fühle mich mies für ihn und würde gern mehr ausrichten.

Das ist es … Ich kann Ric förmlich seufzen hören. *Okay, ich muss los, wenn ich mich nicht drücken will.*

Hals und Beinbruch!, wünsche ich.

Danach widme ich mich der Beschreibung eines Unternehmensprofils für eine Lampenherstellerfirma, an der zu tüfteln mir Schwierigkeiten bereitet. Mir fallen partout nicht die passenden Worte ein. Die meiste Zeit starre ich den Abend über den blinkenden Cursor in meinem leeren Worddokument an. Die zur Verfügung gestellten Infos und Vorgaben erschweren die Sache eher, als dass sie mir beim Texten helfen. Als meine Konzentration sich verabschiedet und ich anfange, alle fünf Sekunden zu gähnen, gebe ich es auf, klappe den Laptop zu und gehe ins Bett. Zum Glück habe ich noch etwas Zeit für den Auftrag bis zur Abgabe.

Ich weiß nicht, ob Ric nachher erst spät heimkommt, jedenfalls erhalte ich keinen Lagebericht und er erzählt mir nicht, wie es lief. Das ist okay, auch wenn ich gern von ihm gehört hätte. Am nächsten Morgen macht er sich weiter rar und mein Durchhänger verschlimmert sich, was unter anderem an der Enttäuschung liegt, die sich in meiner Magengegend als fester Knoten einnistet. Dazu gesellt sich die Nervosität vor dem zweiten Treffen der Autor*innen-Runde. Oft denken die Leute, ich würde Unsicherheit im Umgang mit anderen nicht kennen, weil ich meist ohne Punkt und Komma spreche. Das trügt. Ja, ich rede meist drauf los, aber nein, ich bin trotzdem oder gerade deshalb manchmal verunsichert.

Den Großteil des Tages rolle ich ziellos mit meinem Schreibtischstuhl in meinem Zimmer hin und her. Wäre Ric doch wieder dabei, um mir einen Schubs zu verpassen. Die fantastische Schreibnacht war eine Ausnahmeerscheinung, wie ich zu meinem Bedauern einsehen muss. Aber er ist nicht hier. Dass er sich den gesamten Donnerstag nicht bei mir meldet, trägt sein Übriges zu meiner schlechten Stimmung bei. Ich will nicht zu needy wirken, indem wieder ich ein Gespräch anstoße. Nur sollte er mir nicht ewige Dankbarkeit schulden, weil ich ihm morgen dieses Spitzendate mit Eliza organisiert habe? Das könnte es werden, wenn er es geschickt anstellt.

Bis ich aufbrechen und die Fahrt zur Hidden Lane antreten muss, kriege ich leider nicht mehr viel erledigt. Vor dem Eingang zur Gasse straffe ich die Schultern und krempele die Ärmel meines schwarzen Jeanshemds hoch. Ein eindrucksvolles Make-up würde meinen *Ich-lasse-mich-nicht-unterkriegen*-Auftritt vervollständigen, aber da ich mich bislang nicht an Schminke herangetraut habe, stürze ich mich ohne ins Gefecht. Gegen meine eigenen Dämonen. Soll Ric seine Kämpfe austragen, ich widme mich meinen.

KAPITEL 13

RIC

Am Freitag ist Davie untypisch schweigsam. Zwar hat er mir zuerst, als er zu mir ins Auto gestiegen ist, »seinen zutiefst empfundenen Dank« ausgerichtet, weil ich ihn mit nach Glasgow nehme und »vor der üblichen Höllenfahrt bewahre«. Dabei zwinkerte er mir schelmisch zu. Doch seitdem versinkt er in Gedanken.

Da ich beim Fahren auf die Straße achten muss, kann ich ihn leider nicht im Detail unter die Lupe nehmen, um anhand etwaiger Anzeichen Theorien darüber aufzustellen, was ihn in diesen Zustand versetzt hat. So bleibt mir nur, wild zu spekulieren. Tatsache ist, es gefällt mir nicht, ihn so zu sehen. Es fühlt sich für mich nicht an, als wäre er bloß nicht in Plauderlaune, was vermutlich selbst bei Davie mal vorkommt. Nein, er wirkt bedrückt. Wenigstens lenken mich diese Grübeleien davon ab, dass der Tag von Elizas Ballettprobe gekommen ist.

»Wie war die Schreibgruppe gestern?«, erkundige ich mich und stelle die Musik leiser. Es läuft *The Life* von Hinder, was womöglich zusätzlich deprimierend wirkt. Weil Davie ohnehin von einigen meiner Macken weiß, dachte ich, genauso gut eine meiner eigenen Playlists abspielen zu können, statt es dem Zufall zu überlassen, ob mir ein Song so gar nicht zusagt.

Abwartend trommele ich aufs Lenkrad. Zu gern möchte ich wissen, wen ich mir vorknöpfen soll, um ihm oder ihr die Leviten zu lesen. Dabei ergibt es keinen Sinn, dass sich in mir das Bedürfnis regt, Davie zu beschützen. Erstens kann er viel besser auf sich selbst aufpassen, als ich es je auf die Reihe kriegen würde. Been there, done that. Und ist das nicht zweitens eher ein romantisches Ding? Das sollte ich mir für später aufsparen. Für Eliza.

Während des Fußballtrainings waren meine Gedanken wiederholt zu ihm abgeschweift und ich hatte mich gefragt, ob er so in der Hidden Lane aufgehen würde wie beim letzten Mal, oder wie er aufgegangen war, als ich ihn über sein Buchprojekt ausgequetscht hatte. Die Geschichte klingt superinteressant und es war gemein von ihm, mich derart anzuheizen, nur um dann so vieles offen zu lassen.

Das Training an sich lief gestern ereignislos ab. Zwischen Martin, Steven, Dennis und mir schien alles normal. Der Zwischenfall beim Zocken hat aus ihrer Sicht nichts verändert. Mit ihrer üblichen Arroganz und Rüpelhaftigkeit kam ich klar. Ich kenne es nicht anders. Dennoch blieb ich auf Abstand und bevorzugte die Gegenwart der anderen Mannschaftsmitglieder, was ich als kleinen Erfolg verbuche. Außerdem tat es gut, mich körperlich zu verausgaben und meine Sorgen ein Stück weit auszublenden. Ich war froh, dass mein wirkungsvollstes Mittel gegen düstere Gedanken wieder funktioniert hat.

»Davie?«

»Aye!« Er schreckt auf, schüttelt den Kopf. »Tut mir leid. Ich bin heute nicht auf der Höhe. Was hast du gefragt?«

»Die Schreibgruppe. Wie hat sie dir diesmal gefallen?«

»An sich war es cool.« Nachdenklich streicht er sich übers Kinn. »Ich hatte nur Anfang der Woche geglaubt, einen Durchbruch bei meinem Manuskript erreicht zu haben. Leider kam die Inspirationslosigkeit zurück. Ich konnte mich in der Runde der Autor*innen auch darüber auslassen. Leider werde ich das Gefühl nicht los, ich hätte die Stunde dadurch an mich gerissen.«

Meine Stirn legt sich in Falten. »Hat das jemand behauptet?«

»Nein, nein!«, wiegelt Davie sofort ab. »Die Truppe ist total nett. Der erste Eindruck hält sich. Ich wurde oft kritisiert, dass ich zu anstrengend sei und immer nur nach Aufmerksamkeit heische. So was hallt in solchen Momenten manchmal nach.«

»Das verstehe ich.« Auch wenn ich nicht verstehe, wie man seine offenherzige Persönlichkeit so auffassen kann. Er ist schlichtweg sehr präsent. Macht das nicht seine Anziehungskraft aus?

»Und ich habe keine Lust auf die Schicht im Laden«, ergänzt er. »Zwar nur vier Stunden … Trotzdem. Müsste das Geld nur nicht irgendwo herkommen.«

»Leider«, stimme ich abermals zu und denke dabei an den Deal mit meinen Eltern.

Wir haben ihn nie benannt, aber das macht ihn nicht weniger real. Ginge es nur ums Geld, hätte ich mir einen Studentenjob gesucht, um unabhängiger zu werden, und würde auf manchen Luxus verzichten. Doch ihr Ansehen ist es, das mich zusätzlich schützt. In Ungnade zu fallen, würde mein Leben auf den Kopf stellen und mich zur Zielscheibe erklären. Wenn Menschen keine Angst mehr davor hätten, mit meiner Mutter aneinanderzugeraten, würden sie sicherlich freimütiger auf mir herumhacken. Das ist nicht drin. Etwas in mir zieht sich unangenehm zusammen. Tief in meinem Inneren ist mir klar, dass ich selbst ein »Weirdo« bin und dass *das* der Grund dafür ist, weswegen ich mich so leicht für die Ausgestoßenen erwärme, nicht mein »weiches Herz«.

Ich parke mein Auto in der Nähe der Universität. Die Parkplätze sind kostenlos und Davies Arbeit befindet sich nur wenige Straßen entfernt. Da ich in dieselbe Richtung zum Theater muss, begleite ich ihn bis vor den Laden. Bis dahin machen wir mehr oder weniger Small Talk. Er akzeptiert, dass ich nicht über das bevorstehende Treffen mit Eliza reden möchte. Das würde mich nur stärker aufwühlen.

Writing Stuff erspähe ich den Namen des Geschäfts schließlich. Das muss es sein. Die Schaufenster mit der orangefarbenen Holzvertäfelung als Rahmen verströmen in der Ladenzeile eine warme und einladende Atmosphäre. Dass ich nach unserem »Bis nachher!« eine halbe Stunde ins Stadtzentrum zu Fuß unterwegs bin, um mein Ziel zu erreichen, und trotzdem noch warten muss, bis die Probe beginnt, macht mir nichts aus. Viel ärgerlicher hätte ich es gefunden, Davie bei dieser Gelegenheit nicht zu sehen. Deshalb habe ich ihn nach dem Fußballtraining angeschrieben, um zu erfahren, wann er am Freitag in Glasgow zu sein hat.

Als das Theater in Sicht kommt, ist meine krampfhaft aufrechterhaltene selbstbetrügerische Ruhe in Bezug auf meine Ex-beste-Freundin dahin. Zeit für einen Pfefferminzkaugummi. Schluckend sehe ich an dem Gebäudekomplex hinauf, der eine Mischung aus älterer und moderner Architektur vereint. Irgendwo da drin ist sie und bald, bald, bald werde ich ihr wieder gegenübertreten! Ich laufe an dem verglasten runden Vorbau vorbei, welcher über mehrere Etagen reicht und von innen mit dem roten Teppichboden und der gewundenen Treppe bestimmt noch eindrucksvoller anmutet. Die Hände in der Bauchtasche meines Hoodies vergraben, betrachte ich die Plakate der laufenden und kommenden Stücke in den Schaukästen an der stuckverzierten Fassade, um nicht überpünktlich da zu sein.

Neben *Prince of Sea*, bei dem es sich, wie ich ergoogelt habe, um ein recht junges Ballett von Suzanna O'Connor mit Musik von Emeli Lefevre handelt, ist abgesehen von den Theateraufführungen und Konzerten, Musicals und Varieté-Shows auch das weltberühmte *Schwanensee* dabei.

Da es zum Standardrepertoire klassischer Ballettkompanien zählt, hatten wir damals im Unterricht immer wieder Szenen daraus eingeübt und es mehrmals aufgeführt. Ehrlich gesagt erinnere ich mich grundsätzlich kaum an technische Details vom Tanzen. Da ich nie mit ganzem Herzen dabei war, wundert mich das nicht. Nachdem ich aufgehört habe, hätte ich diesen Abschnitt meines Lebens die meiste Zeit über am liebsten ungeschehen gemacht. Nur plötzlich finde ich das traurig. Ich beiße mir auf die Lippe. Das ist neu. Möglicherweise würde mein Körper sich erinnern. Wobei ich mit dem erst recht auf Kriegsfuß gestanden habe und manchmal immer noch stehe.

Für Schwermut ist momentan allerdings kein Platz. Ich muss Selbstsicherheit und Sexappeal ausstrahlen. Bevor ich mich ins Foyer begebe, wo die Ticket-Inhaber*innen sich für einen Blick hinter die Kulissen einfinden sollen, teste ich mein Lächeln in der Scheibe des Restaurants auf der gegenüberliegenden Straßenseite und fahre mir noch einmal durch die kurzen braunen Haare, um sie stylisch zu zerzausen. Für meinen Geschmack sind sie schon wieder zu lang. Na ja, ändern kann ich das nicht mehr. Mal abgesehen davon, dass ich spüre, wie sich ein schöner fetter Pickel auf meiner Stirn bildet, sehe ich gar nicht übel aus, oder? Meine Brille habe ich heute gegen Kontaktlinsen getauscht, außerdem bin ich frisch rasiert.

Sobald die dreiundzwanzig Personen vollzählig sind, führt uns eine Mitarbeiterin in die Untiefen des Theaters, wo wir den Tänzer*innen beim Proben zusehen und anschließend Fotos mit ihnen knipsen dürfen. Von Teenager*innen über ältere Ehepaare bis hin zu Mutter mit Tochter und Sohn an der Hand ist unter den Super-Fans alles vertreten. Nur eines haben die Anwesenden gemeinsam: die ehrfürchtigen Blicke zu allen Seiten, die vibrierende Aufregung.

Für ein paar Minuten kann ich mir vorstellen, das hier zu genießen, so als wäre ich zum Vergnügen hier. Ich verdränge das doppelte Drama. Zum einen, dass ich zum ersten Mal seit Ewigkeiten mit Ballett konfrontiert bin und nicht weiß, was das mit mir anstellen wird. Zum anderen, dass ich eine der Darstellerinnen kenne und von meinen guten Absichten überzeugen will. Ich habe keine Lust darauf, dass mir der Arsch auf Grundeis geht.

In dem modernen fensterlosen, dafür hell erleuchteten Studio angekommen, dessen eine Seite verspiegelt ist, holt mich die Aufregung dafür geballt ein. Ein Bereich wurde mit Stühlen für die Zuschauenden eingerichtet. Da die Gruppe überschaubar ist und Eliza mich sowieso direkt entdecken wird, setze ich mich mit sich überschlagendem Herzen in die zweite Reihe. Sobald alle Platz genommen haben, öffnet sich die Studiotür und mir bleibt kurz die Luft weg. Doch zunächst kommt nur die Ballettmeisterin in Begleitung des Pianisten herein.

Die Frau, die sich als Anyanee vorstellt, begrüßt uns herzlich. Während der Mann sich zum Klavier begibt, ermahne ich mich: *Krieg dich ein.* Zunächst reißt Anyanee an, worum es in dem Stück geht, obwohl wir uns wahrscheinlich alle eingelesen haben. Es ist ein stimmungsvoller Einstieg, der durch einzelne Tonfolgen auf dem Klavier untermalt wird. Zuzuhören fällt mir trotzdem schwer.

»1784. Ein Fischerdorf an der Ostküste Irlands, ein Pakt mit einem Volk der Meere und eine unmögliche Liebe …«

Das Ballett folgt der Tochter des Dorfvorstehers, die als Opfergabe an das Meervolk verkauft wird und den Prinzen der Meereswesen heiraten soll, um den Frieden zwischen den beiden Parteien zu gewährleisten. Vermutlich wird die Vorstellung exakt so tragisch und märchenhaft, gefühlvoll und spektakulär, wie sich das anhört. Nun präsentiert man uns einen Appetizer, der garantiert Lust auf mehr macht, wie man uns verspricht.

Ich versuche, mich auf die Darbietung einzulassen und abzuschalten, applaudiere mit den anderen. Zwar bin ich neugierig, merke gleichzeitig aber, wie ich emotional werde. Schon jetzt schnürt sich mir die Kehle zu und es versetzt mich in jene Zeiten zurück, in denen ich selbst Choreografien einstudiert habe.

Unter unserem Applaus laufen sechs Tanzende aus dem Ensemble ein. Bei jeder Person hüpft mein Herz, nur um zu merken, dass es sich nicht um meine Ex-beste-Freundin handelt. Eliza bildet den Schluss, na klar. Sie strahlt mit ihren zwei Kolleginnen und drei Kollegen um die Wette und überblendet sie für mich mühelos.

Obwohl ich sie unzählige Male in einem Ballett-Fit gesehen habe, bin ich auf ihren Anblick in dem enganliegenden schwarzen Body und den rosa Strumpfhosen nicht vorbereitet. Die Temperaturen scheinen anzusteigen. Zu meiner Verlegenheit fällt es mir schwer, nicht jede Linie ihres Körpers mit den Augen nachzufahren. Die Bolero-Jacke, ebenso in einem zarten Rosé, betont ihre schmalen Schultern, die roten Locken hat sie mit einer silbernen Spange am Hinterkopf gebändigt, wodurch ihr Hals wunderbar zur Geltung kommt.

Zum Glück gelange ich rechtzeitig bei ihrem Gesicht an, um zu bemerken, dass Eliza mich mit ihrem Blick fixiert, als hätte sie nur nach mir gesucht. Ihre blauen Augen funkeln fröhlich. Es erleichtert mich, dass ich nicht unerwünscht bin. Augenblicklich fällt eine Last von mir ab und meine Schultern sacken nach unten. Das wäre das Schlimmste gewesen.

Behält Davie recht und sie hat dieses Treffen absichtlich herbeigeführt und nur nicht gewagt, mich direkt zu fragen?

Dann geht es ohne Umschweife los.

»Besuchen Sie mit uns Silvers ersten Ball im Unterwasserreich«, leitet Anyanee die Szene ein, die sie uns vorführen möchte. »Sich dort zu beweisen, ist Silvers erste Aufgabe als die baldige Gemahlin von Kronprinz Eugene.«

Sie bittet die Tanzenden, ihre Positionen zu beziehen, was bedeutet, dass sich die Frauen links und die Männer rechts auf der imaginären Bühne aufstellen.

Was gäbe ich dafür, Elizas Gedanken lesen zu können? Aber die werde ich, wenn überhaupt, erst nach der Probe erfahren.

»Sie sehen die zauberhafte Veronica Sinclair als Silver und den atemberaubenden Hector Rossi als Eugene, Eliza Neilson und Jenna Myers als ihre Widersacherinnen, die Silver nicht dort haben wollen und vormals selbst auf eine Verlobung mit dem Prinzen gehofft haben, sowie …«

Ich lausche mit halbem Ohr, als Eliza mir völlig ungeniert entgegen lächelt. Auf einmal kann ich es nicht mehr erwarten, sie in Aktion zu erleben. Meine Mundwinkel können gar nicht anders und wandern ebenso nach oben. Brauchte ich eben diesen Schubs von ihr, um mich dem Ballett zu öffnen und das Risiko einzugehen, dass es nichts in mir an Ort und Stelle lässt? Zu meiner Freude werde ich nicht länger auf die Folter gespannt. Eliza ist die Erste, die sich bewegt, als der Pianist die Tasten anschlägt. Und *wie*!

Die Musik startet langsam, gedehnt und getragen. Jedem ihrer präzisen Schritte wohnt trotz aller Anmut Stärke und unterschwelliger Zorn inne, ganz dem Charakter entsprechend, den sie darstellt. Nicht nur Elizas Blicke locken Silver alias Veronica aus der Reserve. Der wortlose Fehdehandschuh spiegelt sich in jedem eleganten Heben und Senken ihrer Arme, jeder scheinbar unmöglichen Streckung ihrer Beine, jeder Drehung, sei es auf Spitze oder im Fluss des Tanzes. Silver nimmt den Kampf an und bietet eine nicht minder fesselnde Einlage. Die dritte Tänzerin springt Eliza bei. Jetzt sind sie zwei gegen eine und Silver gerät in Bedrängnis. Prinz Eugene kürt sie dennoch zur Gewinnerin, indem er ihr die Hand reicht. Die beiden bekommen ein inniges Duett, in dem anklingt, dass nicht allein die Pflicht die Entscheidung von Eugene beeinflusst hat, wohingegen Eliza und ihre ebenso missgünstige Verbündete sich mit einem anderen Partner begnügen müssen.

Es ist unglaublich, wie all das durch das tänzerische Talent der Kunstschaffenden bei mir ankommt.

Das Klavier verstummt. Die Tanzenden fallen aus ihren Rollen, streifen sie ab wie ein Kostüm und stellen sich in einer Reihe nebeneinander vor der Ballettmeisterin auf.

Elizas Brust hebt und senkt sich heftig, sie leuchtet noch immer unübersehbar. Das muss wahre Magie sein! Ich bin unsagbar stolz auf sie und merkwürdig gerührt.

Anyanee klatscht. Ihre Entzückung ist ansteckend. Na bitte, alles paletti. Nicht wahr? »Vielen Dank, meine Lieben! Das war fabelhaft.«

Nach diesem ersten Durchgang lobt und kritisiert sie, gibt Feedback, welches Eliza und Co. hochkonzentriert entgegennehmen. Sie nicken mehrmals und im Folgenden werden einzelne Abschnitte wiederholt, bis Anyanee zufrieden ist. Sie korrigiert streng, aber wohlwollend Ausführung, Haltung und schauspielerische Leistung. Der Zauber der Tanzeinlage verfliegt erst nach und nach. Je ähnlicher die Probe meinem eigenen Ballettunterricht in der Vergangenheit wird, desto stärker kribbelt es in meinen Gliedern, was mich zusehends unruhiger macht. Habe ich zu früh Entwarnung gegeben?

Den Großteil der öffentlichen Probe stehen Veronica und Hector mit ihren Hauptrollen im Fokus, was vermutlich im Sinne der meisten Zuschauenden ist. Eliza arbeitet in der Zwischenzeit an dem Tanz mit ihrem Partner. Ich beobachte die beiden genau dabei. Die Chemie zwischen ihnen passt. Sie harmonieren großartig und haben unverkennbar Spaß. Etwas an diesem Anblick nagt an mir und verursacht mir leichte Übelkeit.

Bevor ich richtig weiß, was abgeht, nehmen meine zuvor diffusen Ängste mit einem Schlag Gestalt an. Sie überrollen mich.

Bisher habe ich die Existenz männlicher Tänzer innerhalb einer Kompanie weitestgehend ausgeblendet. Zum einen war Ballett in meinem Kopf immer eine Art Symbol für meine im Endeffekt nicht vorhandene Weiblichkeit. Zum anderen hätte eine nähere Beschäftigung mit ihnen meine Identitätskrise im Jugendalter nur verschlimmert. Solange es in meinem Kopf keine männlichen Balletttänzer gab, konnte ich aus einem scheinbar plausiblen Grund alles an den Nagel hängen. Ich musste nie eine eigene Definition jenseits der gängigen Bilder für meine Männlichkeit finden. Hätte es mir nichts mehr ausgemacht zu tanzen, hätte ich ab sofort auch hier die Männerrolle übernehmen dürfen?

Ich bemerke, dass ich meine Hände im Schoß zu Fäusten balle und öffne sie vorsichtig. Hätte es so leicht sein können?

Als ob! Wäre ich beim Ballett geblieben, wäre ich als trans* Mann von niemandem ernst genommen worden. Angefangen bei meinen Ärzten, auf deren Wohlwollen ich für die medizinische Behandlung angewiesen war und bin. Balletttänzer im Allgemeinen werden schon gemeinhin pauschalisierend für homosexuell gehalten. Aber wer sollte mir abkaufen, dass ich ein Typ bin, wenn ich so ziemlich das unmännlichste Hobby der Welt verfolgte? Fußball war da der perfekte Ersatz. Irgendeinen Beweis musste ich liefern, den andere greifen konnten, wenn ich schon aussah wie ein Mädchen. Da konnte ich nicht zusätzlich Mädchendinge mögen oder potenziell auf Jungen stehen. Nach der Logik vieler Menschen hätte ich ja sonst ein Mädchen bleiben können. Dass ich lieber Pullis statt Kleider trage, wäre nie und nimmer ausreichend gewesen.

Jedenfalls glaubte ich das. Es fühlt sich an, als würde man mich mit einem Eimer Eiswasser übergießen. Womöglich erkenne ich zum ersten Mal in vollem Ausmaß den transfeindlichen und heteronormativen Nonsens dahinter und wie tief ich diesen verinnerlicht habe. Das Einzige, was mich zu einem Mann macht, ist meine eigene Gewissheit, einer zu sein. Nicht meine Optik und keine Geschlechterklischees, in die ich passe oder nicht. Aber was bringt mir das jetzt? Außer, dass ich mich selbst dafür verurteile, damals geglaubt zu haben, es mir zumindest in gewisser Hinsicht leichter zu machen und dass ich wieder einmal einsehen muss, wie schwach ich bin.

Mit jedem Gedanken wächst der Druck in mir an, bis ich mich kurz vorm Platzen fühle. Mein Blick zuckt zum Studioausgang. Schwarze Punkte erblühen in meinem Sichtfeld und ich checke, dass ich mit dem Atmen Schwierigkeiten habe. Ich will tief Luft holen, aber meine Lungen verweigern mir den Dienst. Der Binder spannt.

Ruhig, beschwöre ich mich. *Du hast alles im Griff.*

Ich zwinge mich, meine Aufmerksamkeit auf Eliza, ihren Partner und die anderen Ballerinen und Balletttänzer zu richten, bis ich sie nicht mehr nur schemenhaft wahrnehme. Die drei Pärchen sind dazu übergegangen, unter Anyanees Anweisung synchron die Sprünge und Hebefiguren des Ballfinales zu üben.

Was mir beim ersten ununterbrochenen Durchlauf der Szene nicht gelungen ist, gelingt mir nun. Ich benenne im Kopf die jeweiligen Ballettpositionen, die sich vor meinen Augen entfalten und bin überrascht, wie viele ich meine, identifizieren zu können: *passé, coupé, pose ecarté.* Unmerklich beruhige ich mich dadurch, mein Puls entschleunigt und mein Brustkorb weitet sich wieder, bis die Ballettmeisterin das Training beendet.

Es gibt einen letzten Applaus und viele Verbeugungen.

In der folgenden kurzen Pause machen die Tänzer*innen sich frisch und ich nutze sie dazu, um mich weiter zu fassen und sämtliche meiner Kraftreserven zu mobilisieren, ehe ich mit Eliza sprechen muss.

Auch wenn ich mir danach beim Meet & Greet einrede, bloß geduldig zu sein, ist mir klar, dass ich den anderen den Vortritt lasse, um mich noch etwas vor der Konfrontation zu drücken. Wobei es schön ist, aus sicherer Entfernung dabei zuzuschauen, wie liebevoll Eliza mit ihren großen und kleinen Fans umgeht, die bewundernd zu ihr aufschauen. Sie hat für alle ein paar freundliche Worte übrig und lächelt nicht nur für die Kameras. Erst als sie und ihr Tanzpartner von niemandem mehr belagert werden, gebe ich mir einen Ruck. Mag sein, dass ich mal in besserer Verfassung war, aber dafür bin ich gekommen, der Rest war nur Beigabe. Schritt für Schritt ringe ich meinen inneren Widerstand nieder, bewege ich mich auf die beiden zu. Das Event ist fast um und nun ist mein Einsatz gekommen.

»Hi«, sage ich, als ich vor ihr zum Stehen komme, knete meine Hände.

Mir entgeht nicht, wie *er* mich abschätzig beäugt, aber das ist mir gleichgültig. Was zählt, ist, wie sie mir begegnet.

»Du bist da«, stellt Eliza beinahe anerkennend das Offensichtliche fest, woran ich merke, wie nervös sie ist. Zu süß, und es erleichtert mich, nicht der Einzige zu sein, der sich so fühlt. Sie hat also gehofft, dass ich mit zu ihrer Probe komme! »Wo hast du Davie gelassen?«

Dass sie ihn nicht vergisst, macht es nur noch perfekter. Sie ist perfekt. Mir wird warm und wärmer. Die unterkühlte Stimmung vom *Balloon Festival* ist verflogen.

»Er muss leider arbeiten«, antworte ich verspätet.

»Wie schade.« Enttäuscht verzieht sie das Gesicht. »Aber ich freue mich, dass du es geschafft hast.«

Jetzt sollte ich irgendwas Cooles sagen, oder ihr ein Kompliment machen. Davie würde sicher etwas Kluges und Charmantes erwidern.

»Du warst toll«, platzt es aus mir heraus, was Eliza zum Lachen bringt.

»Danke!«

Meine Wangen brennen. O Gott, irgendwer muss etwas tun, bevor wir weiter unbeholfen umeinander herumkreisen. Ist ja nicht mitanzusehen!

»Ihr kennt euch?«, mischt Elizas Tanzpartner sich da ein.

Sekunde, kann ich mein Gebet zurücknehmen?

»Ric und ich sind *Freunde*«, erwidert Eliza, auf einmal deutlich fester, und mein Herz gerät ins Stolpern. Selbst wenn sie das nur gegenüber diesem Typen behauptet, erweckt es nicht den Anschein, als hätten ihr die Worte körperliche Schmerzen verursacht. Vielmehr betont sie es, als wollte sie dem Nachdruck verleihen. »Ric, Leander. Leander, Ric«, stellt sie uns einander vor. Sie klingt normal. Demnach war es vermutlich keine gegen mich gerichtete Spitze, eher eine Botschaft, die mich glücklicher stimmt, als sie sollte.

Woran liegt es, dass sie mir gegenüber wieder offener auftritt als in Strathaven? Möglich, dass sie die Situation dort schlicht überfordert hat. Die Menschen drum herum und die Reaktionen ihrer Freundinnen waren sicher nicht hilfreich. Unabhängig davon, dass sie ihre Komfortzone diesbezüglich erweitert hat.

Ich nicke knapp. Leander nickt zurück.

Selbstredend sieht er blendend aus. Groß, athletisch, markante Gesichtszüge. Sonst würde man ihn vermutlich auch nicht auf die Bühne lassen, so oberflächlich wie dieses Metier oftmals ist. Seine Sportklamotten sind jedoch deutlich weniger körperbetont als die der Tänzerinnen, obwohl damit argumentiert wird, dass Bewegungen und Haltung dadurch leichter zu korrigieren seien. Der typische sexistische Dreck. Ich weiß noch, wie wir früher im Training laut Dresscode nicht mal Röcke tragen durften. Macht es das besser, dass ich nach Eliza auch ihn einer gründlichen Begutachtung unterziehe?

»Wartest du auf mich?«, fragt diese als Nächstes und plötzlich umschließen ihre Finger meine Hand. Ich sehe zurück zu ihr. Die Geste ist mir so vertraut, dass ich nicht mal zusammenzucke oder einen Hitzschlag kriege. Nun, wenn sie übergangslos da weitermachen möchte, wo wir bei unserer letzten Begegnung unter vier Augen in der Diele ihres Elternhauses aufgehört haben, bin ich der Letzte, der dagegen Widerspruch einlegt. Da hatten wir uns zum Abschied umarmt. »Ich würde mich schnell umziehen, dann können wir irgendwo was trinken gehen. Falls du Lust hast«, schiebt sie hinterher.

»Klar!« Ich überschlage mich förmlich vor Enthusiasmus. Auf so was habe ich gehofft. Allerdings ... hätte sie nicht die Initiative ergriffen, hätte ich nichts dergleichen herausbekommen und wäre erst mal vorsichtiger gewesen.

Ich mag mich irren, aber Leander wirkt enttäuscht. Dass er mich als Konkurrenz einstuft, beflügelt mich zusätzlich.

Eliza freut sich über meine Begeisterung. »Supi.«

»Bis gleich, Süße«, setze ich noch eins oben drauf.

Kaum hat das letzte Wort meinen Mund verlassen, erhitzt sich mein Gesicht und ich möchte es zurücknehmen. War das zu gewagt? Aber früher habe ich sie öfter so genannt. Ich hoffe, sie interpretiert das als Botschaft, dass ich unsere alte Verbindung zurückmöchte.

»Bis gleich«, erwidert Eliza mit einem Schmunzeln.

Gott sei Dank, das ist glimpflich ausgegangen. Dass Leander nicht weiß, dass dieser Kosename aus einer Zeit stammt, in der das nur platonisch gemeint war, ist dazu ein spannender Nebeneffekt. Nun sollte er spätestens annehmen, dass sie und ich uns daten. Absurd, wie unterschiedlich Verhaltensweisen und Auftreten eingeordnet werden, je nachdem als welches Geschlecht man uns wahrnimmt.

In diesem Fall ist es mir mehr als recht. Vielleicht wird das mit dem Dating ja bald Wirklichkeit.

KAPITEL 14

RIC

»Okay, daran muss ich mich erst gewöhnen«, sagt Eliza und hakt sich bei mir unter.

Eben haben wir die Subway verlassen, schlendern nun zur Ashton Lane, einer kopfsteingepflasterten Seitenstraße mit besonderem Flair, die in Glasgow für ihre Bars, Livemusik und ein altmodisches Programmkino bekannt ist. Absolutes Date-Material.

»Woran?«, frage ich. Das Pochen hinter meinen Rippen verstärkt sich, pulsiert, einem Stromstoß gar nicht unähnlich, bis in meine Fingerspitzen.

Ist es ihr klar? Findet sie das toll? Oder ist das mit uns für sie so weit abseits von romantischer Anziehung, dass sie an so etwas nicht mal denkt?

So oder so macht es mich happy, nur zu zweit wieder nach unseren eigenen Regeln zu spielen. Dazu bin ich im Endeffekt froh, dass sich die Entscheidung, ob Davie mich zu der Ballettprobe begleitet, gar nicht gestellt hat.

Eliza drückt meinen Arm, worauf ich mich reflexartig anspanne. »Daran.«

Hauchzart streicht sie über meine Haut, die Muskeln und deutlich hervortretenden Adern und Sehnen, wodurch sich meine Nackenhärchen aufstellen. Vor einer Weile habe ich die Ärmel meines Pullovers hochgeschoben, weil das Wetter während der Vorstellung umgeschlagen ist. Unter anderen Umständen hätte mir die Berührung definitiv gefallen, aber von einer Sekunde auf die andere fühle ich mich unwohl. Ich mag es nicht, wenn jemand meinen Körper wie ein Forschungsobjekt begutachtet und so kommt es mir auf einmal vor.

Nach dem Supermarkt biegen wir in die Straße, die uns zu der anvisierten Location führt.

»Tut mir leid, wenn das komisch klingt«, beginnt Eliza vorsichtig, als hätte ich es geahnt. »Ich möchte dich nicht verletzen. Darf ich ehrlich zu dir sein?«

Irgendwas in mir kriegt einen Knacks, es tut weh. Nur weil es Eliza ist und sie sich bisher vorbildlich verhalten hat, habe ich mich in Sicherheit gewogen. Bekomme ich nun die Quittung? Darauf kann nur etwas Furchtbares folgen! In der Regel sind es sensationsgeile, grenzüberschreitende Fragen oder diskreditierende, bemitleidende Aussagen.

Was bist du? Hast du einen Penis oder eine Vulva? Wie, du willst dich nicht operieren lassen? Das muss so schrecklich für dich sein, ich könnte so nicht leben. Also für mich wirst du immer eine Frau bleiben.

Gemeinsam mit meinem überlauten Herzschlag prasseln die Stimmen auf mich ein. Ich presse die Kiefer aufeinander, ehe ich mich zwinge, »Ja« zu sagen. Aus irgendeinem Grund bewegen sich meine Füße weiter vorwärts und ich nehme Elizas Körperwärme durch meine Kleidung wahr, weil sie mir nach wie vor nah ist. Das ist seltsam, wenn sie mir gleich etwas Derartiges um die Ohren hauen will. Gehe ich zu schnell vom Schlimmsten aus?

Eingehend betrachtet Eliza mich von der Seite, wobei sie ein bisschen zu mir hochsehen muss. Sie ist ein paar Zentimeter kleiner als ich. »Einerseits habe ich das Gefühl, es ist exakt wie früher. Du bist du. Andererseits steht da dieser Fremde vor mir. Es fällt mir schwer zu begreifen, wie er genauso lächeln, genauso trotzig das Kinn vorschieben, sich genauso verlegen auf der Stelle winden kann, wie es dieser eine Mensch immer getan hat, den ich mal besser kannte als alle anderen.«

Damit habe ich nicht gerechnet. Der Schmerz verlagert sich, es ist schwer zu benennen, während meine Gedanken Karussell fahren. Dazu sind ihre Worte wohlüberlegt und behutsam gesetzt, sodass es mir doppelt die Sprache verschlägt. Es ist möglich, über mein Transsein zu reden, ohne dabei einen Kollateralschaden zu verursachen. Es gibt etwas zwischen einer Auseinandersetzung oder Spott und der altbewährten Leerstellentaktik: Wenn niemand es anspricht, ist es nicht da. Und das ist nicht die Neutralität oder das professionelle Wohlwollen der Ärzte aus der Gender Identity Klinik.

»Also versteh mich nicht falsch«, präzisiert Eliza. »Mir ist bewusst, dass du dieselbe Person bist und das nur Äußerlichkeiten sind. Für dich sehr relevante Äußerlichkeiten selbstverständlich. Kann man das so sagen?«

Ich nicke wie von allein, was sie dazu ermuntert fortzufahren.

»Aber bis ich dir neulich in echt gegenübergetreten bin, konnte ich es nicht ganz fassen. Vielleicht wäre das anders und ich emotional leichter mitgekommen, wenn sich früher die Gelegenheit ergeben hätte, dich mal zu treffen. Ich meine, nachdem du mit den Hormonen begonnen hattest. Gleichzeitig verstehe ich nun, dass du diesen Cut gebraucht hast, bevor du anfangen konntest, als Mann zu leben.«

»Du meinst, dass ich mich von dir distanziert habe?«, raune ich. Das nenne ich einen Euphemismus. Wie arschig bin ich, Himmel noch mal! Ich habe sie eiskalt fallen lassen. Dass es aus Panik vor dem geschah, was sie in mir ausgelöst hat, ist keine Entschuldigung. Das, was sie sich als Begründung hergeleitet hat, ebenso wenig.

»Aye.« Sie erschaudert. »Wenn du bei mir geblieben wärst, hätte ich dich womöglich zurückgehalten.«

»Das hättest du nie getan«, entfährt es mir.

Gibt sie sich die Schuld an meiner Unfähigkeit, mit meinen Gefühlen angemessen zu verfahren? Und sollte das nicht der Moment sein, in dem *ich sie* um Verzeihung bitte? Nicht anders herum.

»Nicht bewusst. Nicht absichtlich«, sagt Eliza. »Ich habe mich nach deinem Coming-out intensiv mit dem Thema befasst. Und es hat mir geholfen. Mir ging es richtig scheiße. Nun verstehe ich, dass es nicht an mir lag, sondern du einen Neuanfang gebraucht hast. Mit Leuten, bei denen du von Beginn an du selbst sein konntest.«

Bei Martin, Steven und Dennis.

Fast hätte ich gelacht, wenn ich nicht tatsächlich mal etwas in der Art angenommen hätte. Daran zu denken, wie schief das gelaufen ist, schmerzt. Die Vorstellung, Teil dieser Jungsgruppe zu sein, hatte mich ungemein fasziniert. Ich wollte dringend dazugehören. Eliza verlieren wollte ich hingegen nicht, sondern hätte, wenn ich früher gewusst hätte, dass ich trans* bin, liebend gern mit ihr zusammen »neu gestartet«. Mit ihr *und* den anderen.

Ihre Interpretation beweist mir einmal mehr, was für ein unfassbar großartiger Mensch sie ist und dass ich sie nicht verdiene. Ich bin so dankbar für sie, dass mir Tränen in die Augen steigen. Das kommt unerwartet, ich blinzele hastig. Ist es überhaupt sinnvoll, Eliza bezüglich meiner damaligen Verliebtheit, die der eigentliche Auslöser war, um Abstand zwischen uns zu bringen, die Wahrheit zu sagen? Sie hat mit ihrer Sicht auf die Dinge ihren Frieden geschlossen. Darf ich ihr das nehmen? Muss ich? Will ich ihr allen Ernstes mehr Kummer bereiten, als ich es schon habe? Irgendwann reicht es.

»Es tut mir so leid.« Ich schlucke und bin froh darum, dass ich sie im Gehen nicht direkt ansehen muss. »Ich wollte nicht, dass du denkst, ich würde dich nicht mehr mögen. Eine naheliegende Schlussfolgerung, logisch. Vor allem, weil ich mich mit den größten Arschlöchern überhaupt zusammengetan habe, statt mich auf deine Seite zu schlagen. Sie waren so grausam zu dir, aber ich war wie erstarrt. Ich hatte Angst davor, wie sie und alle anderen auf mein Outing reagieren und wollte mich nicht noch angreifbarer machen. Das soll kein Versuch sein, die Schuld von mir zu weisen. Ich hoffe, so wird es verständlicher für dich, was in mir vorging. Was für ein egoistischer Scheißkerl ich bin, habe ich damit bewiesen. Dabei könnte ich nie damit aufhören, dich wunderbar zu finden. Ich liebe dich«, beteuere ich und bemühe mich hartnäckig, nicht so erbärmlich zu klingen, wie ich mich fühle, sondern humorvoll.

»Ach, hör auf.« Unvermittelt zieht Eliza mich noch ein Stückchen näher, sodass ich halb gegen sie taumele. Ihr Fliederduft steigt mir in die Nase. »Ich liebe dich auch«, haucht sie, nur für mich hörbar.

Meine Knie werden puddingweich. »Du vergibst mir?«, flüstere ich.

Sie löst sich wieder etwas von mir und setzt ein kokettes Lächeln auf. »Schon passiert, du Trottel. Charlotte wird damit klarkommen müssen.«

Diese Worte aus ihrem Mund zu hören …

Ich kann mein Glück kaum fassen.

Wir erreichen das Ende der Gasse. »Heißt das«, fragt sie dann aber doch noch nach, »du bist nicht mehr mit Martin und seinen Leuten befreundet?«

»Wir sind eine Zweckgemeinschaft«, fasse ich die Situation knapp zusammen. »Wieso ausgerechnet sie es geworden sind, kann ich mir leider selbst nicht erklären. Klare Geschmacksverirrung. Ich wollte nur ein Junge von vielen sein und das, was sie hatten, schien mir so erstrebenswert. In meiner Selbstfindung hat mir das Zusammensein mit ihnen anfangs geholfen. Und dann habe ich den Absprung verpasst. Ich wollte nicht niemanden mehr haben ...«

Eliza nickt nur. Mehr erwarte ich auch gar nicht. Sie ist ohnehin zu nett zu mir.

»Übrigens wollte ich mich bei Charlotte bedanken«, setze ich nach, »dafür, dass sie für dich da war.«

Nun schmunzelt sie. »Das wird sie freuen.«

Mir fällt auf, dass Eliza nach der Vorstellung, nein, *nach dem Meet & Greet* Lipgloss aufgetragen hat, so wie die tiefstehende Septembersonne ihre Lippen bescheint. Für mich? Oder bilde ich mir zu viel darauf ein?

»Kannst du es ihr ausrichten?«, entsinne ich mich dunkel dessen, was ich habe sagen wollen.

Frech tippt sie mir auf die Nasenspitze, was durchaus neu ist. In meinem Nacken prickelt es. »Das wirst du schön selbst machen.«

Wir erreichen Ashton Lane kurze Zeit später. Weißgetünchte Fachwerkhäuser und Ziegelsteinfassaden in allen möglichen Brauntönen säumen die schmale Straße, die ein Netz aus Lichterketten schmückt. Es ist exakt so fulminant wie eh und je, auch wenn die Lämpchen noch ausgeschaltet sind.

»Such du gerne die Bar aus«, bitte ich, um für mich noch mal die vergangenen Minuten zu reflektieren.

Als Freundinnen sind wir uns immer mal wieder auch körperlich nah gekommen, sei es, dass wir Umarmungen ausgetauscht, uns an den Händen gehalten oder Küsschen auf die Wangen gegeben haben. Es bedeutet mir mehr, als Eliza sich wahrscheinlich vorstellen kann, dass sie mich noch genauso behandelt und nicht vor mir zurückschreckt. Unabhängig der acht Jahre, die seitdem verstrichen sind, und meiner veränderten Erscheinung, der gegenüber sie – wie ich jetzt weiß – nicht unempfänglich ist. Und das ist ja, worauf ich gehofft habe. Dass sie sich nun ebenfalls zu mir hingezogen fühlen könnte. Die touchy Komponente unserer Freundschaft hat es mir damals schon erschwert, meine Gefühle für sie abzulegen.

Eliza entscheidet sich für einen Pub mit senfgelber Markise, in dem laut einem Aufsteller vor dem Eingang Live-Musik für den Abend geplant ist. Wir steigen die Treppe an der Fassade hinauf, deren schmiede-eisernes Geländer mit bunten Wimpeln behangen ist. Sie geht vorweg und die dunkelgrauen Mum-Jeans, die sie anhat, sind ein ziemlicher Kontrast zu ihrem figurbetonten Trainingsoutfit, gefallen mir aber sogar besser. Dazu das aufgeknöpfte Flanellhemd, welches dem Schnitt nach aus der Männerabteilung stammt, über einem Top ... *Puh*. Drinnen wählen wir einen Platz am Fenster, von wo wir sowohl die Straße als auch die Bühne im Blick haben.

»Sind wir schon mal so ausgegangen?«, bemerke ich und umfasse mit einer Geste die Umgebung, nachdem wir bei einem Kellner bestellt haben. Der hat uns zwar kurz irritiert angeschaut, weil wir uns für eher untypische Kneipentour-Getränke entschieden haben, aber so haben wir es stets gehalten. Alkohol konsumiere ich nie. Da ist die Gewohnheit als Sportler mit einem strikten Ernährungsplan ausnahmsweise stärker als der Einfluss meiner Kumpels.

Eliza stützt das Kinn in die Hände, verneint. »Nur manchmal nach der Schule sind wir ins *Carol's*, um dort unsere Hausaufgaben zu machen. Aber das fing auch erst an, als sie den Bubble Tea reingekriegt haben.«

»O Gott, ja!«, erinnere ich mich. »Wir hatten es uns zur Aufgabe gemacht, alle Sorten durchzutesten.«

»Und sind kläglich gescheitert.«

Was Eliza unausgesprochen im Raum stehen lässt: weil wir wenig später eine erste Diät begonnen hatten. Das war mit vierzehn so ein Ding unter den Mädchen unserer Ballettklasse und wir wollten nicht als Einzige »zu dick« werden und den Anschluss verlieren. Alle hatten

Bodyimage-Struggles. Keine wollte Hüften, Brüste oder ihre Periode bekommen. Das erschwerte es mir zu kapieren, dass es bei mir anders war, denn irgendwie ging es uns ja ähnlich.

Mir rutscht das Herz in die Hose.

»Bei dir ist alles gut, oder?« Auf einmal muss ich wissen, ob Eliza so zufrieden und angekommen ist, wie sie sich vor ihren Eltern und während der Probe gegeben hat. Spielt sie wie ich nur etwas vor? Ich könnte es nicht ertragen, wenn das bloß Schein wäre. Ich will, dass sie alles kriegt, was sie sich wünscht.

»Ja«, bestätigt Eliza mit nur minimaler Verzögerung, weshalb ich ihr glaube. »Profi-Tänzerin zu sein, ist unfassbar anstrengend und herausfordernd, keine Frage. Deshalb achte ich umso mehr auf meine Gesundheit, eine ausgewogene Ernährung, genügend Schlaf, Pausen und so weiter. Das haben die Leute an der Academy in Brighton bei ihren Schützlingen und am Opernhaus in London ebenfalls getan und am Theater ist es nicht anders. Ich nehme diese Sachen ernst, weil ich Ballett liebe.«

»Das beruhigt mich«, gebe ich zu und schäme mich, an ihr gezweifelt zu haben, wenn auch aus Sorge.

»Du weißt immerhin aus eigener Erfahrung, wie kritisch es werden kann.« Verständnisvoll nickt sie und ein Schatten gleitet über ihre Züge. »Ich will nicht leugnen, dass das Tanzen eine Zeit lang mehr oder weniger eine Obsession für mich war, weil es alles gewesen ist, was ich hatte. Aber es hat mir auch den Hintern gerettet und mittlerweile ist unser Verhältnis deutlich ausgeglichener. Ich achte auf mich.«

Da hat sie mir etwas voraus.

Unsere Bestellung wird gebracht, ein Minztee für Eliza und für mich ein grüner. Wir lächeln uns über den Tisch hinweg an, bevor wir uns zuprosten. Das hat mir gefehlt.

Es ist alles wie einem meiner Träume entstiegen.

»Ich vermisse es auch manchmal«, räume ich ein und ziehe die gläserne Tasse zu mir herüber.

»Du tanzt gar nicht mehr?«, wundert Eliza sich, was mich wiederum erstaunt.

Habe ich mit fünfzehn in meinem jugendlichen Zorn nicht mehr als deutlich gemacht, wie abgrundtief ich Ballett hasse? Obwohl ich da sowohl den anderen als auch mir selbst was vorgemacht hatte, dürfte das recht eindrücklich gewesen sein.

»Nope.« Ich zucke mit den Schultern. »Ich habe mit Sicherheit alles verlernt.«

»Glaube ich nicht«, widerspricht sie. »Versuch's mal wieder. Ganz entspannt, zum Spaß, wenn du Bock hast.«

Wenn sie das so sagt, klingt es logisch.

Mir wird flau.

»Ich wüsste gar nicht, wo ich anfangen soll«, murmele ich.

»Ich glaube, Leander hätte Interesse daran, es dir zu zeigen.«

Verwirrt blinzele ich sie an. Wen meint sie?

»Mein Tanzpartner«, ruft Eliza mir ins Gedächtnis. »Du hast ihm gefallen.«

»Er ... ich«, stottere ich. Mein Magen schlägt einen Salto. »Er fand mich attraktiv?«

Hitze kriecht mir den Hals hinauf und vor Verlegenheit blicke ich auf meine Hände.

»Tut er.« Eliza schlürft an ihrem Tee, als merkte sie nicht, wie mich diese Neuigkeit aus dem Konzept bringt. »Aber du hast ja deutlich gemacht, dass du kein Interesse an ihm hast.«

»Habe ich auch nicht!«, bekräftige ich, will klarstellen: *Ich interessiere mich für Typen nicht auf diese Weise.* Aus irgendeinem Grund bleiben mir die Worte im Hals stecken.

»Ist doch okay.«

Okay, genau, ich sollte runterkommen. Ist nichts dabei! Sie hat vollkommen recht.

»Ich bin nur überrumpelt«, suche ich nach einer Erklärung für meine heftige und abweisende Reaktion. »Ich habe gar nicht gemerkt, dass er ... Ich dachte, er wollte dich für sich und hätte mich als Konkurrenten eingeordnet.«

Ich sollte geschmeichelt sein und gegebenenfalls traurig, dass nicht sie mir ihr Interesse gestanden hat, aber nicht so ausrasten.

Eliza hebt eine Augenbraue. »Es gibt durchaus viele männliche Heten im Ballett, nur Leander ist definitiv keine davon.«

Hinter meiner Stirn pocht es. Da sind wir wieder. An derselben Stelle mit derselben Problematik. Ich, der ihr seine Gefühle gestehen möchte. Nur diesmal muss ich eine Lösung finden, die nicht lautet, alles für mich zu behalten.

Wie kann ich Eliza galant klarmachen, was ich für sie empfinde und herauskriegen, wie sie über mich denkt?

Ein durchdringender hoher Ton schallt durch den Pub und reißt mich aus den Gedanken. Es folgt eine Entschuldigung über Lautsprecher, worauf ich zur Bühne blicke, auf der eine junge Musikerin mit einer Gitarre von mir unbemerkt Position bezogen hat.

»Hiya, Glasgow!«, ruft sie, woraufhin einige Gäste klatschen.

Dann fängt sie an, ein Cover von *What's Up?* von 4 Non Blondes zu performen. Sie hat eine schöne leicht rauchige Stimme und mit dem Song holt sie mich direkt ab. Er passt wie die Faust aufs Auge zu meiner Gefühlslage. Autsch.

Als ich mich zurück zu Eliza wende, hat sie sich entspannt zurückgelehnt und lauscht der Musik mit geschlossenen Augen. Die goldene Kette um ihren Hals funkelt mit ihrem eigenen Zauber um die Wette. Mein Mund ist wie ausgetrocknet.

»Könntest *du* dir auch vorstellen, mit mir zu tanzen?«, höre ich mich heiser fragen. »Ich meine nicht, weil du Lust darauf hättest, sondern weil du mich so magst, wie Leander mich mag.«

Ihre Augen öffnen sich. Klares Blau, dichte getuschte Wimpern. Überraschung steht darin geschrieben.

Ich beiße mir auf die Zunge, halte die Luft an.

Werde ich verlieren, was ich eben erst wiedergewonnen habe? Das wäre typisch. Aber nun kann ich die Worte nicht mehr zurücknehmen und es ist überfällig, dass ich diese Sache kläre.

Eliza schnappt nach Luft, so als könnte es sich um ein Missverständnis handeln. »Du willst wissen, ob ich mich in dich verlieben könnte?«

Etwas hilfesuchend blickt sie sich um.

Shit. Shit. *Shit*.

Ich schätze, Begeisterung sieht anders aus.

»Wir müssen nichts überstürzen«, sage ich rasch, klammere mich an den Strohhalm, sie mit meinem Geständnis vor dieser mit Romantik aufgeladenen Kulisse förmlich überfallen zu haben. Ich hätte nicht so dick auftragen dürfen! »Mir ist klar, dass das hier kein Date ist. Ich hätte mir aber gewünscht, dass es eins wäre. Wenn wir in Zukunft welche haben sollten, können wir auch was anderes machen. Lass es uns langsam angehen und das gemeinsam Stück für Stück ausloten. Wenn du es dir denn grundsätzlich vorstellen kannst, mich so zu sehen. Was denkst du darüber?«

Nach mehreren quälend langen Sekunden erlöst sie mich, sucht meinen Blick und lächelt schüchtern. »Okay. Das hört sich gut an.«

KAPITEL 15

DAVIE

Wie ich sowohl für Ric die Daumen gedrückt als auch aus persönlicher Sicht befürchtet habe, fahren wir am Freitag nicht mehr gemeinsam zurück nach Norriesford. Meine Kollegin Olivia schließt nach Feierabend die Ladentür ab, während ich mein Smartphone auf Nachrichten überprüfe.

Da ich mich darauf eingestellt habe, sollte es mich nicht überraschen und zu verschmerzen sein, als ich seine Entschuldigung lese: *Hey, ich hoffe, es ist okay, dass ich dich nicht mit zurücknehmen kann. Es läuft so gut mit Eliza. Wir sind nach der Probe in einen Pub gegangen und werden eine Weile bleiben. Danke noch mal! Ohne dich hätte ich diese Chance nicht bekommen.*

Der selbstsüchtige Teil in mir reagiert niedergeschlagen, enttäuscht und etwas neidisch. Dabei wollte ich Ric helfen. Ich sollte zufrieden mit meinem Beitrag sein, doch meine Mundwinkel sacken merklich herab.

Kein Problem, ist ja toll! Habt eine schöne Zeit, schreibe ich trotzdem und rücke den Jutebeutel auf der Schulter zurecht, bevor ich Olivia den Müllsack abnehme, den sie in der Hand hält.

»Ich bringe das nach hinten«, sage ich, »habe es nicht so eilig, wie gedacht.«

»Oh, okay. Danke!« Sie wünscht mir noch ein erholsames Wochenende und winkt mir zu, wohingegen ich grußlos und mechanisch die Ladenzeile umrunde und durch die Durchfahrt den Hinterhof mit den Mülltonnen betrete. Nicht mein Tag heute.

Nachdem ich den Beutel mit einiger Mühe in unseren Geschäftscontainer gequetscht habe, klopfe ich mir die Hände an der Hose ab und versuche, mich nicht wie der aussortierte und miefende Unrat um mich herum zu fühlen. Nur ist es ständig dieselbe Leier. Erst meine Ex Vika und mein Kindheitsfreund Kieran, die zusammen in den Sonnenuntergang reiten, nachdem sie mich losgeworden sind. Mama und Papa, deren Ehe immer innig war, aber seit ich aus dem Haus bin, ein neues Level erreicht hat. Ralph und Tabea, meine liebreizenden WG-Turteltäubchen. Und nun werde ich zusehen dürfen, wie Ric und Eliza nach all der Zeit zueinanderfinden. Herzzerreißend und kitschig, das volle Programm, und dann bin ich sowieso Geschichte.

Im Gehen auf dem Weg zur Bahn schicke ich ihm in einem Anflug von Verzweiflung eine zweite Nachricht, obwohl er die erste bisher nicht gelesen hat: *Aber nur damit du es weißt, ich erwarte einen Bericht mit sämtlichen Details, sobald du die Zeit dazu findest!*

Bevor ich den Messenger schließen kann, erscheint seine Antwort bereits auf dem Bildschirm und lässt mein Herz höher schlagen. *Danke! Den wirst du bekommen.* ☺☺☺

Ich muss schnauben und bleibe mitten auf der Eisenbrücke stehen, die den Fluss Kelvin an dieser Stelle überspannt und an deren anderem Ende die Treppe hinunter zur Subway-Station führt.

»Okay«, sage ich gedehnt. »Was hast du mit Ric gemacht?«

Er will mir nicht nur Rede und Antwort stehen, sondern klingt beinahe, als könnte er es kaum erwarten! Na, da bin ich gespannt, wie schnell seine Plauderlaune verfliegt. Was hat Eliza mit ihm angestellt? Noch nehme ich ihm das nicht ab.

Mit dem Rücken lehne ich mich ans Brückengeländer und lege den Kopf weit in den Nacken, schließe einen Moment die Augen. Nun schwebe ich nicht mehr nur im übertragenen Sinne über dem Abgrund.

Ich sollte mich nach Alternativen umsehen oder sie mir jedenfalls nicht verbauen, indem ich ausgestreckte Hände bewusst ausschlage, nur weil ich momentan auf Fitness-Boy fixiert bin. Immerhin scheine ich nicht unausstehlich zu sein. Dafür spricht, dass Mara mir nach der gestrigen Autor*innen-Gruppe angeboten hat, ich könnte mich jederzeit auch gerne privat bei ihr melden. Sei es, weil ich Lust auf eine gemeinsame Schreibnacht habe oder jemanden zum Reden über meine kreativen Struggles brauche. Ganz egal. Dass Ric mich zumindest noch nicht satthat, führt dazu, dass ich es in Erwägung ziehe, wieder auf das Gute in anderen zu vertrauen. Das Angebot hätte Mara mir kaum machen müssen, wenn sie es nicht ernst meinen würde. Abgesehen von mir hat sie es dazu niemandem vorgeschlagen, soweit ich das mitbekommen habe. Das muss etwas bedeuten.

Bevor ich in den Untergrund hinabsteige, suche ich die Gruppenleiterin in meiner Handykontaktliste und rufe sie kurzerhand an. Es tutet. Versuchen wir's. Wenn Mara nicht abnimmt, soll es nicht sein.

»Hi«, höre ich sie nach dem dritten Freizeichen. Leider folgt eine Mailboxansage.

Ich möchte mir vor die Stirn schlagen. Es ist Freitag und sie hat garantiert Besseres zu tun, als meine Seelenklempnerin zu spielen. Wohnt sie überhaupt in Glasgow? Wie hätte ich mitten in der Nacht noch nach

Hause kommen sollen? Mal wieder nicht nachgedacht. Immer schon habe ich mich zu leicht von meinen Gefühlen mit- und zu emotionsgeladenen Handlungen hinreißen lassen. Was wird Mara darüber denken, dass ich sie angerufen habe? Wer macht so was? Wir haben uns erst vor kurzem kennengelernt und ich muss es direkt übertreiben!

Ups, war ein Versehen, eröffne ich schnell mit bebenden Fingern einen Chat mit ihr.

Ich stecke das Smartphone weg und haste weiter.

Dass Mara mir später mit einem *Haha, alles gut, das kenne ich* die Sorge nimmt, eine unsichtbare Grenze überschritten zu haben, ist ein geringer Trost. Denn im selben Atemzug fragt sie: *Hast du mich gestalkt oder wieso war bei dir mein Profil geöffnet, sodass du unabsichtlich auf den falschen Button geklickt hast?*

Gerade habe ich die WG betreten und wollte nur noch schlafen. Doch nun bin ich wieder hellwach.

Niemals!, streite ich panisch ab, scherze: *Wissen ist Macht. Bin nun mal in Detektivgeschichten vernarrt.*

Fast stoße ich, so wie ich in mein Handy vertieft bin, in der Diele mit Tabea zusammen, die in diesem Moment aus dem Bad kommt.

»Hoppla!« Die Freundin meines Mitbewohners hat ein Handtuch um den Kopf gewickelt und eine Duftwolke ihres Himbeershampoos schlägt mir entgegen. »Augen auf.«

»Sorry.« Mit einem erzwungenen Lächeln schlüpfe ich aus Schuhen und Jacke und schiebe mich danach an ihr und der Kommode vorbei in mein Zimmer.

Reflexartig hätte ich beinahe ein »Mum« daran gehängt. Ich schüttele über mich selbst den Kopf. Entweder bedeutet das, dass ich Mama vermisse und es Zeit für einen Videocall wird oder ich mal mit Leuten in meinem Alter zusammenwohnen sollte. Dass Letzteres nicht der Fall ist, hat mich insgesamt nie gestört, da ich mit Gleichaltrigen eher

Schwierigkeiten hatte, als vorlautes Kind, das zu ungefiltert sagte, was es meinte, und sich damit kaum Freund*innen machte.

Ich werfe mich aufs Bett, das vernehmlich quietscht.

Mara ist in der Zwischenzeit auf mein Wortgefecht eingestiegen: *Und was verrät dir mein Foto?*

Gott, sie wird nicht lockerlassen. Sie ist ja schlimmer als ich, wenn es darum geht, sich mit anderen zu messen. Kann das gut gehen? Am Ende stehen wir miteinander im Wettbewerb, weil wir dasselbe erreichen wollen: Bücher schreiben, Bücher veröffentlichen, von Lesenden entdeckt und geliebt werden.

Ich klicke auf ihr WhatsApp-Profil, das ich mir bisher nicht angeschaut habe. Ist nicht sonderlich aussagekräftig. Anstelle eines Bildes, das sie selbst zeigt, hat Mara eine Unterwasseraufnahme von einem Mantarochen drin. Eitel scheint sie demnach nicht zu sein, wobei ich *Ric* durchaus als eitel einschätzen würde und sein WhatsApp-Foto ist ein *Wednesday Addams*-Meme, welches auf seine antisoziale Ader anspielt, anstatt eines Gym-Selfies. Der Zusammenhang ist wohl etwas fragwürdig und außerdem wollte ich nicht mehr ständig an ihn denken. Beim dritten Chat von oben in meiner Timeline bleibe ich hängen. Es handelt sich um jenen mit Eliza, die neben einer anderen rothaarigen jungen Frau in die Kamera lächelt. Die Aufnahme ist offenkundig beim Ballett entstanden, wenn ich vom Hintergrund und ihrer Kleidung ausgehe.

Vielleicht versteht Mara mich aber auch, wie es sonst niemand könnte. Immerhin brennen wir für dieselben Dinge. Darüber hinaus hat sie sich gleich bei ihrer Vorstellung während der ersten Zusammenkunft in der Hidden Lane über den Druck beklagt, der beim Schreiben auf uns lastet. Den empfinde ich ebenso ständig.

Erklär mir, was es mit dem Rochen auf sich hat, lenke ich ein.

Wenn du bitte *sagst*, kommt sie mir ebenfalls einen Schritt entgegen.

Ich bin versucht, doch erst zu raten, dass sie Fische mag. Aber sind Rochen überhaupt Fische, oder …? Seufzend gebe ich es auf, mich wie Sherlock Holmes aufzuführen. Solange wir uns nur zum Spaß foppen, ist es lustig. Und im Gegensatz zu Ric macht Mara es mir leicht, einen Zugang zu ihr zu finden.

Bitte.

Ihre nächste Nachricht lässt einen Moment auf sich warten, nur um mich dann sofort zum Lächeln zu bringen.

Das auf dem Foto ist Luna, ein Mantarochenweibchen, für das ich die Patenschaft übernommen habe. Siehst du die wunderschönen Punkte an ihrem Bauch? Dadurch unterscheidet sie sich von allen anderen ihrer Art, da jeder Rochen ein einzigartiges Bauchmuster hat.

Wie cool! Jetzt betrachte ich die Aufnahme mit anderen Augen. *Darf ich fragen, wie du auf Rochen gekommen bist?*

Ist es nicht faszinierend, wie ihre Fortbewegung ans Fliegen erinnert?

Ich nicke vor mich hin.

Nur tun sie es im Ozean statt am Himmel. Außerdem sind Rochen unglaublich schlau und kommunizieren auf beeindruckende Weise mit uns Menschen.

Maras Begeisterung ist greifbar, obwohl wir nur chatten. Es fasziniert mich, wenn eine Person, von der ich mir ein erstes Bild gemacht habe, sich nach und nach vor mir entfaltet. Dadurch verändert es sich jedes Mal etwas, bis man sich womöglich jemand völlig anderem gegenüber findet, als am Anfang gedacht. Mit einem warmen Glühen im Bauch merke ich, wie gern ich prinzipiell mit Menschen zu tun habe, unabhängig davon, dass es zahlreiche weniger nette Exemplare gibt.

Meine »Schreibnacht« mit Mara läuft nicht so ab, wie ich es mir vorgestellt hatte. Darum bin ich jedoch froh. Dass wir einander in den nächsten Stunden besser kennenlernen, finde ich viel wertvoller, als produktiv zu sein und uns mit unseren Texten zu befassen.

Als sie erwähnt, dass sie im Zentrum Glasgows in der Nähe des Rathauses am George Square eine Wohnung hat, rutscht mir das *Was, verarsch mich nicht!* unversehens heraus. Bei ihrer Erklärung, wie sie sich das leisten kann, bin ich aber wieder so weit mit der Welt versöhnt, dass ich ihr meine Bewunderung ausspreche und die auch so meine, statt mich zu grämen.

Meine erste Buchveröffentlichung war ein kompletter Überraschungserfolg, stellt sie nichtsdestotrotz noch mal klar. *Glaub nicht, dass ich so ein Autorenhonorar für selbstverständlich halte. Ich war im Gegenteil überfordert und bin im Nachhinein froh, dass meine Eltern mir mit sechzehn zu einem Pseudonym geraten haben. Mal davon abgesehen war's das ja seitdem mit meinen Publikationen, wie du weißt, und mein Leben besteht daraus, meine Agentin und meinen Verlag zu vertrösten, weil sowieso nichts jemals daran heranreichen kann.*

Welches Werk Mara diese Popularität eingebracht hat, behält sie für sich. Das ist wahrscheinlich besser und ich verspreche, niemandem in der Schreibgruppe ihr Geheimnis zu verraten. Ich kann nachvollziehen, dass ein Erlebnis wie dieses auch Schattenseiten bereithält, wenngleich ich mich nach wie vor danach sehne, im Licht dessen, was ein Mega-Bestseller mit sich bringen könnte, zu baden. Würden meine nächsten Bücher danach nicht von allein laufen?

Ich möchte eine von euch sein, verstehst du?, versichert Mara sich meiner Verschwiegenheit erneut. *Ich hätte dir das gar nicht erzählen sollen. Du hast mich um den Finger gewickelt! Wie machst du das?*

Quatsch, beruhige ich sie. *Ich meine, du kennst mich kaum. Aber ich werde es für mich behalten, wenn du das willst. Ist doch klar.* Es muss ihr wichtig sein. In mir hallt dafür etwas anderes nach: *Eine von uns.*

Ich bin einer von ihnen.

Und das fühlt sich verdammt gut an. Könnte ich es schaffen, mich auf das Treffen der Autor*innen-Gruppe in der kommenden Woche ausschließlich zu freuen? Ich sollte der Realität öfter mal den Vorzug geben und mich weniger in fiktive Welten flüchten, sondern mich mit dem anfreunden, was ich habe und es umarmen. So übel ist mein Leben gar nicht und der Rest wird sich richten lassen.

Getreu diesem Motto kümmere ich mich am Samstag zuallererst darum, die Vorräte in meinem gähnend leeren Fach im Kühlschrank aufzufüllen. Mit dem Einkaufswagen fahre ich die Gänge im Supermarkt auf und ab, wobei ich aus irgendeinem Grund ewig brauche. Andauernd übersehe ich Punkte auf meiner Liste, sodass ich ständig zurück in die jeweilige Lebensmittelabteilung muss. Eine gewisse Zerstreutheit ist meine übliche Begleitung, doch heute ist es zum Haareraufen. Von dem positiven Effekt, den der gestrige Abend mit Mara auf mein Stimmungstief hatte, ist bereits nicht mehr viel übrig. Zu schade.

Erst als ich meine Einkäufe aufs Band verfrachte und einen kleinen Schock erleide, als ich für eine Sekunde glaube, bei dem Kassierer handele es sich um Ric, kombiniere ich, dass ich unbewusst nach ihm Ausschau halte. Er ist es nicht. Ich lege mir eine Hand auf die Brust, in der mein Herz hämmert, und schimpfe mich einen Narren. Soweit ich weiß, hat er keinen Nebenjob. Wobei es dank seiner verschwiegenen Art einiges geben wird, das mir über ihn nicht bekannt ist. Ihm zufällig über den Weg zu laufen, ist immerhin kein abwegiges Szenario, auch wenn es nicht eintritt.

Mit meiner Ausbeute beladen, laufe ich durch den malerischen Ortskern von Norriesford. In die Drogerie muss ich zum Glück nicht mehr. Bei der Einhornstatue überquere ich die Straße, ohne die Ampel ein Stück weiter zu beachten. Vor der Bank, in der Ralph arbeitet, stehen die Leute bei den Geldautomaten Schlange.

Ein Großteil der kleinen Geschäfte reiht sich um den Marktplatz. Trotz der Wochenendausflügler*innen besteht keine Gefahr, überfahren zu werden. Die Autos schieben sich im Schritttempo um die Verkehrsinsel herum und der Trubel ist überschaubar, eher wie bei einer chaotischen Großfamilie. Jede*r ist mit jede*m bekannt und auf einen Schwatz aus.

Ich kann nicht behaupten, dass man mich bewusst ausgegrenzt hätte oder mir je unfreundlich begegnet wäre. Man kennt sich vom Sehen und ich freue mich immer, hier und da mal ein nettes Gespräch zu führen. Natürlich kommt das vor. Dennoch glaube ich zu spüren, dass die meisten Bewohner*innen mich als Fremden betrachten. Diese Barriere zu überwinden, braucht Zeit. Bei all den weißen Gesichtern ist es dazu ein starker Kontrast zu Glasgow, das multikultureller ist. Dort fühle ich mich deutlich wohler und die Blicke in der Anonymität der Massen gleiten über mich hinweg, statt an mir zu haften. Inverness war immer so ein Mittelding. Einerseits von Tourist*innen überlaufen und andererseits sehr schottisch im traditionellen Sinne.

Vor dem Teehaus in einer Nebenstraße, die normalerweise eine Abkürzung bedeutet, hat sich heute eine Menschenansammlung gebildet und versperrt mir den Weg. Da ist irgendwas im Gange. Ich will schon umdrehen, als ich eine Reporterin mit Mikro fragen höre: »Frau Bürgermeisterin, bitte sagen Sie ein paar Worte.«

Abrupt halte ich inne, gehe näher heran und recke neugierig den Hals, um über die Hinterköpfe der Umstehenden hinweg zu blicken. Zuvor habe ich Cecelia MacInnes nur auf Wahlplakaten zu Gesicht bekommen. Vor allem aber denke ich mir zum ersten Mal: *Das ist also Rics Mum.* Spannend!

Sie ist fein angezogen und zurechtgemacht, hält eine große Schere in den zarten Händen und erzählt mit einem Lächeln etwas über das historische Gebäude, welches nach einer Restaurierung wiedereröffnet werden kann. Danach durchtrennt sie das rote Band vor dem Eingang. Wahrscheinlich wirkt sie nur auf mich so gekünstelt, weil ich Rics düstere Zwischentöne im Kopf habe, wann immer er sie und seinen Dad erwähnt. Was steckt dahinter?

Auf einmal habe ich es eilig, zurück zur Wohnung zu gelangen. Meine Einkäufe packe ich dort in Rekordgeschwindigkeit aus und setze mich gleich darauf mit meinem Laptop an den Küchentisch, weil hier die Internetverbindung reibungsloser funktioniert als in meinem Zimmer. Bevor ich mit meiner Online-Recherche zu Ric und seiner Mutter beginne, schreibe ich ihm ein: *Hey, wie sieht's aus? Wann können wir uns sehen? War es gestern noch schön mit Eliza?*

Grundsätzlich finde ich es kritisch, mehr darauf zu geben, was andere über eine Person sagen, als was diese über sich selbst äußert. Sogar das eigene Fake-Gelaber oder eine verzerrte Selbstwahrnehmung sind oft aussagekräftiger als eine meist nicht allzu wohlmeinende Beschreibung von Außenstehenden, sprich Gerüchte und Geläster.

Nur hat mir die Begegnung mit seiner Mum noch einmal klar gemacht, wie sparsam Ric von sich aus stets mit Informationen umgeht. Mir dürften immer noch jede Menge fehlen. Daher schadet es nicht, ihm etwas voraus zu sein, wenn ich als Wingman im Rennen bleiben und unseren Kontakt vertiefen möchte.

Ric MacInnes und *Norriesford* google ich, was ich bereits früher hätte tun sollen.

Direkt wird mir vorgeschlagen, ob ich *Cecelia MacInnes* meine. Das Ergebnis, welches mir die Suchmaschine zu ihrem Sohn ausspuckt, ist allerdings interessanter. Und nicht im Entferntesten, was ich erwartet habe.

Ich blinzele.

Mein Herz poltert los.

Ric ist trans*?

KAPITEL 16

DAVIE

Verwirrt erfasst mein Gehirn die reißerischen Überschriften und versucht, sich einen Reim darauf zu machen, was ich da lese. Ich klicke auf das erste Google-Ergebnis. Ich habe es richtig verstanden, auch wenn die Berichterstattung in ihrer Ausdrucksweise mehr als zu wünschen übriglässt.

Ich bin kein Experte, aber ich erkenne mit meinem rudimentären Wissen als Verbündeter auf den ersten Blick, dass die Zeitung Sensitivity Reader*innen hätte hinzuziehen sollen. Nur wurde wahrscheinlich keine Sekunde daran verschwendet, sich darüber Gedanken zu machen, wie verletzend und stigmatisierend das ist, was sie da fabriziert haben. Für trans* und nichtbinäre Personen im Allgemeinen und jene eine Person im Besonderen, über die sie schreiben.

Mein Magen dreht sich um.

Ric wird nicht nur als »die Tochter der Bürgermeisterin« misgendert, sondern außerdem gedeadnamed. Der Artikel spricht davon, dass »*sie* das Geschlecht wechseln wolle« und »im falschen Körper gefangen sei, sich wie ein Junge fühle«.

Dabei *ist* Ric ein Mann, war es immer schon, mit genau dem Körper, den *er* hat, auch wenn dieser keinen cis Maßstäben entsprechen mag und er zunächst für ein Mädchen gehalten wurde. Über ihn als »Frau« und mit sie/ihr Pronomen zu berichten, ist respektlos, demütigend und erkennt seine Identität nicht an.

Doch wie ist es möglich, dass Ric trans* ist?

Ich reibe mir über das Gesicht, als ob ich nicht ganz bei mir wäre.

Wieso sollte es nicht möglich sein?, wäre die bessere Frage.

Parallel dazu sortieren sich in meinem Kopf die Puzzleteile. Es ist nicht so, als würde man an der Optik erkennen, ob es sich bei einer Person um einen trans* oder nichtbinären Menschen handelt. Offensichtlich. Dessen war ich mir theoretisch zuvor schon bewusst. Aber Ric wirkt so … maskulin. Ich wäre im Leben nicht darauf gekommen, dass ihm bei der Geburt das weibliche Geschlecht zugewiesen worden ist.

Merkste selbst, wie das klingt, nicht?, rufe ich mich zur Ordnung. *Was hat das eine mit dem anderen zu tun?*

Am Ende sind das Vorurteile. Wenn ich so denke, bin ich kaum besser als die Journalist*innen.

Mein Kopf glüht vor Scham und ich scrolle weiter.

Bei der restlichen transfeindlichen Aufmachung sollte es mich nicht wundern. Der Artikel enthält auch ein altes Foto von Ric, auf dem er möglichst »mädchenhaft« aussieht, um effekthascherisch daherzukommen. O Mann. Dass sie keines mit ihm in rosa Kleidchen aufgetrieben haben, ist alles. Es handelt sich um ein Urlaubsbild am Pool, auf dem er ein Bikinioberteil und Shorts mit hoher Taille anhat, rundherum Palmen. Wenn ich mich unwohl dabei fühle, wie muss es ihm damit gehen, dass das alles im Internet frei zugänglich kursiert?

Okay, ich sollte mich erst mal sammeln und beruhigen. Wobei ich nicht kapiere, wieso ich aufgewühlt bin. Inwiefern ändern die Neuigkeiten etwas für mich oder unser Verhältnis? Zum Schlechteren gar nichts.

Ich atme tief durch, schließe den aufgerufenen Artikel und fühle mich augenblicklich besser.

Vielmehr werde ich manches gegebenenfalls leichter einordnen können, wie Courtneys unangebrachten Kommentar beim *Strathaven Balloon Festival*. Darauf, dass wir beide zur LGBTQIAP+ Community gehören, kann ich aufbauen.

Dieser Gedanke erfüllt mich mit Freude. Gleichzeitig bekomme ich ein schlechtes Gewissen, weil ich Ric nachspioniert habe. Wobei man bedenken muss, dass ich diese Info längst hätte herausfinden können. Womöglich wollte er das. Er hat sie mir auf dem Silbertablett serviert, indem er sich mir gegenüber als der Sohn von Norriesfords Bürgermeisterin zu erkennen gegeben hat. Ich sollte keine große Sache aus dem Thema machen, wenn er es nicht von sich aus getan hat.

Zurück bei Google öffne ich ein Interview mit Rics Mutter, in dem sie zu seiner Transgeschlechtlichkeit befragt wird. Zu meiner Verwunderung setzt sie sich für ihn ein. Cecelia MacInnes betont, wie wichtig es sei, das eigene Kind zu lieben und zu unterstützen. Egal, wer es sei oder in wen es sich verliebe. Alles, was sie möchte, sei, dass er glücklich werde. Auf der anderen Seite prangert sie an, wie weit sich der Weg nur leider bis zur gesamtgesellschaftlichen Akzeptanz von queeren Menschen gestalte. Ich runzele die Stirn. Das klingt gar nicht übel? Wo ist der Haken? Ist das alles gelogen?

Mein Handy piept.

Tief in Gedanken zucke ich zusammen und greife fahrig danach, bin dann aber sofort da.

Na, sieh mal einer an! So schnell hätte ich nicht mit einer Antwort gerechnet. Wenn man vom Teufel spricht. Man könnte meinen, Ric hätte nur darauf gewartet, dass ich frage, wann wir uns sehen. Hat er das?

Bald?, schreibt er, was mich in ungeahnte Höhen katapultiert, nur damit ich unsanft auf dem Boden aufschlage, sobald ich den Rest seiner Nachricht in mich aufnehme. *Ich weiß nicht. Ich muss bis Montag noch einiges für die Uni vorbereiten. Wann musst du wieder nach Glasgow?*

Dienstagnachmittag, erwidere ich. Um nicht enttäuscht oder eingeschnappt zu wirken, verzichte ich auf ein entsprechendes Emoji. Ein lächelnder Smiley ist aber auch nicht drin. Meine Hände ballen sich zu Fäusten. Dachte ich, wir würden uns zum Plaudern verabreden? Selbstverständlich werden wir das mit anderen Notwendigkeiten verbinden.

Sei nicht böse, bittet Ric mich überraschend einfühlsam. *Ich sollte zumindest motiviert in das Semester starten. Man weiß nie, wie lange das vorhält. Und ich vermute mal, du kannst mir nicht allzu viel über Funktionsgymnastik und Verletzungsprophylaxe beibringen, sodass sich ein Treffen mit dir als Lernen verbuchen ließe?*

Gegen meinen Willen schleicht sich ein Lächeln auf meine Lippen. Was ist hier los? Seit wann ist er der Witzbold und ich bin der Griesgram? Ob das noch Elizas Einfluss ist? Er erweicht mich sofort. Gott sei Dank verschont er mich damit, direkt drauflos zu schwärmen, wie er die Zeit mit ihr genossen hat. Auf ein Update dazu ist er gar nicht eingegangen. Mir soll es recht sein, die Schonfrist ist so gesehen durchaus nice.

Okay, das sehe ich ein, gebe ich zu.

Beruhigend!

Passt es dir Dienstag?, hake ich nach, wohlmerkend, dass ich damit das Geplänkel unterbinde und ohne Umschweife zur Sache komme. Darauf bin ich stolz. Ein bisschen die Distanz zu wahren, wird meinem Seelenfrieden zuträglich sein.

Aye, bestätigt Ric, *da können wir wieder eine Fahrgemeinschaft bilden.*

Ich schicke einen erhobenen Daumen.

Laut der Anzeige tippt er noch.

Gespannt warte ich. Doch dann bricht er ab und es folgt keine neue Nachricht mehr.

Augenblicklich bereue ich mein vorbildliches Betragen. Die Wahrheit ist, dass ich mir liebend gern angehört hätte, wie Ric über jede einzelne von Elizas Sommersprossen eine Ode singt, solange wir nur weiter miteinander kommunizieren würden.

Himmel, Junge!

Um nicht zu schwächeln und nachzuhaken, ob er noch irgendwas loswerden möchte oder gar meinerseits umzuschwenken, *mute* ich mein Smartphone und beende an dieser Stelle auch die Stalking-Aktion. Wenn sie mich in einem bestätigt hat, dann darin: Ich muss mir mein eigenes Bild von der Lage mit seiner Familie machen, werde aber warten, bis Ric von sich aus dazu bereit ist, mich hereinzubitten. Mal sehen, ob das irgendwann passiert.

Was hilft in solchen Momenten, in denen ich kurz davor bin, einen Schreikrampf zu kriegen? Lamentieren schon mal nicht. Ich rufe den Freelancing-Ordner an meinem Notebook auf. Es gibt da ja diesen Text für die Website der Lampenherstellerfirma, der geschrieben werden möchte. Sicher sind auch neue Aufträge im Texter*innen-Portal reingekommen, von denen ich mir einen oder zwei schnappen könnte. Und den restlichen Leerlauf nutze ich, um mit meinen Eltern zu skypen.

Bis zu meiner nächsten Schicht und unserem Wiedersehen werde ich gar keine Gelegenheit haben, mich in Frustration zu wälzen. Statt nach wie vor so unangemessen angetan von Ric zu sein, wäre es cool, unsere sich entwickelnde Freundschaft als das zu würdigen, was sie ist. Dies ist schon sehr viel mehr, als am Anfang zu erwarten war. Ich werde auch nicht dazu kommen, verzweifelt Sätze in meinem Manuskript hin und her zu schieben, während der Kloß in meiner Kehle anschwillt, weil ich es so niemals zu etwas bringen werde ...

Nope, nicht mit mir, schiebe ich dem entschlossen einen Riegel vor.

Leider wird mein Plan keine vierundzwanzig Stunden später zerschlagen, weil Mama und Papa zu beschäftigt sind, um mich zu sehen, wie Letzterer behauptet.

Entschuldige, Schatz, wir ertrinken hier in verschiedenen Projekten, teilt mein Vater mir wie üblich auf Deutsch mit.

Wie immer kommt mir das erst seltsam vor, wenn wir länger keinen Kontakt hatten. Mit allen anderen außer mit meinen Eltern schreibe und spreche ich Englisch, auch wenn ich zum Teil auf Deutsch denke oder manchmal deutsche Bücher lese und deutsche Musik höre.

Du weißt, dass LUPO *dieses Jahr fünfzehnjähriges Jubiläum feiert,* führt Papa weiter aus, *und bei den ganzen Veranstaltungen dazu kommen wir kaum hinterher.*

Ich sollte mich freuen, dass einer von beiden überhaupt daran denkt, mir in dem Chaos ein Lebenszeichen zu senden, doch ich fühle mich ernüchtert. Da sind meine Eltern hart. *Exzentrisch* würden manche sagen, auf Reisen in ihren Paralleluniversen, jedes Auftauchen daraus verabscheuend, und diese PR-Tour müssen sie geradezu hassen. Keine Ahnung, ob sie wirklich einen vollen Terminkalender haben oder nur jede Sekunde, die ihnen zur freien Verfügung steht, Buchstaben und Farben atmen wollen. Da wäre ich eine lästige Ablenkung.

Ich kenne es nicht anders, trotzdem macht es mich traurig. Es schüttet bereits den gesamten Sonntag. Während ich in meinen eigenen vier Wänden am Fenster stehe und hinausschaue, das Handy mit Papas Nachricht in der Hand, kommt mir das äußerst passend vor. Von nebenan vernehme ich klappernde Kochtöpfe und Ralphs und Tabeas Lachen.

Der erste Band der Kinderbuchreihe *LUPO* war ein Geschenk für mich zu meinem vierten Geburtstag. Mama hatte die Geschichte über den Jungen, der sich mit dem Monster unter seinem Bett anfreundet, extra für mich geschrieben und Papa die wundervollen Illustrationen dazu gemalt. Dann wurde *LUPO* von einer Literaturagentur vermittelt und nun hält sie ihr Künstler*innen-Dasein derart in Schach, dass sie keine Kapazitäten mehr für mich haben. Ist das nicht ironisch?

Schon okay, hätte mir einfach gepasst, zeige ich meinem Vater Verständnis. *Ich kenne das ja.*

Wenn du kreativ arbeitest, ist Freizeit rar gesät und im Grunde willst du oft gar nicht freimachen, weil du im Idealfall so in etwas aufgehst, dass du förmlich darin lebst oder dein Gehirn von selbst immerzu rattert. Schade nur, dass *ich* wieder blockiert bin und mich nicht an mein Buch herantraue. Stattdessen plage ich mich in endlosen Gedankenschleifen mit der Frage, wieso ich das alles mache, wo das letztlich nicht mein Job ist, sondern ich mir das nur einrede. Bisher habe ich keinen Pfund mit dem Schreiben verdient.

Entgegen den verlockenden Essensgerüchen, die durch die Wohnung wabern, ist mir übel. Bevor ich meine persönliche Hymne – *The Good Part* von AJR – in Dauerschleife höre und in meinem Elend ertrinke, gehe ich in meinen Chat mit Mara. Meine Finger fliegen über das Display: *Ich dachte, irgendwann würden Mama und Papa mich mehr beachten, wenn ich in ihre Welt des Schreibens und der Kreativität eintrete. Ich dachte, sie wollten all das, was sie lieben, mit mir teilen, so wie sie es untereinander tun. Stellt sich raus, dass das ein Irrtum war.*

Ursprünglich wollte ich den Gedanken nur loswerden, doch nach diesem »Hilferuf« ist Mara der Meinung, mich vor einem Nervenzusammenbruch bewahren zu müssen. Sie kommt nach Norriesford, was mir recht ist. So hebelt sie ein Argument, ihr abzusagen, von vornherein aus. Dieses Genie.

Zum Glück ist sie außerdem leicht zufriedenzustellen, denn uns bleibt neben dem wiedereröffneten Teehaus nur ein Café zur Auswahl, um auf ihren Vorschlag hin einen Kaffee im Ort trinken zu gehen. Womöglich hätte ich in meiner Verfassung zu allem *Ja* und *Amen* gesagt.

Ich war erst einmal im *Carol's*. Das war am Anfang meiner Zeit hier, weil ich danach gemerkt habe, wie teuer es ist, allein meine Lebenshaltungskosten abzudecken.

Als Mara und ich das verwinkelte Lokal mit den blauweißen Fliesen an den Wänden, den vielen Pflanzen und dem hellen Holzmobiliar im Landhausstil betreten, finde ich es gemütlich und einladend. Es war trotz des Wetters die richtige Entscheidung, rauszugehen und mich nicht einzuigeln.

»Hat was!«, kommentiert sie und zwinkert mir zu.

Weil Mara ein Citygirl ist, hätte ich vermutet, dass sie »mehr« gewohnt ist. Von allem. Sie ist in Glasgow aufgewachsen. Nur erweist es sich als völlig unnötig, dass ich sie bei Laune halte.

Ich entspanne mich.

»Wobei *Carol's* in mir Weihnachtsassoziationen geweckt hat«, gesteht sie, sich verschwörerisch zu mir vorbeugend, damit uns die Mitarbeitenden auf keinen Fall hören.

»Ich verstehe, wie du darauf kommst«, überlege ich und schmunzele. Zwar handelt es sich bei *Carol* einerseits um einen Vornamen, andererseits hat das Wort eine weitere Bedeutung: nämlich *Weihnachtslied*.

Festlich oder winterlich ist das Café nicht, eher frühlingshaft mit der pastelligen Farbpalette bei der Deko. Maras Regenjacke ist dagegen neongrün und alles andere als dezent, was perfekt ihre Persönlichkeit widerspiegelt. Wenn ich dieses Auffällige an ihr mag, können andere so was dann nicht auch an mir mögen?

Wir steuern auf eine Sitznische zu.

Im Vorbeigehen hätte ich Eliza fast übersehen, wenn sie mich nicht zuerst entdeckt und auf sich aufmerksam gemacht hätte. »Hi, Davie!«

»Oh, hi«, erwidere ich perplex ihren Gruß und bleibe stehen.

Wie klein ist diese Stadt?

Mir ist bewusst, dass Eliza nichts getan hat, um meine Abneigung zu verdienen. Etwas in mir hätte sie unabhängig davon am liebsten ignoriert, was völlig untypisch für mich ist.

Neben ihr sitzt Charlotte, die mich finster anstarrt, bevor sie sich ebenfalls ein »Hey« abringt.

Ob sie sich darüber beraten, wie das Treffen mit Ric lief? Ist das jetzt komisch?

»Du hättest Freitag dabei sein sollen«, sagt Eliza, was mich nur noch mehr irritiert. Sie zieht die Ärmel ihres lockeren Sweatshirts bis über die Hände. Einige Locken haben sich aus ihrem unordentlichen Dutt gelöst und ihre Augen wirken müde. Ungeschminkt, wie sie es heute ist, erkenne ich zudem die Aknenarben auf ihrer Haut. Voll euphorisch, weil sie vor wenigen Tagen ein tolles Date hatte, scheint sie nicht zu sein.

»Spätestens bei der Aufführung«, gelobe ich und beziehe das mal auf die Szene aus dem Stück, die ich verpasst habe.

»Unbedingt!« Sie lächelt leicht. »Das ganze Proben wird sich so was von auszahlen.«

Nun gut, wahrscheinlich ist Eliza bloß gestresst, was verständlich wäre. Oder sie ist wie Ric von der introvertierteren Sorte und freut sich eher innerlich. Eines weiß ich aber genau: Ich an ihrer Stelle würde das Grinsen nicht aus dem Gesicht bekommen, wie auf Wolken schweben und an alle, denen ich begegne und die wollen, vor lauter Überschwang FREE HUGS verteilen.

»Ich freu mich auf die Vorstellung«, entgegne ich. Die Handlung von *Prince of Sea* spricht mich als Fantasyliebhaber an und ich war noch nie im Ballett, weshalb ich gern mal reinschnuppern würde. »Vor allem mit

Veronica Sinclair als Hauptdarstellerin«, betone ich, um nicht zu kurz angebunden und dadurch unfreundlich zu wirken. Zumal es stimmt. »Es ist cool, dass eine Schwarze Frau die gekriegt hat.«

»Absolut«, stimmt Eliza mir zu. »Das ist ein großer Schritt, was leider auch die negativen Reaktionen auf ihre Besetzung zeigen. Als ob es 1784 keine Schwarzen Menschen in Irland gegeben hätte. Veronica ist eine großartige Silver.«

Dafür, dass sie sofort darauf einsteigt und sich bereits Gedanken über die Rassismus-Problematik dahinter gemacht hat, erntet sie bei mir mehr als einen Sympathiepunkt. Auch wenn sich ein Teil von mir dagegen sträubt. Dass weiße Menschen sich nicht rassistisch verhalten und Rassismus nicht tolerieren, sollte nichts sein, was Lob verdient, sondern wäre in einer besseren Welt selbstverständlich. Na ja, die Welt ist eben nicht besser, darum bin ich froh, wann immer ich positiv überrascht werde.

»Vor allem checke ich dieses Authentizitätsargument nicht«, fahre ich fort. »In der Geschichte geht es um ein magisches Meervolk. Da behauptet niemand, das sei unrealistisch.«

»Klingt nach Bullshit«, fasst Mara zusammen, womit sie mich daran erinnert, dass ich mit ihr hier bin und sie hätte miteinbeziehen sollen. Leider überfordert mich Eliza auf eine Weise, die ich nicht einordnen kann. Sie ist schließlich nicht meine Rivalin um Ric, dafür müsste ich erst einmal im Rennen sein. »Von was für einem Stück redet ihr?«

Eliza nennt Mara den Namen des Balletts.

»Liz ist eine der Solistinnen«, wirft Charlotte ein, worauf Eliza sich verlegen die Haare aus dem Gesicht streicht.

»Ach, Charlotte, lass das«, maßregelt sie ihre Freundin, die Bescheidenheit in Person, obwohl sie vor mir damit am Anfang vorgeprescht ist.

Mara lächelt sie strahlend an. »Ist doch mega!«

Sekunde. Was passiert da?

»Okay, wir gehen mal weiter.« Rasch ziehe ich meine Begleiterin mit mir mit zu einem Tisch, der sich meiner Einschätzung nach in ausreichendem Abstand zu Elizas und Charlottes befindet, sodass sie weder uns noch wir sie verstehen können.

»Das war Rics Crush«, erkläre ich, dort angekommen. »Die Frau, für die er ein Gedicht schreiben wollte. Du erinnerst dich, wie er das bei der Vorstellungsrunde deines Kurses erwähnt hat?«

»Die Rothaarige?« Mara hebt eine Augenbraue, während sie sich die Jacke von den Schultern streift.

»Ja«, betone ich harscher als beabsichtigt.

»Mhm.« Mara wiegt den Kopf hin und her.

»Was?«, frage ich halb erwartend, dass sie mir eröffnen wird, dass ihr Gaydar wie meines angeschlagen hat. Was aber nicht ausschließt, dass Eliza an Ric ebenso interessiert sein könnte wie er an ihr. Queerness ist ein breit gefächertes Feld und bei ihm hat meine Intuition, andere queere Personen zu erkennen, sowieso vollständig versagt.

»Wie bedauerlich«, seufzt Mara da. Also habe ich mir die Schwingungen zwischen den Frauen nicht eingebildet. »Aber«, kommt sie mir zuvor, ehe ich dazu etwas anmerken kann, »erzähl mir erst mal von *deinem* Crush. Gemeinsam zu prokrastinieren ist um einiges lustiger, oder?«

Ich öffne den Mund, kein Ton kommt heraus. Es geschieht nicht häufig, dass mir die Worte fehlen. Mara hat es geschafft.

Als ich nichts sage, wird ihre Miene sanfter. »Ah, dieser Schmerz, sich in hetero Mädels zu vergucken. Oder in deinem Fall in hetero Jungs. Du magst Ric, habe ich recht?«

Es ist mir schleierhaft, wie sie das aus den paar Sätzen herausfiltern konnte, die ich ihr gegenüber bisher über ihn verloren habe. Noch weniger kapiere ich, wie er im Gegensatz dazu nichts davon merkt.

KAPITEL 17

RIC

Obwohl ich mich sogar etwas auf die Uni gefreut habe, werde ich schnell desillusioniert, kaum dass ich mich abgehetzt in den übervollen Hörsaal meiner Vorlesung quetsche. Wegen eines Unfalls auf der M74 habe ich über eine halbe Stunde im Stau gestanden, sodass ich erst auf den letzten Drücker dort eintreffe. Dazu fällt es mir schwer, meiner Professorin zu folgen. Sie doziert über Anatomie, Körperstrukturen und ihre funktionelle Bedeutung. So viel kriege ich mit. Bei den wirkungsvollsten Methoden, um Verletzungen vorzubeugen, steige ich aus. Dass ich mich am Wochenende ernsthaft drangesetzt und den Stoff vorbereitet habe, hilft überhaupt nicht.

Das ist unfair!, möchte ich protestieren. Nur kann ich mich noch so bockig geben, das verleiht dem Vortrag und den Notizen auf dem Block vor mir auch nicht mehr Sinn. Irgendwann schiebe ich bloß meinen Pfefferminzkaugummi im Mund hin und her und spiele mit meinem Kugelschreiber, bis er mir aus den Fingern springt und davon rollt. Super!

Meine Gedanken gebärden sich ähnlich unbezähmbar, was wahrscheinlich der Grund ist, aus dem ich nicht mitkomme. So sollte mein letztes Bachelor-Jahr nicht starten, beziehungsweise stehen die Chancen schlecht, dass es mein letztes wird, wenn ich mich nicht zusammenreiße. Das muss ich dringend ändern.

»Hier«, sagt der Typ aus der Reihe vor mir auf einmal und reicht mir meinen Stift, der zu seinen Füßen gelandet sein muss.

»Dan... danke«, stammele ich, dabei gibt es keinen Grund zum Stottern.

Außer den, dass ich mich beim Anblick seiner wie gemeißelt wirkenden Kinnpartie augenblicklich frage, ob ich ihn attraktiv finde. Hitze schießt mir in den Kopf. Seit Eliza mir gesagt hat, dass ihr Tanzpartner Leander ein Auge auf mich geworfen hat, grübele ich darüber nach, ob ich ihn nach der Probe beim Meet & Greet nicht ebenfalls abgecheckt habe. Wenn ich ehrlich zu mir selbst bin, glaube ich, dass ich das habe, *ja*. Ja, ich habe ihn angesehen, wie ich zuvor sie angesehen habe, oder?

In Erinnerung daran schlägt mir das Herz bis zum Hals. Bis dato habe ich nie in Erwägung gezogen, dass Männer auf mich anziehend wirken könnten. Ich dachte, ich wollte wie sie sein und habe sie mir deshalb so detailliert angeschaut. Nur ist das nicht der einzige Grund und plötzlich bin ich angetan von ihnen auf diese ungewohnte Art. Wie kann das von jetzt auf gleich passieren?

Ich widerstehe dem Impuls, mit der Stirn voran auf meine auf dem Tisch verschränkten Arme zu sinken.

Ich weiß, dass ich morgen ohnehin mit Davie verabredet bin, doch nach der ersten vermurksten Veranstaltung kann ich es ebenso gut darauf anlegen, mich sofort mit meinem verwirrten Geisteszustand zu befassen. Noch besser: etwas dagegen zu unternehmen. Ich sollte nicht an irgendwelche Kerle denken, sondern an Eliza!

Denn das ist nicht alles, womit ich zu kämpfen habe. Dabei war ich nach Freitag, unserer Aussprache und ihrer Einwilligung herauszufinden, wohin das mit uns führen kann, optimistisch.

Im Anschluss an die Vorlesung lehne ich mich draußen unter dem Vordach, geschützt vor dem Regen, an die Wand des Uni-Gebäudes. Den Rucksack stelle ich zwischen meine Füße.

Meinst du, ich muss mir Sorgen machen, dass Eliza mir seit gestern Morgen gar nicht mehr geschrieben hat?, hole ich mir den Rat meines momentan einzigen echten Freundes. *Dabei war Sonntag ihr freier Tag!*

Sie war mit Charlotte zusammen, informiert mich Davie keine Minute später und direkt fühle ich mich albern, derart zu klammern und grundlos das Schlimmste zu befürchten, dass sie mich nur auf den Arm genommen hat.

Hallo Selbstwert, wo bist du?

Eliza probt an sechs Tagen in der Woche von zehn Uhr morgens bis sechs Uhr abends Ballett, irgendwann muss sie mal Freizeit und auch etwas mit anderen Menschen machen. Für eben diesen eisernen Willen, über Grenzen hinaus alles zu geben, und trotzdem auf sich aufzupassen, bewundere ich sie.

Ich bemerke, wie mein Rücken anfängt zu kribbeln. Ich himmele sie an.

Ich bin ihr zufällig im Café begegnet, schreibt Davie. *Ich war mit Mara da. Vielleicht unternehmen wir mal was zu viert als Gruppe?*

Wieder einmal bin ich baff darüber, wie er die Initiative ergreift, und meine wohlige Gänsehaut verstärkt sich. Er ist wie sie ein richtiger *Gehen-wir-es-an*-Mensch, hält durch, das zu tun, was ihm wichtig ist. In seinem Fall das Schreiben, wie hart es auch sein mag.

Scheint, als wäre das mein Typ. Ein Wunder, dass sie mich, der am Ende immer kneift, nicht mit Verachtung strafen. Ich habe es zwar geschafft, mein Leben als Mädchen hinter mir zu lassen, doch das Gefühl, dass ich wirklich ich selbst sein kann und bin, hat sich bislang nicht eingestellt.

So eine Art Doppeldate? Coole Idee!, ereifere ich mich, Davies Input angemessen zu würdigen. *Sehr gerne.*

Dann hast du Eliza deine romantischen Absichten offenbart?, fragt er.

Sie sollten angekommen sein. Einen Augenblick halte ich inne.

Normalerweise würde ich es dabei belassen und so tun, als gäbe es diese Komponente nicht, obwohl sie mich beschäftigt und sowieso stadtbekannt ist. Normalerweise stoße ich gerade deshalb niemanden mit der Nase darauf. Aber die Erfahrung mit Eliza hat etwas verändert. Entschlossen tippe ich weiter. Es wird Zeit, sich die Macht darüber zurückzuerobern, wem ich was und wie ich es sage. Sowieso hätte das von Anfang an in meinem Ermessen liegen sollen, nur hat Mum mich dieses Rechts beraubt.

Wobei, gestehe ich Davie, platziere die Info bewusst, *ich kaum fassen kann, dass sie kein Problem mit meinem Transsein hat. Das ist so erleichternd.*

Ziemlich platt, aber darauf kommt es nicht an. Hauptsache ist, dass ich es getan habe, statt ihn wie zuvor indirekt auf andere Quellen zu verweisen, die sich im Endeffekt über mich das Maul zerreißen.

Glaube ich dir. Es folgt ein High Five-Emoji. *Das ist toll!*

Ich muss lächeln, weil er so unaufgeregt reagiert. Auch wenn er demnach nicht zum ersten Mal davon hört, bin ich froh, dass dieser Teil von mir zwischen uns nicht mehr unausgesprochen bleibt. Weil er mich wie so vieles ausmacht. Die Bestätigung zu erhalten, dass Davie dieser Umstand ebenfalls egal ist, fühlt sich viel sicherer an, als es nur anzunehmen.

Wie schafft er es, mich innerhalb von Sekunden so wirkungsvoll aufzuheitern?

Nichts wäre mir lieber, als nach Hause zu fahren, die restliche Uni zu schwänzen und mit ihm einen gemütlichen Filmnachmittag zu veranstalten. Ich brauche mehr von dieser Geborgenheit, die das Zusammensein mit ihm verspricht. Doch das kommt nicht infrage.

Aufgrund meiner Transition hat sich mein Studium verzögert, da jede Menge meiner mentalen und körperlichen Ressourcen in diesen Prozess geflossen sind statt in meine akademische Laufbahn. Mittlerweile fühle ich mich zunehmend wie ein Loser, wenn ich sehe, dass andere, die mit mir angefangen haben, bereits fertig sind. Daher kenne ich auch so gut wie keine meiner Kommiliton*innen.

Umso mehr wurmt es mich, dass ich geglaubt hatte, wenigstens das ständige Anzweifeln meiner Person wäre abgeschlossen. Auf die nächste Identitätskrise habe ich null Bock.

Ich knirsche mit den Zähnen.

Womöglich kann Davie mir neben dem Rest dabei helfen, meine diesbezüglichen Gefühle auseinanderzunehmen? Immerhin ist er bi.

Aye, aber on another note bin ich gerade mal aus dem ersten Kurs raus, lasse ich Dampf ab, *und habe schon genug.* ☹

Ach, nein, erwidert er. *Denk daran, wofür du das machst!*

Das ist eine hervorragende Überlegung und nichts, worüber ich sprechen will. Ich verziehe das Gesicht, weil das, wie mir klar wird, nicht der beste Aufhänger war, um das Gespräch am Laufen zu halten.

Ja, Sport ist mein Ding und die Theorie dahinter und drum herum finde ich spannend. Was ich nach dem Abschluss damit anfangen möchte, steht trotzdem in den Sternen. Möglich, dass ich diese Entscheidung absichtlich aufschiebe.

Lieber nicht. Wann musst du morgen noch mal arbeiten?

Er sagt es mir.

Dann wäre davor ja Zeit, stelle ich fest.

Automatisch entfaltet sich in meinem Kopf eine alternative Idee zu dem faulen Sofa-Chill-out, welches ich verworfen habe. Wenn ich heute darauf verzichte und durchhalte, ganz der fleißige Student, darf ich mich danach belohnen, indem ich mit unserem Treffen zumindest nicht bis zum Nachmittag warte.

Ich dachte eben, dass wir uns schon früher sehen sollten, schlage ich rundheraus vor. *Nicht erst kurz bevor wir los nach Glasgow müssen. Eher so gegen 9 Uhr.* Ja, entweder halte ich mit allem hinterm Berg oder agiere wie ein Elefant im Porzellanladen. *Sofern das Wetter mitspielt, könnten wir uns etwas bewegen. In Norriesford startet eine schöne Route, der man zu Fuß bis zu einem kleinen Wasserfall folgen kann, und am Ende kommen wir in Stonehouse raus.*

Ich bin nicht so der Wanderer.

Okay, davon hatte ich mir mehr Begeisterung versprochen.

Ich runzele die Stirn. Gab's das nicht schon mal? Nach dem Start der Heißluftballons hatte Davie in Strathaven nicht bis zur Kirmes bleiben wollen. Ein heftiger Stich durchfährt mich, weil er scheinbar vermeiden möchte, Zeit mit mir zu verbringen, ohne dass ein Sinn und Zweck dahinersteckt. Andererseits kann ich kaum verlangen, dass er immer zu meiner Verfügung steht, wenn es mir passt. Würde er mich ätzend finden, hätte er die Sache an sich abblasen können und wäre sonst nicht so freundlich zu mir. Mal abgesehen davon, kommt er mir nicht wie jemand vor, der willkürlich einen auf heiß und kalt macht. Wie soll ich sein Zögern einordnen? Hat er andere Pläne? Wieso sagt er es dann nicht?

Hat der Great Glen Way nicht buchstäblich vor deiner alten Haustür in Inverness begonnen?, bemerke ich. *Willst du mir weismachen, du wärst nie in den Highlands wandern gewesen?*

Man sollte in Fort William starten, korrigiert Davie mich darauf. *So hat man Wind und Sonne meist im Rücken.*

Das entlockt mir ein vielsagendes Kopfschütteln, auch wenn er das nicht sehen kann. Selbstverständlich lässt er sich niemals unterbuttern, dieser Besserwisser. Nur ist er mir dadurch auf den Leim gegangen.

Ha! Du hast dich enttarnt, feiere ich mich. *Abgesehen davon, brauchst du für* diesen *Walk kein Wander-Know-how oder Können. Am besten ziehst du Gummistiefel an, da es bei der momentanen Niederschlagsmenge matschig sein wird. Das ist alles. Wir sind maximal zwei Stunden unterwegs. Holst du mich ab?*

Na schön, wenn es dich glücklich macht, Fitness-Boy. Ich nehme dich beim Wort.

Ich stoße einen kleinen Jubel aus und schlage mir peinlich berührt die Hand vor den Mund, als einige Studierende sich zu mir umdrehen. Egal. Ich freue mich eben. Wieso das verstecken?

Sag mir wo, und ich bin da.

Grinsend schicke ich Davie meine Adresse, die von ihm aus gesehen auf der Spaziergangstrecke liegt, und erfülle die mir selbst auferlegte Pflicht, indem ich in der Uni abliefere. Der Ansporn ist erstaunlich hilfreich und es gelingt mir, in meinen heutigen Sportmedizin-Vertiefungsseminaren für den Anfang nicht ausschließlich körperlich anwesend zu sein. Das ist praktisch, da dies bei der geringeren Anzahl der Anwesenden negativ aufgefallen wäre, und ich kann es auf den Tod nicht leiden, irgendwo rauszustechen. Einmal melde ich mich sogar freiwillig mit der korrekten Antwort. Nach dem Unterricht gehe ich ins Campus-Gym.

Die Erschöpfung nach der Trainingseinheit hilft mir, am Abend angenehm ausgepowert ins Bett zu fallen. Kurz bevor ich das Licht ausschalte und den Flugmodus an meinem Handy aktiviere, schreibt mir Eliza auch endlich wieder. Wärme überkommt mich.

Da ich meine Brille bereits abgenommen habe, muss ich die Augen zusammenkneifen, um ihren Text zu entziffern. *Sorry, dass ich mich jetzt erst melde. Habe verschlafen, meine Halskette irgendwo im Theater verloren und Leander hat sich Corona eingefangen, sodass wir unseren Pas de deux diese Woche nicht weiterüben können. Hattest du auch so einen typischen Montag?*

Oh, Shit, zeige ich mein Mitgefühl. *Kein Thema! Aber du fühlst dich gesund? Manchmal kommt auch alles zusammen.* Grob schildere ich, wie mein Tag war, wobei ich mein Selbstmitleid wegen unserer zwischenzeitlichen Funkstille und die plötzliche Schwärmerei für Menschen meines eigenen Geschlechts für mich behalte. Am Ende wünsche ich Eliza eine gute Nacht. *Will nicht schwächeln, wo ich vor Davie breitgetreten habe, wie laienhaft leicht unser Wanderausflug wird.*

Natürlich nicht. :P

Lachst du mich etwa aus?, empöre ich mich halb im Ernst, halb im Spaß über den Smiley, der mir die Zunge rausstreckt.

Eliza schickt mir ein Zwinker-Emoji und direkt im Anschluss: *Erinnert mich bloß daran, wie wir einander beim Trainieren früher immer herausgefordert haben.*

Wir haben uns angespornt, stelle ich richtig. *Wir waren ein Team.*

Einigen wir uns darauf, dass das zwischen uns ein freundschaftlicher Konkurrenzkampf gewesen ist. Und du warst ein schlechter Verlierer.

Ich schnaube. *Eher ein guter. Schließlich hast du in der Regel gewonnen.*

Viel Spaß morgen! <3, wünscht sie mir.

Danke …

Danach checke ich noch mal die Wettervorhersage, lege mein Smartphone weg und drehe mich in der Dunkelheit meines Schlafzimmers auf die Seite. Nach einem kompletten Tag in Sport-BH oder gar Binder, welcher meinen Oberkörper noch eine Spur enger zusammenschnürt, ist es jedes Mal eine besondere Wohltat, frei zu atmen.

Ich werde Eliza erst demnächst fragen, wann *wir beide* was machen, auch wenn ich vorhin dazu hätte überleiten können. Besser, ich schalte einen Gang zurück, bevor ich sie verschrecke. Ein Treffen mit mehreren Leuten, wie Davie es angesprochen hat, könnte die Lage nach meinem forschen Vorstoß entspannen, falls sie sich erst an den Gedanken gewöhnen muss, mich zu daten. Das Letzte, worüber ich vor dem Einschlafen nachdenke, ist, ob Davie Gummistiefel tragen wird.

KAPITEL 18

RIC

Pünktlich zur vereinbarten Uhrzeit steht Davie Dienstagfrüh auf meiner Fußmatte. Mein Herz vollführt einen freudigen Hüpfer, als wäre er aufgetaucht, um mich zu überraschen, dabei habe ich ihn im Grunde herbestellt. Dieser Umstand gefällt mir fast noch besser, wie ich leicht beunruhigt feststelle. Ich verschlucke mich an meinem Orangensaft, dessen Rest vom Frühstück ich schnell hinuntergekippt habe. Das sollte mich nicht so selbstzufrieden stimmen, als spielten wir ein Spiel um Dominanz und Unterwerfung. Das tun wir garantiert nicht. Wie komme ich auf solche Gedanken?

Sich parallel zu räuspern und ein Lächeln aufzusetzen, ist gar nicht so easy. Letzteres gerät daher etwas schief. »Hey!«, begrüße ich ihn an der Tür.

»Hi.« Er hebt eine Hand, rückt seinen Jutebeutel zurecht und wirkt beinahe verlegen, obwohl er meine komischen Überlegungen hoffentlich nicht mal im Ansatz erahnt.

Anstatt Gummistiefel trägt er schwarze Doc Martens. Das pastellige gelb-lila Blumenmuster von Davies Jacke und das flauschige Material sehen derart kuschelig aus, dass ich es bedaure, ihn nicht drücken zu können. Hätten wir das mal früher etabliert! Jetzt damit anzufangen käme merkwürdig rüber.

Vielleicht war das hier nicht der schlaueste Einfall. Worüber sollen wir während dieses langen Walks und der anschließenden gemeinsamen Autofahrt nach Glasgow reden? Meine Nacherzählung der Ballettprobe und des Abends, den Eliza und ich in der Ashton Lane verbracht haben, wird kaum drei Stunden füllen!

Ich kriege schwitzige Handinnenflächen und könnte schwören, dass Davie neugierig an mir vorbei ins Innere meiner Wohnung späht. Was niedlich ist. Nur wieso ist er so still? Er weiß sonst immer etwas zu sagen!

Rasch schnappe ich mir meine Windjacke vom Garderobenhaken und die Hüfttasche, komme zu Davie raus und sperre hinter mir ab. »Sorry.«

Er macht mir Platz, was nichts daran ändert, dass es ziemlich eng ist. »Wofür?«

»Dass du warten musstest«, sage ich.

»Keine fünf Minuten.«

Fand er unsere Begrüßung gar nicht verkrampft und das war nur in meinem Kopf? Keine Ahnung, aber irgendetwas *ist* anders als bisher, das bilde ich mir nicht ein, und heute liegt es nicht daran, dass er bedrückt wäre. Hat es damit zu tun, dass ich ihm gegenüber gestern zum ersten Mal das trans*Thema zur Sprache gebracht habe? Das kann ich mir nur schwer vorstellen.

»Wie auch immer, lass uns losgehen«, dränge ich ihn die Stufen in meinem eigenen privaten Treppenhaus hinab.

Widerwillig fügt er sich.

»Hast du was zu verbergen?«, fragt er über die Schulter und öffnet am Ende der Treppe die Tür, welche hinaus ins Freie auf einen umzäunten winzigen Zwischenhof führt. Der ist knapp groß genug für die Mülltonnen und Wäsche, aber ich schätze diesen Luxus meines eigenen Zugangs.

Vor Schreck erstarre ich. Erst das Zucken seiner Mundwinkel, als er sich im Gehen unter der leeren Leine zu mir umdreht, verdeutlicht mir, dass er mich aufgezogen hat. Ich atme weiter.

»Du hast zu viele Krimis gelesen«, murre ich, bewege mich an ihm vorbei und öffne die Tür rechts von uns gegenüber dem Zaun, durch die man in einen zweiten Hausflur gelangt, welcher wiederum vor dem Wohnhaus endet.

Mein Verhalten ist lächerlich. Obwohl ich heute nicht mehr darum herumkommen werde, vor Davie meine Vergangenheit beim Ballett auszubreiten, ist an diesem Fakt an sich nichts Schlimmes. Bis zu seiner provokanten Frage, mit der er mich unwissentlich auf frischer Tat ertappt hat, hatte ich vergessen, dass er nichts davon weiß und mich bloß auf unsere Wanderung gefreut, denn mit Eliza war sich darüber zu unterhalten auf einmal wie selbstverständlich gewesen. Anders als mein sonstiges Umfeld, das sozusagen ununterbrochen darauf lauert, mir »unmännliche« Verhaltensweisen vorzuhalten, hat sie mein Interesse an dieser Kunstform in Kombination mit meiner Identität als Kerl nicht bewertet.

Ich wünschte, es könnte immer so sein.

»Das kann ich schlecht abstreiten«, räumt Davie ein, sobald wir auf den Bürgersteig treten. »Verbrechen und menschliche Abgründe faszinieren mich.«

»Ich glaube, ich sollte mich eher sorgen statt du dich«, bemerke ich trocken.

Vor Empörung schnappt er nach Luft. »So meinte ich das nicht!«

»Ist klar, Glücksjunge.« Und ja, auch wenn er mir weismachen wollte, er habe einen Hang zur Dunkelheit, kann ich mir nicht vorstellen, dass jemand wie Davie heimtückischen Gedanken nachhängt. Trotz aller Schattenseiten, die das Leben bereithält, existiert da dieser unerschöpfliche Vorrat liebevoller Energie in ihm. Ein Mysterium, das ich lösen möchte.

Der Regen der letzten Tage hat sich verzogen. Es ist sonnig, dafür kalt, weshalb ich den Reißverschluss meiner Jacke bis oben hin zuziehe.

»Das klang ja förmlich …« Davie macht eine effektvolle Pause. »Schmeichelhaft?«

Damit bringt er mich aus dem Tritt. Andererseits … wieso sollte ich ihm nicht mitteilen, was ich an ihm schätze? »Werd nur nicht übermütig.«

»Ich doch nicht.« Er grinst. »Niemals.«

Dramatisch fasse ich mir an die Kehle. »Hilfe, was habe ich getan?«

Nachdem sein Kichern abgeebbt ist und wir das erste Stück schweigend durch die vormittägliche Siedlung gegangen sind, halte ich es nicht mehr aus. Es ist rücksichtsvoll, dass Davie mir Raum gibt, aber diesmal nicht hilfreich. Mir ist etwas schlecht. Je schneller ich es hinter mich bringe, desto besser. Danach können wir Spaß haben. Mir ist nicht danach, mit ihm über meine frühere beste Freundin zu reden, aber das ist der Anlass, aus dem wir zusammengekommen sind. Darum kann ich es schlecht lassen.

»Ich muss dir noch was über mich sagen, denn es hat auch mit Eliza zu tun«, leite ich die Enthüllung ein, um einem Rückzieher vorzubeugen.

Davie wendet mir den Kopf zu und von einem mit Efeu bewachsenen grauen Cottage ab. »Was denn?«

Er sieht nicht aus, als hätte er eine Vermutung. Keine Spur von Skepsis funkelt in seiner tiefbraunen Iris, sondern Offenheit und Wärme, sodass ich es schleppend schaffe, die Worte hervor zu zwingen.

»Meine Eltern haben mich als Kind zum Ballettunterricht geschickt. Natürlich nur, weil sie glaubten, dass ich ein Mädchen wäre. So sind Eliza und ich noch vor der Primary School in Kontakt gekommen. Wir haben zehn Jahre zusammen getanzt, bis ich fünfzehn war und aufgehört habe, weil ich nach meinem Outing dachte, das wäre nichts für Jungs. In unserem Kurs gab es keinen anderen, und ich weiß nach wie vor nicht, wofür ich mich mehr schäme. Dass ich nicht weitergemacht habe, obwohl ich Ballett mag, oder dafür es je angefangen zu haben.«

So, es ist raus. Mein Herz pocht wie wild, mein Puls rast und eine Menge Luft drückt sich wie automatisch aus meiner Lunge. Habe ich diese beim Sprechen angehalten?

»Übrigens hat mich auch nicht die Schreibgruppe in die Hidden Lane geführt«, ergänze ich der Vollständigkeit halber, »sondern die Ballettstunde, die parallel dort stattfand. Ich hatte überlegt, daran teilzunehmen, aber wollte das dir gegenüber nicht zugeben. Da kannte ich dich ja noch nicht und hatte keine Ahnung, wie du reagierst. Lieber habe ich dir sicherheitshalber etwas vorgemacht und was Besseres, als mich dir anzuschließen, ist mir spontan nicht eingefallen.«

Nach diesem Redeschwall blinzele ich ängstlich zu Davie hinüber. Genau genommen weiß ich auch jetzt nicht, was er über mich denkt oder ob er sauer ist wegen meiner Flunkerei. Er betrachtet mich eingehend. Es wundert mich, dass er nicht gegen eine Laterne läuft.

Weil ich seiner Musterung nicht lange standhalten kann, richte ich meine Aufmerksamkeit auf die hübschen Vorgärten. Mal sind sie akkurat zurechtgestutzt und gepflegt, dann wieder verwunschen-verwildert.

»Das«, befindet Davie nach einer schier endlosen Weile, »hört sich traurig und kompliziert an. Und nun ergibt einiges mehr Sinn.«

»Bist du überrascht?«, kann ich es mir nicht verkneifen und sehe wieder zu ihm. »Nimmst du mir nicht übel, dass ich dich angelogen habe?«

Plötzlich werde ich wütend, obwohl ich mir Verständnis gewünscht habe. In meinem Bauch brodelt es. Was ist das für eine scheißperfekte Reaktion? Wieso ist für ihn offensichtlich und auf den ersten Blick zu erkennen, wofür ich mich Ewigkeiten durch die Täler des Selbsthasses quälen musste, bevor ich es mir eingestehen konnte?

»Etwas«, sagt er. »Aber ich kann dich verstehen und hatte da schon so was im Gefühl.«

Das beschwichtigt mich, weil darunter mehr mitschwingt.

Wir lassen die letzten dunklen Sandstein- und roten Ziegelsteinfassaden der Einfamilienhäuser und damit die Wohngegend hinter uns, folgen ab jetzt dem neben der Landstraße angelegten Fußgängerweg, der zu schmal ist, um bequem nebeneinander zu gehen. Wenn wir jeweils halb auf das daneben wachsende Gras ausweichen, funktioniert es. Als sich unsere Arme das erste Mal streifen, bin ich versucht, mich hinter Davie einzureihen. Da *er* keine Anstalten unternimmt, mehr Abstand zwischen uns zu bringen, ignoriere ich den Umstand dann aber, dass jede Berührung mich statisch auflädt. Meine Fingerspitzen kribbeln. Das Gefühl finde ich wunderbar. Es macht süchtig. Um die Uhrzeit sind kaum Autos unterwegs, sodass es um uns ruhig und friedlich ist.

»Sind wir nicht alle gefangen in diesen binären Bildern, davon, wie ein Mann oder eine Frau sich zu verhalten oder auszusehen haben?«, murmelt Davie. »Haben wir nicht alle gewisse Stereotypen von klein auf von unserem Umfeld und der Gesellschaft vorgelebt bekommen und internalisiert?«

Eine kühle Brise lässt ihn den Kopf einziehen. Zu beiden Seiten der Straße erstrecken sich Felder, so weit das Auge reicht.

Ich schiebe die Hände in die Hosentaschen und blinzele in die Sonne. »Ich komme mir trotzdem vor, als hätte ich es besser wissen müssen.«

»Es ist schwer, dagegen aufzubegehren«, stellt er fest. »Oder einfach das zu tun, worauf man Lust hat oder wonach man sich fühlt. Ich glaube, dass viele Menschen gar nicht wissen, wer sie sind, weil ihr Selbst oft von so vielen externen Einflüssen überschattet wird.«

»Aber du machst da nicht mit.« Mit dem Kinn deute ich auf seine geblümte Jacke und denke an seine pinke Mütze, die er heute durch eine beige Beanie ersetzt hat. Ich vermute aufgrund der Ästhetik, damit der Farbmix nicht zu konfus wird.

»Nicht immer.« Er kaut auf seiner Unterlippe, und ich ziehe meine eigene zwischen die Zähne, was ich erst realisiere, als mich der Schmerz durchzuckt.

Schnell hebe ich den Blick zu Davies Augen. Nur verunsichert mich das mindestens genauso. Meine Kehle kratzt, und ich fixiere lieber mal den Boden.

Was ist los mit mir?

»Zu Schulzeiten hätte ich das nicht gewagt«, sinniert er. »Ich habe erst in meiner neuen Umgebung, meinem neuen Umfeld mit meiner Genderexpression herumexperimentiert, weit weg von zu Hause, wo mich niemand kannte. Und dann wäre da die Sicherheitsfrage. Wenn du Pech hast oder«, er malt Anführungszeichen in die Luft, »es übertreibst, wirst du nicht nur begafft, sondern kriegst ruckzuck von irgendwelchen Arschlöchern eins in die Fresse. Falls sie es dabei belassen. Also ich versteh, dass du Hemmungen hast, aus diesen Mustern auszubrechen. Wobei ich dagegen, wie ich rede oder mich bewege, nicht viel machen kann. Das habe ich bereits erfolglos probiert.«

Die Bitterkeit in Davies Worten, die so gar nicht nach seinem lustigen unbeschwerten Selbst klingt, zieht mir das Herz zusammen. Wieso sollte er irgendetwas an sich ändern, wo er großartig ist?

»Ist dir das passiert?«, flüstere ich entsetzt. »Wurdest du schon mal verprügelt, weil du …?«

Ich unterbreche mich. Logisch weiß ich, dass es so etwas nicht nur in Filmen oder in den News gibt. Aber plötzlich ist es nicht mehr weit entfernt, nahezu abstrakt oder betrifft irgendwelche mir fremden Personen, sondern einen Menschen, den ich immer mehr in mein Herz schließe. Es sollte keinen Unterschied machen, doch wiegt das Gewicht dieser Grausamkeit auf einmal um ein Vielfaches schwerer.

Davie bedenkt mich mit einer nachdenklichen Miene. »Es ist nicht eindeutig für mich zu sagen, was die Leute an mir hassen. Ist es, weil ich Schwarz und queer bin und mich ihnen nicht beuge? Habe ich einen miesen Charakter? Manchmal brauchen sie einen Sündenbock oder jemanden, an dem oder der sie ihre eigene Frustration auslassen können, und du bist zur falschen Zeit am falschen Ort.«

»Fuck.« Ich spucke aus. Mir ist aufgefallen, dass er sich um eine klare Antwort herumgedrückt hat. »Tut mir leid! Ich wollte dir nicht zu nahetreten. Ich habe nur andauernd den Eindruck, mich als Typ beweisen zu müssen. Hin und wieder glaube ich sogar, ich könnte durch besonders männliches Auftreten mein Geburtsgeschlecht ausgleichen. Als ob das nötig wäre. Dabei will ich am Ende bloß ich sein und das ist komplett für'n Arsch. Was wir als männlich oder weiblich erachten, ist menschengemacht und niemand fügt sich perfekt in eine dieser beiden künstlich konstruierten Kategorien. Egal, ob die Person cis ist oder trans*. Ich denke, am Ende geht es dabei auch um Sozialisation und Kultur und was weiß ich.«

Meine Brust hebt und senkt sich heftig. Ich habe gar nicht mitgekriegt, wie ich mich in Rage rede. *Ich habe keine Gefühlsausbrüche*, versuche ich, mich zusammenzunehmen, und bete jenes Mantra runter, das ich mir jahrelang eingeimpft habe, obwohl ich es erst als lächerlich enttarnt hatte. *Ich spreche solche Gedanken nie laut aus. Ich bin nicht hysterisch oder emotional, wie man es Frauen gerne vorwirft.* So war diese Tour nicht geplant. Wir sollten eine tolle Zeit haben und nicht mit unserer Existenz hadern. Was bin ich für eine Stimmungskanone.

»Hey«, beschwichtigt Davie mich, »du machst das gut.«

»Findest du?« Ich ziehe die Brauen zusammen angesichts seines wieder so lockeren, beinahe amüsierten Tonfalls.

»Was gibt es Männlicheres als irgendwo hinzurotzen?«

Weit reiße ich die Augen auf, als ich die letzten Minuten Revue passieren lasse. »Ups!« Ich merke, wie meine Wangen sich erwärmen. »Das war ekelhaft. Entschuldige. Sonst mache ich so was nicht.«

»Jaja«, neckt er mich.

In diesem Moment erreichen wir dankenswerterweise die Weide, die wir überqueren müssen, um uns von der Landstraße zu entfernen und tiefer in die Natur zu schlagen. Der schönste Part der Strecke kommt noch, was heißt, dass ich unseren Ausflug nicht vollständig mit ernsten Themen ruiniert habe. Die Sache mit Leander und den heißen Kerlen muss warten. Das war erst mal genug Deep Talk für … immer, wenn es nach meinem Geschmack ginge. Möglicherweise erledigt sich diese Sache in der Zwischenzeit von selbst und verschwindet ebenso schnell, wie sie begonnen hat. Falls nicht, wird sich bestimmt noch mal eine Gelegenheit ergeben, um diese mir fremden Gefühle vor Davie anzuschneiden.

Ich zeige auf das Gatter. »Wir müssen da entlang.«

»Alles klar!« Er salutiert und klettert als Erster über das Tor. Ich bin wie gebannt von seinen Bewegungen, obwohl die nicht mal besonders elegant sind, eher ein bisschen unbeholfen. Cute!

Mit einem Ruck reiße ich mich von ihm los und schwinge mich hastig als Nächster über den hölzernen Balken. Leichtfüßig lande ich auf der feuchten Wiese dahinter, wobei der Untergrund nachgibt und Schlamm an meine Hosenbeine spritzt. Irgendwie gelingt es mir, nicht noch röter zu werden. Ein Glück, dass er und nicht Eliza bei mir ist, wo ich mich nicht von meiner Schokoladenseite zeige.

»Angeber.« Davie runzelt die Stirn. Fragend sehe ich ihn an. »Jetzt erkenne ich den Balletttänzer.«

Anstatt mich gedemütigt zu fühlen, wie es bis vor kurzem der Fall gewesen wäre, lächele ich. Er hat exakt die richtigen Worte gefunden. Na klar, Davie ist Schriftsteller. Oder ist es die bewundernde Note, die trotz der Witzelei mitschwingt und mir gefällt?

»Schafe!«, ruft er da aufgeregt, bemerkt erst jetzt, dass wir auf der Weide nicht unter uns sind.

Die meisten wolligen Herdenmitglieder interessieren sich nicht für uns und recken allenfalls flüchtig aus einiger Entfernung die Köpfe in unsere Richtung. Sie sind an menschlichen Besuch gewöhnt, da die Strecke recht bekannt ist.

Erst als wir die andere Seite der Koppel beinah erreicht haben, kommt ein Exemplar mit Hörnern blökend herangeprescht, nur um im letzten Moment abzubremsen. Das reicht aus, um Davie einen Schreckensschrei zu entlocken.

»Ich dachte, das wär's«, schimpft er und sieht zu, das nächste Tor zu überwinden, um eine Barriere zwischen sich und die Tiere zu bringen.

Ich muss mich anstrengen, nicht zu lachen, bin machtlos dagegen, worauf er noch mehr zetert. »Tu nicht so, als hättest *du* dir *nicht* für einen Augenblick fast in die Hosen gemacht!«

Mein Grinsen wird breiter. So hatte ich mir das Beisammensein mit ihm eher ausgemalt.

Hinter der Weide beginnt ein leicht abfallender Pfad, der sich durch hüfthohe grüne und gelbe Gräser schlängelt. Heidekraut und Ginsterbüsche prägen die weitläufige Landschaft und in der Ferne ragt ein Gehöft auf einem kleinen Hügel in die Höhe.

»Vorsicht«, sage ich zu meinem Begleiter. »Nicht hinfallen.«

Ich drossele mein Tempo, je unwegsamer der Pfad wird und desto tiefer meine Sneaker im Morast einsacken. Gummistiefel hätten sich gelohnt, dabei war das von mir eher als Scherz gedacht. Es wäre besser gewesen, wenn wir ein paar trockene Tage hätten verstreichen lassen, bevor wir losziehen. Ich bin zu ungeduldig gewesen. Wobei ich Davie am besten schon gestern wiedersehen wollte … In Anbetracht dessen war ich vernünftig.

Statt sich über die drohende Rutschpartie zu beschweren, schwenkt er um. Sehr freundlich! Wie immer. »Kriege ich jetzt eine Zusammenfassung über euer Date?«

»Oh, klar!« Die Details habe ich nach wie vor nicht dargelegt. Hastig umreiße ich die Ballettprobe und die Stunden im Pub, die nur so dahingeflogen sind. In dem Moment habe ich sie genossen, im Augenblick kommen mir die Gefühle nur schal und verblasst vor. Daher halte ich mich knapp, um mich auf die Gegenwart zu fokussieren, von der ich nichts verpassen möchte.

»Das hört sich vielversprechend an?«, lautet Davies Fazit. Dass es wie eine Frage klingt, zeigt mir, wie wenig bei der Sache – bei Eliza – ich bin, was sie nicht verdient hat.

»Ja!«, bestätige ich enthusiastisch, wie um meine vorherige Leidenschaftslosigkeit wettzumachen.

Müsste ich mich nicht vor Begeisterung überschlagen?

Wir passieren eine Brücke und ab da geht es für uns am Bach entlang, der munter plätschert. Nun leider doch hintereinander. Die Vegetation verdichtet sich, bis wir ringsum von Eichen, Birken und Kiefern umgeben sind. Weit dürfte es nicht mehr bis zum Wasserfall sein. Ich kann das Rauschen bereits hören.

»Voll idyllisch«, gibt Davie in meinem Rücken einen Kommentar ab. Der Wind spielt mit den Zweigen über uns, bringt sie zum Rascheln, und ich kann ihm nur zustimmen.

Dass ihm das hier trotz des holprigen Starts und der erhöhten Schwierigkeitsstufe wegen des Niederschlags der letzten Tage gut gefällt, löst Erleichterung in mir aus. Das Letzte, was ich möchte, ist, dass er bereut, mir nach seinen anfänglichen Zweifeln zugesagt zu haben.

Da geschieht es, als ich versuche, einen Blick auf ihn zu erhaschen. Ich bleibe an einer hervorstehenden Wurzel hängen. Es gelingt mir, einen Ausfallschritt zu machen, nur stolpert Davie in mich hinein, so unvermittelt, wie ich stehen geblieben bin. Seinen Schwung kriege ich auf dem rutschigen Torf nicht ausbalanciert. Ich sehe uns schon im Bachbett landen. In letzter Sekunde packe ich einen Ast und ihn am Kragen und stoße Davie halb gegen die Böschung.

»Wow«, ächzt er, nur um Sekunden darauf aufzulachen. Das Gestrüpp hinter ihm hat unter unserem Gewicht nachgegeben, federt durch seine Bewegung etwas nach vorne. »Du hast uns vor dem eiskalten Wasser gerettet! Das war haarscharf.«

Sein Lachen hallt in meinem Körper wider. Ich spüre das Beben in jeder Faser, so nah, wie wir uns sind. Unsagbare Hitze durchströmt mich, sobald ich registriere, dass ich mich der Länge nach an Davie schmiege. Mein linkes Bein hat sich zwischen seine geschoben und mit den Händen stütze ich mich zu beiden Seiten seines Kopfes ab. Meine Finger sind in Laub, Moos und Erde gekrallt, doch wenn ich wollte, könnte ich sie in seinen glatten schwarzen Haaren vergraben, um ihn noch näher und zu mir hinunter zu ziehen.

Das Herz hämmert mir so heftig in der Brust, dass es herausspringen müsste. Sein hübsches Gesicht, das ich eben so unbedingt betrachten wollte, dass ich nicht mehr auf den Weg vor mir geachtet habe, leuchtet wie tausend Sonnen. Es befindet sich höchstens noch Zentimeter von meinem entfernt. Ich atme ein, weil ich zuvor damit aufgehört habe. Das ist ein ungleich größerer Fehler, als auf meine Reflexe zu vertrauen, die mich in diese kompromittierende Position gebracht haben. Unter die Gerüche des Waldes mischt sich Davies eigener Duft ...

Abrupt weiche ich zurück, gleite aus und setze mich auf den Hintern. Schmerz schießt durch mein Steißbein. Obwohl ich registriere, wie Nässe und Schlamm meine Jeans durchweichen, laufen vor meinem inneren Auge unaufhaltsam die Nahaufnahmen ab, die ich von ihm geschossen habe, auf ewig in meinem Gedächtnis verankert: Davies breite Nase, deren Flügel vor Freude unfassbar süß zucken, das Flattern seiner dichten Wimpern, die vollen Lippen, sanft geöffnet.

»Hast du dir wehgetan?«, dringt seine Stimme dumpf durch meine Panik.

Ein ekliger Geschmack überzieht meine Zunge, als ich kapiere, was geschieht. Es ist peinlich offensichtlich, dass ich für Davie schwärme. Anders kann man das, was passiert ist, kaum bezeichnen.

»Nein«, krächze ich und wie als Mahnung an mich persönlich: »Alles okay.«

Er streckt mir die Hand entgegen, die ich nach kurzem Zögern ergreife. Allein wäre ich nicht hochgekommen. Dafür bin ich zu wacklig auf den Beinen.

In meinem Kopf dreht sich alles. Was soll das? Womit habe ich es verdient, mich zum zweiten Mal in so einer Lage wiederzufinden, in der ich annehmen muss, dass ich homosexuell sein könnte? Ich will das nicht, diese Verwirrung und Konsequenzen, die es nach sich zieht. Ich stehe auf Frauen und bin ein Mann, also hetero. Die Option, lesbisch zu sein, ist für mich erloschen, als ich mir eingestand, dass ich trans* bin. Seit wann sieht Davie *so* gut aus und wie kann ich ihm gegenüber solche Gefühle hegen, obwohl ich in Eliza verliebt bin?

Erst als ich den Schlamm zwischen unseren Fingern bemerke, fühle ich mich nicht mehr wie auf Drogen, sondern etwas ernüchtert. Ein neuerlicher Funkenflug bleibt aus. Bevor ich seine Hand nehme, hätte ich meine an meinen ohnehin versauten Klamotten abwischen sollen. Dass er deshalb weder nörgelt noch herumfrotzelt, weckt in mir die

Sorge, dass man mir trotz meiner Behauptung ansieht, wie *nicht in Ordnung* ich bin.

»So ein Mist«, sagt Davie, als ob es seine Schuld wäre, dass ich den Halt verloren habe.

Gewissermaßen trifft das zu. Da überkommt mich ein Hoffnungsschimmer. Bestimmt hat das gar nichts zu bedeuten. Seit Neuestem reagiere ich auf jeden dahergelaufenen Mann ähnlich. Ich bin schlicht in diesem nervtötenden Modus, weil mir da ein Floh ins Ohr gesetzt wurde. Das geht vorüber. Es ist zum Schämen und grundverkehrt, Davie anzuschmachten. Ich sollte mich zusammennehmen.

»Kannst nichts dafür«, wiegele ich ab. »Ein gewisses Risiko gehört dazu.«

»Ach, ja?« Etwas blitzt in seinen Augen, aber er bringt keinen seiner zweideutigen Sprüche trotz der Eins-A-Vorlage, was ich schade finde. Die sind seine Spezialität.

Oder sind es meine Gehirnwindungen, die heiß laufen wegen dem, was durch seine Nähe in mir vorgeht? Sicher würde er solche Albernheiten unterlassen, wenn er davon wüsste. Hat er was bemerkt?

»Bei dir auch alles gut?«, hake ich nach.

Davie begutachtet sich von oben bis unten. Seine Kleidung sieht mitgenommen aus, wenn auch nicht so schmutzig wie meine. Da hängt ein Blatt an seiner Schläfe.

»Geht schon.« Er zupft es ab, bevor ich in Versuchung gerate.

Entgegen meines Appells, derartige Regungen zu unterbinden, stellen sich die Härchen in meinem Nacken auf. Sein Blick reicht aus, um neuerliche Hitzewallungen in mir zu entfachen.

Ich bemühe mich, gleichmütig zu klingen. »So abenteuerlich hatte ich mir die Wanderung zwar nicht vorgestellt, aber am Ende lohnt sich jede Blessur. Du wirst sehen.« Damit setze ich unseren Weg fort, warte nicht ab, ob Davie mir folgt. »Komm! Wir sind gleich am Ziel.«

Diese Signale werden mich nicht in die Irre führen. Es ist nichts Sexuelles oder gar Romantisches zwischen ihm und mir. Um mir das zu beweisen, werde ich Davie entgegen meiner Angst nicht von mir stoßen, wie ich es damals bei Eliza getan habe. Nein, ich werde ihn umso fester halten. Schließlich gibt es keinen Grund, um auf Abstand zu gehen.

KAPITEL 19

DAVIE

Ric hat nicht zu viel versprochen. Das hölzerne Plateau reicht bis über den Abgrund, sodass wir vor dem Wasserfall in der Luft zu schweben scheinen. Zeitgleich können wir in die Tiefe hinabsehen, in die er sich über zerklüftete Felsen ergießt. Das Sprudeln des Wassers ist echt laut, doch ich bin mir bewusst, dass die Gänsehaut auf meinen Armen eine andere Ursache hat.

»Was sagst du?«, erkundigt Ric sich erwartungsvoll. Seine Freude ist umso berauschender, da er selten mit dem Herzen bei einer Sache dabei ist oder er es selten zeigt. Winzige Tröpfchen benetzen die Gläser seiner Brille, die ein Windhauch von der kleinen Naturgewalt herangetragen hat.

Heute ist er zu meiner Überraschung allgemein wie ausgewechselt. So viele Worte und Emotionen habe ich noch nie von ihm bekommen, dass ich dafür, ohne zu zögern, ebenfalls blankgezogen habe. Unabhängig davon, dass an manchen Wunden zu rühren gefährlich bleibt. Ich bin froh, dass er mich zu diesem Spaziergang überredet hat. Trotz meiner Vorbehalte, mich dadurch mehr in ihn zu verlieben. Er vertraut mir nach und nach und das macht mich so glücklich, dass alles andere keine Bedeutung mehr hat. Dass er über Eliza ungern reden wollte, finde ich umso besser. Nur Ric und ich, ohne ihr imaginäres Antlitz. Wieso sollte ich das hinterfragen?

»Es ist toll«, befinde ich mit einem Flattern in der Magengegend. Feiner Nebel hängt zwischen den Stämmen der Bäume, die das Ufer säumen.

Dass ich damit nicht bloß das Fleckchen Natur meine, ist mein kleines, aber feines Geheimnis. Mich mit Mara über meinen Kummer bezüglich Ric auszutauschen, hat mich gelassener gemacht. Was super ist, andernfalls wäre ich vorhin in Ohnmacht gefallen.

»Es schockiert mich, dass ich seit über einem Jahr in Norriesford lebe«, füge ich hinzu, »aber diesen zauberhaften Ort zum erstem Mal zu Gesicht bekomme. Ich war ständig nur am Arbeiten oder zu erschöpft von eben diesem Umstand. Dazu der Frust, dass mein geplanter Neu-anfang in Glasgow nicht so reibungslos verlaufen ist wie erhofft. Im Umkehrschluss hätten solche Auszeiten es sicher besser gemacht, aber das wurde dann zu einem Teufelskreis.«

»Gut, dass du mir begegnet bist«, resümiert Ric.

Ich bin gerührt, dass er mir den *Waterfall Walk* unbedingt zeigen wollte. Der ist total mein Ding, ganz egal, welch atemberaubende Plätze die Highlands bieten. Trotzdem fällt es mir schwer, mich auf die Szenerie zu konzentrieren, wo Ric immer wieder solche Dinge sagt, ohne sie flirtend zu meinen, und soeben sein Atem über meinen Mund gestrichen ist. Einen Augenblick hat es gewirkt, als ob er mich gleich küssen würde. Alles in mir summt in Erinnerung daran und mein Herz verkrampft sich sehnsuchtsvoll. Dabei hat er uns lediglich vor einem Bad im Bach bewahrt!

Als ich ihn diesmal aus dem Augenwinkel einer Musterung unterziehe, richte ich mein Augenmerk ausnahmsweise nicht darauf, wie attraktiv ich ihn finde. Vielleicht muss ich ein Machtwort sprechen, auch wenn er eine Vorliebe dafür hat und ich diese, wie im Grunde alles an ihm, unverschämt sexy finde.

»Danke, dass du mich mitgenommen hast«, sage ich. »Aber wir sollten zurück. Du musst dringend aus den nassen Klamotten raus. Du zitterst.«

Das war mehr der abtörnende Auftritt der *besorgten Glucke*, aber ich will nicht, dass Ric sich wegen meiner Tollpatschigkeit erkältet, und in Eigeninitiative sollte ich es nicht forcieren, ihn anzumachen. Darauf haben Mara und ich uns geeinigt.

Zu meiner Überraschung bleibt jeglicher *Harter-Macker*-Protest aus. Er lügt mir nicht vor, dass er nicht friert oder so was, sondern lässt sich brav von mir nach Hause geleiten. Dabei flucht er ein paar Mal über die Prellungen, bis ich ihn hingebungsvoll bemitleide und ihm anbiete, sich bei mir einzuhaken.

»Du Ärmster! Wo tut es weh? Soll ich mal pusten?« Ja, das mit dem Nicht-Anbandeln klappt mal mehr, mal weniger.

Ric funkelt mich böse an.

Ich strecke ihm die Zunge raus.

Sobald wir den Wald verlassen, bringt uns der nächste Feldweg, wie von ihm angekündigt, nach Stonehouse, wo wir einen Bus nach Norriesford erwischen. Ich hätte es nicht für möglich gehalten, aber das Dorf ist kleiner als Rics Heimatstadt und besteht sozusagen aus zehn malerischen Cottages, welche ich durchs Fenster im Vorbeifahren bewundern kann. Das nenne ich eine Komposition des Landlebens in den Lowlands.

Als wir wieder bei ihm daheim reinkommen, bleibt nur noch genug Zeit für eine Dusche, bevor Ric die Uni und mich mein Job nach

Glasgow ruft. Während er im Bad verschwindet, wasche ich mir in der Küche den Schlamm von den Händen und wechsele meine ramponierte Kleidung gegen saubere, die er für mich rausgesucht hat. Sich voneinander Klamotten zu leihen, finde ich ziemlich intim. Ich versuche, nicht zu selig vor mich hin zu lächeln, weil die Not es verlangt hat. Tief sauge ich den Geruch des Pullovers ein. Nach Waschmittel und dieser betörenden Note, die ich mit seinem Besitzer verbinde. Dann stülpe ich ihn mir als Alternative zu meiner Fleecejacke über. Die Ärmel und Hosenbeine sind zu kurz, wohingegen der Stoff an Oberschenkeln und Waden zu weit sitzt, aber in Kombi mit meinen Stiefeln geht es. Der Gürtel ist für mich überflüssig. Meine Schuhe säubere ich bestmöglich.

Danach staune ich über Rics Hightech-Kaffeemaschine, den Standmixer und die anderen Geräte, von denen er mehrere besitzt. Bei einigen weiß ich nicht, wofür sie verwendet werden. Entweder mag er es zu kochen oder ist bei dieser Sache ausgesprochen faul. Dass ich seine Wohnung nun von innen sehe, erfüllt mich mit kribbelnder Aufregung.

Ich begebe mich ins Wohnzimmer. Dieses ist in Schwarz-Weißtönen mit Ledersofa, Couchtisch und Sideboard inklusive Fernseher minimalistisch und funktional eingerichtet. Es gibt einen Haufen Uni-Bücher, auf dem Fensterbrett steht eine Fakezimmerpflanze und an die Wand über der Musiksammlung wurde ein humoristisch bearbeitetes Foto der verstorbenen Queen gepinnt. Es ist der Plattenspieler, der mein Interesse vor allem anderen weckt, und die in der offenen Anrichte darunter einsortierten Schallplatten. Aufs Geratewohl ziehe ich nacheinander ein paar Hüllen hervor, um die Interpret*innen zu erkennen: Neil Young, Bob Dylan, David Bowie. Lauter altes Zeug, aber es ist auch Moderneres dabei und jede Menge klassische Musik.

Da tritt Ric fertig angezogen – wie gemein – zu mir in den Raum. »Der Hoodie steht dir ausgezeichnet, besser als mir«, verkündet er.

Ich wirbele zu ihm herum. »Vielen Dank«, hüstele ich errötend und reibe mir über die glühenden Wangen. Das ist nicht besonders unauffällig, wie mir aufgeht. Shit.

Wieso behauptet er das? Möchte er das tragische Ende unserer Wanderung überspielen? Warum auch immer ihm das derart wichtig sein sollte, dass er mir ein Kompliment macht!

Ich strenge mich an, nicht zu intensiv darüber nachzudenken. Auf jeden Fall ist es nett von ihm, *er* ist nett. Auf seine typische etwas ruppige Art, die mich aus unerfindlichen Gründen in Verzückung versetzt.

Kurz darauf überlegt er laut im Wagen: »Wir könnten deinen Arbeits- und meinen Stundenplan mal abgleichen. Für den restlichen September hast du den schon, oder?«

»Äh …« Habe ich mich verhört? Will Ric mich jetzt immer in seinem Auto mit nach Glasgow und zurück nehmen?

»Wäre unlogisch, getrennt zu fahren«, erklärt er, »wenn wir denselben Weg haben. Findest du nicht?«

»Sicher«, kiekse ich vom Beifahrersitz aus. Meine nervösen Hände kommen erst zur Ruhe, als er mir mit einem »Halt das mal« die Plastikbox mit seinem fertig zubereiteten Mittagessen vor die Brust drückt, die er eben aus dem Kühlschrank genommen hat. Er hat wohl kein sonderliches Vertrauen in die Mensa. »Ich möchte halt in Form bleiben«, meinte er als Reaktion auf meine hochgezogenen Augenbrauen, als läge das auf der Hand. »Dafür muss ich darauf achten, was ich esse.«

Ich verfolge, wie Ric sein Smartphone aus der Hosentasche zieht und eine Grafik seiner Kurse aufruft. Danach reicht er es mir, sodass ich mich der Aufgabe widmen kann, unseren gemeinsamen Monat zu organisieren. Sozusagen. Mein Körper wird fluffig vor lauter Endorphinen, die durch meine Blutbahnen rasen.

»Danke, dass du mir die Seminare und Vorlesungen erträglicher machst«, äußert er sich freimütig.

Diese Anerkennung bedeutet mir noch mehr, als dass er mich in seinem Pullover mag.

Nach und nach wird es leichter zu verdrängen, dass es da diese gewisse rothaarige Schönheit gibt, die Ric für sich gewinnen möchte. Dass wir uns auf unseren Fahrten kaum über Eliza unterhalten, trägt dazu bei. Ebenso der Umstand, dass sie selten anwesend ist. Meist tauschen wir uns über unseren Alltag oder Small Talk-Themen aus und was sich daraus an weiterem Gesprächsstoff ergibt. Am Theater ist Eliza sehr beschäftigt und Ric und sie chatten nur hin und wieder. Sich vor oder nach ihren Ballettproben mit ihm zu treffen, ist ihr zu stressig, was ihn allerdings nicht mehr sonderlich zu stören scheint.

Mache ich ihre Abwesenheit wett? Das wäre schön.

Rics Anwesenheit versüßt mir jedenfalls selbst die Arbeit. Ich ärgere mich nicht im Geringsten, dass meine Chefin mich so oft eingeplant hat. Zum ersten Mal freue ich mich auf die Schichten, ohne mich daran erinnern zu müssen, dass ich dafür finanziell vergütet werde oder ständig daran zu denken, was ich lieber täte. Denn diese bedeuten nun, dass ich ihn häufiger sehe.

Ja, außer wenn ich zu *Want Me* von Baby Queen durch mein WG-Zimmer tanze und die Musik so laut aufdrehe, dass die Wände beben, bis ich von Ralph einen Anschiss erhalte, denke ich kaum an Elizas Existenz.

Das heißt nicht, dass ich keinen Redebedarf habe. Dafür ist die Situation mit Ric zu seltsam. Wie dringend ich das mit jemandem durchsprechen möchte, merke ich deutlich am Donnerstag nach der Schreibgruppe.

»Total irritierend«, erörtere ich mit Mara seine neuesten Anwandlungen.

Für mein Empfinden habe ich mich die vergangene Stunde bereits ausreichend mit meinen kreativen Schaffensprozessen befasst, als dass ich das fortsetzen wollte. Ich war froh, dass es mir zuletzt gelungen ist, was mein Buch betrifft, den Druck rauszunehmen, und fand das Treffen heute daher kontraproduktiv für mich.

Mara und ich sind die Letzten aus unserer Runde und fläzen uns in trauter Zweisamkeit nebeneinander in einen Sitzkissenberg. Nachdem die anderen gegangen sind, haben wir die auf dem dunklen Holzboden zusammengeschoben, um es uns gemütlich zu machen. Im Anschluss an den von ihr organisierten Kurs findet in dem Raum an diesem Tag kein weiterer mehr statt und meine neue Freundin schenkt mir zum Glück auch in Sachen Ric ein offenes Ohr.

»Wenn ich bedenke, wie abweisend ich ihn kennengelernt habe …« Ich lache auf. »Ich würde ja sagen, das ist mein guter Einfluss, aber so von mir überzeugt bin ich auch nicht.«

Mara lehnt sich zurück, sodass sich ihre langen blonden Haare um ihren Kopf herum ausbreiten wie eine Löwenmähne. »Könnte sein«, analysiert sie, »dass eure Freundschaft enger wird. Er hat bestimmt gemerkt, dass er vor dir keine Show abziehen und falsche Coolness vortäuschen muss. Wie lange kennt ihr euch inzwischen?«

»Drei Wochen.« Es kommt mir länger vor. Als wäre er schon immer Teil meines Lebens, kann ich ihn mir kaum noch daraus wegdenken. Seufzend sinke ich wie sie hintenüber und starre an die hohe stuckverzierte Decke des Altbaus. »Heute ist er unangekündigt bei mir im Schreibwarenladen aufgetaucht. In seiner Freistunde, *weil wir uns abends ja nicht noch mal sehen.* Schließlich bin ich hier und er ist beim Fußballtraining.«

»Okay.« Mara zieht das Wort in die Länge.

»Ja, oder?« Ich beiße mir auf die Zunge. »Das macht man doch nicht einfach so? Er hat mir einen Tee vorbeigebracht. Und wollte quatschen«, zitiere ich. »Was zwar größtenteils an mir hängen geblieben ist, nachdem ich den Schock seines Hereinschneiens überwunden hatte. Trotzdem! Er hat sich meine Lieblingssorte gemerkt und sie irgendwo aufgetrieben.«

Ich fiel aus allen Wolken, als Ric unvermittelt vor mir im Verkaufsraum stand und war von einer Sekunde auf die andere nicht mehr in der Lage, zusammenhängende Sätze zu bilden.

Zum Verdruss von Olivia. Meine Kollegin überlässt es sonst mir, den perfekten ersten Schreiblernfüller für die Kids auszusuchen und verschiedene mit ihnen und ihren Eltern auszutesten. Dafür kassierte ich hastig zwei andere Kunden ab, was weit weniger Interaktion erfordert. Doch sah ich nur Ric dabei an, wie er die Grußkarten inspizierte, bis ich Zeit für ihn hatte. Gott sei Dank habe ich in meinem emotionalen Ausnahmezustand das passende Wechselgeld rausgegeben.

»Welchen Tee magst du am liebsten?«, fragt Mara und beäugt mich prüfend von der Seite.

»Eine Mischung aus Mate, Kokosnuss und Zitronengras.«

Wärme erfüllt mich. Ich muss schmunzeln und bin dankbar, dass sie so interessiert an *mir* und nicht bloß auf irgendeine Sensation aus ist, wie mein buchstäblich nicht vorhandenes Liebesleben. Außer man zählt Kopfkino dazu, was mir alles in allem recht ist.

Vor einer Weile hätte das anders ausgesehen, wobei es nach dem Ende meiner Beziehung mit Vika für mich nichts »Echtes« mehr gegeben hat. Die lockeren Rendezvous zwischen damals und heute bereue ich keinesfalls. Das waren wunderbare neue Erfahrungen, die zu machen mir in einer fremden Stadt möglich erschien. Ohne die Sorge vor Verurteilung seitens jener Leute aus meinem Umfeld, die keine Gelegenheit ausließen, über mich zu lästern und für die das ein gefundenes Fressen gewesen wäre. Ich war Ric gegenüber ehrlich. Außer vor meinen Eltern, Kieran und meiner Ex bin ich in Inverness nicht mal geoutet.

Nur auf eine Begegnung hätte ich getrost verzichten wollen. Mein Gegenüber hatte sich an »meiner Exotik« aufgegeilt und bei unserem ersten und einzigen Treffen meinen Schritt förmlich mit Blicken durch-löchert, bis er mich fragte, ob ich denn entsprechend »groß« ausgestattet sei »wie ein richtiger Schwarzer Mann«. Es war so unangenehm und abartig.

Diese sonst aber bereichernde Dating-Phase hat mir dabei geholfen herauszufinden, was ich auf lange Sicht möchte. Etwas Festes mit tiefen Gefühlen.

Ich mahle mit dem Kiefer. Bis ich Ric getroffen habe, dachte ich, es würde mir schwerfallen, mich jemals wieder weit genug zu öffnen, um etwas so Intensives für einen anderen Menschen zu fühlen. Wieso konnte ich mich nicht in eines meiner Dates vergucken? Eine dieser Personen hätte mein Interesse im Gegensatz zu ihm bestimmt erwidert, wenn ich es darauf angelegt hätte.

KAPITEL 20

DAVIE

Dunkel entsinne ich mich, dass wir bei Teesorten statt romantischen Geschichten angelangt waren, und konzentriere mich auf die junge Frau neben mir.

»Ist notiert«, behauptet Mara nach zweimaligem Blinzeln, sich meinen absoluten Lieblingstee gemerkt zu haben. »Speichervorgang abgeschlossen.«

»Darauf werde ich zurückkommen«, warne ich.

»Ey!«, sie boxt mir gegen die Schulter. »Glaub mal an mich.«

»Das tue ich.« Ich setze eine ernste Miene auf. »Sorry, dass wir wieder so viel über mich gesprochen haben. Spätestens wenn Ric mit Eliza zusammenkommt, werde ich das bestimmt abhaken können. Wahrscheinlich bin ich nur ein Lückenfüller für ihn. Möchtest du mir nicht auch dein Herz ausschütten? Während unserer Autor*innen-Zusammenkunft heute klang das bei dir ebenfalls nicht besonders rosig.«

»Alles gut«, versichert mir Mara. Als Nächstes widerspricht sie mir jedoch: »Ric schätzt dich offensichtlich sehr. Als guten Freund. Was ich voll verstehe.«

»Danke.« Ich räuspere mich. »Ich glaube, du wirst heute noch mindestens fünfhundert Wörter schreiben, die du nicht scheiße findest.«

»Ha!« Sie stößt ein Schnauben aus. »Schön wär's.«

»Hey, Kopf hoch.«

»Selber!«

In Kapitulation hebe ich die Hände. »Wenn du es versuchst, versuche ich es auch.«

Zwar ist mir nach wie vor nicht danach, mich an mein Manuskript zu setzen, doch damit könnte ich Mara unterstützen. Ich möchte auch für sie da sein.

In der Schreibrunde war es, von ihr angestoßen, darum gegangen, sich konkrete Etappenziele zu setzen, die realistisch erreichbar sind, selbst wenn wir mal nicht vor kreativer Energie übersprudeln. Sie wollte von unseren Erfahrungen damit hören, auch ohne Flow zu schreiben. Sachiko und Callum sind bekennende Verfechter*innen dieser Strategie zum Überwinden von Blockaden.

Irgendwann hätte ich am liebsten »Lalala, interessiert mich nicht!« geträllert. Stattdessen widerstand ich dem Drang, nahm mir Becky zum Vorbild und blieb den Großteil der Sitzung still.

So ist es mir mühelos möglich, ihre Credos aus meinem Gedächtnis hervorzukramen.

»Du musst schreiben, hör nicht auf, das ist der Schlüssel«, hatte Sachiko mehrmals betont. »Ignorier dabei, was für Müll du fabrizierst. Schreib, schreib, schreib, und irgendwann wird es leichter. Du kannst nicht warten, dass dich die Muse wieder küsst.«

»Nur so kommst du voran«, pflichtete Callum ihr bei. »Langsam, aber sicher. Am Ende hast du zumindest was, womit du weiter arbeiten kannst. Das Aussitzen einer Flaute bringt meistens nicht viel, da es dich nur noch mehr aus dem Schreibrhythmus reißt.«

Die Sache ist die: Das weiß ich aus den unzähligen Schreibratgebern, die ich in meinem Leben gelesen und mir bereits mit zehn Jahren aus den Regalen meiner Mutter stibitzt habe. Um von meinen Eltern beachtet zu werden. Um etwas zu erreichen. Um an mir und meinen Texten bis zur Perfektion zu feilen. Aber was, wenn ich mich lediglich an meinen geschriebenen Worten erfreuen möchte? Das kommt mir immer schlechter miteinander zu vereinbaren vor. Selten habe ich mich so unprofessionell gefühlt wie bei diesem Gedanken, den auszusprechen ich mich aus Scham nicht traute.

Obwohl ich gern von Lorraine aufgemuntert worden wäre. Die entspannende Zuversicht der älteren Dame ist ein super Gegenpol zu meiner hartnäckigen Verbissenheit. Ich möchte mir was von ihr abschauen und eher dem Motto folgen, »dass Abstand vom Text manchmal Wunder bewirkt«.

Oder klammere ich mich an diese Theorie, um nicht einsehen zu müssen, dass ich mich in Wahrheit nur anstelle?

Die Nachwehen der Bitterkeit beflügeln mich. Um ihr zu entkommen, und zum Beweis, dass ich durchaus ein disziplinierter Autor bin, der seine Berufung ernst nimmt, greife ich nach Maras Hand neben mir im Sitzkissenberg. »Na los, die Nacht ist noch jung!«

Womöglich bringt es ein Mix aus beiden Vorgehensweisen.

Ich stemme mich auf und ziehe sie mit mir, was mich unwillkürlich an Rics Hand in meiner im Wald erinnert. Aber nur eine Sekunde.

Mara gibt einen verblüfften hellen Laut von sich. »Du Langweiler!« Sie grinst. »Sicher, dass du eine Schreibsession meinst und nicht noch einen drauf machen möchtest?«

»Keine Ahnung, wann ich das letzte Mal in einem Pub war«, gebe ich zu. »Vielleicht bei einer Verabredung.«

Um die Häuser zu ziehen, gehört nicht zu meinen üblichen Freizeitbeschäftigungen. Mit wem auch, nachdem ich das mit den flüchtigen Bekanntschaften abgehakt habe. Man lässt sich nicht alleine volllaufen oder sollte es vermeiden, denke ich. Wobei Trinkexzesse und bewusstseinsverändernde Substanzen ja eine gewisse schriftstellerische Tradition haben, die sich mir bislang nie erschlossen hat. Aus Mangel an Möglichkeiten und weil ich meine Sinne grundsätzlich beisammenhalte. Meine Emotionen überfordern mich oft genug, ohne dass ich eine experimentelle Komponente hinzufüge.

»Wir können das aber für wann anders auf die Liste mit möglichen Unternehmungen setzen«, ergänze ich, damit keine Missverständnisse aufkommen. Schließlich bin ich offen dafür, meinen Horizont in einem verantwortungsvollen Rahmen zu erweitern. »Ich hätte mal wieder Lust auf Geselligkeit und gute Laune.«

»Alles klar. Ich schau mal, dass ich die Mädels zusammentrommele.« Mara entzieht sich mir, nur um mit einem entschlossenen Gesichtsausdruck zu einem Handschlag anzusetzen, der mich im ersten Moment überfordert. »Na schön, dann machen wir uns jetzt ans Schreiben.«

Weil sie bisher kaum andere Freund*innen erwähnt hat, dachte ich, sie wäre wie ich eine Außenseiterin. Dass sie sich mit mir abgibt, wird dadurch gleich noch so viel wundervoller. Vor Ergriffenheit schlucke ich.

»Ziehen wir es durch«, verkündet sie.

Ich hüstele. »Wenn du mir zeigst, wie.«

Lachend macht Mara mir die Handbewegung noch mal vor und diesmal kriege ich es hin, mit ihr abzuschlagen. Ebenso wie das Tippen der fünfhundert Wörter, sobald ich daheim bin. Es wird kein Kampf, aber spaßig ist es auch nicht. Dafür feiere ich, dass meine Schreibpartnerin über die anvisierte Wortzahl hinausschießt und diesen Erfolg nach der langen Durststrecke mit einem Mitternachtsdrink würdigt. Ich speichere mir ihren liebsten Cocktail – Pina Colada – in einer Notiz am Handy.

Es ist Sonntagmittag, als mein Mitbewohner und Vermieter mich zu einem Gespräch in die Küche bittet und meiner zuletzt insgesamt beschwingten Stimmung einen Dämpfer versetzt.

Mit einem mulmigen Grummeln im Bauch lege ich das Buch weg, in dem ich gelesen habe, ehe ich mich aus dem Bett erhebe und in meiner schlabberigen Jogginghose und einem T-Shirt durch die Diele schlurfe. Kommt mir nicht wie die beste aller Rüstungen vor.

»Was gibt's?«, frage ich beim Eintreten.

Ralph und Tabea sitzen am Tisch.

Er bedeutet mir mit einer Geste, Platz zu nehmen.

»David«, sagt er, nachdem ich der Aufforderung nachgekommen bin.

Meine Alarmbereitschaft steigt. Ralph fährt die schweren Geschütze auf, indem er mich mit meinem vollen Vornamen anspricht. Er ist einer der Wenigen, die nie über die korrekte Aussprache stolpern.

Meine Gedanken überschlagen sich. Ich bin mir keines Fehlers oder einer Pflichtverletzung bewusst. Ich habe gespült, geputzt und den Müll rausgebracht. Mit meiner Art kam er bisher zurecht. Beschädigt habe ich auch nichts. Was stimmt dann nicht? Ist es wegen der Ruhestörung letztens? Darum würde er für gewöhnlich nicht so ein Aufheben veranstalten.

»Es tut mir leid.« Ralph holt tief Luft. Seine Freundin tätschelt ihm den Arm. Er wirkt, als würde er es ehrlich bedauern, diese Unterhaltung mit mir führen zu müssen.

Meine Hände ballen sich zu Fäusten.

Gott, kann er mich bitte nicht so auf die Folter spannen!

»Was denn?«, dränge ich ihn, mit der Sprache herauszurücken.

»Es ist so.« Ralph sucht meinen Blick. »Tabea und ich haben beschlossen, offiziell zusammenzuziehen. Deshalb kann ich dir das Zimmer nicht länger zur Verfügung stellen. Wir wollen diese Wohnung zu unserer machen.«

Ich falle aus allen Wolken. Mein Mund ist auf einen Schlag wie ausgetrocknet. »Das heißt«, stottere ich, »ich muss hier raus? Bis wann?« Und wohin?

Wenn ich daran zurückdenke, wie kompliziert es für mich war, diese WG zu finden, dreht sich mir der Magen um. Wie oft ich abgelehnt wurde, sei es wegen meines geringen Einkommens oder dem künstlerischen Beruf meiner Eltern, deren Bürgschaft dadurch nichts wert war, unseres deutschen Nachnamens oder weil ich die schottische Staatsbürgerschaft nicht habe. Dazu kommt, ich kann mich noch so sehr anstrengen, wie ein langweiliger Durchschnittstyp zu wirken. Niemand hält mich – den »undurchsichtigen Ausländer« – für den geeigneteren Kandidaten, wenn das nette weiße Mädchen von nebenan auch zur Auswahl steht. In Zukunft muss ich vermutlich mehr Miete bezahlen und wer weiß, wie ich mich mit neuen Mitbewohner*innen verstehe.

»Zum ersten Oktober wäre klasse«, höre ich Ralphs Antwort wie durch Watte. »Tabea hat ihren Mietvertrag bereits gekündigt, da sie ohnehin die meiste Zeit hier ist. Du warst ein toller Mitbewohner und kriegst selbstverständlich eine positive Referenz von mir …«

In meinen Ohren rauscht es.

»Entschuldigt.« Abrupt stehe ich auf und stoße dabei den Stuhl fast um. Es ist rücksichtsvoll, dass er mich nicht direkt vor die Tür setzt, doch kann ich diese Freundlichkeit gegenwärtig nicht fühlen. »Ich fange dann mal an, nach einer neuen Wohnung zu suchen«, würge ich mit zitternder Stimme hervor.

»Wenn du Hilfe brauchst, sag Bescheid«, bietet Tabea mir an.

»Solltest du nicht so schnell fündig werden, überlegen wir uns eine Übergangslösung«, fügt Ralph hinzu und schenkt mir ein Lächeln, das Zuversicht ausstrahlt.

»Danke, ja.« Hastig nicke ich, bevor ich vollends vor ihnen die Fassung verliere. So etwas kommt vor, dass Pärchen zusammenziehen und eine Wohngemeinschaft nur für den Übergang ist. Ich sollte nicht so dramatisch reagieren. »Das weiß ich zu schätzen. Ich muss das bloß erst mal verdauen.«

Nun ist es an Ralph zu nicken. »Verständlich.«

Damit ziehe ich mich in mein Zimmer zurück. Die beiden sind so nett, mich ohne weiteren Kommentar oder Versuch, mich aufzuhalten, gewähren zu lassen. Auch wenn sie nicht erahnen, *wie* groß die Herausforderung, vor der ich stehe, für mich ist. Alle Faktoren zusammengenommen, die mir die Wohnungssuche erschweren, und dann der Stress und die Kraft, die es mich kosten wird, den mal mehr, mal weniger subtilen Rassismus auszuhalten. Ich sollte jetzt schon mal anfangen, mich innerlich dagegen zu stählen.

Auf dem runden Flamingoteppich sinke ich in mich zusammen und kämpfe mit den Tränen. Der Kloß in meiner Kehle schwillt an, je mehr zu mir durchsickert, in was für einer Situation ich gelandet bin. Obwohl ich mit der Lage in Norriesford stets unglücklich war und die Einrichtung ein Graus ist, schmerzt mich die Vorstellung, hier bald auszuziehen. Es war immerhin meine erste Wohnung als Erwachsener und ohne Mama und Papa.

Mein Smartphone auf dem Schreibtisch vibriert. Ungewohnt schwerfällig wende ich den Kopf und erhebe mich, weil es nicht aufhört und ich demnach angerufen werde. Das kommt selten vor, weshalb sich trotz der Nachwirkungen der mentalen Ohrfeige, die Ralph mir mit seinen Zukunftsplänen verpasst hat, Neugier und zusätzliche Besorgnis in mir regen. Ist etwas mit meinen Eltern oder …? Das fehlt noch.

Als ich *Fitness-Boy* auf dem Display lese, atme ich auf. Nur um aus anderen Gründen einen kurzzeitigen Herzstillstand zu riskieren. Was könnte Ric für einen Grund haben, mich anzurufen? Wird er merken, wie aufgelöst ich bin? Gleichzeitig möchte ich ihn dringend sprechen, weil es mir dadurch erfahrungsgemäß automatisch besser geht. Dafür muss ich ihn nicht mal mit meinen Problemen vollheulen. Wobei … könnte ich tun. Er ist mein Kumpel.

Ich nehme ab. »Hey.«

»Hi«, meldet er sich und fährt fort, noch bevor ich fragen kann, was los ist. »Heute steigt ab neun eine Hausparty bei Pete Callaghan, einem ehemaligen Mitschüler von mir. Eliza wird kommen und hat gefragt, ob wir uns dort sehen! Du bist dabei, oder?«

»Ähm«, bringe ich nur hervor, habe Schwierigkeiten, ihm zu folgen. Bis eben war ich gedanklich mit etwas völlig anderem beschäftigt.

Ric klingt aufgekratzt. »Du würdest mir auch einen Riesengefallen erweisen, indem du mich von Martin, Steven und Dennis erlöst. Dann muss ich nicht mit ihnen abhängen, sondern kann mich an dich halten.«

»Okay …«

»Heißt das *Ja*?«

Da erst erschließt sich mir richtig, was abgeht. Meine Brust schnürt sich zusammen. Nachdem Ric mir zuletzt so zugetan war, schmerzt es, unvermittelt damit konfrontiert zu werden, dass das mit uns an dem Rest nichts verändert hat. Irgendwie hatte ich das geglaubt oder unbewusst gehofft. Außerdem habe ich, wo ich bereits angeschlagen bin, keinen Nerv für seine Arschloch-Freunde und seinen Schwarm oder ihn gar mit ihnen zu erleben.

»Davie?«

»Nein.« Wut, Verzweiflung und Frust vermischen sich in meinem Inneren zu einem explosiven Gebräu.

Wieso gibt er diesen Typen nicht den Laufpass, wenn er sie kaum aushalten kann, und springt, sobald Eliza sich dazu bequemt, auf seine Avancen zu reagieren? Ich kapier's nicht.

»Bist du sicher?«, hakt Ric nach und schlägt einen scherzhaften Tonfall an. »Petes Einladungen sind heißbegehrt.«

Ich beiße mir auf die Zunge. Nun, wahrscheinlich, weil sie ihm den Kopf verdreht hat, und wie wir alle nimmt er, was er kriegen kann. Ich bin, was das betrifft, ebenso aufgeschmissen. Sonst würde ich nicht so an ihm hängen, obwohl er sich am Ende nur für sich selbst interessiert. Er hätte wenigstens fragen können, wie es mir geht. Aber ich soll jederzeit für ihn da sein, ja, klar!

Mir platzt der Kragen. »Ich muss mich um was Wichtigeres kümmern. Krieg deinen Scheiß allein auf die Reihe!«

Damit drücke ich Ric weg. Vor allem aus Entsetzen, weil ich mir augenblicklich wünsche, das, was ich gesagt habe, zurücknehmen zu können.

KAPITEL 21

RIC

Zunächst versucht Dennis noch, mich »wegen der Fresse, die ich ziehe« dazu zu überreden, beim Einstimmen auf den Abend in Stevens Kellerzimmer mit ihnen anzustoßen. Aber ich bleibe meiner Linie treu.

»Nee, lass mal«, schüttele ich den Kopf, ohne ihn anzusehen, weil ich ununterbrochen am Handy hänge, um keine neue Nachricht – von Davie oder Eliza – zu verpassen. Es bleibt dabei, ich erhalte kein Update. Sie kommt und er kommt nicht, und beides schlägt mir auf unterschiedliche Weise auf den Magen.

»Ärger im Paradies?«, fragt Steven etwas einfühlsamer, als er mit dem Tequila die Treppe runtersteigt.

Die Lüge, dass Davie mehr als eine Unibekanntschaft, mehr als ein Freund für mich ist, hat sich nicht nur als funktionierende Ablenkung von der Person erwiesen, für die ich wirklich so empfinde, sondern sorgt für größeres Verständnis, wenn ich keinen Bock auf Treffen mit den Jungs habe. In der Hinsicht ist es praktisch, dass er mich nicht auf die Party begleiten will. So kann ich mein Alibi aufrechterhalten. Wobei ich es gern in Kauf genommen hätte, das »Missverständnis« aufzuklären, wenn er dafür heute dabei gewesen wäre. Mein Griff um das Smartphone verkrampft sich.

»Ach, komm«, drängt Dennis abermals.

Da schreitet Martin ein und gibt ihm eine Kopfnuss. »Lass Ric in Ruhe. Du weißt, dass er nicht trinkt.«

»Aua!«, jammert der Zurechtgewiesene.

Und das war's. Ab und zu hat unsere Art der Kommunikation auch ihren Reiz.

»Danke, Mann«, murmele ich und stoße meine Faust gegen Martins.

Allerdings juckt es mich in den Fingern, mir eines der Shotgläser zu nehmen und mich abzuschießen, damit ich vergesse, wie ich-bezogen ich mal wieder war. Davie hat recht, auch wenn ich es zuerst nicht hören wollte. Ich bin erbärmlich. Ein Teil von mir windet sich vor Unruhe und möchte zu ihm, um herauszufinden, was los ist, da ich ihn so außer sich, wie er am Telefon war, nicht kenne. Dafür haben die zwei Sätze, die er mir zum Schluss entgegengeschleudert hat, bereits gereicht, um mir einen Schauder den Rücken hinunter zu jagen. Irgendetwas habe ich verpasst, verdammt.

Fahrig fummele ich in meiner Hosentasche nach einem Pfefferminzkaugummi, während die anderen die Gläser klirrend aneinander rammen und den Inhalt exen.

Darüber hinaus mag ich es nicht, irgendwo aufzutauchen, wo sich haufenweise Leute versammeln, die mich noch als Mädchen kannten. Ich habe dann ständig das Gefühl, wie eine Zirkusattraktion begafft zu werden, weil »ich ja kaum wiederzuerkennen bin«. Oder schlimmer: Die Leute nehmen mich schlicht nicht ernst, betrachten mich vielmehr als eine Art »Hochstapler«, als ob ich mich aus Spaß daran, irgendjemanden an der Nase herumzuführen, als Mann verkleiden würde. »Heftig, dass das so funktioniert!« »Das sieht ja täuschend echt aus.« Unangenehme Situationen dieser Art gibt es viele und ich habe sie zu häufig erlebt.

Alles, bis auf eines spricht dagegen, bei Pete anzutanzen. Dass Eliza auf mich wartet und mich von sich aus treffen wollte, ist eine Premiere, die nicht ungenutzt verstreichen darf.

Spätestens als ich mit Martin, Steven und Dennis zu Fuß zu Petes Haus und durch die kühle Nacht laufe, stört sich keiner mehr daran, dass ich nüchtern bin. Die drei haben, so könnte man sagen, für mich mitgetrunken. Weil das für mich normal ist, bin ich nur ein bisschen genervt davon, dass sie ständig über ihre eigenen Füße stolpern und wahlweise wegen irgendeiner Sache lachen oder grölen. Dadurch brauchen wir deutlich länger für das Stück, als es sonst der Fall wäre. Statt Ärger regt sich Traurigkeit in mir, dass das mit uns nie das Wahre war. Auch ich habe ihnen – und mir selbst – etwas vorgespielt, um mich in dieser Gruppe zu integrieren. Das erkenne ich nun zweifelsfrei und streite es nicht mehr ab.

Das Cottage der Callaghans ist hell erleuchtet und Silhouetten von Feiernden bewegen sich hinter den Fenstern, als wir irgendwann unseren Zielort erreichen. Die Musik dringt gedämpft bis auf die Straße. Nicht so laut, dass jemand sich beschweren würde. Pete lädt meistens unter der Woche ein und nie von langer Hand geplant, um sich betont exklusiv zu geben und »die Spreu vom Weizen zu trennen«, wie er sagt. Ich wette, dass er sich heute vor allem danach gerichtet hat, dass sein Alter ausgeflogen ist. Mit meiner beweihräuchernden Beschreibung der anstehenden Party wollte ich Davie ebenfalls nur catchen.

An der Tür begrüßt uns der Gastgeber persönlich. Beim Händeschütteln flötet er mir ein »Welch hoher Besuch!« entgegen, worauf ich die Augen verdrehe. Ja, ich bevorzuge es, solche gesellschaftlichen Zusammenkünfte zu skippen, aber im Wohnzimmer sichte ich meinen

Bruder auf dem Sofa. Demnach hat Pete bereits einem MacInnes, dem Beliebteren, die Ehre erwiesen.

Als Samuel mich bemerkt, nickt er mir zu. Dabei rutscht ihm die Brille ein Stück den Nasenrücken runter. Ich selbst trage Kontaktlinsen und nicke ebenso unverbindlich zurück, bevor ich den schummerigen Raum nach Eliza oder einer ihrer Freundinnen abscanne. Fehlanzeige. Es sind mehr Leute anwesend, als man meinen sollte.

Unsere Jacken werfen wir auf einen Haufen in der Ecke.

Wenig später wird Martin von einer jungen Frau in Beschlag genommen, die ich als Bedienung aus dem *Carol's* identifiziere, und Dennis und Steven machen sich auf, um die Getränkeauswahl zu begutachten. Unschlüssig verharre ich an Ort und Stelle. Nicht dass mich jemand anquatscht!

So eine Bierflasche hätte was. Ach, was soll's, dass ich damit womöglich anhänglich wirke, obwohl ich ihr Freiraum lassen wollte. Ich schreibe Eliza: *Wann seid ihr da? Ich bin eben angekommen.*

Noch fünf Minuten, antwortet sie zu meiner Erleichterung sofort. Das ist eine positive Entwicklung! Ich muss grinsen. Mein Unwohlsein legt sich und ich bewege mich zurück in die Diele, wo die Beats nicht so stark wummern. Auf der Treppe, die ins Obergeschoss führt, sinke ich nieder, um zu warten.

Das Gute daran, dass ich null in Feierstimmung bin und mich nicht darum bemüht habe, dies zu verbergen, ist, dass meine Begleiter mich schnell leid geworden sind. Wahrscheinlich merken sie nicht mal, was ich treibe, und im Grunde ist es mir egal. Wenn ich Eliza sehen möchte und die Chance dazu habe, sollte es mich nicht kümmern, wie irgendwer das findet. Es ist das erste Mal, dass ich diesen Gedanken nicht nur denke und fühle, sondern entsprechend handele. Leiser Zorn brodelt in mir, dass ich so lange dafür gebraucht habe. Zeitgleich bin ich voller Trotz und irritierend stolz über diese Entwicklung. Ich bin fertig damit, etwas auf die Meinung von Martin, Steven, Dennis oder sonst wem zu geben. Das werde ich auch Davie zeigen, sollte er jemals wieder mit mir sprechen. Was er muss. Andernfalls wäre ich am Boden zerstört.

Vorbei ist es mit meinem Lichtblick. Plötzlich fällt es mir wie Schuppen von den Augen und mir wird heiß vor Scham. Ich hätte ihn gleich, nachdem er aufgelegt hatte, noch mal anrufen und fragen sollen, ob er okay ist und nicht gekränkt sein dürfen, dass er mir diesen Spruch reingedrückt hat.

Ich weiß mir nicht anders zu helfen. Sofort von hier abzuhauen, um diesen Fehler zu korrigieren, indem ich bei ihm aufschlage und kläre, was auch immer wir klären müssen, geht schlecht, da ich mit Eliza verabredet bin. Das möchte ich nicht sausen lassen. Also schicke ich Davie die Adresse der Partylocation.

Vielleicht willst du doch noch nachkommen?, füge ich hoffnungsvoll hinzu.

Die nächsten Partygäste treffen ein. Es sind irgendwelche Leute, die ich vom Sehen kenne. Alle schnattern euphorisch durcheinander. Niemand sagt mir »Hallo«. Meine düstere Miene hält Menschen bestens auf Abstand.

Bevor sich die Haustür wieder schließt, kommen Eliza und Co. an. Hastig zwinge ich mich zu etwas, das ich für ein Lächeln halte, packe mein Mobiltelefon weg und zupfe mein Hemd zurecht. Auf einmal habe ich den Eindruck, dass es ungünstig über meiner abgebundenen Brust spannt.

Das ist nur Einbildung, sage ich mir nachdrücklich.

Ist es doch, oder?

Courtney ist heute nicht dabei, nur Charlotte und Jolyne.

Während die zwei ein paar Worte mit Pete wechseln, ist Eliza bei mir, noch ehe ich aufstehen und lässig auf sie zu schlendern kann. So unkompliziert hätte ich mir das nicht mal zu träumen gewagt.

»Hey!« Wie selbstverständlich drückt sie mich an sich und quetscht sich an meine Seite, was mich schlagartig in unsere Kindheit zurückversetzt.

Damals hatten wir oft bei ihr zu Hause während unserer Fantasieabenteuer auf der Treppe rumgelungert. Meine Eltern hingegen hatten uns von dort immer verscheucht, so dass wir da nur bei ihr spielen konnten. Mal waren die Stufen der Mount Everest, den wir mit Steigeisen erklommen, dann Teil der Ruinen eines Inka-Tempels oder wir rumpelten sie mit einem Wäschekorb hinunter.

»Hey«, entgegne ich.

Das war keine sonderlich sexy Überlegung, dabei passt kaum ein Blatt Papier zwischen uns. Die Treppe im Haus der Callaghans ist schmal und logischerweise sind wir inzwischen größer, sodass sich unsere Schultern und Oberschenkel berühren.

Räuspernd gebe ich meine breitbeinige Sitzposition auf und mustere Eliza flüchtig, wie um mir zu vergegenwärtigen, dass wir garantiert keine Kinder mehr sind. Ich denke, dass mich das in Fahrt bringen und motivieren könnte, Gas zu geben.

Unter einer grauen Sweatshirtjacke trägt Eliza ein pflaumenfarbiges Seidentop mit einem tiefen Ausschnitt, das ihren Körper sanft umfließt, dazu enge Bluejeans. Sie hat sich aufgebrezelt, wie man es beim Ausgehen tun würde oder um jemandem zu gefallen. Wie immer ist sie wunderschön, aber mein Puls beschleunigt sich kaum. Ihr vertrauter Fliederduft beruhigt mich.

»Was ist los?«, errät sie, dass mich etwas bewegt. Etwas, das nichts mit ihr oder unserer Nähe zu tun hat, die nicht die erwartete Reaktion in mir auslöst.

»Davie«, seufze ich und überrasche mich selbst. Parallel wird mir klar, dass das nicht aussagekräftig war und alles Mögliche bedeuten könnte. »Er war heute mies drauf. Es fühlt sich an, als ob wir uns gestritten hätten, obwohl das nicht so ist. Oder eventuell habe ich irgendwas nicht mitbekommen.«

Eine kleine Falte bildet sich zwischen Elizas Brauen. »Das löst sich bestimmt demnächst auf.«

»Ich hoffe es.« Diese unerfreuliche Sache war nicht der beste Start. Ich sollte mich nach meiner Ansage letztens auf sie fokussieren und eine entspannte und angenehme Atmosphäre erschaffen. Unabsichtlich in alte Verhaltensmuster zu verfallen, ist bis zu einem gewissen Punkt aber normal. Wir waren nun mal Ewigkeiten best friends, die sich alles anvertraut haben.

»Möchtest du was trinken?«, frage ich das Erste, was mir einfällt, und finde, dass es halbwegs galant rüberkommt.

Eliza nickt. »Gute Idee.«

Sie gibt Charlotte Bescheid, die mich heute nicht so feindselig mit ihren Blicken erdolcht wie in Strathaven. Danach gehen wir in die Küche. Das ist cool. Nicht mehr von Elizas bester Freundin gehasst zu werden, ist auf jeden Fall ein Fortschritt. Irgendwann gibt sie uns womöglich ihren Segen.

Bei dem Großteil der auf der Arbeitsplatte aufgereihten Getränke handelt es sich um Alkohol oder Softdrinks, was für mich einen Cheat-Day bedeutet. Worauf ich mich eingestellt habe, erweist sich als korrekt. Ich greife die Sprite, von der ich weiß, dass Eliza das Zeug mal geliebt hat. Nur dass sie mir die Wahl abnimmt und stattdessen auf eine Rotweinflasche zeigt.

»Warte. Wie wär's damit?«

»Du … willst über die Stränge schlagen?«, wundere ich mich. Was ich damit hauptsächlich meine: *Ich wusste nicht, dass du auf so was abfährst.*

Unmittelbar darauf ermahne ich mich, Eliza nicht mehr für exakt dieselbe Person zu halten, mit der ich aufgewachsen bin. Wahrscheinlich möchte sie wie ich, nicht ständig von Menschen aus ihrer Vergangenheit in jene Schubladen gesteckt werden, in die wir sie einmal einsortiert haben. Es gehört zum Lauf der Dinge, aus manchen irgendwann auszubrechen. Das sollte nicht so schwer zu verinnerlichen sein. Zumal ich wollte, dass das passiert, wir von der Freundschafts-Box in die Beziehungskiste wandern. Insbesondere vor diesem Hintergrund erschließt sich mir nicht, wieso mich eine solche Kleinigkeit derart überrumpelt. Ein Glas Rotwein ist vollkommen zivilisiert.

»Morgen ist Montag«, ergänze ich in meiner Überforderung.

Zum Glück nimmt Eliza die unbeabsichtigte Bevormundung mit Humor. »So ist es.« Sie zwinkert mir zu. »Und heute romantisiere ich mein Leben.«

Ich blinzele.

Flirtet sie etwa? Sie flirtet!

Mein Herz macht einen Satz. Das ist … wow. Endlich regt sich etwas in mir. Wie lange habe ich auf diesen Augenblick hingefiebert? Wie oft habe ich ihn mir ausgemalt?

»Ich verstehe.« Ich schlucke, kann es kaum glauben. Wein klingt reizvoll und mehr als angemessen für diesen Anlass. »Kann man machen.«

KAPITEL 22

RIC

»Gut, dass ich weiß, wie sich Entzücken bei dir anhört.« Eliza schüttelt den Kopf. Dass sie dabei grinst, zeigt unmissverständlich, wie liebevoll sie es meint.

Rasch schaue ich mich nach stilvolleren Gläsern um und finde passende in einem Hängeschrank. Sie schenkt uns ein.

»Auf uns«, sagt Eliza schlicht. Das Blau ihrer Iris funkelt.

Ich proste ihr zu, nach wie vor verlegen.

Die Wirkung des Weins, dessen herbe Note sich in meinem Mund ausbreitet, stellt sich zügig ein. Mit jedem Nippen werde ich losgelöster und unsere Unterhaltung kommt in Gang. Mit Eliza zu reden ist so natürlich wie atmen, nur dass ich es zwischenzeitlich verlernt hatte. Ein Weilchen bleiben wir an die Küchenzeile gelehnt stehen, bis andere durstige Gäste herein donnern und unsere Zweisamkeit beenden.

Ich könnte schwören, dass die Mädels, die mal mit uns in einer Klasse waren, uns und vor allem meine Freundin interessiert begutachten.

Wie Katzen, die auf Beute stoßen. Sobald wir ihnen den Rücken zukehren, fangen sie an zu tuscheln. Das macht zum Glück nichts, denn inzwischen bin ich so auf Zack, dass ich mich von ähnlichen Sausen daran erinnere, dass Pete eine Hollywoodschaukel hinterm Haus hat.

»Wir könnten raus in den Garten gehen«, schlage ich demonstrativ an Eliza gewandt vor, sodass uns die Lästermäuler zweifelsohne verstehen. »Da haben wir unsere Ruhe.«

Die Frauen verstummen, als hätten sie jetzt erst realisiert, dass auch wir sie demnach hören konnten.

»Wollen wir?« Vorsichtig lege ich meine Hand an Elizas unteren Rücken, weniger um sie zu drängen, sondern mehr, um ihr meine Unterstützung zu versichern und ein Zeichen zu setzen. Ein Zeichen dafür, dass ich sie nie wieder im Stich lasse. Sie soll nur nicht annehmen, ich würde glauben, sie hätte meine Hilfe nötig.

»Ja«, erwidert Eliza, ohne die anderen Anwesenden eines Blicks zu würdigen.

»Deine Haut sieht super aus!«, ruft eine von ihnen ihr da hinterher. »Wie hast du das geschafft?«

Ich spüre, wie Eliza sich versteift. Erst wirkt es, als würde sie etwas kontern wollen. Als sie wortlos weiter geht, schließe ich mich ihr an.

»Das ist so ein Witz«, zischt sie im Flur. »Mir heute Honig ums Maul schmieren, wo sie mich früher wie die Pest gemieden haben. Könnte ja ansteckend sein oder so. Hast du mich auch für ekelhaft gehalten?«

Fassungslos starre ich Eliza an. In meiner Brust poltert es. »Nein, nie!«

Ihr Akneschub war erst nach dem Ende unserer Freundschaft ausgebrochen. Irgendwann später hatte ich mich gefragt, ob es da eine Wechselwirkung geben konnte. War die Erkrankung durch den Schmerz, den ich ihr zugefügt hatte, und all die Gemeinheiten, die sie ertragen musste, begünstigt worden und andersherum? Oder wäre das so oder so geschehen? Meine Gefühle für sie blieben unbeeindruckt von dem Ganzen.

Fieberhaft zerbreche ich mir den Kopf, was ich sagen könnte, um Eliza von der Wahrheit meiner Behauptung zu überzeugen. Dass ich schon zu dem Zeitpunkt etwas von ihr wollte, kann ich nicht erwähnen. Dazu kommt, die Pickel, die mich als Jugendlicher geplagt haben und aufgrund der Hormonbehandlung nach wie vor ab und zu aufblühen, sind nicht vergleichbar.

Um nach draußen zu gelangen, müssen wir durchs Wohnzimmer. Es hat beinah etwas Verbotenes an sich, auch wenn wir nicht vorhaben, uns in die Büsche zu schlagen. Mein Blick gleitet über Martin und die *Carol's*-Bedienung, die dazu übergegangen sind, auf der improvisierten Tanzfläche rumzumachen. Samuel hat sich einem Trinkspiel angeschlossen und Charlotte das DJ-Pult gekapert. Von Pete entdecke ich keine Spur und auch Dennis und Steven bleiben verschollen. Ich könnte mir vorstellen, dass sie oben sind, um in Petes Zimmer zu kiffen.

Ich angele meine Jacke aus dem Klamottenberg. Niemand hält uns auf, als ich die Schiebetür öffne.

Solange wir die anderen links liegen lassen, ist so ein Social Gathering gar nicht so schrecklich, wie ich bemerke. Etwas in mir ziept. Eliza hat mir so gefehlt. Wie habe ich diese Jahre ohne sie überstanden?

Angesichts der Kälte, die mir außerhalb des Hauses entgegenschlägt, zucke ich zusammen. So heiß und stickig, wie es aufgrund all der Körper auf so engem Raum drinnen war, ist der Kontrast noch krasser. Eliza schnappt nicht minder geschockt nach Luft. »Shit.«

»Willst du wieder rein?«

»Garantiert nicht.« Sie hebt eine dunkel nachgezeichnete Braue und lässt dabei offen, wem oder was sie damit entkommen möchte.

Mit einem Taschentuch wische ich die Hollywoodschaukel trocken. Sobald ich damit fertig bin, vollführe ich eine Verbeugung. »Bitte sehr!«

Eliza knickst und obwohl wir diesmal mehr Platz hätten als auf der Treppe, rutschen wir Zentimeter für Zentimeter unausweichlich aufeinander zu, um uns gegenseitig zu wärmen. Lange werden wir es nicht aushalten. Ich öffne meine Jacke, sodass sie mit darunter schlüpfen kann, weil sie keine dabei hat. Dann gebe ich Schwung, bis wir gemächlich hin und her schunkeln.

»Ich habe Narben«, durchbricht sie unvermittelt das Schweigen. Es wundert mich nicht, dass ihr die Küchensituation nachhängt. Ich hätte es ahnen müssen, presse die Kiefer aufeinander. »Im Gesicht«, präzisiert sie. So wie sie die Worte ausspricht, klingt es hart und scharfkantig, als würde es wehtun, sie zu bilden. Selbst mir tut es weh.

»Eliza«, setze ich dazu an, sie zu stoppen. »Du musst dich vor mir nicht dafür rechtfertigen, dass du wegen etwas beschimpft wurdest. So weit kommt es noch. Du bist nicht diejenige, die etwas falsch gemacht hat.«

Mit einer sachten Kopfbewegung gebietet sie mir Einhalt. »Ich weiß. Ich muss dazu einfach was loswerden.«

»Okay.« Wenn sie möchte, dass ich ihr zuhöre, höre ich zu. Das ist was anderes.

»Meistens überschminke ich sie, darin bin ich Meisterin geworden. Wie auch nicht, wo hübsch auszusehen, insbesondere für eine Ballerina, so eine relevante Rolle spielt. Dabei bin ich diese Oberflächlichkeit leid. Ich bin es leid, dass es mir nur auf diese Weise möglich ist zu zeigen, was in mir steckt.«

Meine Gänsehaut intensiviert sich. »Da geht es mir ähnlich.«

Das, was sie sagt, fühle ich jedes Mal, wenn ich gehässige Kommentare für meinen Körper erhalte. Nur weil manche Teile in den Augen der meisten nicht zueinanderpassen, muss man mich nicht wie Frankensteins Monster behandeln. Viele Menschen können nicht kapieren, dass sich das so für mich grundsätzlich stimmig anfühlt. Um nicht andauernd schief beäugt zu werden oder mich in Gefahr zu bringen, verberge ich meine vermeintlichen »Makel« daher.

Elizas Hadern führt mich dazu, etwas infrage zu stellen, was ich bislang als gegeben hingenommen hatte. »Ist es für dich schwer, in Norriesford zu sein? Ich dachte erst, du würdest dich freuen, weil du freiwillig zurückgekommen bist. Aber die Geister lauern überall, was?«

Ein leises Auflachen entweicht ihr. »Wer hätte gedacht, dass wir noch welche finden, wo wir den Mühlengeist nie erwischen konnten?«

Bei dem Gedanken an unsere Halloweentradition zucken meine Mundwinkel.

Sie löst sich etwas von mir, damit sie mich besser ansehen kann. »Ich habe diesen Ort vermisst. Meine Familie. Dich. Schau nicht so kritisch!« Ich hüstele. »Und ich wollte mir beweisen, dass ich inzwischen eine andere bin und mit einem *Fuck you* auf alles, was nicht so toll gelaufen ist, zurückblicken und darüberstehen kann. Aus der Distanz kam mir das vor wie der ultimative Sieg.«

»Du hast doch damals nicht verloren«, stelle ich fest.

»Du weißt nicht, wie heftig mich die Situation mitgenommen hat. Sorry.« Eliza stockt und schaut weg zum Gartenteich.

Ich hasse mich so sehr, dass mir ganz schlecht wird. Am liebsten würde ich sie nie wieder loslassen, obwohl es mir falsch vorkommt, dass ausgerechnet ich es bin, dem sie sich anvertraut.

»Während meiner Ausbildung an der Brighton Academy hatte ich zum ersten Mal das Gefühl, irgendwo dazuzugehören«, wechselt sie die Gesprächsrichtung. Ich glaube nicht, dass sie das bei dem Licht erkennen kann, aber ich bin bestimmt blass geworden. Seit jeher hat sie meine Befindlichkeiten wahrgenommen, als wären es ihre eigenen. »Vielleicht sollte ich mich aufs Unterrichten verlegen.«

»Das wäre eine super Sache«, finde ich. »Das ist ja gängige Praxis bei Balletttänzer*innen im Ruhestand.« Welcher in der Regel früher als später eintritt, sofern diese nicht einen anderen Berufszweig einschlagen.

»Gott, wie sind wir hier gelandet?«, wundert sich Eliza. »Ich tanze am Theater in Glasgow und lamentiere darüber, wie ich meine Karriere beenden kann. Ich habe nicht vor, so bald von der Bühne zu verschwinden. Fürs Protokoll. Es ist nur …«

»Jede Medaille hat zwei Seiten«, schlussfolgere ich.

Keinesfalls bereue ich es, transitioniert zu sein. Manches würde ich mir dennoch anders wünschen. Zumindest daran, wie ich mit etwas umgehe, kann ich schrauben, wenn auch nicht, wie andere sich mir gegenüber verhalten. Dazu gehört, dass ich Verantwortung dafür übernehme, wie ich selbst zu meinem Leid beitrage. Mein Brustkorb weitet sich unter der Erkenntnis.

»Ja.« Eliza lächelt mich an, wenn auch etwas traurig.

In diesem Moment ist es mir egal, dass wir so, wie die Party bisher gelaufen ist, keinen Preis für den knisterndsten Talk oder die erotischste Spannung gewinnen werden. Dabei bietet dieser Rahmen großes Potenzial, das ich mir vorgenommen hatte, zu nutzen. Etwas Derartiges zu forcieren, wäre mir in der Praxis allerdings erzwungen vorgekommen. Die Versuche vom Anfang könnten immerhin richtungsweisend sein, und wir haben einiges aufzuarbeiten. Wir müssen uns die Zeit nehmen, die es braucht, rede ich mir ein.

»Hast du je überlegt, aus Norriesford fortzugehen?« Elizas kalte Finger berühren meinen Handrücken. Ich umschließe sie sanft mit meinen.

Das *Dir würde ich überallhin folgen* liegt mir auf der Zunge, doch fühlt es sich nicht zutreffend an, auch wenn es sich gut machen würde. Diese Hollywoodschaukel ist sowieso ein netter Kuss-Spot. Ich registriere das mit einer gewissen Berechnung. Das Bedürfnis, sie zu küssen, bleibt ungeachtet dessen aus. Was nicht bedeutet, dass ich mich ihr nicht nah fühle. Nur nichts überstürzen.

Es sollte mich mehr aufwühlen, dass Eliza nicht für immer in Norriesford bleiben wird und es sich bei ihrer Rückkehr eher um einen Zwischenhalt handelt. Wobei ich nicht mehr fürchte, dass wir uns je aus den Augen verlieren. Das ist das Wichtigste.

Fakt ist, ich habe keinen Schimmer, was die Zukunft bringt oder mit wem ich sie teile. Es ist alles offen und am Ende ist das eine erbauliche Aussicht. Hoffnung nistet sich in meinem Herzen ein. Denn das bedeutet, es ist nicht ausgeschlossen, dass das mit uns noch was Romantisches werden kann.

Was mich dagegen in Panik versetzt, sind die lauten und erregten Stimmen vom Vordereingang des Hauses, die Sekunden darauf zu uns herüber hallen.

Adrenalin schießt durch meine Adern. Sofort springe ich auf, denn eine davon gehört hundertprozentig Davie. Er ist meiner Einladung am Ende gefolgt. Nur bleibt die Freude darüber aus. Denn er scheint nicht willkommen zu sein.

KAPITEL 23

DAVIE

»Würdet ihr mich bitte reinlassen oder Ric Bescheid geben, dass ich da bin?«, wiederhole ich so ruhig, wie ich kann.

Obwohl ich mich anstrengen muss, knicke ich vor den drei weißen Typen nicht ein. Ihre Gesichter sind vor Vergnügen, mich zu ärgern, verzerrt und sie blockieren die Eingangstür des Hauses, in dem die Party steigt. Der Whisky, den ich mir angesichts meiner Situation gegönnt und in Ralphs Hausstand gefunden habe, schwappt in meinem Magen hin und her, weicht meine Sicht auf und macht mich wacklig auf den Beinen.

Irgendwo da drin ist mein Fitness-Boy und guckt verdammt noch mal nicht auf sein Handy.

Ich weiß nicht, was ich davon halte, und bin schon wieder frustriert. Wieso wollte Ric mich hier haben, wenn er mich ignoriert? Dabei tut es mir unglaublich leid, dass ich ihm vorgeworfen habe, seinen Scheiß nicht auf die Reihe zu kriegen. Ich dachte, er wollte mir mit der Adresse signalisieren, mir nicht böse zu sein oder gar gemerkt zu haben, dass ich nicht ohne Grund in die Luft gegangen bin.

Seit ich hier bin, habe ich ihm – zuerst von der anderen Straßenseite aus – mehrere Nachrichten geschrieben und einmal angerufen, ohne eine Reaktion zu erhalten. Also blieb mir nur zu klingeln. Das wurmt mich umso mehr, da sich mein alternatives Empfangskomitee exakt so aufführt, als ob ich nichts mit Ric zu tun haben könnte und ich mir irgendwas ausgedacht hätte, um mitzufeiern. Umdrehen und gehen wie bestellt und nicht abgeholt, möchte ich aber auch nicht. *Nee, so nicht, nicht mit mir.*

Gleich nach der ersten und verständlichen Überraschung, einen Unbekannten vorzufinden, war mir leider eine Welle der Abneigung entgegengeschlagen, die sich nun manifestiert.

»Sonst was?« Derjenige der Typen, den ich für den Gastgeber halte, so wie er und die anderen miteinander agieren, reckt mir auf meine Bitte, eintreten zu dürfen oder Ric über mein Erscheinen zu benachrichtigen, das Kinn entgegen. Er genießt es sichtlich, am längeren Hebel zu sitzen.

Es ist lächerlich. Pete führt sich auf wie ein kleines Kind. An diesem Eindruck ändert auch sein Vollbart nichts. Einerseits möchte ich mit den Augen rollen, andererseits fühle ich mich hilflos. Lächerlicher als er ist nur, wie kurz davor ich bin zu weinen. Meine Unterlippe fängt an zu zittern. Habe ich keine Selbstbeherrschung? Wenn mir das passiert, kann ich endgültig einpacken. So viel dazu, dass Trinken gute Laune macht. Aber was soll das denn auch?

»Verzieh dich«, sagt der Kerl mit der Cap wesentlich zielgerichteter. »Wird's bald?« Er seufzt entnervt und macht eine Handbewegung, wie um Ungeziefer zu vertreiben. »Hast du nicht verstanden?«

Ich begreife nicht, wieso das passiert oder will es nicht wahrhaben. Die Verachtung in den Augen meines Gegenübers lässt mir das Blut in den Adern gefrieren. Denn sie erzählt noch eine andere Geschichte, auch wenn er die Worte nicht laut ausspricht: *Geh dahin zurück, wo du hergekommen bist. Wir wollen dich hier nicht.*

Ich kenne diese Blicke, frage mich, was ihm mehr aufstößt, dass er mit mir reden muss, oder die schlichte Tatsache, dass ich existiere?

Mein Herz pocht so heftig, dass ich es in meiner Halsschlagader spüre. Ich wollte nur, dass Ric und ich uns vertragen, damit ich mir zu der Problematik mit der Wohnung nicht auch noch darüber Gedanken machen muss. Bislang habe ich selbstredend keine neue gefunden, sondern über den Nachmittag nur ein paar Bewerbungen verschickt.

»Gib's ihm, Steven«, applaudiert der Dritte mit einem Schulterklopfer, als wäre es ein Riesenspaß, wie sein Kumpel mich fertigmacht.

Mir ist klar, dass sie mich provozieren und ich mich aus der Schusslinie bringen sollte, doch wie kann ich bei so einer Scheiße an mich halten?

»Ist das euer Ernst?«, entfährt es mir. Der Scotch senkt meine Hemmungen und entfacht die Wut in mir zusätzlich. »Ich möchte zu meinem Freund«, beharre ich.

Petes Augenbrauen wandern in die Höhe. »Habt ihr das gehört, Leute? Dennis? Steven?« Er imitiert mich, wobei er eine affektierte Tonlage aufsetzt. »Bist du auch noch schwul, oder was?«

»Bah«, macht Dennis, besonders einfallsreich.

Ich bin überzeugt davon, dass ich nicht wie Pete geklungen habe. Und wenn? Na und? Ich ärgere mich über die Verlegenheit, die trotzdem in mir aufsteigt und meine Wangen in Flammen versetzt. Ich bin nicht sicher, ob ich bloß taumele, getroffen von der Beleidigung, oder in meiner Verzweiflung dem Versuch nachgebe, mich stur zwischen meinen Widersachern hindurch zu drängen. Da würden sie gucken! Das kann und darf alles nicht wahr sein.

Plötzlich umschließen schraubstockartige Pranken meine Arme und Steven zischt mir seinen heißen nach Bier stinkenden Atem ins Gesicht.

»Ich würde jetzt die Biege machen, Kleiner, sonst kriegen wir dich dran wegen Hausfriedensbruch.«

Anfeindungen sind mir nicht neu. Diese Drohung raubt mir jedoch jegliche Kraft, um mich aus dem Griff zu befreien. Von einer Sekunde auf die nächste überzieht Säure meine Zunge und Bilder fluten meinen Kopf. Ich sehe einen Schwarzen Mann, der um sein Leben fleht, und einen weißen Polizisten, der ihn am Boden festhält, um ihm die Luft abzuschnüren. Blanker Horror lähmt meine Glieder. Natürlich kenne ich die Videoaufnahmen. Natürlich kenne ich ihre Namen. Natürlich ist mir bewusst, wie viele Schwarze Menschen immer wieder von der Polizei ermordet werden. Dass wir nicht sicher sind, dass *ich* nicht sicher bin. Falls die Beamten, die hier aufkreuzen würden, ebenso rassistisch sind wie das nette Exemplar vor mir, sieht es übel für mich aus. Solche Polizeigewalt gibt's ja nicht nur in den USA.

Keine Ahnung, wie ich es dennoch schaffe, höhnisch zu grinsen, statt mich auf Stevens Shirt zu übergeben. Könnte daran liegen, dass ich völlig neben mir stehe und kaum noch das Gefühl habe, Teil meines Körpers zu sein. »Dafür müsstest du mich loslassen«, weise ich ihn auf seinen Denkfehler hin. »Sonst wird das mit dem Weggehen schwierig.«

Als ob die drei Typen nicht wüssten, was sie tun und »einfach nur« auf mir herumhacken. Dass ich nicht lache! Die *Black Lives Matter*-Bewegung kann spätestens nach George Floyds Tod kaum an ihnen vorübergegangen sein. Oder je nachdem, wie man es nimmt. Ein Glucksen schraubt sich in mir hoch, wandelt sich auf dem Weg nach draußen in ein Schluchzen.

Stevens vor Überlegenheit strotzender Gesichtsausdruck wird sage und schreibe noch hässlicher. Er hebt die Faust. Ich wappne mich gegen die explodierenden Sterne, erwarte das Knacken meiner Nase.

»Was ist denn hier los?«, donnert Ric in dieser Sekunde.

Erst denke ich, ich halluziniere ihn herbei, halb im Delirium, doch da der Schmerz ausbleibt, öffne ich die Augen, die ich automatisch geschlossen hatte.

Er ist hier – und stößt uns auseinander.

Ein »Uff« entweicht mir und ich verarbeite die Überraschung. Um mein Gleichgewicht kämpfend falle ich fast die Stufen vor dem Eingang runter, aber mir wurde nichts gebrochen. Und ich lebe. Unsagbare Erleichterung durchströmt mich. Ich bin schweißnass. Auch Steven fängt sich, wobei er einen Blumentopf umwirft. Mit einem Knurren fährt er zu Ric herum und will sich auf ihn stürzen. Ich versuche, auf die Beine zu kommen, um dazwischen zu gehen. Da verändert sich etwas, als Steven erkennt, wer ihn von mir weggezerrt hat.

»Alter! Bin ich hier in einer Freakshow?« Er sieht verwirrt aus und könnte einem beinahe leidtun, wenn er nicht so ein Arsch wäre.

Dabei sind es er, Pete und Dennis, die diesen »Auftritt« angezettelt haben. Inzwischen sind, wie ich mit einer Mischung aus Unwohlsein und Genugtuung bemerke, einige Zuschauende zusammengekommen, die wie Ric von unserer eskalierenden Auseinandersetzung angelockt wurden. Dicht hinter ihm erkenne ich Eliza. Wie die meisten wirkt sie fassungslos. Bitterkeit flutet meinen Mund und vermischt sich mit dem widerlichen Geschmack von davor. Ach ja, schön! Selbstverständlich war Ric bei ihr und hat mich darüber vergessen. Wie sonst sollte es sein?

»Lass das«, sagt Steven und nimmt ihn ins Visier, obwohl Ric ihn nur schwer atmend anstarrt. Augenscheinlich versucht er, sich einen Reim auf die Situation zu machen oder sacken zu lassen, dass mir so etwas immer wieder passiert. Es mitzukriegen ist was anderes, als es erzählt zu bekommen. »Deinetwegen hätte ich fast eine Frau geschlagen.«

Zuerst kapiere ich nicht, wie Steven das meint, bis Ric kreidebleich wird und diesmal ich etwas sacken lassen muss. Steven hat *ihn* als Frau bezeichnet. Rics hilfloser Blick wandert zu Dennis, als würde er sich von ihm irgendeine Unterstützung erhoffen. Mich wundert es nicht, dass die ausbleibt. Das Entsetzen, das von Ric ausstrahlt, ist greifbar. Steven hat ihn vor versammelter Mannschaft verspottet und ihn durch den Dreck gezogen. Ich kann nicht mehr sauer auf ihn sein, wo er sich für mich in die Bresche geworfen hat und den Eindruck macht, als ob er gleich hyperventiliert oder umkippt.

»Ric«, sagt Eliza leise. So still, wie es auf einmal ist, höre ich sie trotzdem. Sie tritt an ihn heran und möchte nach seiner Hand greifen, was ich ihr zugutehalte, da ich es nicht kann. Was hier erst los sein würde, wenn ich als Mann an ihrer Stelle wäre, möchte ich nicht auch noch erleben. Zu meiner Verwunderung entzieht er sich Eliza.

Rics Miene verschließt sich. »Tut mir leid.« Er schüttelt den Kopf und weicht vor ihr zurück. »Ich kann das nicht.«

Damit dreht er sich um und rennt los. Weg von der Party, weg von Eliza, weg von mir. Bevor ich darüber nachdenken kann, stemme ich mich auf und renne ihm nach. Die völlige Tonlosigkeit in seiner Stimme beunruhigt mich mehr als all die Gefühle, die vorher in ihm zu brodeln schienen.

Mit ihm mitzuhalten, ist gar nicht leicht. Nicht nur wegen meiner mangelnden Kondition und weil er superfit ist. Mein Hirn funktioniert noch nicht normal und koordiniert meine Bewegungen wie in Zeitlupe.

»Ric, warte!«, rufe ich etwa zwanzig Meter die Straße runter. Ich halte mir die stechende Seite und fürchte, einsehen zu müssen, dass er *mich* nach diesem Ereignis erst recht nicht um sich haben will. Nur wegen mir ist er in diese Lage geraten. Hätte ich früher klein beigeben sollen? Habe ich es herausgefordert? Stopp! Ich dränge die Selbstvorwürfe zurück. So was ist allein die Schuld der Täter.

Ric wird langsamer. »Bist du betrunken?«, fragt er, als ich ihn keuchend einhole.

Seine Schroffheit erleichtert mich, doch fühle ich mich auch in die Enge gedrängt. »Ich habe die Beinahe-Schlägerei nicht gestartet!«, verteidige ich mich.

»Das meinte ich nicht.«

Er geht gemächlicher weiter, sodass wir uns auf derselben Höhe befinden und miteinander reden können. Theoretisch. Wohin er geht? Keine Ahnung. Das ist nicht die Frage, die mich am dringendsten umtreibt.

»Was dann?«, verlange ich zu erfahren. Diese Tour macht mich rasend.

Ich möchte schreien, weil er mir keine Reaktion gibt.

»Was erwartest du?«, lasse ich meine Emotionen wie im Protest erst recht heraus. »Ich wollte nicht als einzige nüchterne Person auf einer Party aufschlagen. Wie das eben gelaufen ist, fand ich alles andere als ideal. Das kannst du mir glauben. Mal abgesehen davon habe ich heute erfahren, dass ich mein WG-Zimmer bald räumen und mir schnell was Neues suchen muss. Ich hatte darauf gezählt, dass du fragen würdest, wie es mir geht, als du angerufen hast. Aber ich verstehe, das hat nicht gepasst, denn Eliza war wichtiger. Nur dann meldest du dich nicht, wenn ich dir circa fünfhundert Nachrichten schreibe, dass ich da bin, nachdem du mich explizit aufgefordert hast zu kommen. Erklär mir das mal, ja?«

Rics zu Schlitzen verengte Augen ruhen auf meinem Gesicht. Ich dagegen tue mich aktuell leider schwer, mich parallel fortzubewegen und ihn anzuschauen. Die Straßenzüge verschwimmen am Rande meines Sichtfelds und Beklemmung übermannt mich. Ich bange, dass ich in meinem Redefluss zu viel preisgegeben und verraten habe, wie gern ich ihn mag. Dabei möchte ich nur denselben Stellenwert für ihn haben wie er für mich.

Statt zu antworten, zieht er sein Handy aus der Hosentasche. Will er mich verarschen? Wenn er dabei wenigstens stehen bleiben würde.

»Der Akku ist leer«, sagt er.

Ich lache auf. Nicht besonders fröhlich. »Das ist zwar eine Erklärung, aber keine Entschuldigung«, bemerke ich. Nur, dass ich mich selbst noch nicht entschuldigt habe. »Sorry«, hole ich das nach, »dass ich am Telefon so eingeschnappt war. Ich war überfordert mit dem Gedanken an die Wohnungssuche und hätte einen Freund gebrauchen können, um mich auszuheulen. Das hätte ich nicht an dir auslassen dürfen, denn du konntest nicht erahnen, was bei mir passiert ist. Ich bin froh, wenn ich für dich da sein kann. Jetzt bist du dran.«

»Hast du noch was von dem Alkohol?«, entgegnet er.

Okay, es ist naheliegend, dass Ric sich abschottet. Nach dem, was ich heute Mittag zu ihm gesagt habe, und angesichts des Vorfalls mit Steven, Pete und Dennis. Ich sollte nachsichtiger mit ihm sein. Dabei reizt es mich, dass er auf nichts sonst eingeht, was ich gesagt habe. Ich kann nur erahnen, wie schlimm es für ihn sein muss, wenn Leute sein Geschlecht nicht anerkennen. Umgekehrt hat er keinen Schimmer, was es mit mir macht, rassistisch angegangen zu werden. Zumal das eben keine vermeintlich »harmlose Spitze« war, sondern selbst für Menschen, die sonst gern die Augen verschließen, offensichtlich gewesen sein muss. Ich war kurz davor, einen Schlag ins Gesicht zu kriegen. Man hat mir gedroht. Nur daran zu denken, lässt meinen Magen erneut eine Etage tiefer sacken. Ich glaube, ich realisiere erst nach und nach das volle Ausmaß der Gefahr, was überhaupt passiert ist und noch hätte passieren können, wenn Ric nicht eingeschritten wäre.

Ich knicke ein und ziehe den Flachmann zu Demonstrationszwecken aus meiner Jackentasche, in den ich Ralphs Whisky abgefüllt habe. So konnte ich den Rest direkt zurück zu seinen Vorräten stellen und mir weismachen, dass ihm das Fehlen mit geringerer Wahrscheinlichkeit auffällt. Vor meinem Aufbruch befand ich, dass das im Übrigen praktisch für unterwegs wäre.

»Perfekt.« Ric streckt die Hand aus und nimmt mir das Gefäß ab. Bevor ich fragen kann, was er vorhat, schraubt er bereits den Deckel auf und bedient sich großzügig.

Mir klappt der Mund auf. Es ist ernst.

Bei uns beiden.

Wir passieren einen Spielplatz, der mir vage vertraut vorkommt. Die schmalen geklinkerten Mehrfamilienhäuser rundherum könnten aber auch in einer anderen Ecke von Norriesford errichtet worden sein. Unabhängig davon, dass die Stadt so klein ist, sieht bei Nacht alles anders aus und bisher war ich selten zu dieser Zeit auf Achse. Sofern ich recht habe, hat Ric den Weg zu sich nach Hause eingeschlagen.

Ein Teil von mir ist es leid, immer die Person zu sein, die nachgibt oder sich zusammenreißt. »Betrunkene Menschen neigen dazu, Dinge zu sagen und zu tun, die sie nüchtern nie wagen«, tröste ich ihn dennoch, obwohl sich alles in mir dagegen sträubt, diese intoleranten Spezialisten zu beschützen. »Lass es nicht an dich ran.«

»Mhm.« Ric nimmt einen weiteren Schluck. Und noch einen. »Bringt Alk nicht eher die hässliche Wahrheit zum Vorschein?«

Da ist was dran.

Aber ... »Hey, übertreib es nicht«, greife ich ein. »Her damit! Wie soll ich verantworten, dich unbeaufsichtigt bei dir daheim abzusetzen, wenn du sternhageldicht bist?«

»Vielleicht möchte ich, dass du mit nach oben kommst«, nuschelt er, dabei kann der Whisky so schnell gar nicht gewirkt haben. Dann habe ich sein Ziel richtig erraten. »Oder über Nacht bleibst.« Sekunde. Was? Er reicht mir den Flachmann zurück. »Ich denke, es wäre besser, wenn jemand bei mir ist.«

Auf einmal ist mein Hals sehr trocken. Ich muss mich dazu anhalten, nicht zu hören, was ich hören möchte und Folgendes in seine Worte hineinzuinterpretieren: dass er nicht Eliza, sondern mich um sich haben will. Sie hätte ihm auch nachlaufen können und wer weiß, was daraufhin geschehen wäre.

»Du könntest mich stattdessen darum bitten, dir Gesellschaft zu leisten«, räuspere ich mich.

»Wozu das geführt hat, haben wir gesehen.« Er unterbricht sich. »Es tut mir leid. Dass ich mich am Telefon nicht nach dir erkundigt habe, dass ich nicht rausgekommen bin und wie vollkommen unmöglich Steven und Dennis sind. Pete, okay. Aber ich dachte immer noch, die beiden wären meine Freunde. Dafür war das überaus erhellend. Ich wollte dir keine Vorwürfe machen. Möchte ich wissen, was sie *dir* alles an den Kopf geworfen haben?«

»Wohl kaum«, fasse ich mich kurz, um den Schmerz und die Angst nicht erneut heraufzubeschwören. Bis mich das nicht mehr aufwühlt, wird es eine Weile dauern. Mal ganz zu schweigen von den Spuren, die so etwas dauerhaft hinterlässt. Bloß eine Sache will ich noch loswerden und nicht ausschließlich in meinem Kopf hin und her wälzen. »Du bist nicht für den Bullshit verantwortlich, den Leute verzapfen, mit denen du befreundet bist. Aber wenn du nichts dagegen tust, nimmst du einen Teil der Schuld auf dich. So sehe ich das.«

»Da bin ich voll bei dir«, stimmt Ric mir zu und senkt den Blick betreten zu Boden.

»Kopf hoch«, beruhige ich ihn. »Ich weiß, wie beschissen es ist, wenn Menschen aus dem engeren Umfeld sich als -istisch herausstellen. Das tut verdammt weh.«

»O ja«, murmelt er. »Eigentlich will ich so gar nicht sein. Dass ich nur tatenlos zugesehen habe, wie Eliza gemobbt wurde, ist furchtbar. Ab jetzt möchte ich es anders machen.«

»Wie lief es denn sonst?«, komme ich auf die junge Frau zurück. »Deine Verabredung.«

»Eliza und ich sind auf einem guten Weg, uns wieder anzunähern.«

»Cool.« Reicht das an Freude? Ich hoffe es.

Da kommt das Haus in Sicht, in dem Ric wohnt. Ich erkenne es zuerst an seinem Toyota, der davor geparkt ist, und weil er seinen Schlüsselbund hervorholt. Wir wechseln die Straßenseite.

»Nur ist es nicht so wie mit dir.«

Über das Klimpern der Schlüssel mag ich ihn falsch verstanden haben. Vorsorglich stockt mir erst mal der Atem und ich bleibe mit der Schuhspitze an der Bordsteinkante hängen.

»Alles okay?«, fragt Ric.

»Aye!« Mein Puls beschleunigt sich und es hämmert heftiger in meiner Brust. »Inwiefern?«, stoße ich hervor. »Wie hast du das gemeint?«

Wie soll ich bei solchen Andeutungen nicht in Wunschträume verfallen?

»Mit Eliza bin ich so vertraut«, erklärt er. »Sie war mal der wichtigste Mensch in meinem Leben. Wir sind zusammen aufgewachsen. Bis ich mich in sie verliebt habe, war sie für mich wie eine Schwester.«

»Dass ihr euch so nah standet, hast du nie erwähnt«, mache ich keinen Hehl aus meiner Verwunderung. Es erschließt sich mir nicht, wieso Ric das zuvor für sich behalten hat oder wieso es erst Alkohol gebraucht hat, damit er es mir mitteilt. »Das ist logischerweise was anderes.«

Meine Hände ballen sich gegen meinen Willen zu Fäusten.

Klar, dass ich da nie mithalten kann.

Ric öffnet die Tür und wir betreten den ersten schmalen Flur, der im Dunkeln daliegt. Aus irgendeinem Grund verzichtet er darauf, den Lichtschalter zu betätigen, und ich halte mich nicht damit auf, einen zu finden, weil er bereits vorangeht und mir am Ende die nächste Tür aufhält.

Es durchzuckt mich wie ein Blitzschlag. Wobei ... es sei denn ... Da ist noch was.

»Wie kam es, dass ihr kaum noch Kontakt hattet?«, nutze ich seine

Redseligkeit aus und betrete den kleinen Hof. Heute hängt im Gegensatz zum letzten Mal, als ich bei ihm war, Wäsche an der Leine. »Hat sie deine Gefühle damals nicht erwidert? Ist eure Freundschaft dadurch in die Brüche gegangen?«

»Ich habe es ihr zu dem Zeitpunkt nicht gesagt.«

»Weil du Angst davor hattest?«

Die nächste Tür ist nicht abgeschlossen und für die Treppe, die direkt vor seiner Wohnung endet, hat Ric Gnade mit mir und schaltet das Licht im Treppenhaus ein. Ich blinzele wegen der unvermittelten Helligkeit, könnte mir die tiefe Traurigkeit in seinen grünbraunen Augen daher eingebildet haben.

»So weit bin ich nicht mal gekommen.« Inzwischen wankt er kaum merklich. Umso beeindruckter bin ich, dass er nach dem Haus auch die Wohnung ohne Probleme selbstständig aufschließt.

Der Teppichboden in Rics Diele dämpft unsere Schritte. Hier ist es angenehm warm und ruhig.

Ich ziehe hinter uns zu und den Reißverschluss meiner Jacke auf. »Wie kann ich mir das vorstellen?«

Er nimmt sie mir ab und hängt sie zusammen mit seiner an die Garderobe. Vehementer, als nötig gewesen wäre, kickt er sich die Sneaker von den Füßen.

»Das war, bevor ich mir selbst darüber klar geworden war, trans* zu sein«, erläutert er. »Ich bin nicht damit zurechtgekommen, dass ich sozusagen als Mädchen auf Mädchen stehen sollte, und bin daher auf Abstand von ihr gegangen. Als Eliza vorhin meine Hand genommen hat, war ich wieder voll in diesem Modus.«

Mit diesem Wissen betrachte ich die Szene aus einer anderen Perspektive. Steven hat mit seinem beschissenen Spruch nicht bloß eine neue Wunde gerissen, sondern zusätzlich Salz in eine alte gestreut.

»Meinst du, sie verzeiht mir?«, fragt Ric zaghaft. So wie er die Hände ringt, möchte ich ihn derart dringend umarmen, dass es mich körperlich schmerzt, mich zurückzuhalten.

Ich schlucke. »Mal abgesehen davon, dass nichts Schlimmes daran ist, auf Menschen des eigenen Geschlechts zu stehen. Ja, sicher. Im Endeffekt braucht in so einem Moment jede*r etwas anderes.«

»Wieso bist du so schlau?«, seufzt er, was mir verdeutlicht, dass er nicht länger Herr seiner Sinne ist.

Unwillkürlich schmunzele ich. Klar doch, Ric ist selbst besoffen niedlich.

»Wie fühlt es sich denn mit mir an?«, gebe ich meiner Neugier nach, noch mal auf die Unterschiede zwischen seiner Traumfrau und mir zurückzukommen. »Bisher hast du nur davon erzählt, wie es für dich mit Eliza ist.«

Danach sollte ich zusehen, dass ich ihn ins Bett verfrachte. Wortwörtlich, versteht sich, nicht im übertragenen Sinne.

Rics Stirn legt sich in Falten. »Du verwirrst mich.«

Das war nicht, was ich hören wollte. »Sorry.« Scheinbar habe ich ihn mit der Frage in seinem gegenwärtigen Zustand überfordert. »Wie wäre es, wenn wir schlafen gehen?«

Wenn möglich, wirkt er noch ratloser statt bereitwillig, meinem Vorschlag Folge zu leisten. »Hör auf, das mit mir zu machen.«

Nun bin ich verwirrt und beunruhigt. »Was denn?«

»Das ist zu viel.« Wüsste ich es nicht besser, da es sich um Ric handelt, würde ich fürchten, dass er aufschluchzen könnte. Das würde ich nicht ertragen, solange ich ihn dabei nicht wenigstens halten kann.

»Darf ich dich mal drücken?«, gebe ich meinem Drang nach. Beim besten Willen, es geht nicht anders.

Es ist nichts dabei, einem Kumpel auf diese Weise Trost zu spenden. Ich weiß das. Nur weiß Ric es auch?

Kaum merklich nickt er.

Ein Flattern regt sich hinter meinen Rippen. Ich hätte nicht gedacht, dass er zustimmen würde.

Da wir bereits recht nah voreinander stehen – wann ist das passiert? –, muss ich nur einen Schritt machen, um die Arme um ihn zu legen. Schnell tue ich es, ehe ich die Konsequenzen im Detail durchdenke.

Zuerst spüre ich Rics angespannte harte Muskeln. Seine Brust hebt und senkt sich heftig. Durch sein dünnes Hemd nehme ich seinen Herzschlag überdeutlich wahr, er vermischt sich mit meinem. Sein Bauch ist deutlich weicher, als ich gedacht hätte. Und dann erwidert Ric die Umarmung, behutsam und fest.

Ich sterbe vor Glück. Dachte ich zuvor, es würde nicht enger als am Wasserfall werden, so habe ich mich geirrt. Dazu geschieht das hier aus freien Stücken. Mein Körper spielt total verrückt, als seine Hände über meinen Rücken streichen und er sein Gesicht in meiner Halsbeuge vergräbt. Wieso tut er das? Will er mich killen? Ich lasse meine eine Hand zu seinem Hinterkopf wandern und rieche an seinem nach Mandeln duftenden Haar.

Es könnten Sekunden, Minuten oder Stunden vergehen, bis wir uns loslassen. Ich wünsche mir, dass es nie endet.

»Ric?«, flüstere ich irgendwann, als er mit seinem gesamten Gewicht gegen mich sinkt und uns damit fast zu Fall bringt. »Bist du eingenickt?«

»W-w-was?« Stotternd schreckt er auf.

»Komm«, sage ich und ziehe ihn mit mir ins Schlafzimmer.

KAPITEL 24

RIC

Gemeinsam mit grauenhaften Kopfschmerzen kommen beim Aufwachen die Erinnerungen an den vergangenen Abend zurück. Eine Sekunde blinzele ich friedlich in die Mittagssonne, die durchs Fenster hereinscheint. In der nächsten realisiere ich mit Schrecken, dass ich mit nichts als Boxershorts bekleidet im Bett liege.

Das ist erst mal nichts Ungewöhnliches, allerdings ... war Davie bei mir, als ich mich ausgezogen habe? Hat er was gesehen, von dem ich es nüchtern nicht wollen würde? Mir bricht kalter Schweiß aus und mein Puls beschleunigt. Er wäre bestimmt nicht dabei geblieben, wenn ich ihn gebeten hätte zu gehen. Aber ich weiß nicht mehr, wie das abgelaufen ist. Zumindest meine Sauerstoffversorgung und Rippen danken es mir, nicht in Binder geschlafen zu haben. Dass ich es, so betrunken wie ich war, ohne Hilfe hingekriegt habe, mich aus dem engen Top zu schälen, glaube ich nicht wirklich. Apropos, ist er noch hier? Ruckartig reiße ich die Decke hoch, wie um meine Brust zu bedecken, denn erst jetzt gleitet mein Blick durchs Zimmer. Bis auf mich ist es Gott sei Dank leer.

Stöhnend fahre ich mir durch die Haare, sortiere mich. Denn das war ja gerade mal der Abschluss eines überaus heftigen Tages. Meine Gedanken springen hierhin und dorthin. Im Schnelldurchlauf spule ich Davies und meine Auseinandersetzung am Telefon und das offene Gespräch mit Eliza auf der Hollywoodschaukel noch einmal ab. Es war anders mit ihr, als ich erwartet hatte, trotzdem lief es nicht schlecht, und ich denke, dass wir einander näherkommen. Langsam, aber sicher. Das ist es, was zählt, wenngleich ich mir ursprünglich mehr erhofft hatte. Sie hat mit mir geflirtet, nur war ich nicht in der passenden Stimmung für Romantik und das lag wiederum an Davie, an den ich zuvor ständig denken musste. Auch jetzt schiebt er sich vor Elizas Gesicht. Leider ist es kein Bild, das ich gern betrachten würde. Denn ich sehe ihn sich wieder in Stevens Griff winden und wie dieser zum Schlag ausholt. Ein Schauder jagt mir über den Rücken. Die Worte, die mein vermeintlicher Freund mir an den Kopf geworfen hat, hallen in mir nach, und dieser angewiderte Gesichtsausdruck, als er sich zu mir umwandte. Es schüttelt mich. Inzwischen kann ich noch weniger fassen, dass er, Dennis und Pete Davie angegriffen haben. Ihn, der nicht mal danach von meiner Seite gewichen ist. Aber das ist eine Tatsache. Genau wie die Jungs damals das Mädchen fertiggemacht haben, das mir so wichtig war.

Mein Herz schlägt schneller und plötzlich frage ich mich kurz für wen, wo sich beides – das, was Eliza und Davie jeweils in mir auslösen – alles in allem sehr ähnlich anfühlt. Wobei er mir freundschaftlich durchaus viel bedeuten kann und die Funken zwischen ihr und mir werden schon irgendwann zu fliegen anfangen. Auf dieser Party war alles komisch.

Zumindest die Frage, was ich am besten als Erstes tun soll, erübrigt sich, als ich aus einem anderen Teil der Wohnung Geräusche höre. Die meisten meiner montäglichen Uni-Veranstaltungen habe ich verpasst. Davies Anwesenheit im Nebenraum motiviert mich sowieso deutlich fixer, auf die Beine zu kommen, als diese es je könnten. Schlimm genug, dass ich mich gestern so blamiert habe! Mein Magen fährt nicht nur aufgrund der Nachwirkungen durch den Whisky Achterbahn. Wie üblich war ich holzköpfig par excellence und trotz allem, was passiert ist, ist er da.

Rasch steige ich in eine Jogginghose und ziehe mir einen Pulli über. Ich möchte meinen Oberkörper nicht direkt wieder zusammenschnüren und das sollte reichen, um das Nötigste zu kaschieren. Falls ich gestern unabsichtlich blankgezogen habe, brauche ich jetzt jedoch eigentlich nichts mehr zu überdecken.

»Morgen«, sage ich, nachdem ich, ohne zu klopfen, ins Wohnzimmer gepoltert bin. Je schneller ich das gerade rücke, desto besser, damit Davie nicht länger als nötig sauer auf mich ist.

Er hat sich auf der Couch in eine Decke gewickelt, die Beine angewinkelt auf der Sitzfläche, und ein Cornflakes-Schälchen in den Händen. Hastig schluckt er. »Hey!«, begrüßt er mich mit einem Strahlen.

Sofort entspannt sich meine Körperhaltung und ein Kribbeln breitet sich in meinem Bauch aus. Sein Lächeln macht mir klar, dass nichts, was gestern zwischen uns geschehen sein mag, etwas zwischen uns kaputt gemacht hat. Im Gegenteil. Von jetzt auf gleich habe ich das Gefühl, als würden wir uns noch besser verstehen. Etwas fühlt sich neu an, tiefer. Als wäre eine Grenze, die zuvor noch da gewesen ist, durchbrochen. Sollte Davie um meine Brüste wissen, stört es ihn nicht. Letztendlich geht das sowieso niemanden außer mich etwas an.

»Alles okay?«, fragt er in mein Schweigen. Wahrscheinlich, weil ich nur gruselig grinse.

»Voll«, sage ich. An sich halte ich nichts von Essen auf dem Sofa oder im Bett, da die Sauerei vorprogrammiert ist. Doch Davies Anblick erfüllt mich mit nichts als Freude. Der Gedanke, dass er hier ist und sich wie selbstverständlich bedient hat, als müsste es so sein, erwärmt mich von innen.

Am liebsten würde ich die Umarmung, die wir in der Diele ausgetauscht haben, wiederholen. Nur wäre das ratsam? Wieso will ich das? Ich bin so froh, dass ihm nichts Schlimmeres zugestoßen ist.

»Und bei dir?«, gebe ich die Frage zurück. Entgegen meiner unvermuteten Hochstimmung sind die Dinge nicht in Ordnung. »Ich meine, mir geht es den Umständen entsprechend gut.«

Ich will nicht darüber nachdenken, wie ich mich von nun an gegenüber Martin, Steven und Dennis verhalten werde. Ein Schlussstrich ist fällig und dass sie die Konsequenzen für ihr Handeln mal spüren. Das Maß ist überschritten und dementsprechend kann und werde ich nicht so weitermachen wie bisher. Aber das ist ein Problem für den zukünftigen Ric. Ich schiebe die Magenschmerzen, die mir diese Überlegungen verursachen, hartnäckig beiseite. Erst mal zählt Davie, nur er.

»Wie fühlst du dich?« Statt ihn zu umarmen, setze ich mich neben ihn. Der magischen Anziehung, die er auf mich ausübt, gänzlich zu widerstehen, klappt nicht.

Was diese Gefühle auch bedeuten, sie machen unser Zusammensein noch schöner. Es ist nicht so, als würde ich irgendeinem x-beliebigen Typen hinterhersabbern. Das hat mittlerweile aufgehört. Demnach bin ich wahrscheinlich bloß glücklich, dass ich nach dem Reinfall mit den anderen einen so guten Freund gefunden habe. Davie ist toll und deshalb will ich nicht mehr dagegen ankämpfen. Obwohl ich es sollte, wenn mich das so von Eliza ablenkt. Ich werde es weiter im Auge behalten. Dieses Vorhaben und dass Davie nicht den Anschein erweckt, bald abhauen zu wollen, bringt mich auf eine Idee.

Er zuckt mit den Schultern.

»Hey.« Mein Herz zieht sich zusammen. »Du hast gesagt, du bist aus deiner WG geflogen?«, versichere ich mich vorsichtig, dass ich das richtig behalten habe.

Eliza hin oder her. Ich muss es auf die Reihe kriegen, in Zukunft weniger Mist zu fabrizieren, damit ich ihn am Ende nicht verliere. Freundschaften über romantischen Beziehungen zu vernachlässigen, ist eine Unart. Ich nehme mir vor, bewusst darauf zu achten, nicht in diese Falle zu tappen, wenn das mit ihr und mir ernster werden sollte. Das ist nach wie vor mein Wunsch, ja. So schwer kann es nicht sein, beides miteinander zu vereinbaren.

Davie wiegt den Kopf von einer Seite zur anderen, wie auf der Suche nach den passenden Worten. »Ich wurde nicht rausgeworfen. Mein Vermieter Ralph möchte, dass seine Freundin einzieht. Das kann ich ihm nicht verübeln und er war im Grunde recht entgegenkommend.«

»Trotzdem. Shit.« Mehrere Atemzüge verstreichen.

Obwohl ich mir vor wenigen Augenblicken hundertprozentig sicher war, dass er bei mir wohnen könnte, erscheint es mir nun too much und etwas übereilt, das vorzuschlagen. Mir würde es gefallen, da wir so zwangsläufig Zeit miteinander verbringen, selbst wenn ich sonst mehr mit Eliza mache. Abgesehen davon könnte ich so intensiver beobachten, was er mit mir anstellt.

»Ja«, betont Davie. Selbst in seiner Niedergeschlagenheit umgibt ihn ein gewisser Kampfgeist, was mich schwer beeindruckt. »So sieht's aus.«

Ungeachtet dessen will ich ihm beispringen. Er soll wissen, dass er sich auf mich verlassen kann. So wie ich weiß, dass er für mich da ist. Wie er tatsächlich über einen möglichen Einzug bei mir denkt, kann ich nur auf eine Weise erfahren.

Ich wage es. »Komm doch bei mir unter.«

»Was?« Davie reißt die Augen auf und setzt sich aufrechter hin. Ich erkenne, dass er nicht abgeneigt ist, daran, wie er sich auf die Lippe beißt. Beides verursacht mir eine Gänsehaut. Ich kann nicht verhindern, dass *meine* Augen bei seinem Mund verweilen. »Das geht nicht!«

»Wieso nicht?« Ich lege meinen Arm hinter ihm auf die Rücklehne, beobachte fasziniert, wie ein Muskel in seinem Gesicht zuckt. Ich könnte ihn ewig anschauen. Woran liegt das, wenn ich mich gar nicht auf diese Weise für ihn interessiere? »Ich habe ein Zimmer übrig«, weise ich auf das Offensichtliche hin. »Momentan nutze ich das zwar als Home-Gym, aber ich kann meine Übungen in einem anderen Raum machen. Die Hanteln nehmen nicht viel Platz weg. Die Wohnung gehört meinen Eltern und ich zahle keine Miete.«

Darüber denkt Davie noch mal nach. »Ist das der Restalkohol, der aus dir spricht?«

Die Frage kränkt mich. Nun, was soll er für ein Bild von mir haben, nachdem er meine »Freunde« kennengelernt hat?

»Normalerweise trinke ich nicht. Daher vertrage ich nicht viel. Spaß beiseite«, bekräftige ich, »ich bin nüchtern, habe den Kater meines Lebens und möchte, dass du meine Hilfe annimmst. Zieh wenigstens vorübergehend ein, bis du woanders was gefunden hast.«

»Du bist ungern unter Leuten«, gegenargumentiert er.

»Ich werde mir Mühe geben, umgänglich zu sein.«

»Darin bist du schlecht«, zieht er mich auf.

»So schlimm?« Ich schnaube. »Solltest du meine Bemühungen dann nicht erst recht würdigen?«

»Ric.« Davie stellt das Schälchen auf dem Couchtisch ab, setzt eine feierliche Miene auf und tätschelt mein Knie. Ich vermute erst, dass er das scherzhaft meint. Als aus dem Tätscheln ein sanftes Darüberfahren wird, bin ich mir nicht mehr sicher. Wie meint er es dann? Es ist auf jeden Fall erstaunlich angenehm. »Du erweist mir eine große Ehre.«

Auf einmal fürchte ich, wiederholt nicht mitbekommen zu haben, dass ich mich wie ein Trampel verhalte. »Ich will dich nicht drängen«, raune ich. Er soll meine Unsicherheit ruhig bemerken.

Da verkündet er: »Ich nehme deine Gastfreundschaft vorerst an.« In typischer Davie-Manier bleibt es nicht dabei. »Währenddessen schaue ich aber weiter nach etwas anderem. Ich kann dir schlecht so auf der Tasche liegen beziehungsweise deinen Eltern. Du tust mir damit einen Riesengefallen und ersparst mir einiges an Stress. Weißt du, manche Leute wollen nicht, dass jemand wie ich bei ihnen einzieht und das erschwert die Sache ungemein.«

Ich zucke zusammen. »Wie kannst du Menschen nicht hassen?«

Meine Hand rutscht vom Polstermöbel in Davies Nacken. Dass er mich nach wie vor berührt, senkt meine Hemmschwelle. Wenn er mich so anfasst, darf ich es auch? Wird er sich dadurch wie ich besser fühlen? Beschwichtigend streichele ich über die Härchen dort und seine warme weiche Haut. Dass er mich nicht daran hindert oder darum bittet, es zu lassen, sondern sich an mich schmiegt, kommt mir unwirklich vor.

Wenn es Davie ebenso gefällt wie mir, kann es im Grunde nicht schlecht sein. Eliza und ich haben, als wir befreundet waren, auch ab und zu die Hand des oder der jeweils anderen genommen, uns auf die Wange geküsst oder einander lange umarmt. Wo ist der Unterschied zu dem hier?

»Na ja«, überlegt er, »es würde meinem Credo widersprechen, alle über einen Kamm zu scheren. Wird nur oft mit Naivität und Gutgläubigkeit verwechselt.«

Ich bemühe mich, den Inhalt seiner Erklärung zu entschlüsseln und nicht zu stark von seiner Berührung abgelenkt zu werden. Das ergibt Sinn.

»Lass uns dein Zeug noch heute herholen«, besiegele ich unser Abkommen. »Wie wäre das? Zur Uni gehe ich nicht. Das lohnt sich kaum.«

Er nickt.

Im Gegensatz zu meiner nüchternen Feststellung freue ich mich innerlich gigantisch, ihn überzeugt zu haben. Alles in mir jauchzt: *Das wird so gut!* Mit ihm. Mit uns.

Erst mal machen wir uns frisch und schaffen Platz in meinem Workout-Raum. Danach brechen wir auf und ich bin zuversichtlich gestimmt, dass wir weiterhin so fantastisch vorankommen werden. Anderthalb Stunden später rackere ich mich dementgegen damit ab, das Bett in Davies altem Zimmer in Ralphs Wohnung auseinander zu nehmen, und mein Optimismus bröckelt mehr und mehr. Dieses überlässt sein ehemaliger Mitbewohner ihm, da er selbst keine Verwendung dafür hat. Währenddessen packt Davie Kartons mit seinen restlichen Besitztümern zusammen und summt dabei vor sich hin. Die hatte er von seinem letzten Umzug auf dem Dachboden gelagert. Ich sage mir, dass Abbauen leichter sein müsste als Aufbauen, und es klappt. Aber gut, meine Stärken liegen woanders. Als es vollbracht ist, gratuliert Davie mir frech, bis er auch mal ran muss an die schweißtreibende Arbeit und wir alles nach unten tragen.

Wir müssen dreimal fahren, um auch die Matratze und Umzugskisten mitzubekommen. Die einzelnen Bauteile á la Tetris in meinem Auto zu verstauen, ist ein neues Level von *kompliziert*.

Irgendwann stehe ich mit in die Hüften gestemmten Händen vor dem Wagen und blase die Backen auf, weil ich nicht mehr weiter weiß. Ich bin nassgeschwitzt und hungrig und habe keine Lust mehr.

»Das sieht … mittelmäßig aus.« Davie lehnt das Kopfteil, das er bei seinem letzten Gang durchs Treppenhaus mitgebracht hat, draußen an eine Mauer und bezieht neben mir Stellung.

»So weit war ich schon«, brumme ich.

»Okay, lass mich mal schauen.« Er setzt einen fachmännischen Blick auf.

»Willst du andeuten, ich hätte kein räumliches Vorstellungsvermögen?«

»Nichts läge mir ferner«, gibt er zurück, die Unschuld in Person.

»Aha.« Ich schmolle, dabei will ich, dass er eine Lösung für das Problem findet. Mein Stolz ist Geschichte und sowieso geht es um Teamwork, nicht darum, uns zu übertrumpfen. Ich möchte, dass wir als Partner funktionieren.

Am Ende laden wir alles noch mal aus und wieder ein, bis es wie durch ein Wunder klappt, das zerlegte Bett vollständig unterzukriegen. Die Fahrt wird ein Abenteuer für sich. Zum Glück ohne Verletzte oder Unfälle. Da Davie nicht mehr ins Auto passt, muss er zu mir laufen, damit wir gemeinsam ausladen und das Puzzle wieder zusammensetzen können. So zieht mehr und mehr Zeit ins Land.

Ruckzuck ist der Montag um.

Zwischendrin kommt Ralph nach Hause, worauf wir eine Pause einlegen. Er und Davie plaudern miteinander, machen reinen Tisch. In der Küche beieinanderstehend trinken die beiden ein Bier und schwelgen in Erinnerungen an das vergangene Jahr, das sie zusammengewohnt haben.

»Ich hoffe, dir ist klar, dass das nichts Persönliches ist«, sagt der Banker. »Besuch uns gern mal. Tabea und ich würden uns freuen.«

»Alles gut«, beschwichtigt Davie ihn. »Das tue ich.«

Nicht zum ersten Mal guckt Ralph zwischen ihm und mir hin und her. Dabei habe ich nichts gesagt. Ich bin lediglich anwesend und nicht am Gespräch beteiligt. Nur am Anfang habe ich mich vorgestellt und vernichte seitdem einen Müsliriegel nach dem anderen. Ich nehme an, dass Ralph mich als den Sohn unserer Bürgermeisterin erkennt und deshalb etwas aufgescheucht wirkt. Oder spekuliert er darüber, wie nah Davie und ich uns stehen, dass er spontan bei mir einzieht?

Wäre er nicht zu alt, um mit Leuten aus meiner Schulzeit in regem Austausch zu stehen, müsste ich mich gar sorgen, dass wir nach den gestrigen Ereignissen auf Petes Party Öl ins Feuer gießen. So ungerecht das auch ist, glaube ich nicht, dass Pete, Steven und Dennis mit ihrem Verhalten sich selbst geschadet haben. Leute wie sie können sich einiges erlauben und steigen in der sozialen Hierarchie in der Regel kaum ab.

Nichts davon finde ich prickelnd. Ich lenke meine Gedanken darauf, was ich bald kochen könnte, welche Zutaten ich dahabe – einen Gemüseauflauf mit Kartoffeln zum Beispiel – und wie das Zusammenleben für mich mit Davie sein wird.

Ralph lobt Davie in den höchsten Tönen, was nett von ihm ist. Auf der anderen Seite bin ich gespannt auf Davies Macken. Nicht weil ich fürchte, worauf ich mich eingelassen habe, sondern weil ich alles über ihn erfahren möchte, jedes Detail. Da gehören die dazu.

Mit der letzten Fuhre Kartons kutschiere ich uns heim. Das zu sagen, fühlt sich für mich so richtig an wie ewig nichts mehr. Die potenziellen Gerüchte sind mir egal, solange ich mit ihm zusammen sein kann. Wie sind wir hier gelandet? Woher kommt dieser Kitschanfall? Ich muss es nicht übertreiben.

Als ich in unsere Straße einbiege, bemerke ich, dass er still geworden ist.

»Du bist auch platt, oder?«, stelle ich sicher, dass Davie im Gegensatz zu mir nicht nach wie vor daran zweifelt, bei mir einzuziehen.

»Aye.« Er streckt sich, gähnt gleich darauf. Das Licht der Dämmerung bringt seine braune Haut zum Schimmern. »Jetzt haben wir es ja geschafft. Danke für deine Unterstützung.«

»Gerne immer wieder.« Ich bin angefüllt mit Glück und Zufriedenheit.

Träge hebt er einen Mundwinkel. »Das sind große Worte.«

Bevor ich Ausschau nach einem Parkplatz halten kann, springt mir die rothaarige junge Frau ins Auge, die vor unserem Wohnhaus wartet.

Kaum sind wir näher heran, bestätigt sich mein Verdacht und ich werde unsanft aus meiner friedvollen Stimmung gerissen.

»Ist das …?«, fragt auch Davie.

Ja, es ist Eliza.

Ich nicke.

Mein Herz donnert los. Nervosität schießt durch meine Adern.

Sie hat uns ebenfalls gesichtet, löst die vor der Brust verschränkten Arme.

Irgendwie kann ich mich nicht über Elizas Auftauchen freuen. Ist sie doch sauer wegen meines fluchtartigen Abgangs von der Party? Es kommt mir vor, als erwartete sie etwas von mir oder als müsste ich mein Verhalten anpassen, weil ich nicht mehr mit Davie allein bin. Was ich nicht möchte. Augenblicklich fühle ich mich schuldig und undankbar. Quatsch, wahrscheinlich will sie nach dem Rechten sehen und hat gewartet, weil auf ihr Klingeln hin niemand aufgemacht hat. Das ist megalieb und aufmerksam! Dass man bei jeder Person ein bisschen anders ist, ist normal, oder?

Mir wird bewusst, dass ich mein Handy heute noch nicht benutzt habe. Aus Angst, was ich an Benachrichtigungen vorfinden könnte. Eliza dadurch auszuschließen und zu beunruhigen, war nicht beabsichtigt. Ich schätze es, dass sie mir nach Stevens Attacke den Rücken stärken wollte. Zumal sie abgesehen von Davie die Einzige war.

Ich stelle das Auto halb auf dem Bürgersteig ab und so nah an der Eingangstür wie möglich, da wir ein letztes Mal ausladen müssen. Dadurch parke ich direkt vor Eliza und sie hat freie Sicht auf Davie und mich und den übrigen Inhalt im Wagen.

Daran ist nichts Skandalöses. Trotzdem fühlt es sich an, als sähe sie etwas, das nicht für ihre Augen bestimmt wäre. War es zu voreilig, davon auszugehen, dass das mit Davie und mir unabhängig von dem mit ihr und mir funktioniert?

»Ric?« Davie klingt mitfühlend.

Hat er meine Beunruhigung, diese merkwürdige Zerrissenheit in mir bemerkt? Es ist nicht so, als müsste ich eine Entscheidung zwischen ihnen treffen.

Weil diese Empfindungen weder Hand noch Fuß haben, schnalle ich mich ruckartig ab, steige aus und halte umso beschwingter auf meine Freundin zu. Ich mag nicht verstehen, was da in mir vorgeht, dafür ist eines offensichtlich: Ich habe den ganzen Tag mit ihm verbracht, nun ist sie an der Reihe.

KAPITEL 25

DAVIE

Wenn ich mit einem nicht gerechnet habe, nachdem Ralph mir seine Pläne für sich und Tabea mitgeteilt hat, dann damit, dass ich einen Tag später bei Ric wohnen würde. Es ist absolut abwegig und krass und so was von das Beste, was mir hätte passieren können. Nicht nur weil ich bis über beide Ohren verliebt in ihn bin, sondern auch weil er mehr und mehr auftaut und mir seine Zuneigung plötzlich zeigt. Was ist in ihn gefahren?

Obwohl Eliza dabei ist, hält Ric diese neue prickelnde Nähe zwischen uns entgegen meiner ersten Befürchtung aufrecht. Nach dem spontanen Umzug bestellen wir uns Pizza und beenden den Montag, indem wir zu dritt eine Folge *The Umbrella Academy* schauen.

Vielleicht rede ich mir nur ein, dass er auf dem Sofa enger bei mir als bei Eliza sitzt. Jedenfalls streifen sich unsere Arme oder Beine ständig. So oder so ist es schön mit den beiden und ich fühle mich nicht ausgeschlossen.

Eliza erkundigt sich, wie es Ric und mir geht, und schimpft derber, als ich es erwartet hätte, über die Typen, die uns angegangen haben. Es wäre logischer, sie nicht zu mögen, da Ric sie lieber mag als mich, aber das finde ich wieder mal unglaublich sympathisch, ob ich will oder nicht.

»Die waren schon immer so«, seufzt sie. »Kann ich bestätigen. Was es umso schlimmer macht.«

Verlegen senkt Ric den Blick. »Ich werde ihnen bald die Meinung sagen.«

»Gut«, befindet Eliza. Ich kann nicht einschätzen, ob es sie stört, dass er diesen Entschluss erst so spät gefasst hat. Andererseits wäre sie nicht nach ihren intensiven Ballettproben zu Ric gekommen, um nach ihm zu sehen, wenn sie ihm etwas nachtragen würde.

Wir albern herum, diskutieren über die Serie und philosophieren darüber, welche Superkräfte wir selbst gern hätten. Ric würde sich die Fähigkeit wünschen, unsichtbar zu werden, Eliza einen übermenschlich bieg- und dehnbaren Körper und ich fände es cool, die Stimmungen anderer zu beeinflussen.

»Nur zu positiven Zwecken«, stelle ich klar.

»Wie edel«, kommentiert Eliza.

»So ist Davie«, sagt Ric und ich glaube, er meint das ernst und nicht sarkastisch, was mir Hitze in die Wangen treibt.

Später fährt Ric Eliza nach Hause, damit sie wohlbehalten dort ankommt, und ich gehe zu Bett. Ich muss morgen im Schreibwarenladen arbeiten und bin völlig erledigt. Sollte er sie gleich zum Abschied küssen, muss ich das ja nicht sofort erfahren. Doch weil ich darauf brenne zu sehen, was jeder weitere Tag für *ihn und mich* bereithalten mag, nun da wir zusammenleben, liege ich ein Weilchen mit einem Lächeln auf den Lippen wach.

Im ersten Moment hatte ich mich vor dem Einzug gesträubt. Nicht, weil ich nicht gern zusagen wollte, sondern weil ich die Sorge hatte, dadurch dazustehen, als wäre ich auf Ric angewiesen.

White saviourism geht halt gar nicht. Ich hasse es, wenn Bücher oder Filme es so darstellen, als bräuchte es weiße Personen, um Schwarze aus ihrem »Elend« zu retten. Denn dabei geht es nur darum, dass sich das weiße Publikum gut fühlt und Schwarze Menschen abgewertet und als abhängig gezeigt werden. Nur kann ich den Support eines Freundes gebrauchen und im Endeffekt helfen wir uns gegenseitig.

Obwohl mein neues Zimmer bis auf das Bett leer ist, fühle ich mich bereits angekommen und mehr zu Hause, als es in dem Jahr bei Ralph der Fall war. Dass ich das alles nicht träume, realisiere ich zum ersten Mal richtig am Mittwochabend. Wie jeden Mittwoch ist Ric um sieben bei seinen Eltern zum Essen eingeladen, sodass ich auf einmal in seiner, nein, *unserer* Wohnung alleine bin. Dadurch verfliegt der Eindruck, zu Besuch zu sein.

Ich mache mir ein Audiobook an – *Der Schwarze Flamingo* von Dean Atta – und räume die Umzugskartons aus, hänge meine Klamotten in den Wandschrank und reihe Bücher auf der Fensterbank auf. Abgesehen davon und von meinem Laptop habe ich wenig Kram bei mir. Die drei DVDs und der kleine Kaktus zählen nicht. Notizen zu Schreibprojekten mache ich mir meist in Worddokumenten oder einer App am Handy, was ich als Autor, der etwas auf sich hält, und insbesondere bei meinem Nebenjob selbstredend nie zugeben würde. Da gilt es, analoge Notizbücher und –blöcke sowie Schreibutensilien schmackhaft zu machen. So schön ich das theoretisch finde, bin ich praktisch veranlagt und was ich in der Art mal hatte, ist in Inverness geblieben.

Zuletzt platziere ich den Plüschyeti auf dem Bett und hänge den von meiner Oma gestickten Regenbogen an die Wand. So ein Tisch oder Spiegel wären nett. Sich zu häuslich einzurichten, befinde ich jedoch als unangemessen, da es sich hierbei um eine Notlösung handelt. Ich kann den Tisch in der Küche und das Bad benutzen.

Nachdem ich mit Auspacken fertig bin, checke ich mein Handy, um zu schauen, ob Ric einen Hilferuf abgesetzt hat. Seine Mum versucht zwar, Smartphones während des Dinners zu verbannen, aber ab und zu böte sich meist die Gelegenheit, eine Verbindung zur Außenwelt herzustellen, wie er mich vor seinem Aufbruch eingeweiht hat. Ich riss mich zusammen und lachte nicht, weil er ehrlich gequält aussah, obwohl er es mit Humor untermalte.

Noch konnte er sich anscheinend nicht melden.

Wie läuft's?, frage ich stattdessen ihn.

Hoffentlich freut Ric sich, dass ich an ihn denke und immerhin seelischen Beistand leiste. Ob er von mir erzählen wird? Als ein Kumpel, der übergangsweise bei ihm pennt, meine ich. Kein Grund, flatterig zu werden. Oder verschweigt er mich, damit seine Eltern nicht auf die Idee kommen, mir Kohle abzuknöpfen? Ich sollte in Eigeninitiative anbieten, solange ich hier bin, meinen Teil beizusteuern. Wobei Ric es für gegeben zu halten scheint, dass er in dieser Wohnung umsonst lebt und diesen Luxus mit mir zu teilen. Die Beziehungen bei den MacInnes sind nach wie vor etwas undurchsichtig für mich.

Ich widme mich den anderen Nachrichten, die auf meinem Handy eingetrudelt sind, zwei von Mara und eine von *meiner* Mutter.

Wird dauern, bis ich darüber hinweg bin, dass du es allen Ernstes geschafft hast, dich bei deinem Crush einzuquartieren, schreibt meine Freundin. *Andererseits könnte ich dir auch nicht widerstehen, würde ich mich für Typen erwärmen. Möglicherweise hast du doch eine Wirkung auf Ric, wenn du sagst, dass er nicht so der Mensch für Nächstenliebe ist.*

Haha, erwidere ich knapp, um mich nicht in diesen Lichtblick oder die mal mehr, mal weniger beiläufigen Berührungen, die er mir seit der Party schenkt, hineinzusteigern.

Ich begebe mich in die Küche, um mir Chips zu holen, weil ich keine Lust auf Kochen habe. Da höre ich Rics befehlerische Stimme im Ohr:

Bedien dich ruhig, und wie er dabei auf die Obstschüssel zeigte. Die unterschwellige Botschaft habe ich verstanden: *Ernähre dich eventuell mal gesünder.* Ich verbuche das als Fürsorge und schnippele Banane, Apfel, Erdbeeren und Weintrauben in ein Schälchen mit Naturjoghurt. Ich mag es, wenn er diese Seite rauskehrt.

Wahrscheinlich ist Ric, was körperliche Nähe betrifft, schlicht ausgehungert, wenn ich seine *Einsamer-Wolf*-Mentalität bedenke. Womöglich hätte ich ihm die nie anbieten sollen. Immer noch besser als nichts. Daran bin ich gewöhnt.

Falls es dir nicht guttun sollte, kannst du auch bei mir absteigen, bietet Mara an.

Danke! <3 Es ist nur ein Wort mit einem Emoji dahinter, aber ich meine es aus tiefstem Herzen.

Mir einen Löffel Joghurt in den Mund schiebend, öffne ich Mamas Nachricht. *Schickst du mir deine neue Adresse, Liebling? Melde dich, wenn du mal reden kannst.*

Das lässt mich stutzen. Hat die Veränderung meiner Wohnsituation sie neugierig gemacht? Über die habe ich sie und meinen Vater knapp unterrichtet. Oder sorgt sie sich um mich? Dass sie oder Papa von sich aus mit mir quatschen wollen, ist die Ausnahme.

Jetzt?, gebe ich pampig zurück, verstaue das benutzte Schneidbrett inklusive Messer in der Spülmaschine.

Mara hat mir während unseres Coffee-Dates im *Carol's* etwas Standfestigkeit eingebläut. Auch wenn sie meine Eltern sind. Eben darum.

Zu meiner noch größeren Überraschung kriege ich unmittelbar darauf einen eingehenden Videocall von Mama angezeigt. Ist denn schon Weihnachten?

Übereilt platziere ich mich mit meinem Obstsalat auf dem Sofa, versichere mich, dass ich präsentabel aussehe, und nehme den Anruf an. Wer weiß, wann es sonst passt.

»Wie schön, dich zu sehen!«, begrüßt meine Mutter mich mit einem Lächeln.

Ein Hauch von Geborgenheit umweht mich, den ich begierig in mich aufsauge. Ich denke nicht mal, dass sie und mein Vater mich nicht liebhaben. Es ist mehr, als würden sie meine Existenz zeitweise vergessen, oder es reicht ihnen, mich alle paar Monate zu sprechen. Ich schätze, die Zeit vergeht für sie anders, wenn sie mit ihren Gedanken nicht in dieser Sphäre, sondern in ihren Projekten verweilen.

»Dito«, lächele ich Mama entgegen. »Habt ihr aktuell Zeit zum Durchatmen?«

»Mehr oder weniger.« Sie zuckt mit den Schultern, über denen sich ihre kleinen engen Locken kringeln.

»Wie liefen die bisherigen Lesungen?«, erkundige ich mich.

»Du weißt ja.« Sie lacht. »Kinder sind anstrengend. Du hast geschrieben, du bist mit deinem Freund zusammengezogen?«, offenbart sie als Nächstes, woher ihr Interesse stammt. Aha!

»Einem Freund aus der Uni«, korrigiere ich das Missverständnis mit einem leichten Stich in der Brust.

Hat sie nur deshalb angerufen, weil sie meine Nachricht lediglich überflogen und mich falsch verstanden hat? Oder ahnt sie mit einem mütterlichen Instinkt, was zwischen Ric und mir abgeht?

Dafür zucke ich nicht mal mit der Wimper, weiter vorzulügen, dass ich längst an der University of Glasgow studiere. Daher fragt sie nicht, wieso ich auf dem Campus war. Weil sie und Papa glauben, ich wäre gleich in meinem ersten Jahr hier angenommen worden und auf dem besten Weg, ein erfolgreicher Autor zu werden. Nur dass nicht mal das etwas daran ändert, wie fern wir uns sind. Diese Lügengeschichte ist die einzige, die ich konsequent spinne.

Wenn das keine Ironie ist, was sonst?

KAPITEL 26

DAVIE

Tatsächlich ist da noch etwas, das mich von Mama mehr und mehr entfremdet. Nicht zum ersten Mal denke ich, dass es uns im Gegenteil zusammenschweißen sollte. Seit wir uns nicht mehr jeden Tag sehen, macht ihr Anblick mich unruhig. Zum einen wird mir dadurch bewusst, wie selten ich in meinem Alltag Leuten begegne, die so aussehen wie wir. Zum anderen springen mich unsere Unterschiede umso stärker an und drücken wie ein zu enger Schuh. Beispielsweise habe ich kein Afrohaar. Bisweilen bin ich mir nicht mal sicher, ob ich überhaupt *mixed* bin, oder wie ich mich sonst fühle oder definieren kann.

»Das ist wunderbar«, befindet Mama. Dass sie keinesfalls enttäuscht klingt, nichts von einem potenziellen Schwiegersohn oder einer potenziellen Schwiegertochter zu erfahren, tut dafür gut. »Du erzählst sonst kaum von deinen Freund*innen.«

Damit trifft sie den Nagel auf den Kopf. Weil ich bis vor kurzem keine hatte und noch nicht komplett zum Schwindler mutiert bin.

261

»Ja, es ist toll«, stimme ich zu.

Und konzentriere mich auf jene Art von Zugehörigkeit, die ich bereits gefunden habe. Angeregt erzähle ich, nicht mal gefaket, von »meinem neuen Mitbewohner«, Mara und der Autor*innen-Gruppe. Es ist schwer, irgendwo zu matchen, wenn man verschiedene Aspekte, die einen von der Mehrheitsgesellschaft unterscheiden, in sich vereint.

Mama hat ein Schwarzes und ein weißes Elternteil, betrachtet sich aber ausschließlich als Deutsche wie mein Vater. Wir haben nur einmal über etwas in der Art »geredet«, als ich sie mit neun fragte, ob sie mir Portugiesisch beibringen würde, so wie man es in Brasilien spricht. Sie wehrte mich mit einem »Das kann ich nicht« ab, und ich spürte, dass ich sie unbeabsichtigt verletzt hatte. Das war's.

Weil ich nach der Funkstille und wenn wir mal reden, nicht streiten oder negativ abschneiden möchte, klammere ich die weniger optimalen Dinge jetzt geflissentlich aus. Stattdessen versuche ich, es zu genießen, wie wir uns auf den neuesten Stand darüber bringen, was bei uns jeweils so los war, und daraus Wärme zu ziehen.

Inzwischen ahne ich, wieso meine Mutter damals so reagiert hat. Ihr selbst fehlt die Verbindung zur Herkunft ihrer Eltern und ich habe sie daran erinnert. Vielleicht bereut sie, dass sie sich davon lossagen wollte. Vielleicht fühlt sie sich ähnlich einsam wie ich, da sie sich nie zugestanden hat, sich mit diesem Teil von sich auseinanderzusetzen.

Irgendwann geht Mama dazu über, mir exklusive Einblicke in ihr aktuelles Manuskript zu gewähren. Sie schreibt momentan an einem Jugendthriller. »Wie denkst du darüber? Sollten Fex und Phoebe lieber in der Spielzeugfabrik oder in der Geisterbahn auf dem Rummel in den Hinterhalt geraten?«

Ich liebe es, wenn sie das tut. Dass sie sich für meine Einschätzung interessiert, schmeichelt mir und lässt mich hoffen, dass alles, was ich tue, um ihr nachzueifern, nicht umsonst ist.

»Ich denke …«, setze ich an, meine Argumente für die verschiedenen Varianten darzulegen, als ich davon abgelenkt werde, wie sich die Wohnungstür öffnet. »Ric ist wieder da«, teile ich meiner Mutter mit.

»Möchtest du ihn mir vorstellen?«, fragt sie und beugt sich vor, wie um ihn zu erspähen. Oder war das eine Aufforderung? Ein Test?

»Was?«, entfährt es mir, verräterisch. Ralph hat sie damals kennengelernt und von dem wollte ich nichts. »Nein, ich meinte …«

Dass ich nicht mehr frei sprechen kann, ohne dass Ric mitkriegt, wie ich ihr, was mein Autorendasein betrifft, etwas vormache?

Eben dieser steckt den Kopf ins Wohnzimmer. Sobald er sieht, dass ich videotelefoniere, gestikuliert er beschwichtigend. »Lass dich nicht stören.«

Ich atme auf, weil mir einfällt, dass er nicht verstehen wird, was ich sage. Mama und ich unterhalten uns in der Regel nicht auf Englisch. Es wäre mir trotzdem lieber, meine Privatsphäre zu haben. Nur muss er das nicht wissen. Grundsätzlich fühle ich mich willkommen und es ist süß, dass er sich solche Mühe gibt, mir dieses Gefühl zu vermitteln. Dankend gestikuliere ich zurück und bleibe sitzen. Ric verschwindet im Nebenraum.

»Also ich denke«, starte ich erneut an Mama gerichtet, »die Geisterbahn ist die richtige Wahl. Da kannst du mehr mit dem Setting spielen und es passt besser zu der älteren Zielgruppe.«

Sie nickt. »Ich werde mir das überlegen. Wie kommst du mit deinem Urban Fantasy-Roman voran?«

Ich bin froh, dass sie nicht darauf besteht, mit Ric bekannt gemacht zu werden.

»Ich versuche, mich aus einer kleinen Blockade heraus zu manövrieren«, berichte ich, in Erinnerung daran, wie ich letztens stumpf einen Wordcount runtergetippt habe, egal, ob ich das, was passiert, fühle oder nicht.

Die Szene kam mir dadurch eher hingeschmiert vor, als ich sie mit Abstand las. Aber ich muss Sachiko und Callum zugutehalten, dass der Text seitdem wächst und der Eindruck, voranzukommen, motiviert.

»Ich drück dir die Daumen, dass die Worte wieder fließen«, spricht Mama mir ihr Beileid aus. »Hast du dir die Anthologie mal angeschaut, die ich dir zur Inspiration empfohlen habe?«

»Aye«, bestätige ich. »Danke. Ich habe mir das E-Book vor einer Weile gekauft.«

Die Kurzgeschichten, die sie meint, wurden von Autor*innen aus der deutschsprachigen Phantastik-Bubble geschrieben. Ich fand das Buch bisher sehr unterhaltsam. Mehr als das. Ja, es hat mich gefreut, dass es dazu voller Repräsentation steckt und die unterschiedlichsten Lebensrealitäten abbildet. Ich fühlte mich empowert, und bestimmt sensibilisieren solche Bücher auch andere.

»Allerdings bin ich noch nicht durch«, füge ich hinzu. »Die Storys, die ich gelesen habe, mochte ich echt gern.«

Leider stieß mir die Empfehlung provokant auf. Beim Schreiben habe ich selbst bislang ja absichtlich ausgeklammert, welche Schwierigkeiten ich als marginalisierte Person erlebe. Dass meine Mutter das gemerkt hat, zeigte mir ihr eindringliches »Schau mal, da geht es um Fantasy und Diskriminierung! Möchtest du das nicht mal lesen?« ziemlich deutlich. Ich finde meine Gründe für die Entscheidung, worüber ich schreiben möchte und worüber nicht, valide.

Auf einmal regt sich in meinem Hinterkopf ein Stimmchen, das mir vorwirft, an dieser Stelle Mama mehr zu ähneln, als ich möchte. Mein Herz pocht schneller. Natürlich muss ich dieses Thema nicht in meine Bücher einbauen und sollte wie Menschen, die weiß und hetero sind, schreiben dürfen, was ich will. Das schließt reine Unterhaltung mit ein. Beim Eignungsgespräch für *Kreatives Schreiben* wollte man mich dazu anhalten, mein Leid auszuschlachten. Sofort höre ich wieder, was mir das Gremium an den Kopf geworfen hat: »Grundsätzlich hätten wir jemanden wie Sie gern dabei.« »Diversität ist im Trend.« »Sicher haben Sie Rassismus erlebt und etwas dazu zu sagen.« So als ob das alles wäre, was ich menschlich und schriftstellerisch zu bieten habe. Ich schlucke gegen die Trockenheit in meiner Kehle.

Traue ich mich nur nicht, darüber zu schreiben? Habe ich Angst, Lesenden »zu viel« zuzumuten? Blende ich lieber aus, wer ich bin, und erschaffe mir ein verträglicheres Selbst? Dabei sind meine Queerness und mein Schwarzsein nichts Schlechtes. Auch wenn Leute mich oft so behandeln, als ob es das wäre.

»Mama«, entfährt es mir. »Fällt es dir leichter, mit diesen Dingen umzugehen, wenn du dich mit ihnen literarisch beschäftigst statt in der Realität?«

Ihre Augenbrauen rucken in die Höhe. Sie besitzen denselben Schwung wie meine. Mit einer solchen Wende hat sie nicht gerechnet, da unser Austausch seit meinem Auszug zusehends oberflächlicher geworden ist. Wobei es auch davor hauptsächlich ich war, der sein Inneres nach außen gekehrt hat. Nun könnte sie darauf einsteigen und mir zeigen, dass sie meine Struggles teilt. Und tut es nicht.

Ihr Gesicht verschließt sich und sie greift nach einem gepunkteten Becher, der zuvor außerhalb des Videoausschnitts gestanden hat. »Das ist eine spannende Theorie«, meint sie. »Mich hat das Buch ebenfalls nachdenklich gestimmt.«

Ich bin enttäuscht. Es ist jedoch nicht meine Aufgabe, ihre Probleme zu lösen, und ich verstehe, dass dieser Konflikt in ihr und mir komplex ist. Dafür beschließe ich, dass ich es nicht wie sie handhaben möchte.

»Du, ich muss langsam auflegen.« Ich täusche ein Gähnen vor.

»Alles klar, Schatz.« Ihr ausbleibender Protest fügt sich ins Bild. Dafür lächelt sie wieder. »Vielen Dank, dass du dir spontan die Zeit genommen hast. Bis bald, ja?«

»War das eine Floskel, eine Entschuldigung oder ein Gelöbnis zur Besserung?«, necke ich sie, obwohl ich sie gerne darauf festnageln würde.

Mama seufzt theatralisch und liebevoll. »David.«

Plagen sie Schuldgefühle? Inwiefern das Auswirkungen hat, wird sich zeigen. Mein Wunsch nach einer Veränderung, egal wodurch, wird derart heftig, dass ich fürchte, nein, mit dem Gedanken spiele, mit der Wahrheit über mein Studium herauszuplatzen. Danach wäre es definitiv nicht mehr wie vorher. Dieser Schock könnte sie dazu bewegen, sich mal länger als fünf Minuten mit der Realität und ihrem Sohn zu befassen.

»Bis bald«, betone ich und strecke meiner Mutter die Zunge raus. Mein Brustkorb schmerzt. »Grüß Papa von mir.«

»Wird erledigt.«

Kaum dass das Display meines Handys dunkel geworden ist, erscheint Ric zurück auf der Bildfläche.

Skeptisch mustere ich ihn. »Hast du doch darauf gewartet, dass ich fertig werde?«

»Nein!«, widerspricht er und hebt abwehrend die Hände. Die schicke Stoffhose und das Hemd, die er zum Abendessen übergeworfen hatte, sind einem seiner üblichen Trainingsanzüge gewichen.

Er plumpst neben mir auf die Couch, was das Obstsalatschälchen auf meinem Schoß ins Wanken bringt. Sicherheitshalber stelle ich es weg, da ich während des Calls sowieso das Essen vergessen habe.

Ric grinst mich schief an, wodurch sich der Stein in meinem Magen in lauter federleichte Schmetterlinge verwandelt. »Hi«, sagt er.

»Hi«, erwidere ich irritiert.

»Hab dich vermisst.«

Entgegen meines ersten Reflexes sage ich nicht *Ich dich auch*, sondern: »Was ist los mit dir?«, will im Grunde schreien: *Das kannst du nicht bringen!* Manchmal glaube ich, er legt es durchaus darauf an, mir den Kopf zu verdrehen. Unabhängig davon, was er behauptet.

Dafür versetzt Ric mir einen Schubs. Ich schubse zurück, weil er das verdient.

»Mit wem hast du telefoniert?«, erkundigt er sich, bevor wir uns zu kabbeln anfangen – und das, wie mir mein Kopfkino vorgibt, in einer klischeehaften Kussszene gipfelt.

»Mit meiner Mum«, antworte ich widerwillig, weil mir das gefallen hätte.

Er wartet, ob ich noch etwas ergänze. Ich kann die Gedanken förmlich hinter seiner Stirn rotieren sehen, möchte aber, dass er das Thema von sich aus anschneidet, weil ich nicht finde, dass ich mich für irgendetwas rechtfertigen muss. So käme es mir vor, wenn ich vorpreschen würde.

»War das …«, druckst er, »Niederländisch?«

»Deutsch«, sage ich.

Ich verdränge den Gedanken, dass er möglicherweise auf eine andere Sprache getippt hätte, wenn ich ihn hätte raten lassen, was ich außer Englisch noch beherrsche. Ric war so rücksichtsvoll, nie danach zu fragen, »woher ich wirklich komme«. Jetzt bin ich bereit, ihn von mir aus ins Vertrauen zu ziehen, weil ich mich bei ihm mit allem, was mich ausmacht, sicher fühle.

»Meine Eltern sind in Frankfurt am Main geboren und aufgewachsen«, erzähle ich. Es ist schön, ihm auch diese meiner Facetten näher zu zeigen. »Als ich drei war, sind wir nach Schottland ausgewandert, weil sie sich zuvor auf einer Inspirationsreise gleichermaßen in die Highlands verliebt haben. Man könnte sagen, das liegt uns Beckers im Blut. Meine Großeltern mütterlicherseits kommen aus Brasilien, wo sie sich auf dem Karneval in São Paulo kennengelernt haben. Noch vor Mums Geburt sind sie nach Deutschland gegangen, weil mein Opa nach dem Studium dort bei Verwandten in der Firma einsteigen konnte.«

Das ist sozusagen das Einzige, was ich über meine Familie aus der Zeit von vor Schottland weiß. Nach dem Telefonat mit Mama, das mich aufgrund ihrer üblichen Zugeknöpftheit, über unsere persönlichen Erfahrungen als teils Schwarze Menschen zu reden, mal wieder frustriert hat, bin ich entschlossen, mehr über meine Herkunft zu erfahren. Ich könnte den Kontakt zu Oma vertiefen, trotz der Entfernung. Eine Gänsehaut überläuft mich. Es mag sein, dass *sie* mit mir über unsere Wurzeln redet. Dafür bin ich nicht länger abhängig vom Segen meiner Mutter. So komme ich nach und nach mit mir ins Reine.

»Warst du schon mal in Brasilien?«, möchte Ric wissen.

Meist habe ich den Eindruck, mein Gegenüber erwartete darauf eine bestimmte Antwort, dass ich »Ja« sage und von diesem »spannenden fernen Land« berichte. In der Regel stimmt mich diese Frage, die mir unzählige Male gestellt wurde, traurig oder zwingt mich zu erklären, wieso nicht. Bei ihm wirkt es aber, als wollte er echt erfahren, was ich dazu zu sagen habe.

»Nein«, entgegne ich und statt vorzugeben, mich interessierte das sowieso nicht, damit es weniger schmerzt: »Ich hoffe, irgendwann mal hinzukommen. In Deutschland bin ich ab und zu. Nur fehlt eben immer irgendetwas.«

Ric nimmt meine Hand und lässt sie lange nicht los.

KAPITEL 27

RIC

Letztens hat es mich erleichtert, dass Martin, Steven und Dennis sich mir nach unserer kleinen Auseinandersetzung beim Zocken nach wie vor normal gegenüber verhielten. Heute bringt es mich auf die Palme.

Das gesamte Fußballtraining über brodelt es in mir. Es fehlt nicht viel und ich würde explodieren. Dass Arch mich nicht aus dem Verkehr zieht und auf die Bank setzt, ist ein Wunder, so aggressiv wie ich drauf bin. Ich hätte die Jungs direkt am Anfang beiseitenehmen und zur Rede stellen sollen. Dann hätten es die anderen, die nicht auf der Party am Sonntag dabei waren, eben mitbekommen, dass etwas passiert ist. Ich bin nicht gewillt, weiter alles hinzunehmen und zu ignorieren, was für einen Bullshit diese Leute verzapfen.

Ich hatte angenommen, sie würden mich meiden oder gar beleidigen so wie bei Pete. Niemals habe ich damit gerechnet, dass sie sich aufgesetzt *Best-Buddy*-mäßig mir gegenüber gebärden. Soll das ein schlechter Scherz sein oder ist das ihre Strategie, mich zu verhöhnen, weil mit mir kann man's ja machen? Ich würde mich nicht wehren. Bis vor kurzem hat das leider gestimmt.

Während die meisten Mannschaftsmitglieder duschen, stehe ich mir vor der Umkleide die Beine in den Bauch. Der Schweißgeruch meiner Umgebung und in meinen Klamotten verstärkt die Übelkeit, die mich im Griff hält. Aber ich darf nicht kneifen, nie wieder, auch wenn ich das zum Teil gern würde. Ich weiß, dass ich das Richtige tue und nichts mehr mit Martin, Steven und Dennis zu schaffen haben will. Trotzdem habe ich vor der Konfrontation Angst.

»MacInnes?« Das war die Stimme meines Trainers.

Ich fahre zu Arch herum, der über den Gang auf mich zukommt. Die Sohlen seiner Turnschuhe quietschen auf dem gummierten Boden, bis er vor mir anhält.

»Was machst du noch hier?« Er beäugt mich nicht skeptisch, eher besorgt, was nur unwesentlich besser ist.

»Äh«, beginne ich. Mein Herz legt eine Schippe Tempo drauf.

Logisch, ihm ist aufgefallen, dass etwas im Argen ist, selbst wenn er mich beim Spiel nicht ermahnt hat, da sich meine Wut hauptsächlich auf den Ball entlud.

Normalerweise haue ich frühzeitig ab, weil ich mich ja vor anderen nicht entkleide und keinen Sinn darin sehe, auf jemanden zu warten, in dessen Gegenwart ich lieber so wenig Zeit wie möglich verbringe. Wie konnte ich das mit den Jungs je für eine gute Sache halten? Ich war so fehlgeleitet.

»Ich muss was mit meinen Freunden besprechen«, sage ich. Es klingt seltsam förmlich.

Archs grauer Schnauzer zuckt. »Soll ich bleiben?«

Womit er wahrscheinlich meint, ob unsere »Besprechung« in eine Prügelei ausarten könnte. Super. Wenigstens ist das eher ausgeschlossen. Ein hysterisches Lachen will aus mir hervorbrechen.

»Nicht nötig.« Ich gebe mir Mühe, entspannt zu lächeln. »Sorry, das kam falsch rüber.«

»Bist du sicher?«

Eifrig bewege ich meinen Kopf von oben nach unten. »Ja, danke.«

»Okay.« Zum Glück glättet sich Archs Ausdruck. »Ich wollte dich übrigens auch noch was fragen.«

»Oh.« Wenn er nicht gleich geht, verpasse ich meine Chance, reinen Tisch zu machen. Oder unser Trainer wird doch dabei zuschauen, was ich lieber vermeiden möchte. »Was denn?«, ermuntere ich ihn schnell, um ihn loszuwerden.

»Wir suchen aktuell jemanden, der so ab Mitte Oktober die Mädchen der D-Jugend trainiert«, erzählt Arch enervierend ruhig, »und da habe ich direkt an dich gedacht. Hast du Lust? Wäre das nicht eine tolle Nebentätigkeit passend zu deinem Studium?«

Damit hätte er mich in jeder Situation überrumpelt, aber in der gegenwärtigen erst recht. »Ich weiß nicht.« Glaubt er, ich könnte so was? Wie kommt er darauf? »Ich denke mal darüber nach. In Ordnung?«

»Sicher.« Arch nickt, als hielte er meinen Schock für Bescheidenheit. Die Umkleidekabine öffnet sich. Es sind nur Tyler und Tommy. »Gib mir rechtzeitig Bescheid, damit wir sonst einen anderen Ersatz finden können.«

»Mache ich«, verspreche ich, als mich eine Befürchtung beschleicht. Hat er mich ausgewählt, weil ich trans* bin und somit »näher an den Mädchen dran« als die anderen in unserer Mannschaft oder so etwas Verdrehtes?

Ich nehme an, Arch will aufbrechen, als er noch einmal innehält und mich mit seinem Blick festpinnt. »Du hängst dich immer rein und bist gleichzeitig geduldig mit anderen. Du bestärkst dein Team durch deine standfeste Präsenz und gibst ihm damit Rückhalt. Wenn du dich traust, aus dir herauszukommen, könntest du damit so viel mehr erreichen, Menschen anspornen und ihnen den Spaß am Sport zeigen.«

Mir klappt der Mund auf, mir wird heiß. »Okay«, stottere ich. Ich habe keine Ahnung, wie ich mit so viel Nettigkeit und diesem *You-got-it*-Talk umgehen soll.

»War das ein *Ja*?«

Unwillkürlich zucken meine Mundwinkel. »Ich überleg's mir.«

Gott, bin ich erleichtert, dass ich nicht erneut grausam enttäuscht werde.

»Das wollte ich hören.« Arch sieht zufrieden aus und lässt mich mit einer nun mehr positiven Art des Aufgekratztseins zurück.

Er ist keine Minute durch die Tür der Turnhalle, da taucht das Trio auf, auf das ich warte. Die drei stutzen nur flüchtig, sobald sie mich bemerken, und ich richte mich gerader auf.

Bevor ich zurückweichen kann, legt Martin mir den Arm um die Schultern. »Junge, was für eine schöne Überraschung!«, meint er in einem unangemessen vertraulichen Tonfall.

Ich erschaudere vor Ekel, wegen der Berührung und dieser Spitze. Gleichzeitig realisiere ich, dass sich das Gefühl zum ersten Mal nur gegen mein Gegenüber richtet und nicht gegen mich selbst. Das ist eine unglaublich bestärkende Erkenntnis. Ich möchte Martin sofort abschütteln, warte jedoch, bis wir draußen sind und einen sicheren Abstand zum Gebäude erreicht haben. Am Ende ist das eine Sache zwischen ihnen und mir, die niemanden sonst etwas angeht.

»Wir müssen reden«, verkünde ich schließlich und bleibe auf dem Rasen stehen. Der ist eine Abkürzung, um die Sportanlage zu verlassen. Etwas ruppig löse ich mich von Martin. »Über die Party am Sonntag.«

»Die war öde«, wirft Dennis ein.

»Ist das alles, was dir dazu einfällt?«, fahre ich ihn an. Ich kann nicht länger an mich halten. »Du, Steven und Pete habt meinen Freund wie Dreck behandelt und mich … mich …«

Mir versagt die Stimme, weil ich es kaum ertrage, mir nicht nur vorzustellen, wie sie mich sehen müssen, sondern mir endgültig einzugestehen, dass ich in ihren Augen immer eine Frau sein werde. Ich fühle mich so beschmutzt und verarscht.

Dennis zuckt zusammen, was mir Genugtuung verschafft, bis er sich fasst. »Ohne Scheiß. Läuft da was zwischen euch?«, will er fasziniert erfahren.

Er klingt, als wäre es vollkommen abwegig, dass jemand sich auf diese Weise für mich interessiert. War das mit Courtney an Silvester für sie auch nur ein Schabernack oder ein Experiment, anstatt dass sie mir eine Freude machen wollten?

Ich lache auf. »Denkst du, ich würde es euch erzählen, wenn es so wäre?«

Steven schaltet sich ein. »Du hast das falsch verstanden. So war es nicht gemeint.«

»Komm mal runter«, fällt Martin mit ein. »Niemand kannte den Kerl. Da muss man vorsichtig sein.«

»Da?«, wiederhole ich. »Ich kenne Davie und könnte dafür nicht dankbarer sein. Nur bin ich in euren Augen … was? Gestört?« Jetzt bin ich im Rage-Mode und auf einmal ist es kinderleicht, nachdem ich es ewig in mich reingefressen habe. »Ich hab 'ne bessere Idee. Seid ihr mal keine queer- und transfeindlichen Rassisten.«

»Wow, wow, wow!«, empört sich Steven und breitete die Arme in einer Friedensgeste aus. Frieden am Arsch. »Das sind harte Anschuldigungen. Wir haben dich immer wie einen von uns behandelt.«

Obwohl du das nicht bist, schreit mir sein spöttisch verzogener Mund entgegen. Statt dass ich verletzt bin, stachelt es mich weiter an.

»Das wäre zumindest glaubwürdiger«, kontere ich, »wenn du mich nicht misgendert hättest.«

»Wo warst du überhaupt?« Dennis' Gesicht verfärbt sich rot, ob vor Wut oder Scham kann ich nicht beurteilen. »Wenn du mit uns abgehangen hättest, wäre es nie zu diesem Missverständnis gekommen.«

Sind sie der Überzeugung, im Recht zu sein?

Mein Puls rast, rast, rast.

Ich hole tief Luft, obwohl meine Erklärung, mit wem ich währenddessen im Garten war, mir nicht mehr schwerfallen dürfte. Vielleicht ist mein Verständnis aufgebraucht oder ich möchte bloß entsprechend würdigen, wie ich eine letzte Wahrheit verkünden werde. »Ich bin mit Eliza zusammen gewesen. Wir sind wieder befreundet, wie wir es immer hätten sein sollen.«

Martins Miene wird ausdruckslos. »Ich finde dich echt okay, Ric. Deshalb bin ich ehrlich zu dir. Du bist doch besser als die. Du musst dich nicht so aufführen, als ob deine Besonderheiten was Tolles wären oder hier den selbstgerechten Verteidiger der Ausgestoßenen geben, nur weil du so geboren wurdest. Du kannst auch normal sein.«

»Aber so bin ich«, stelle ich klar. Jegliche Sorge davor, nicht mehr zu ihnen zu gehören, ist verflogen. Vielmehr befreie ich mich von diesen Menschen, deren Vorstellungsvermögen so begrenzt ist und an denen ich mich nicht mehr orientieren möchte, da ich dank Davie und Eliza weiß, dass es anders gehen kann. »Ich bin trans* und muss nicht irgendeiner Norm entsprechen. Ich war auch schon ein Mann, als ich Ballett getanzt und mich als Frau präsentiert habe. Ich werde immer einer sein. Es reicht, wenn ich meine eigene Definition von Männlichkeit erfülle. Ich verlange nicht, dass ihr das versteht, aber wenn ihr mich nicht akzeptieren könnt und euch nicht mal ordentlich reflektiert, war es das für mich.«

Ich bleibe nicht, um mir Martins, Stevens und Dennis' Reaktion auf meine spontane Minirede zu geben. Immerhin habe ich die weniger für sie als vielmehr für mich gehalten. Sicherheitshalber hebe ich im Davonmarschieren noch die Hand und zeige ihnen, ohne mich umzudrehen, den Mittelfinger, damit sie es diesmal sicher kapieren.

Ich bin etwas zittrig, doch wenn ich in mich hineinhorche, bebe ich vor Triumph und Euphorie. Ich habe es geschafft!

KAPITEL 28

RIC

Der Höhenflug hält an, bis ich zu Hause bin, wo Davie mich leider nicht empfängt. Am liebsten hätte ich sofort jemandem erzählt, wie es mit den Jungs gelaufen ist, aber heute findet seine Schreibgruppe statt. Also später.

Statt ihn freudestrahlend herumzuwirbeln, schreibe ich Eliza, mit der es beim Serienschauen und Pizzaessen am Montag, entgegen meiner kurzzeitigen Sorge, richtig schön war.

Wollen wir am Wochenende zusammen joggen gehen?

Nun kann ich ihr mit leichterem Gewissen und selbstbewusster in die hübschen blauen Augen sehen. Beste Voraussetzungen, um demnächst ein paar eindeutigere Vorstöße zu wagen, damit sie nicht glaubt, ich hätte das romantische Interesse an ihr verloren.

Als ich aus der Dusche komme, meine Brille wieder aufsetze und aufs Handy schaue, hat sie bereits reagiert: *Gerne am Sonntag.* <3

Ein Strahlen, das aus meinem tiefsten Inneren aufsteigt, erfasst meine Visage im Spiegel, deren untere Hälfte momentan von ein paar Pickeln belagert wird. Ich fühle mich stark, ohne dass es das Geringste mit meinem Körper zu tun hat. Anders als es sonst häufig der Fall ist, wenn ich nackt bin, würdige ich den nur eines flüchtigen Blicks – weder kritisch noch im Rahmen lobender Anerkennung –, ehe ich Unterwäsche, T-Shirt und Shorts anziehe.

Oder wir könnten Ballett tanzen, wenn du möchtest, erscheint eine zweite Nachricht von Eliza auf meinem Bildschirm. Auf dem Weg in Richtung Schlafzimmer halte ich abrupt inne. Und eine dritte: *Das war früher immer toll. Nichts Anstrengendes oder zu Anspruchsvolles, natürlich. Ich weiß ja, dass du an sich kein Ballett mehr machst.*

Gerührt schüttele ich den Kopf, wobei mir ein Tropfen aus den feuchten Haaren über den Nasenrücken rinnt. Eliza ahnt ja nicht, wie sehr ich es schätze, dass sie mir diese Brücke baut. Oder doch? Es ist, als hätte sie telepathisch empfangen, dass ich bereit dafür sein könnte, wieder in Spitzenschuhe zu schlüpfen. Was nach der langen Pause lebensmüde und überambitioniert wäre, zumal Balletttänzer im Gegensatz zu Balletttänzerinnen klassischerweise nicht en pointe tanzen, aber im symbolischen Sinne.

Liegt sie damit richtig? Bin ich bereit?

Ein Kribbeln entsteht in meinen Zehen.

Es folgt eine vierte Nachricht: *Sorry, will dir da nicht reinquatschen.*

Mir wird heiß und kalt und wieder heiß vor Aufregung, als ich es mir ausmale. Sie und ich und Ballett und neue Schritte, wenn ich den männlichen Part beim Tanz übernehme.

Tust du nicht, tippe ich hastig auf ihren Rückzieher hin. *Ich würde mich freuen!*

Cool! ☺, gibt Eliza zurück.

O mein Gott.

Angesichts dieses Vorfreudecocktails darf ich annehmen, dass sich meine Gefühle ihr gegenüber wieder einpendeln, nun da ich gedanklich nicht anderweitig beansprucht werde und wir den Ballast der Vergangenheit nach und nach abgeschüttelt bekommen. Das erleichtert mich zugegebenermaßen. Demnach muss ich zuvor beunruhigter gewesen sein, als mir bewusst war. Na ja, wäre immerhin komisch, wenn man so plötzlich aufhören könnte, in jemanden verliebt zu sein und ich mehr auf meinen besten Freund fixiert wäre als auf die Frau, auf die ich stehe.

Mit Eliza zusammen zu tanzen, wie wir noch nie zusammen getanzt haben: als Paar, ist die Art von Annäherung, die es braucht, um füreinander zu entflammen. Meine Zuversicht kennt keine Grenzen. Womöglich sollte ich mich fragen, ob ein Doppelgänger meinen Platz eingenommen hat oder was mir verabreicht wurde. Ich tu's nicht. Denn dafür finde ich es zu herrlich, als dass ich mir das mit Skepsis ruinieren wollen würde.

Hätte ich geahnt, dass es mir so gut geht, wenn ich mich von den Jungs lossage …

Den restlichen Abend verbringe ich in den Schaukelstuhl gelümmelt, der neben meinem Bett steht, und ziehe mir Ballettvideos auf YouTube rein. Von meinen liebsten Akten aus meinen liebsten Stücken, bis ich bei meinem liebsten Pas de deux aus *Dornröschen* hängenbleibe. Die Inszenierung der Darstellenden ist grandios, dazu die traumhaften Kostüme und die Musik. Tränen schießen mir in die Augen und auch wenn ich nicht weine, erlaube ich mir, all das Wunderbare und Schreckliche zu spüren, was da ist. Zum Schluss lande ich bei einem Vlog rund um *Nussknacker*-Proben, hinter deren Kulissen eine Balletttänzerin die Zuschauenden mitnimmt. Ich lasse mich mitreißen, vermisse die chaotisch-fröhlich-nervös-gespannte Atmosphäre einer bevorstehenden Aufführung, die ich jahrelang nicht mehr am eigenen Leib erfahren habe. Eben erklärt die Ballerina, wie die vorurteilsbehaftete problematische Darstellung bestimmter Länder in einer Szene des Klassikers von ihrem Choreografen abgewandelt und modernisiert wurde. Wieder ein klitzekleines bisschen Teil dieser magischen Parallelwelt zu werden, ist garantiert kein Fehler. Und sei es nur durch Eliza im stillen Kämmerlein.

Irgendwann reiße ich mich unter einiger Mühe vom Handy los und gehe zu Bett. In meinen Träumen fliege ich sogleich selbst über das Parkett in unserem alten Tanzsaal. Ich will die Leichtigkeit festhalten, die nicht nur meinen Körper, sondern allem voran mein Herz erfasst.

Am Morgen erwache ich mit einem Lächeln auf den Lippen und fackele beim Frühstück dementsprechend nicht lange. Sogleich berichte ich Davie, der jetzt zu Hause ist und mir gegenüber am Küchentisch sitzt, von Elizas Vorschlag einer Tanzstunde.

»Mega!«, stimmt er mir voll der für ihn typischen Begeisterung zu. Er reckt eine Faust in die Höhe, als wäre dies ein beispielloser Sieg. Ich könnte ihn schon wieder knuddeln. »Macht ihr das hier? Kriege ich eine Entschädigung für die Probe am Theater in Glasgow, die ich verpasst habe?«

»Ähm, das haben wir bisher nicht besprochen«, bremse ich ihn aus, als ich mit einem Nervositätsschub realisiere, dass die Balletteinheit Wirklichkeit wird. Wenn ich mich »nur« traue.

»Ich kann mich sonst auch ausquartieren für die Zeit«, beruhigt er mich, weil ihm mein Zögern nicht entgangen ist.

Mein Hals kratzt vor Rührung. Es ist unfassbar süß, dass er solche Rücksicht auf mich nimmt.

»Schon gut«, wiegele ich ab. »Bestimmt können wir auch zu ihr gehen und sonst reicht es, wenn du nicht daneben sitzt. Ich bin total eingerostet, da wäre es mir für den Anfang lieb, wenn mir niemand zuguckt.«

»Das verstehe ich. Ich find's super, dass du das machst.« Dazu feiert er, dass ich die Konfrontation mit Martin, Steven und Dennis durchgezogen habe. »Darauf kannst du stolz sein«, versichert Davie mir und prostet mir mit seiner Kaffeetasse zu. Seine braunen Augen blitzen.

Davon bin ich etwas unangenehm berührt. Wenn ich bedenke, wie lange ich vorher festgesteckt habe, ist das aber wohl wirklich eine große Sache.

Im Endeffekt treffen wir uns am Sonntag bei Davie und mir. Ich möchte nicht, dass Elizas Eltern mitkriegen, was wir treiben und in meiner Wohnung fühle ich mich schlicht am wohlsten. Mein neu gewonnener Mut ist zu fragil, als dass ich es riskieren wollte, durch einen schiefen Blick erschüttert zu werden und die Flinte erneut ins Korn zu werfen. Auf lange Sicht will ich mich nicht mehr von der Meinung anderer abhängig machen.

Eliza taucht mit einer länglichen Tasche über der Schulter, in einem schwarzen Balletttrikot und weißer Strumpfhose bei mir auf. Darüber trägt sie einen verwaschenen Oversize-Pullover, was ich als Kontrast äußerst anziehend finde. Die Härchen an meinen Armen richten sich auf und ich versuche, mich normal zu verhalten. Bevor ich sie kurz drücke, wische ich meine feuchten Handflächen an meiner Jogginghose ab.

Davie und Eliza begrüßen sich mit Küsschen auf die Wangen.

Daraufhin will er sich, wie wir besprochen haben, für eine Schreibsession in sein Zimmer zurückziehen. Mara und er sind über Skype verabredet. Zu meiner Irritation strecke ich fast die Hand nach ihm aus, um ihn zurückzuhalten. Am Montag hat es problemlos geklappt, mit beiden gemeinsam eine gute Zeit zu haben. Wieso nicht jetzt auch? Auf einmal kommt es mir abwegig vor, ihn loszuwerden, obwohl Eliza und ich nach dem Einstieg wahrscheinlich – hoffentlich – sehr nah auf Tuchfühlung miteinander gehen werden. Mein Herz hämmert wild. Dass diese fantastische Date-Idee dazu von ihr stammt, sollte mich umso freudiger auf die Zweisamkeit mit ihr machen! Bin ich nicht so scharf auf sie, wie ich dachte, und möchte mich stattdessen sogar lieber vor ihm blamieren?

»Viel Spaß«, wünscht Davie uns.

»Euch auch«, zwinge ich mich, zu erwidern, statt ihn zum Bleiben zu bitten. Das würde nur bei allen Beteiligten Verwirrung auslösen und meine eigene ist ausreichend.

Während Eliza und ich im Wohnbereich die transportable Ballettstange zusammensetzen, die sie mitgebracht hat, lächele ich die Hirngespinste weg. Selbstverständlich will ich sie, ich habe nie jemand anderen gewollt.

Du bist mit Davie befreundet, tadele ich mich. *Gefährde das nicht. Du darfst ihn mögen, aber das reicht auch. Setz keine falschen Prioritäten.*

Wir fangen an, uns aufzuwärmen, wobei Eliza mir zunächst die Führung überlässt. Bei den Dehnübungen übernimmt sie, um uns speziell aufs Tanzen vorzubereiten.

»Du hast bloß keine Lust mehr auf Hampelmänner«, feixe ich.

Unbeeindruckt und kaum aus der Puste hebt sie eine Augenbraue. »Ich würde eher sagen, jetzt geht es erst richtig los.«

Wie recht sie hat. Sie schaltet ein ruhiges Klavierstück ein und augenblicklich überläuft mich eine Gänsehaut. Wir stellen uns nebeneinander in der ersten Position an der Stange auf, und ab da gebe ich mein Bestes, Elizas Anweisungen zu folgen und ihr alles nachzumachen. Klar, sind auch beim Fußball Beine und Füße nicht zu vernachlässigen. Trotzdem ist es ungewohnt für mich, diesen Regionen so viel Aufmerksamkeit zu schenken, wo ich sonst zuletzt beim Krafttraining vor allem Wert auf meinen Oberkörper gelegt habe. Dazu merke ich, wie viel unbeweglicher und wacklig ich geworden bin und wie smooth und mühelos dagegen Elizas Bewegungsabläufe wirken. Was nicht nur daran liegt, dass sie Schläppchen anhat und ich bloß Socken, die ich für mehr Halt halb heruntergezogen habe.

Aber darum geht es gar nicht.

Es macht mir Spaß.

Ja. So was von! Wie basic Pliés, Tendus und Relevés auch sein mögen. Es ist hilfreich, dass sie mich nicht anstandslos überfordert. Weil sie Eliza ist, habe ich auch nicht das Gefühl, sie würde mich bewerten, wenn sie meine Ausführung oder Haltung korrigiert. Dafür legt sie mir hin und wieder ihre Hand auf die Schultern, an Rücken oder Hüfte, um mich zurechtzurücken, was jedes Mal kleine Funken durch meine Synapsen jagt. Nach und nach entsinne ich mich, Waden und Fersen, Fußballen und Spann zu besitzen und was man damit alles anstellen kann. Wir probieren verschiedene Positions- und Schrittwechsel und Sprünge, soweit das vom Platz her möglich ist. Mit jeder verstreichenden Minute habe ich den Eindruck, die kantigen Gesten, die meine Arme und Hände sich angeeignet haben, fließen wieder mehr und mehr ineinander. Das fühlt sich fantastisch an.

Ich bin auf meinen Körper, die Wiederholungen und jene schmerzhaften Erinnerungen fokussiert, die ich übermale, weil sprudelnde Glückseligkeit sich in mir ausbreitet. Damit ist es amtlich. Meine Ablehnung gegen das Ballett lag nicht daran, dass mir der Tanz nicht gefällt, sondern an der Verknüpfung mit Weiblichkeit.

Über das, was bei all dem in mir geschieht, und der Konzentration, die es mir abverlangt, vergesse ich jedoch nicht, dass ich Eliza näherkommen wollte. Als sie mir ein Video vorspielen möchte, das eine einfache Choreo für einen Paartanz zeigt, auf die wir für den Anfang »hinarbeiten« können, leuchtet mir ein, dass es ans Eingemachte geht. Dennoch hadere ich mit mir. Wir knien auf der Gymnastikmatte vor dem Sofa auf dem Boden und ich gerate in Panik, weil ich fürchte, mir die Schritte von Tänzer und Tänzerin kaum so schnell einprägen zu können. Bisher war das Treffen nahezu perfekt, auch ohne den krassesten Körperkontakt zwischen uns. Müssen wir uns steigern? Reicht das nicht erst mal?

»Was denkst du?«, fragt sie mich und streicht sich eine rote Locke hinters Ohr, die sich aus ihrem Pferdeschwanz gelöst hat. »Hast du keine Lust?«

»Doch«, murmele ich. Nur was, wenn ich sie enttäusche, weil mein Können aktuell dem eines Anfängers gleicht? Früher waren wir auf einem ähnlichen Level. Das ist ein logischer Grund, um sich nicht vor Motivation zu überschlagen, finde ich. Mein Zögern muss nichts damit zu tun haben, dass Davie im Nebenzimmer mir wieder in den Sinn kommt. Angesichts dessen fühle ich mich etwas so, als ob das mit Eliza etwas Verbotenes wäre. Dabei ist es eher andersrum. An ihn zu denken, während ich mit ihr zugange bin, müsste sich falsch anfühlen. »Ich bin nur mehr aus der Übung, als ich dachte. Es ist gar nicht so leicht, wieder reinzukommen. Und ich bin relativ kaputt.«

»Ich finde, du schlägst dich gut«, baut sie mich auf.

»Lieb, dass du das sagst.«

»Nein, echt«, beharrt sie. »Kraft und Flexibilität sind eben Übungssache.«

»Danke.« Ich zupfe an meinem T-Shirt, auch wenn der Sport-BH darunter ohnehin an mir klebt. Ich hatte nicht mehr auf dem Schirm, wie schweißtreibend es ist, sich auf diese Weise körperlich zu betätigen, obwohl man das gar nicht meinen würde. Zum Glück glänzt Elizas Haut mittlerweile ebenfalls.

»Schau es dir erst mal nur an«, meint sie. »Ja?«

»Na schön«, lenke ich ein.

Wir gucken das fünfminütige Video und wenn ich mich nicht täusche, beugt sie sich auffällig weit nach vorne. Dabei kennt sie den Inhalt und müsste nicht mal mitschauen. Mein Mund wird trocken, blindlings taste ich nach meiner Trinkflasche. Finde ich es schön, ihr auf diese vertraute Weise nah zu sein oder *schön* mit Bauchkribbeln und

Schmetterlingen? Bis vor kurzem wäre die Antwort für mich eindeutig ausgefallen. Jetzt kann ich es nicht mit Sicherheit sagen.

Der Part des Tänzers ist schlicht gehalten. Ich werde Eliza beinah ausschließlich stützen, drehen und heben müssen, was vermutlich Sinn macht, um mich in die Rolle einzufinden. Der neue Aufgabenbereich wäre für sich genommen schon einschüchternd. Darüber hinaus heißt das, dass ich hauptsächlich sie anfassen werde. Das war gerade noch andersherum. Bin ich in der Lage, das zu tun, ohne einen Herzstillstand zu riskieren? Darüber hätte ich, bevor ich zugestimmt habe, gründlicher nachdenken sollen. Aufregung ist auf jeden Fall vorhanden.

»Und?« Sie klingt ein wenig außer Atem. Ich glaube nicht, dass ich mir das einbilde oder dass es noch vom Tanzen kommt. Dass sich bei ihr etwas regt, verleiht mir neue Euphorie. Es geht doch!

Ich schaudere. »Wir können zumindest mal starten«, sage ich rau, denn nun möchte ich es so oder so wissen, wie es sein wird, den Mann zu tanzen, sie zu berühren, nicht nur ihre Hand zu halten, und ob sie genauso darauf brennt wie ich. Probieren geht über Studieren. Ich habe mir das sicher nicht ohne Grund so lange gewünscht. Deshalb bin ich lieber vorsichtig und bemühe mich unbewusst, mich emotional noch im Zaum zu halten.

»Super!« Sie springt auf. »Aber zuerst muss ich das hier los werden.« In einer fließenden Bewegung streift Eliza ihren Pulli aus.

Wie durch ein Wunder gelingt es mir, sie nur annähernd so gefesselt anzuschauen, wie ich es bin. So ist es gut.

Eliza dirigiert mich dorthin, wo sie mich haben möchte, wobei ich mir nutzlos vorkommen würde, wenn ich das nicht unfassbar heiß fände. Seltsam, dass ich es bei Davie lieber mag, wenn ich den Ton angebe. Geflissentlich sehe ich über den Ausrutscher hinweg, dass mir dieser Gedanke überhaupt und ausgerechnet jetzt durch den Kopf schießt, wo Eliza meine Hände an ihrer Taille platziert. Sie geht auf halbe Spitze und streckt ihr Spielbein nach hinten, ehe sie es scheinbar unmöglich weit anhebt.

»Bereit?«, fragt sie mich über die Schulter. Ihr Atem streift dabei mein Kinn. Ich bin hin und weg. Wie warm ihr Körper durch den zarten Stoff des Bodys ist … *Das* ist etwas anderes, als dass sie bei mir eingehakt auf offener Straße läuft, oder als auf der Hollywoodschaukel, wo wir dick eingepackt waren. Es ist unmittelbarer. Exakt das brauche ich, um nur an sie zu denken.

Nachdrücklich nicke ich.

Wir üben Pirouetten. Im Gegensatz zu mir variiert Eliza ihre Haltung jedes Mal und gibt mir Anweisungen, wie ich mich zum Beispiel bewegen könnte, weil ich so steif bin. Ich hätte nicht gedacht, dass allein die Handarbeit so schwierig ist. Ich bin viel zu langsam, um mit ihrer Geschwindigkeit mitzuhalten.

Danach drehen wir uns mehrmals umeinander. Größtenteils improvisiere ich und bemühe mich, sie möglichst ästhetisch zu spiegeln, als dass ich mich an etwas halte, das ich im Video gesehen habe. Bis mich die pure Leidenschaft mitreißt und ich nicht mehr darüber nachdenke, wie ich aussehe, sondern mich vollständig dem Takt des Klaviers hingebe. Ein Knoten platzt. Unsere Hände streifen und trennen sich immer wieder und obwohl wir nun mehr jeweils Solo tanzen, finden wir zum Finale wieder zusammen und greifen mit unseren Bewegungen wie einstudiert ineinander. Es ist absolut berauschend.

»Okay, wir sind fertig für heute«, verkündet Eliza irgendwann. Nach der letzten Drehung sinkt sie kichernd in meine Arme.

Ich lache. Meine Muskeln zittern, als ich sie festhalte. Ihr Herz rast so schnell wie meines. »Hey, das hätte meine erste Hebefigur werden können«, bemerke ich. »Wenn ich aktuell noch in der Lage wäre, dich zu liften.«

»Nur nicht zu übermütig«, haucht sie. »Beim nächsten Mal.«

Das nehme ich als ein Versprechen.

Die Weichen sind gestellt. Ich muss mich nur auf sie einlassen. Es wäre zu ärgerlich, wenn ich mir wieder selbst im Weg stehe. Ich darf nicht falsch abbiegen, nicht noch einmal. Eliza ist ein sicherer Hafen. Es gibt keinen Grund, sich zurückzuhalten. Woher kommen bloß diese verdammten Zweifel?

KAPITEL 29

DAVIE

Ich gestehe, ich bringe es nicht über mich, mich nach einem anderen WG-Zimmer umzuschauen. Seufzend schließe ich zum wiederholten Mal die Website mit den Wohnungsinseraten, ohne diese durchzuscrollen oder auf die Antworten zu reagieren, die ich auf meine Anfragen zurückbekommen habe. Mir ist bewusst, dass ich selbst die Bedingung aufgestellt habe, nur vorübergehend bei ihm unterzukommen. Aber die Wahrheit ist, ich will bei Ric wohnen bleiben.

Vierzehn Tage, mehr hat es nicht gebraucht, um mir unmissverständlich klarzumachen, dass ich niemals etwas anderes möchte. Ich liebe es, von den Klängen seines Plattenspielers geweckt und mit allerlei Köstlichkeiten versorgt und verwöhnt zu werden. Der Ausblick auf Rics Rücken ist ebenfalls der reinste Genuss, wenn er in einem engen Shirt Klimmzüge an der Turnstange im Durchgang zum Wohnbereich macht. Es stört mich nicht mal, dass die Waschmaschine ständig voll mit seinen Sportklamotten ist oder er mich ab und zu wie ein Kleinkind behandelt, obwohl uns nur vier Jahre Altersunterschied trennen.

Leider hat diese Wohngemeinschaft ein Ablaufdatum. Ungeachtet dessen, dass er mich bislang nicht dazu gedrängt hat, ihm seinen Freiraum zurückzugeben. Bestimmt wartet er nur darauf und ärgert sich insgeheim, dass ich dauernd da bin, wenn Eliza hereinschneit. So würde ich jedenfalls an seiner Stelle empfinden, wenn ich davon ausgehe, dass sich an seinem Wunsch, sie für sich zu gewinnen, nichts geändert hat. Und davon *ist* auszugehen, er hat bislang nichts Gegenteiliges behauptet.

Während ihrer Ballettübungen lasse ich die beiden immer allein, so schwer es mir fällt. Dafür quatschen wir meistens davor oder danach oder essen alle zusammen und einmal habe ich kurz ins Wohnzimmer gelinst, nachdem ich auf dem Klo war. Sie geben sich Mühe, dass ich nicht außen vor bin. Da kann ich niemandem was vorwerfen. Heute unternehmen wir sogar etwas gemeinsam. Dennoch bleibe ich das fünfte Rad am Wagen. Es bringt nichts, sich etwas vorzumachen.

Meine Augen wandern zur Zeitanzeige am unteren Rand des Laptop-bildschirms. Ein kleiner Schreck durchfährt mich. Shit, ich bin spät dran! Rasch springe ich auf, wechsele mein Gammeloutfit und überlege, ob ich noch mal ins Bad renne, um Parfüm aufzutragen. Eigentlich hatte ich mich auch noch rasieren wollen.

»Davie, bist du so weit?«, ruft Ric da aus der Diele.

»Klar!«

All die kleinen Alltagsmomente, die er und ich zu zweit teilen und in denen er vollkommen bei mir ist, werden durch ihre Begrenztheit umso wertvoller. Für sich genommen könnten die durchaus bedeuten, dass er mir ebenso zugetan ist. Alles, was fehlt und zu meinem Bedauern ausbleibt, ist ein: *Okay, Davie. Ich habe es mir anders überlegt. Vergiss Eliza, es gibt nur dich für mich.* Rics Signale sind nach wie vor widersprüchlich und keine Ahnung, es müsste mir den letzten Nerv rauben, aber es kümmert mich nicht. Oder zieht eben das mich mehr in seinen Bann?

Abrupt knalle ich das Notebook zu und stoße zu ihm, der komplett angezogen mit Schuhen und Jacke demonstrativ mit Auto- und Haustürschlüssel klimpert.

»Sorry«, sage ich, verzichte auf den Duftstoff und stülpe mir die pinke Mütze über. Ist nicht so, als würde irgendwer der Anwesenden von mir verführt werden wollen. Ric scheint unempfänglich dafür zu sein, wobei er sich keinesfalls dagegen sträubt, mir auch körperlich nahezukommen. Dass er sich so wohl mit mir fühlt, ist schön. Es sollte reichen. »Ich habe bis eben an etwas geschrieben und die Zeit aus den Augen verloren.«

Ursprünglich habe ich an einem Werbetext für einen Freelancer-Auftrag gesessen, bis ich im Browser abgeschweift bin. Ich wollte nur kurz etwas über Pferderennen recherchieren. Wie das so ist, ist das World Wide Web jedoch ein Kaninchenloch. Es macht jenem aus *Alice im Wunderland* beachtliche Konkurrenz, wenn es darum geht, von ihm verschlungen zu werden und sich darin zu verlieren.

»Du Workaholic«, schimpft Ric scherzend. Oder sorgt er sich um mich? »Es ist Sonntag. Aber erzähl das nicht mir, sondern Eliza und Mara. Du weißt, dass ich dir nicht böse sein kann.«

Das klingt übertrieben cheesy, obwohl er damit lediglich darauf anspielt, wie ich beim Staubwischen versehentlich eine Vase runtergefegt habe. Ich weiß nicht, ob die wirklich ein Geschenk von Rics Mutter und er im Grunde froh darum war, sie los zu sein. So oder so bat er mich, mir wegen des Missgeschicks keine Vorwürfe zu machen. *Hach.*

Wir beeilen uns, zum Auto zu laufen, das on top zu meiner Trödelei ein Stückchen vom Haus entfernt geparkt ist. Dann fahren wir ohne Umschweife los, um erst Eliza einzusammeln, und anschließend Mara in Glasgow, bevor wir weiter nach Stirling wollen. So viel zum Programm.

Ein Ausflug zu viert. Ich freue mich und bin nervös, weil ich sowas seit Kieran und Vika nicht mehr gemacht habe. Meine Gedanken enden damit, dass ich an einem losen Faden meiner modisch zerschlissenen Jeans zupfe, bis sich das Loch vergrößert.

»Ich hoffe«, sagt Ric plötzlich, »es wird nicht mehr lange dauern, bis Eliza und ich zusammenkommen.«

Bevor ich es unterdrücken kann, durchläuft mich ein Zucken. Hat er das beim Fahren aus dem Augenwinkel mitgekriegt? Nun denn. Was dachte ich mir? Dass es ewig so weitergehen würde? Ich bin ja ein feiner Wingman.

»Ziemlich offensichtlich, oder?«, gebe ich vor, ihn zu necken. Dabei verpasse ich mir damit eher selbst einen Realitätscheck.

Mir wird übel.

Es *ist* offensichtlich. Wieso bin ich entsetzt? Was sonst sollte es bedeuten, dass Eliza ihm Platz in ihrem vollen Terminkalender eingeräumt hat? Dass sie noch kein Paar sind, ist deutlich verwunderlicher. Ähnlich irritierend ist der Umstand, dass Ric heute nicht Nägel mit Köpfen macht, sondern wir den Trip in ein Gruppending verwandelt haben. Ist das nicht ein Schritt rückwärts, der sich im Endeffekt als überflüssig herausgestellt hat? Ich denke, es wäre ideal gewesen, Eliza nach Stirling auszuführen, wo ich zu Hause stets verhindert habe, dass sie übereinander herfallen konnten. Das redete ich mir wenigstens ein, um ruhiger zu schlafen. Aber meinen Rat hat Ric zuletzt selten eingeholt und von mir aus wollte ich mich weder einmischen noch mein eigenes Unglück herbeiführen.

»Immerhin vertraut sie mir wieder«, fährt er fort.

Mir dämmert, dass Ric keinesfalls so überzeugt von sich ist, wie er es sein sollte. Mal ehrlich, wie kann Eliza sich noch zurückhalten? Ich habe gesehen, wie nah die beiden sich beim Tanzen kommen. Diese Chemie! Auch wenn ich die sonst nicht so bemerke, da sie sich vor mir wahrscheinlich zusammenreißen und ich sie eh lieber ignoriere. Ich wäre längst schwach geworden, ich bin es …

»Gab es schon einen Kuss?«, überwinde ich mich, ihm der Kumpel zu sein, als den er mich betrachtet.

»Nein«, nuschelt Ric, und ich atme auf. Dabei ist es falsch, dass ich beruhigt bin. »Ist das schlecht?«

»Das könnte auch heißen, sie meint es ernst und will deshalb nichts überstürzen«, überlege ich. »Oder sie wartet darauf, dass du den ersten Schritt machst.«

»In so was bin ich leider schlecht.«

»Erste Lektion: Stapel nicht so tief.« Ich hebe den Zeigefinger. »Das wirkt abtörnend.«

Allerdings finde ich es hinreißend.

Ich beiße mir auf die Zunge, als Ric eine Grimasse schneidet. »Lach nicht, ich hatte noch nie eine Beziehung.«

Oh. Das hätte ich nicht gedacht, doch … »Wieso sollte ich lachen?«, sage ich und überspiele meine Überraschung, weil das schon für cis Personen ein wunder Punkt sein kann, und für trans* Menschen eine Ebene an potenziellen Schwierigkeiten hinzukommt. Vorausgesetzt, diese sehnen sich nach einer romantischen und sexuellen Partnerschaft und befinden sich nicht auf dem asexuellen Spektrum. »Bei manchen passiert das eben früher und bei anderen später.«

Er zuckt mit den Schultern. »Ich will das unbedingt richtig machen. Irgendwie habe ich auf Eliza gewartet. Trotzdem oder gerade deshalb bin ich so gehemmt. Irgendetwas hält mich immer davon ab, voranzuschreiten. Vielleicht fürchte ich, dass sie mich am Ende doch zurückweist.«

Verdammt, *am Ende* möchte *ich*, dass Ric glücklich wird!

Selbst wenn er das nicht mit mir sein kann.

Ich schlucke die Erwiderung, wie toll er ist und dass er aufhören soll, etwas anderes zu glauben, hinunter. Wüsste er, wie ich zu ihm stehe, wäre er sicher abgeschreckt. So kann ich ihm bedenkenlos eine Hand aufs Bein legen. Mittlerweile geschieht das derart routiniert, dass ich nicht mehr befürchte, er wird da irgendwas reininterpretieren oder sich belästigt fühlen. Es muss für Ric komplett abwegig sein, dass sich da mehr zwischen uns entwickelt. Sonst würde er es als unangemessen ansehen, solche Berührungen auszutauschen, wo er mit Eliza solche Fortschritte hin zu etwas Festem macht.

Ich hole tief Luft. »Ich schaue mal, was ich tun kann, um euch den entscheidenden Schubs zu verpassen.«

»Danke, Davie.« Er löst eine Hand vom Lenkrad und drückt meine zärtlich. Ganz natürlich verschränken sich unsere Finger, meine längeren schmalen mit seinen kürzeren breiten. *Das* ist wiederum noch nie passiert, wie mir mein Nervensystem mit einem Feuerwerk verkündet.

Kurz darauf halten wir vor dem Cottage von Elizas Eltern. Mir fehlen ein paar Sequenzen, weil ich so von Ric eingenommen bin. So muss es sein. Denn da reißt Eliza bereits mit einem »Hi, ihr Turteltauben« eine der hinteren Autotüren auf und fällt auf die Rückbank. Ruckartig entziehe ich mich ihm, als hätte er mich verbrannt. »Das hat da also so lange gedauert.«

»Entschuldige«, sagt Ric zu ihr. Er klingt weder ertappt noch als ob er verlegen wäre.

In meinen Ohren hämmert es. Habe ich mich verhört und das war nur mein schlechtes Gewissen, das mir vorgegaukelt hat, sie hätte uns beim Händchenhalten erwischt? Oder hat sie einen Scherz gemacht? Reagiere ich über, weil es für mich anders als für die beiden eine Bedeutung hat?

»War meine Schuld«, krächze ich. Das ist alles verwirrend. »Hey«, sage ich, als Eliza nach dem Anschnallgurt greift und ich mich dunkel meiner Aufgabe besinne. »Möchtest du nach vorne zu Ric? Wir können Plätze tauschen.«

Sie hält inne, denkt zwei Sekunden darüber nach, nur um das Angebot auszuschlagen. »Ach, nein, passt so.«

Er schaut gekränkt drein. Mitfühlend verziehe ich den Mund und stelle mir vor, ihm gedanklich zu vermitteln: *Der Ausflug hat eben erst begonnen, es wird reichlich andere Chancen auf innige Momente geben.*

Ric bietet uns jeweils einen Kaugummi an. Eine Übersprunghandlung, um von der peinlichen Stille abzulenken. Ich nehme eines und Eliza fragt, ob sie ihr Smartphone mit der Anlage verbinden darf, weil sie gern die *Prince of Sea*-Musik hören würde, um noch mehr in das Stück hineinzufinden.

»Du bist so schlimm wie Davie«, äußert Ric sich darüber. »Auch wenn du mich teilweise mehr anleitest, als selbst zu tanzen, fühle ich mich eh mies, dich in deiner Freizeit weiter zu beanspruchen.«

»Glaub mir, ich kann nie genug von Ballett bekommen.« Eliza zwinkert ihm zu. »Keine Sorge, ich passe auf, dass ich mich ausreichend erhole.«

Ric wirkt nach wie vor zweifelnd. »Das ist so ein Kunstschaffenden-Ding, oder? Selbst am Wochenende nicht die Finger von dem Zeug zu lassen.«

Ich korrigiere ihn nicht bei der Annahme, dass ich vorhin mit meinem Buchprojekt beschäftigt war, denn es gefällt mir, dass er mich für diese Person hält. Unter anderem, weil ich dadurch etwas mit Eliza gemeinsam habe und es scheint, als könnte ich mit ihr mithalten. Obwohl auch das trügt, was doppelt bitter ist.

Wenn ich tun würde, wonach mir wäre, hätte ich seit Wochen nichts an meinem Manuskript getippt. Ich musste mich dazu zwingen, am Ball zu bleiben, habe es nur mit Maras Hilfe geschafft und war letztlich eher verärgert, dass ich darüber Zeit und Geld fürs Texten verlor. Mir fiel sogar öfter auf, dass ich mich gedanklich gern mal gänzlich meinen Kund*innen im Laden gewidmet hätte. Der Job an sich mag fachlich nicht so meiner sein, aber einen netten Plausch für das zu genießen, was er ist, wäre schön. Dieses Gefühl, permanent kreativ sein zu müssen, alles da rein zu investieren und anderes aufzugeben, macht mich mehr und mehr kaputt. Ich meine, wofür? Wann wird es leichter? Ist das immer so?

»Bitte?« Eliza formt einen Schmollmund. »Die ist erstklassig! Ihr werdet es lieben.«

»Na schön«, lenkt Ric ein. »Ist das okay für dich, Davie? Hältst du die Beschallung mit Ballettmusik noch aus?«

»Geht klar«, erwidere ich. Wie taktvoll, dass er extra berücksichtigt hat, wofür ich stimme. »Ich bin gespannt.«

»Yes!«, jubiliert Eliza.

Damit steuern wir unseren zweiten Zwischenstopp an.

Ich war nie ein Fan von klassischen Stücken, aber ich könnte mich dafür erwärmen. Wahrscheinlich weil ich ein wortfixierter Mensch bin, und ohne Text fällt diese Komponente weg. Trotzdem berühren mich die Melodie und der Klang der Instrumente, die auf andere Weise als mein bevorzugtes Mittel Emotionen und eine Geschichte transportieren. Es hat was, den eigenen Horizont auszudehnen. Das mag ich daran und dass es etwas ist, was Ric gefällt.

Im Folgenden lauschen wir dem Soundtrack, ohne viel zu reden. Erst finde ich das nett, weil es mich vor Fettnäpfchen bewahrt, bis es mich etwas zappelig macht. Meine Toleranzgrenze für Schweigen ist deutlich niedriger als die meiner Begleitung, fürchte ich.

»Es muss ewig her sein, dass ich zuletzt in Stirling war«, sagt Eliza, als wir Glasgow fast erreicht haben. Ich bin froh, dass sie zuerst spricht, sodass ich sicher sein kann, nicht unabsichtlich irgendeinen Tänzer*innen-Kodex zu brechen. »Bist du schon mal in Stirling gewesen?«, wendet sie sich an mich.

»Nein, bisher nicht«, antworte ich und drehe mich halb zu ihr um. »Hatte das aber seit einer Weile vor. Ein Miniatur-Edinburgh mit einer hübschen Altstadt. Gemütlich und geschichtsträchtig. Und dann sind da noch die Gespenster. Ein Traum für jeden Schriftsteller!«

»Siehst du?« Eliza schießt Ric ein Grinsen zu. »Ich habe dir gesagt, wir können ihn nicht in Norriesford lassen, wenn wir die Strecke auf uns nehmen.«

Ich horche auf. Demnach war sie es, die nicht mit ihm allein sein wollte? Er hatte sich dagegen ein Einzeldate mit ihr ausgemalt … Das bedrückt mich, dabei kann ich es ihm nicht verübeln, dass er sie mal für sich haben möchte. Ich würde ihn auch lieber mit niemandem teilen. Geht es Eliza bei Ric nicht so? Wenn ich das mal gewagt weiterdrehe, hat sie diese Situation dank meiner Anwesenheit aktiv vermieden? Das würde ich zwar begrüßen, wäre es nicht so abwegig. Am Anfang hätte ihre Vorsicht davor, Ric unter vier Augen zu begegnen, angesichts ihrer gemeinsamen Vergangenheit Sinn machen können. Nur was sollte momentan der Grund sein, außer eine romantische Annäherung zwischen ihnen beiden hinauszuzögern? Das hätte ich wohl gern. Wahrscheinlich wollte sie lediglich nett zu mir sein.

»Ich danke dir für deinen Einsatz«, säusele ich Eliza zu und nehme mir vor, bei ihr mehr auf Verliebtheitsanzeichen zu achten. So kann ich Ric auch besser helfen. Das habe ich zuvor bewusst nicht getan, weil ich Angst hatte, es würde mich zu sehr schmerzen zu sehen, wie sie ihn anhimmelt und anders als ich von ihm bekommt, was sie erbittet. Andererseits könnte es eben das sein, was mich befreit. Ich muss hinsehen, um die Aussichtslosigkeit meiner Träumereien zu akzeptieren.

Ric schnaubt. »Ich kann euch nur davon abraten, euch gegen mich zu verbünden, solange ihr in meinem Auto sitzt.«

»Mhm.« Eliza tippt sich mit einem lila lackierten Fingernagel gegen die Unterlippe. »Das ist ein Argument.«

Als Mara zu uns stößt, entspanne ich mich etwas, zumal sie mit ihrer neuen Frisur direkt alle Blicke kapert. Statt der langen blonden

Mähne, trägt sie plötzlich einen Millimeter kurzen Buzz Cut. Ich bin ein bisschen gekränkt, dass sie mich nicht in ihr Vorhaben eingeweiht hat. Oder war das ein spontaner Entschluss? Wollte sie den Wow-Effekt in vollen Zügen auskosten, indem sie uns kollektiv überrascht? Das ist ihr gelungen.

»Du siehst krass gut aus!«, findet Eliza die passenden Worte. Ich zögere keine Sekunde, ihr die Begeisterung abzunehmen, da ihre Augen förmlich an meiner Freundin kleben. Bei Ric ist mir das nie derart aufgefallen, dass sie ihn so ansieht. Wobei ich nichts beschwören will und es kein Wunder ist, denn mit ihrem Kompliment trifft sie voll ins Schwarze. Ich speichere Elizas verzückten Gesichtsausdruck in meinem Gedächtnis, um ihn in Zukunft mit ihren Reaktionen gegenüber meinem Love Interest abzugleichen.

»Ich weiß.« Mara grinst Eliza an und wirft übertrieben selbstbewusst den Kopf zurück. »Meinten die Kids, die mir im Treppenhaus entgegengekommen sind, auch!«

»Hi erst mal«, begrüße ich sie.

»Hi«, erwidert sie und winkt in die Runde. Gleich nachdem Ric sich wieder in den Verkehr eingefädelt hat, beginnt sie ihren Bericht. »Ich glaube, das war ein Kindergeburtstag. Die hatten alle so kleine Krönchen auf. Richtig süß, wie die mich mit großen vor Bewunderung aufgerissenen Augen angesehen haben.«

»Aw.« Eliza startet die Musik von vorne.

»Ja!« Mara gestikuliert mit ausladenden Handbewegungen. »Und als dann das Mädchen, das gefeiert hat, meinte, sie wolle auch so einen Haarschnitt, haben ihre Freund*innen ihr direkt versichert, dass das megacool wäre.«

»Du Trendsetterin«, ziehe ich sie auf.

»So sieht's aus.« Sie hüstelt. »Die Mutter war auch sofort dabei.«

Ich lache und bemerke, wie Rics Mundwinkel ebenfalls zucken.

Mara bringt nicht nur eine Portion gute Laune mit, sondern durch sie verschiebt sich die Dynamik. Romantische Schwingungen hin oder her und zwischen wem auch immer. Für einen beschränkten Zeitraum bin ich problemlos mit Ric und Eliza klargekommen. Für die heutige Unternehmung bin ich froh, dass man mir Unterstützung leistet und die beiden zugestimmt haben, Mara einzuladen. Dank ihr verstreicht die restliche Fahrt wie im Flug. Ich muss mir was überlegen, um mich dafür zu revanchieren.

Stirling begrüßt uns mit strahlendem Sonnenschein, schmalen Kopfsteinpflasterstraßen und Häuschen mit Fassaden aus grobem Sandstein, die größtenteils aus einem anderen Jahrhundert stammen und burgähnlich anmuten. Der Weg windet sich bergauf, an einem Glockenturm vorbei und am Friedhof entlang. Wir passieren ein historisches Gefängnis. Das schnörkelige schwarze Schild an der verwitterten Mauer wirbt für Erlebnisführungen und Escape Rooms.

Mein Atem stockt vor Ehrfurcht, als wir zum ersten Mal freie Sicht auf das Schloss haben, welches auf einem Hügel im Norden des Ortes thront. Es erinnert an das Castle der Hauptstadt oder auch an die Goldene Halle in Edoras aus der Verfilmung von *Die zwei Türme*. Sofort bedauere ich, dass wir keine Besichtigung eingeplant haben. Dafür muss man sich Zeit nehmen. Mara behauptet, es sei überbewertet. Ich argwöhne, dass sie mich nur tröstet, weil Ric und Eliza nicht sonderlich scharf auf einen Museumsbesuch sind. Banausen!

Wir parken in der Nähe vom Stirling Castle, und als ich meine Beine nach anderthalb Stunden wieder lang mache, ist es eine Wohltat. Langsam gehe ich ums Auto herum. Wir könnten uns aufteilen, nur hätte ich dadurch das Gefühl, Ric im Stich zu lassen. Oder würde er sich freuen, wenn Mara und ich uns absetzen? Hat er es darauf angelegt?

Während ich mich strecke, spüre ich, dass er mich beobachtet, was nicht dazu beiträgt, mir die Entscheidung zu erleichtern.

Ric macht einen Schritt auf mich zu. Ein Funke glimmt in seiner Iris. Ich schwör's. Einmal mehr gebe ich mich der Vorstellung hin, wie er mich gegen den Wagen und seinen Mund für einen heißen Kuss auf meinen pressen möchte. Wider besseres Wissen sage ich mir, dass es ein letztes Mal ist.

Meine Knie verwandeln sich in Wackelpudding.

Sorry, Davie, höre ich ihn dank meiner lebhaften Fantasie heiser hervorstoßen, *davon habe ich seit Wochen geträumt und ich kann mich nicht mehr beherrschen.*

Sekunde.

Befeuchtet sich der echte Ric die Lippen mit der Zungenspitze?

»Geht's los?« Eliza nimmt ihn am Arm, worauf er sie verdutzt anblinzelt. Es ist zu niedlich. Wenn das nur ich an seiner Seite wäre.

»Ja«, willigt er ein und fährt sich mit der freien Hand durch die Haare. Ich erinnere mich, wie fluffig sie sich bei unserer Umarmung nach der Party angefühlt und wie herrlich sie gerochen haben. »Kommt ihr, Davie, Mara?«

Mein Mund ist zu trocken. Ich kann die beiden nicht unbeaufsichtigt lassen. Nicht, solange ich Grund zu der Annahme habe, dass Eliza Ric das Herz brechen wird. Die einzige Person, die sich sprunghafter verhält als er sich mir gegenüber, ist sie, wenn es um ihn geht. Möglicherweise bedeutet das aber auch, dass Ric mir irgendwann noch eine Chance gibt, wenn er sich sie nach einem Korb aus dem Kopf geschlagen hat. So viel dazu, mich der Realität zu stellen.

KAPITEL 30

RIC

Hand in Hand mit Eliza durch die Stadt zu bummeln, müsste eine fabelhafte Entschädigung dafür sein, dass sie im Auto nicht vorne bei mir sitzen wollte. Leider kommt sie damit zu spät um die Ecke. Ich bin längst nicht mehr richtig bei ihr, zumindest emotional, was unfair ist, da sie nun voll bei mir ist. Genau genommen war es schon bergab gegangen, als sie Davie zu unserem Date eingeladen hat. Auf diese Weise durchkreuzte sie grandios meine Pläne für Stirling und es wäre angebracht, deswegen angefressener zu sein, als ich es bin.

Vor meinem inneren Auge sehe ich wiederholt, wie Davies grüner Rollkragenpulli vorhin hochgerutscht ist, als er sich nach der Fahrt geräkelt hat, sodass ich einen Streifen seines Bauchs erkennen konnte. Wieso ist mir nie zuvor aufgefallen, wie sexy Körperbehaarung ist? Noch immer fühle ich mich erhitzt, vor allem wegen seines wissenden Zwinkerns. Wahrscheinlich meinte er das ermutigend in Bezug auf Eliza. So ist er, stets etwas flirty, nichts dabei. Nur dass es sich für mich nicht mehr wie *nichts* anfühlt.

Ursprünglich hatte ich vor, mich heute ausschließlich ihr zu widmen, damit wir nicht endlos umeinander herumtänzeln. Das macht mich sonst kirre und hätte meine Verunsicherung vielleicht ausgeräumt. Nun flirrt meine Aufmerksamkeit, wie befürchtet, wieder zwischen ihm und ihr hin und her. Währenddessen stöbern wir zuerst durch ein Geschäft, das Bilder, Deko und andere Einrichtungsgegenstände darbietet.

Mittlerweile ist meine Sorge zurück, dass das, was Davie mit mir macht, deutlich hartnäckiger ist, als ich mir zwischenzeitlich erfolgreich glaubte, eingeredet zu haben. Die Befürchtung liegt mir schwer im Magen. Ich wäre dafür, dass irgendwann so eine Art Gewöhnungseffekt angesichts umwälzender Selbsterkenntnisse eintritt, aber falls es so was gibt, bin ich aktuell meilenweit davon entfernt.

Männer sind nichts für dich. Ich kann es mir noch so oft eintrichtern oder darum beten. Meine Panik schwillt stetig an und ab. Am liebsten würde ich Eliza anschreien: *Wieso hast du das getan? Wir hätten es uns zu zweit so schön machen können und dann müsste ich mich nicht mit diesen mir fremden Gefühlen auseinandersetzen!* Doch ein Teil von mir ist froh darüber, mitzuerleben, wie Davie sich in dem schrägen Christmas-Shop darüber wundert, wie dieser es schafft, sich auch außerhalb der Weihnachtssaison über Wasser zu halten. Egal, was er tut oder sagt, ich könnte jedes Mal vor Verzückung aus dem Häuschen geraten. Mir ist danach, die Hände über dem Kopf zusammenzuschlagen.

Es ist meine eigene Schuld, Eliza mit meinen ausbleibenden Avancen zu irritieren und dadurch wieder ein Stück von mir wegzudrängen. Umso wichtiger, mich Davie in meiner Überforderung anzuvertrauen. Dafür sind Freunde da. Hoffentlich trägt wenigstens diese klare Botschaft an mich selbst – wer hier welchen Platz einnimmt – angesichts der Umstände dazu bei, die Flausen aus meinem Kopf zu vertreiben. Schade nur, dass ich über die nicht mit ihm reden kann. Das wäre ja noch toller, ihn dadurch zu verlieren.

Schließlich stellen wir den örtlichen Plattenladen auf den Kopf, in der Hoffnung, ein paar Schätze aufzutreiben. Nachdem Davie mir vor dem Eintreten einen erhobenen Daumen gezeigt hat, bin ich gewillter, mich bei Eliza noch mal ins Zeug zu legen. Dazu ist Musik neben dem Tanzen eine Leidenschaft, die uns immer verbunden hat.

Während wir in dem kleinen vor Auswahl überquellenden und charmanten Verkaufsraum durch die Boxen mit Schallplatten blättern, hält Eliza sich dicht bei mir. Das erleichtert es mir, ihr vertraulich etwas zuzuraunen, als ich auf ein Album von The Script stoße, das einen Song enthält, bei dem ich immer an uns denke.

»*The Man Who Can't Be Moved* – passend, wie ich finde«, traue ich mich, sie einzuweihen, nachdem mir vorhin geraten wurde, Selbstbewusstsein komme anziehend rüber. Das ist meine Intention. »Wo wir wieder vereint sind«, ergänze ich und senke dabei verführerisch die Stimme.

Dankenswerterweise schätzt Eliza meine Mühe. »Ric«, schnalzt sie mit der Zunge, »seit wann bist du so ein Charmeur?«

»Freut mich, dass du das zu würdigen weißt«, plänkele ich weiter. Erstaunlich easy. Es macht nahezu Spaß.

Dass Eliza aus Eigeninitiative gezielt Augenblicke herstellt, an denen die anderen keinen Anteil haben, bringt meine Haut zum Prickeln, sodass ich mich wundere, wieso ich mich zuvor dagegen gesträubt habe oder zumindest jemand anderen interessanter fand. Es ist ein Augenaufschlag hier, ein Lächeln da, ein Insider oder eine gemeinsame Erinnerung, geflüstert in mein Ohr. Es ist wunderbar und das bilde ich mir nicht ein, während wir die Vergangenheit kichernd heraufbeschwören. Wir hatten mal einen Tagesausflug mit der Schule hierher gemacht, bei dem es einige Komplikationen und denkwürdige Missgeschicke gab.

Die Freudensprünge, die Elizas Annäherungsversuche meinem Herz entlocken, sind echt. Nicht weniger als die Tatsache, dass ich zwischendrin mehrmals zu Davie hinüberlinse. Weiter hinten im Verkaufsraum diskutieren er und Mara über die Musik von Halsey. Es ist, als rängen in mir widerstreitende Seiten, obwohl beides parallel existiert. Was ist los mit mir, dass ich mich nicht festlegen kann? So lange hat es immer nur die Eine für mich gegeben.

Nachdem ich die Platte gekauft habe, ist unsere nächste Station auf Elizas Wunsch hin, ein esoterisch angehauchter Pflanzenladen, da sie sich vorgenommen hat, ihr Zimmer zu begrünen.

Irgendwann wird mir die ständige Grübelei zu viel. Mich beschleicht die Ahnung, etwas Größeres zu verpassen. Es reicht mir aus, als Freund*innen diesen Tag auszukosten. Das ist es, was ich möchte, und nicht, dass mir der Schädel platzt. Nachdem ich meiner alten Clique den Rücken gekehrt habe, merke ich erst den Unterschied, wie viel unbeschwerter ich mit diesen Menschen bin. Ich muss mich nicht verstellen und nichts verbergen. Auch wenn ich mich wie gewohnt bei mehreren Leuten eher zurückhalte, ist mir bewusst, dass das nicht notwendig wäre. Niemand würde etwas, was ich sagen oder tun könnte, gegen mich verwenden. Was für eine Entlastung das ist, konnte ich mir bis vor kurzem kaum vorstellen, und *wie* schrecklich es zuvor demnach gewesen sein muss. Das ist jede Menge zum Sackenlassen und doch lache ich heute ungeachtet meiner Verwirrung deutlich mehr als sonst. Es ist eine nette Abwechslung zu dem alltäglichen Trott.

Stirlings Stadtkern ist mit seinen Altbauten ein Hingucker, aufgrund der überschaubaren Größe heimeliger als Glasgow und dennoch nicht so dörflich wie unser Heimatort. Ein Dudelsackspieler in der Fußgängerzone bezirzt die Touris und auch Davie geht hin, um Kleingeld in den aufgestellten Becher zu werfen. Er ist so ein lieber Kerl und das zu beobachten erwärmt meinen ganzen Körper. Das ist nun so, dagegen kann ich nichts ausrichten. Theoretisch finde ich die Vorstellung, mich daran zu gewöhnen, reizvoll. Wenn er eine Frau wäre, dann könnte es glatt irgendwo hinführen, ohne mein bisheriges Weltbild vollends zum Einsturz zu bringen. Aber er ist keine und noch mehr Unverständnis, noch mehr Ablehnung, noch mehr Spott kann ich nicht ertragen.

Vor einem Geschäft, das traditionelle schottische Bekleidung mit Tartanmuster im Sortiment hat, bleibt Mara mit schiefgelegtem Kopf stehen. Ihre langen Ohrringe, die Schmetterlingsflügeln nachempfunden sind, klimpern. »Ich würde gern mal einen Kilt tragen«, sagt sie.

»Wieso nicht?«, wirft Eliza ein. Sie tritt neben die Blondine und betrachtet die Puppen im Schaufenster. Mit ihr wäre es auf jeden Fall leichter, das ist nicht zu leugnen. Egal, wie sehr ich diese Wahrheit hasse. Es ist ein Punkt für sie, aber bei weitem nicht alles, was mich zu ihr zieht. Wäre zu einfach.

»Ich kann's nur empfehlen«, höre ich mich sagen, ehe ich es schaffe, mich zu stoppen. »Ich dachte früher immer, ich dürfte keinen anziehen.« Dass ich freiwillig und nebenbei eine solche Info, die meine Transgeschlechtlichkeit andeutet, in eine Unterhaltung einstreue, ist eine Premiere. Dabei bin ich vor Mara nicht mal geoutet. Vorausgesetzt, sie hat es nicht über Davie oder das Internet erfahren. Meine Wangen erhitzen sich. »Dieses Kleidungsstück war ja ursprünglich Männern vorbehalten«, erläutere ich ruhig, trotz des kleinen Schrecks. »Umso bedeutungsvoller ist es für mich gewesen, als ich das erste Mal einen Kilt anhatte.«

Das war bei einem offiziellen Auftritt meiner Mum als Bürgermeisterin. Ich war nicht mal so genervt wie sonst über die Verpflichtung, sie zu begleiten, sondern hatte den Eindruck gehabt, ganz und gar von ihr und meinem Vater anerkannt zu werden. Es hatte mich fast zu Tränen gerührt, was etwas demütigend war. Noch demütigender ist, wie ich mich geirrt habe. Mit meinen Freunden mag ich gebrochen haben. Meine Eltern sind eine andere Nummer. Irgendwann muss ich mich der, wie mir schwant, auch widmen. Nicht heute.

»Glaube ich sofort«, sagt Mara. Sie sieht mich nicht im Geringsten komisch an. Mein Pulsschlag verlangsamt sich wieder. Sie ist so cool wie bei unserem Kennenlernen.

»Diese Praxis, alles Mögliche einem binären Geschlecht zuzuordnen, ist so eine lächerliche Angewohnheit«, seufzt Davie.

»Was würdest du denn gern mal tragen oder machen?« Mara ist schneller als ich und obwohl wir ein ähnliches Gespräch auf dem Walk zum Wasserfall hatten, bin ich gespannt.

Ich glaube, er ziert sich. »Mich schminken zum Beispiel«, antwortet er nach einer Weile.

Das kann ich nicht nachvollziehen. Für mich war das absolut nichts. Eventuell könnte ich Davie eine Freude bereiten, wenn wir es gemeinsam testen und ich ihm zeige, wie es geht? Dann wäre die Zeit, die ich früher darauf verwendet habe, mir Wissen über Make-up anzueignen, nicht verschwendet gewesen.

»Tu das auf jeden Fall mal«, bestärkt Eliza ihn lächelnd. »Steht dir bestimmt großartig.«

Er nickt zögerlich. Ich nehme mir vor, das Thema zu einem anderen Zeitpunkt, wenn wir allein sind, erneut aufzugreifen.

In einem der zahlreichen süßen Coffeehouses legen wir eine Pause ein, um uns mit einem Stück Kuchen für den Aufstieg zum Wallace Monument zu stärken, einem Turm, welcher auf einem der benachbarten Berge erbaut wurde. Das soll unser Tagesabschluss werden.

»Halt!«, empört Davie sich, als ich den letzten Programmpunkt zur Sprache bringe. Die Schwermut, die ich ihm kurz meinte anzumerken, hat sich verzogen und so verfliegt die meine. »Von einer Kletterpartie war nie die Rede. Ric, willst du es darauf anlegen und mich vorzeitig ins Grab befördern?«

Inbrünstig lege ich mir eine Hand auf die Brust und suche seinen Blick über den runden Bistrotisch hinweg. »Das würde ich mir nie verzeihen.«

»Die Strecke ist nur halb so anstrengend, wie sie klingt«, hilft Mara mir dabei, meine hehren Absichten zu untermauern. Wie freundlich von ihr. Sie gießt sich Tee ein, welcher uns in einer blumenberankten Kanne serviert worden ist. »Wir werden ruckzuck da sein.«

»Cheers«, proste ich ihr mit meiner Tasse zu.

Zumindest die Fahrt von Stirling bis zum Fuße des Abbey Craig dauert mit dem Auto nur wenige Minuten. Davie nennt das »unsere Gnadenfrist«. Im Gegensatz zu ihm hält Eliza, am Berg angekommen, zielstrebig auf jenen Pfad zu, der in den Wald hinein- und laut Beschilderung zum Aussichtspunkt hinaufführt. Da hätte ich es erahnen sollen.

Kaum spannen sich die ersten Baumkronen über unseren Köpfen, ruft sie: »Wer zuerst oben ist!«

Verschwörerisch funkelt sie mich an, was wie ein Stromstoß in mich fährt. Dann rennt sie los. Für Widerspruch lässt sie uns keine Chance.

Ich nehme an, an ein Wettrennen hat Mara nicht gedacht, als sie sich im Café auf meine Seite geschlagen hat. So haben Eliza und ich es stets gehalten, uns einander zu Höchstleistungen anzutreiben. Von daher bin ich nicht allzu überrascht.

Dennoch benötige ich mindestens zwei Sekunden zu viel, um zu schalten, dass sie mich herausgefordert hat. Nie und nimmer lasse ich mich von ihr ausbooten. Ich hänge mich an ihre Fersen und folge in Highspeed dem sich in Serpentinen hinaufwindenden Weg. Wie in den guten alten Zeiten. Ist es das, was ich möchte, und gar nichts Neues?

»Scheiße«, höre ich Davie hinter mir fluchen, nehme mir aber nicht die Zeit, um zurückzusehen und auszuchecken, ob er und Mara sich unserem Run anschließen.

Es gilt, Eliza einzuholen, deren roter Zopf vor mir hin und her fliegt, während sie ein ordentliches Tempo vorlegt. *Na, warte!* Ich gebe alles, um mehr zu beschleunigen. Die dicke Jacke schränkt meine Bewegungsfreiheit ein. Ebenso der Binder, den ich nicht angezogen hätte, wenn ich auf einen Sprint vorbereitet gewesen wäre.

Ich kann nicht sagen, wie lange wir brauchen, um bei dem neugotischen Bauwerk anzulangen. Die eisige Luft brennt in meinen Lungen. Am Ende erreicht Eliza das Monument vor mir und hat sogar genug Energie übrig, um einen Luftsprung zu machen. Unglaublich!

Keuchend werde ich langsamer, halte neben ihr an.

»Das«, bringe ich hervor, »war fies.«

Ich bin nass geschwitzt, was ich ein bisschen eklig finde. Eliza nimmt davon keine Notiz. Sie strahlt und hüpft leichtfüßig vor Adrenalin auf mich zu. Immerhin ist ihr Gesicht gerötet, was sie umso hinreißender macht. Das ist sie, und ich lächele automatisch.

»Das war grandios«, korrigiert sie mich, wobei sie mich zu sich heranzieht und ihren Mund sehr nah an meinen bringt. Mein Herz setzt aus. Von einer Sekunde auf die nächste kippt etwas in mir. Ehe ich mich versehe, streicht ihr Atem bereits über meine Lippen. Das geht so schnell, aber es reicht, um zu wissen, was ich gerade jedenfalls nicht will. Nicht, wo alles so undurchsichtig ist.

Dank des Schnaufens hinter uns wende ich zum Glück rechtzeitig den Kopf, zu Davie und Mara, in exakt dem Moment, in dem Eliza mich zu küssen versucht. Denke ich, so wie das abläuft. Der Kuss geht daneben und wie von selbst weiche ich dadurch noch weiter zurück. Die kurzzeitige Erleichterung wird gleich von einem anderen deutlich intensiveren Gefühl überlagert.

Fuck!

Mein Kopf glüht auf. Entsetzt starre ich sie an, die sofort so tut, als wäre nichts gewesen. Dabei steht außer Frage, was das werden sollte, und ich komme mir vor wie der größte Arsch. Ich habe Eliza dazu ermutigt, nur um sie abzublocken. Dabei lag es nicht in meiner Absicht, sie zu verletzen! Wie konnte das passieren? Weil ich mich wie ein launischer Playboy aufführe, der mit seinen Lustobjekten herumschäkert. Wie zum Teufel konnte ich das, worauf ich seit Jahren hinfiebere, so vermasseln?

Ruckartig drehe ich Eliza den Rücken zu, statt mich zu entschuldigen oder ihr meine Reaktion zu erklären, weil ich keine Erklärung für dieses Verhalten habe. Ich erkenne mich nicht mehr wieder. Ich muss herausfinden, was ich möchte, bevor ich handele, und zwar besser früher als später. Am logischsten wäre es, diese aussichtslose Vernarrtheit in Davie irgendwo tief in mir zu vergraben. So wie ich das damals bei ihr getan habe? Die Aussicht, dass das klappt, ist gering, wo es mir exakt diese Überbleibsel momentan unter anderem so schwer machen.

Ich fake ein zu lautes Lachen, um das Rauschen in meinen Ohren zu übertönen. »Da seid ihr ja!«

Es ist mir schleierhaft, wie es Davie gelingt, derart finster dreinzuschauen. Ich fürchte, er macht nicht bloß Spaß. »Wie war das, ist alles harmlos?«, fragt er mich schwer atmend.

Oder hat das was mit Elizas und meiner Kuss-Panne zu tun, statt mit dem Erklimmen des Berges? Er muss gesehen haben, was im Begriff zu geschehen war. Als wäre das für sich genommen noch nicht unangenehm genug.

Da geht mir etwas auf.

Wenn Davie unser Beinahe-Kuss bitter aufstößt, könnte das bedeuten, dass er eifersüchtig ist. Ich hätte das nicht für möglich gehalten, aber mir wird noch schwummeriger. Bislang dachte ich, er wäre nett und das Kokettieren seine Art. Außer es ist nicht nur das!

»Komm her«, bitte ich ihn mit zittriger Stimme. Zur Versöhnung und um zu erfahren, wie es nun auf mich wirkt, ihn zu berühren, strecke ich die Hand nach ihm aus. Stumm flehe ich ihn an, mich nicht im Regen stehen zu lassen, wo ich selbst keine Ahnung habe, was mit mir geschieht. »Es tut mir leid.«

Wahrscheinlich ist er noch aus der Puste und stolpert deshalb über seine eigenen Füße unwillentlich auf mich zu. Oder hat Mara ihm einen Schubs verpasst? Ich kann es nicht sicher sagen. Um sich abzufangen, muss Davie meine Hand ergreifen.

Das fühlt sich an, als würden zwei Teile, die zusammengehören, ineinander klicken.

Shit und *Ja*, durchzuckt es mich.

Davie blickt trotzig, als wollte er sich unter keinen Umständen eine Blöße geben. Ich hebe eine Braue, damit er mir genauso wenig in die Karten schauen kann. Mit einem Nicken erlaubt er es mir, ihn auf das schmiedeeiserne Geländer zuzuführen, was entweder eine kindische Spielerei ist oder alles bedeuten mag. Ich schaudere.

Am Rande nehme ich wahr, wie Mara und Eliza zu uns aufschließen, vermeide es wohlweislich, meine Ex-beste-Freundin anzusehen. Irgendwas muss mir einfallen, um sie um Verzeihung zu bitten. Langsam dürfte ich darin erprobt sein.

Hinter uns ragt der von Zinnen gekrönte Turm in die Höhe. Vor uns erstrecken sich weit unter uns die Stadt, das einstige Schlachtfeld von Stirling Bridge und dahinter die Gargunnock Hills, wie uns die Tafel zum Aussichtspunkt informiert. Bis die Sonne untergeht, dauert es noch eine halbe Stunde. Es ist und bleibt ein eindrucksvoller Ausblick.

»Macht das die Sporteinlage wett?«, erkundige ich mich in meinem unschuldigsten Tonfall bei Davie. Etwas Normalität zu wollen, ist in Ordnung, oder?

Für einen Sekundenbruchteil legt er den Kopf auf meine Schulter. Ich war mir nicht im Klaren darüber, *wie* nah wir beieinanderstehen. Auf einmal singt jedes Molekül meines Körpers nur für ihn.

»Das hier tut es«, sagt er leise.

Und mir geht auf, dass mehr Klarheit keinesfalls meine Probleme gelöst hat. Wie fände ich es, nicht nur ein Freund wie jeder andere für

Davie zu sein? Bin ich jetzt, so wie er, doch bi? Habe ich mich zur selben Zeit in mehrere Personen verliebt? So kann man sich was vormachen.

Die drohenden Folgen treffen mich wie der frontale Zusammenstoß mit einem Lastwagen. Ich will ausweichen, nur bin ich vor Angst wie gelähmt.

KAPITEL 31

DAVIE

Worüber auch immer Ric und ich nach Elizas und seinem Kuss-Desaster beim Wallace Monument gesprochen haben, für ihn ging es bei diesem Wortwechsel nicht um das, was zwischen *uns* passiert. Was glaube ich, wer ich bin? Die Tage danach liegt er mir ununterbrochen damit in den Ohren, wie er es bereut, die Situation mit *ihr* vermasselt zu haben, und sticht mir damit jedes Mal ein Messer ins Herz.

Viel zu lange starre ich bereits auf die Buchseite vor mir, ohne einen einzigen Satz zu lesen. Stöhnend lasse ich meine Lektüre sinken und pfeffere *Camp* von L.C. Rosen neben mir auf die Matratze, obwohl das Buch nichts dafür kann, dass ich an diesem Mittwochabend mit den Gedanken überall und nirgends bin. Ich habe alles für einen die Seele streichelnden Self-Care-Tag gegeben und es mir richtig gemütlich gemacht. Gesichtsmaske und Flanell-Pyjama inklusive! Nun liege ich im Bett und das Buch gefällt mir bisher super, wobei es unheimlich ist, wie sich manche Stellen mit meiner Realität überschneiden. Nichts hilft gegen meine innere Unruhe.

Hätte Eliza sich nicht bereit erklärt, am kommenden Samstag mit Ric zelten zu gehen, wäre er gar nicht mehr zu beschwichtigen gewesen, weil sie sich die Woche über noch mal vollständig ihren Proben am Theater widmen möchte. Was heißt, dass sie sich bis dahin nicht sehen und dieser Fauxpas zwischen ihnen hängt. Gott Gnade mir. Das tut er ausnahmsweise, da Ric noch nicht vom Dinner bei seinen Eltern zurück ist und je später es wird, desto eher kann ich gleich vorgeben, ich würde schlafen.

Das ist verdammt traurig, weil ich im Grunde jede Sekunde mit ihm auskosten und in die Länge ziehen möchte, aber ich packe seine Schwärmerei für diese Frau nicht mehr.

Dem Drang widerstehend, mir die Decke über den Kopf zu ziehen, greife ich nach meinem Handy und öffne Instagram, um mich abzulenken, damit ich nicht zu allem Überfluss irgendeinen Quatsch davon träume. Nervigerweise wird mir zuerst Werbung präsentiert statt Feeds von Accounts, die ich abonniert habe. Ich will die Anzeige wegklicken, als ich genauer hinschaue.

Es handelt sich um eine Eventankündigung für ein Literaturfestival, das im Oktober in Glasgow stattfindet. Das klingt interessant! Neugier und Aufregung erfassen mich. Ich swipe durch die Bilder, die Bücherstände, Lesungen und Signierstunden, Talks und Meet & Greets mit bekannten Autor*innen versprechen. Nice! Als ich den Preis für die Eintrittskarten entdecke, beschließe ich, es mir noch mal zu überlegen, ob ich hingehe. Am besten, ich frage mal die anderen aus der Schreibgruppe, ob sie das Fest kennen und denken, dass es sich lohnt. Ich speichere mir den Post für später und scrolle weiter.

Outfits of the Day, Photodumps und Mini-Vlogs folgen auf Interior-Inspiration und Schminktutorials. Lesetipps und -updates wechseln sich ab mit News, Infotexten und gedankenanregenden Zitaten oder Poesie.

Auch einer meiner liebsten queeren Influencer @phinally.phil hat einen neuen Beitrag hochgeladen. Das süße Pärchenbild fängt mich etwas auf. Ich erinnere mich gut daran, wie Philipp uns in der Vergangenheit an seinen zahllosen erfolglosen Datinggeschichten hat teilhaben lassen. Dass er den Richtigen gefunden hat, macht mir Mut und es freut mich zu sehen, dass er und sein Freund noch zusammen und glücklich miteinander sind. Dabei spielt es keine Rolle, dass ich den Typen in echt nicht kenne. Ach ja …

Immerhin hat Mara mir nach Stirling bestätigt, dass Ric sich merkwürdig benimmt und ich mir das nicht einbilde. Das ist mir ein Trost. Was mir weniger zusagt, ist ihr Rat an mich, ihn zur Rede zu stellen. Die bloße Vorstellung verursacht mir Übelkeit. Laut ihr gibt es zwei Möglichkeiten. Entweder Ric kapiert nicht, was zwischen uns abgeht, und manipuliert sich unbewusst, obwohl da etwas ist. Oder er merkt es und nutzt mich nach Strich und Faden aus. Ihrer Meinung nach kann ich nur gewinnen. Was sich mir nicht erschließt: Wie will sie sicher sein, dass er nicht hetero ist und wir eine innige Freundschaft führen? Selbst wenn er auf mich steht, wäre da meine Konkurrentin, der er den Vorzug gibt. Eingepfercht in einem Zelt, wegen der nächtlichen Kälte aneinander gekuschelt, ist es unausweichlich, das mit ihnen zu einem krönenden Abschluss zu führen. Dass Eliza zugestimmt hat, muss bedeuten, dass sie auch bereit dafür ist und ihm die Zurückweisung vergibt. Das war schließlich ein Versehen, wie er sicher nicht nur mir gegenüber wieder und wieder betont hat.

Es klopft an meiner Zimmertür. »Davie?«

Ich schrecke auf, war so versunken, dass ich die Wohnungstür überhört habe.

Einen Augenblick zögere ich, bevor ich mich erbarme und reagiere. »Mhm?«

»Darf ich reinkommen?«, höre ich Ric dumpf durch das Holz.

»Tu dir keinen Zwang an!«, rufe ich fröhlich.

Die Tür schwingt auf. »Hast du gerade Zeit?«

»Für dich immer«, antworte ich mit einer unüberhörbaren Prise Ironie. So bedröppelt wie er daraufhin zu Boden schaut, ärgere ich mich über meinen fiesen Witz. »Haha«, macht er, nicht im Geringsten amüsiert. »Tut mir leid, dass ich dich zuletzt so überstrapaziert habe. Ich weiß, wird langsam anstrengend. Ausnahmsweise geht es nicht um Eliza.«

»Sorry«, entschuldige ich mich und deute aufs Bettende. »Was ist denn?«

Ric setzt sich und mir wird kribbelig zumute. Das letzte Mal, als wir zusammen auf einem Bett saßen, hatte ich ihn in seinem Zimmer auf die Matratze gedrückt, um ihm das Hemd aufzuknöpfen, es ihm von den breiten Schultern zu streifen und ihm danach das T-Shirt über den Kopf zu ziehen. Ich hatte Ric lediglich beim Ausziehen geholfen, weil er zu betrunken war, um das allein auf die Reihe zu kriegen. Trotzdem wallt Hitze in mir auf. Ich würde gern wissen, wie viel er davon noch weiß und ob er es wiederholen wollen würde. Diesmal bei vollem Bewusstsein und mit einem anderen Ziel. Ich hatte mich in dieser Nacht bemüht, ihn nicht zu mustern. Mein Gehirn hat trotzdem einige Details gespeichert.

»Über die Tanzstunden mit Eliza habe ich das voll vergessen.« Ric faltet die Hände im Schoß.

Ich gebe mir einen imaginären Klaps auf den Hinterkopf, um die Überbleibsel meiner Konzentration zusammenzuraffen, und nicke, damit er fortfährt.

Er stößt die Luft aus. »Mein Fußballtrainer hat mir angeboten, das Training der D-Mädchen zu übernehmen. Ich soll ihm morgen meine Antwort mitteilen. Aber ich weiß nicht, ob ich das machen möchte.«

»Was spricht dagegen?« Obwohl er sich das bestimmt schon überlegt hat, gebe ich ihm so die Gelegenheit, sich jemandem mitzuteilen.

Dass Ric diesen Schritt gemacht und mich dafür auserwählt hat, ist schlichtweg schön. Es kann unmöglich sein, dass derselbe Mann mich auf der anderen Seite systematisch verarscht. Er mag als Jugendlicher Mist gebaut haben, aber ich sehe, wie gewillt er ist, zu seinen eigenen Werten zu stehen und an denen ist nichts auszusetzen. Er hat weder eine hinterhältige noch gemeine Ader, davon bin ich überzeugt. Bleibt nur Variante Nummer eins – er will mich, ohne sich darüber klar zu sein. Oder das grausame Erwachen, wenn ich das mit uns zerstöre, indem ich ihm meine unerwiderte Verliebtheit gestehe.

»Zum einen bin ich unsicher, was meine Kompetenz betrifft. Ich kann nicht mal für mich Verantwortung übernehmen und nun soll ich diese Kids anleiten?«

»Na logisch bist du das!« Ich hebe die Brauen. »Sonst würden sie dir diese Aufgabe nicht anvertrauen. Du arbeitest ja an deinen Schwächen.«

»Schon, aber insgesamt finde ich Fußball nicht besonders cool«, gibt Ric zu bedenken. »Ich finde es auch nicht schlecht. Nur Ballett bewegt mich deutlich mehr und ich möchte Martin und Co. nicht mehr sehen. Ich denke eher, dass ich komplett aufhören und stattdessen hobbymäßig wieder Ballettunterricht nehmen sollte.«

»Mhm«, mache ich und lehne mich zurück ins Kissen. »Ist aber gut, dass du das schon mal weißt. Überleg mal, wie krass es ist, dass du dir das inzwischen eingestehen kannst.«

Er verzieht keine Miene. Typisch, als wollte er mir noch mal beweisen, wie emotionslos und knallhart er sein kann.

»Raus mit der Sprache«, foppe ich Ric liebevoll, da dieses Hin und Her einem altbekannten Muster folgt.

Wenn er mir auf diese Weise zeigt, wie sehr er mich mag, beschleicht mich nahezu die Hoffnung, ich könnte zumindest im Kleinen in dieser Welt etwas bewegen und hinterlassen. Dann lande ich eben keine Bestseller-Romane. Das hier, für einen Freund da zu sein, hat auch eine

Bedeutung. Womöglich steckt hinter dem so tief in mir verwurzelten Wunsch danach, als Autor berühmt zu werden, nur ein gewisser Geltungsdrang, weil mir die Anerkennung meiner Person, von mir als Mensch, zu häufig versagt wurde.

»Wobei der Nebenjob«, leistet Ric meiner Aufforderung Folge, »eine gute Übung wäre, um Berufserfahrung zu sammeln. Das könnte mir bei der Entscheidung helfen, wie es nach dem Studium für mich weitergeht. Egal, wie wenig ich verdiene, so könnte ich darauf hinarbeiten, mich von Mum und Dad abzunabeln.«

»Geht nicht beides?«, unterbreche ich ihn.

»Was meinst du?«

»Musst du selbst Fußball spielen«, präzisiere ich, »um die Mannschaft trainieren zu dürfen?«

Darüber denkt er nach. »Ich glaube nicht«, räumt er ein.

Ein Lächeln erfasst meine Lippen. »Ich würde sagen, da hast du deine Antwort. Du wirst das großartig hinkriegen!«

Deutlich verhaltener nickt Ric. »Wir werden sehen.«

»Und ob *wir* das werden«, ereifere ich mich.

Ich will nicht, dass das mit uns jemals endet. Wenn wir mehr nicht sein können, möchte ich wenigstens das behalten. Die Freundschaft und sein Vertrauen.

Im Stillen frage ich mich: *War es so schlimm bei seinen Eltern?*

Nur sollte ich in dem Fall zuerst vor meiner eigenen Haustür kehren. Macht man das nicht so?

»Süßer Schlafanzug übrigens«, stellt Ric fest und zeigt auf die Teddy-bären, mit denen der dunkelblaue Stoff meiner Nachtwäsche bedruckt ist.

Meine Wangen erwärmen sich. »Du bist süß«, murmele ich.

Merkt er, dass er mir damit nicht bloß ein Kompliment gemacht hat, sondern mich darin bestärkt, mir treu zu bleiben, obwohl das nicht der maskulinste Look ist? Ich wünsche ihm, dass er irgendwann auch so für sich da sein kann.

Fälschlicherweise nehme ich an, dass Ric darauf noch etwas kontern möchte. Doch er erhebt sich. »Danke fürs Zuhören.«

»Gute Nacht«, sage ich.

KAPITEL 32

RIC

Selbst die Überquerung eines Minenfelds ist sicherer, als ein Aufeinandertreffen mit meiner Mutter und meinem Vater unbeschadet zu überstehen. Zumindest gilt das, wenn man ich ist. Ihre letzte Attacke hängt mir noch nach, als ich rund vierundzwanzig Stunden später mit Davie zur Farm von Bauer Winfried spaziere. Wahrscheinlich liegt das auch an dem Schlamassel, in dem ich stecke und der mich beunruhigend dünnhäutig macht. Natürlich sagte ich nicht *Nein*, obwohl mein Verstand mir dazu riet. Vielmehr hatte der Teil von mir, der Davie für den tollsten und schönsten Menschen auf dem Planeten hält, die Führung übernommen und ihn gebeten, mich zu begleiten. Wir wollen Eier und frische Milch besorgen und er war bisher immer nur im Supermarkt, weshalb er sich mir gerne anschloss. Außerdem hat es vorhin aufgehört zu regnen. Der unverwechselbare Geruch des Niederschlags vermischt sich mit jenem nach frisch gemähter Wiese und feuchter Erde und ich bin dankbar, dass der heutige Donnerstag wenigstens unspektakulär begonnen hat: mit Uni für mich und einer Schicht im Laden für ihn.

Um mich von meinen Gefühlen für Davie zu läutern oder dem einen Riegel vorzuschieben, ist es zu spät. Anstatt den Weg vor uns würde ich wieder viel lieber ihn ansehen: mit der rosa Wollmütze, ein leichtes Lächeln auf den Lippen, einem Haufen kluger Gedanken im Kopf und liebenswürdigster Gutmütigkeit im Herzen. Sich dem willenlos zu ergeben, wäre so leicht. Mein Kiefer verspannt sich, ich löse ihn, sobald ich es merke. Das kann nur nicht die Lösung sein. Aber bis ich etwas Besseres weiß, belasse ich alles so, wie es ist. Zu viel Veränderung auf einmal ist schlecht.

»Er hat es gut aufgenommen?«, fragt Davie wie aufs Stichwort und kickt mit der Spitze seines weißen Sneakers ein Steinchen vor sich her über die Straße zwischen den Feldern.

»Total«, bestätige ich und ärgere mich, wieso ich mich nicht an Archs begeisterter und verständnisvoller Reaktion festhalten kann, statt an meinen Eltern zu verzweifeln. »Ich durfte, wie du siehst, sogar aussuchen, ob ich ein letztes Mal beim Fußball mitmachen möchte. Sonst wäre ich jetzt noch da.«

»Wieso wolltest du nicht?«

»Es hätte sich falsch angefühlt. Allerdings bin ich schon traurig.«

Meine früheren Freunde ausgenommen, hatten ein paar der Jungs Bedauern über meinen Ausstieg ausgedrückt. Das bewegt mich mehr, als ich es mir vorgestellt hätte. Ich dachte, niemand würde mich richtig wahrnehmen und wenn nur als den Sohn der Bürgermeisterin. Sie schienen es jedoch ehrlich zu meinen.

»Dafür werde ich bald noch etwas eingewiesen, bevor man mich auf die Kleinen loslässt«, ergänze ich mit einem lachenden und einem weinenden Auge.

Es war besser und konsequenter, direkt einen harten Strich zu ziehen. Vermissen werde ich trotz des netten Abschieds vermutlich keinen von ihnen.

»Hast du erwähnt, was du nun machen möchtest?«

»Nicht das Ballett, wenn du das meinst ... « Ich beiße mir auf die Zunge. »Dass ich die D-Mädchen übernehme, schien als Begründung ausreichend für meinen Austritt aus der Mannschaft. Wir haben alle bloß ein begrenztes Zeitkontingent zur Verfügung.«

»Entschuldige«, rudert Davie zurück. »Das war reines Interesse. Sollte keine Kritik daran werden, dass du es ihnen nicht erzählt hast.«

Ich weiche einer Pfütze aus. »Schon gut.«

Nur ist es das? Ich bin hervorragend darin, mich an jenen Punkten aufzuhängen, in denen ich versage.

Das Verhör beim Abendessen gestern begann damit, dass Mum kommentierte, dass ich zugenommen habe. Das für sich genommen wäre daneben. Ich weiß das. Doch so wie sie mit ihrer Gabel auf meinen Oberkörper deutete, war ich mir plötzlich hundertprozentig sicher, dass sich die Form meiner Brust zu meinem Nachteil verändert hat. Wie sonst käme sie darauf? Auf Samuels Gewicht, der wie üblich neben mir saß, hat sie im Übrigen noch nie herumgeritten. Wider besseres Wissen hoffte ich, gegen das Schaudern ankämpfend, es sei nur meine eigene Dysphorie, die mir einredete, sie hätte *davon* gesprochen oder sie behandelte mich wie eine Frau, indem sie mir misogyne Schönheitsideale überstülpte.

Bis Dad über mich hinwegbretterte. »Planst du das, was du begonnen hast, irgendwann zu beenden?«

Würden sich ähnliche Gespräche nicht regelmäßig wiederholen, hätte ich überlegen müssen, was er da aus heiterem Himmel andeutete.

Ich bin fertig mit meiner Transition, denke ich nun, den Blick auf das größer werdende Gehöft vor Davie und mir gerichtet, wenngleich ich mich in der Situation nicht wehrte. Schon als ich meinen Namen von der Warteliste für einen Mastektomie-Termin in einer Gender Identity

Klinik löschte, begannen meine Eltern »sich Sorgen zu machen«, wie sie es nennen.

»Ich verstehe dich nicht«, sagte als nächstes Mum in mein Schweigen. »Ich dachte, das wolltest du. Du kannst nicht mittendrin aufhören. Du musst dich entscheiden. Willst du ein Mann oder eine Frau sein? Wir unterstützen dich und alles, aber du kannst auch mal Entgegenkommen zeigen.«

Dad und sie spielten sich den Ball meisterhaft zu. »Begreifst du nicht, was das für ein Licht auf deine Mutter wirft? So machst du nicht nur dich zum Affen. Wie soll das irgendwer ernstnehmen? Und komm mir nicht mit diesem *nichtbinär*.«

Es ist zum Kopf gegen die Wand schlagen. Dabei bemühe ich mich, sonst würde ich kaum jede Woche zu dieser grausamen Folter auftauchen. Ich habe keine Ahnung, wann ich jemals ein Lob von ihnen gekriegt habe, obwohl meine Sehnsucht danach lange so groß war. Dass es einmal bei etwas nicht um sie, sondern um mein Wohlbefinden geht, können meine Eltern nicht ertragen.

Sie haben sich mit dem Thema Transgeschlechtlichkeit auseinandergesetzt und wissen, dass nicht jede trans* Person OPs machen möchte. Sie wissen auch um die Existenz von Menschen außerhalb des Zweigeschlechtersystems. Ihrer Ansicht nach bin ich unabhängig davon nichts Halbes und nichts Ganzes. Dazu argwöhne ich, dass Mum den politischen Kurs, den sie nach meinem Coming-out mit ihrer Positionierung zur LGBTQIAP+ Community eingeschlagen hat, zusehends hinterfragt, je mehr die Diskurse um trans* Rechte hochkochen. Vor allem anderen will sie nicht auf der Seite der Verlierenden stehen. Was sie privat denkt, ist letztlich irrelevant dafür, wie sie sich öffentlich inszeniert. Was heißt, dass ich ihr schnuppe bin. Ihr eigenes Kind.

Nur was, wenn doch ich das Problem bin? Ich fühle mich eindeutig männlich. Wieso will ich meine Brüste und Vulva behalten? Als würde ich mich nicht genug von den meisten Kerlen unterscheiden. Kann ich nicht aufhören, so für einen anderen Mann zu empfinden?

Dafür macht Davie mich nur viel zu glücklich, so wie Eliza damals.

Und heute tut sie es nicht mehr. Jedenfalls nicht auf diese Weise.

Mein Herz kümmert es nicht, wie uns die Leute betrachten.

Parallel bangt es sehr wohl darum, ob sie es mir wirklich nicht mehr übelnimmt, letztens ihrem Kuss ausgewichen zu sein.

Diese scheiß Entscheidungsschwierigkeiten!

Meine Hände ballen sich zu Fäusten, weil ich es besser wissen sollte. Es fängt wieder an zu nieseln, weshalb ich die Kapuze hochschlage und Davie und ich das restliche Stück zum Hof joggen. Dort flüchten wir schnurstracks in die Scheune, in der die Automaten mit der Ware aufgebaut sind.

Zeitweise habe ich gleichermaßen für sie beide geschwärmt. Es ist jedoch naiv, sich an etwas zu klammern, das mal war, und zu hoffen, dass es wieder stärker werden könnte, nur weil mir die Alternative mit *ihm* neben all dem Wundervollen stetig Bauchschmerzen bereitet. So ist es in Wirklichkeit, nicht wahr?

»Das hatte ich mir kitschiger ausgemalt«, beschwert Davie sich, während ich die Tastenkombination für die Milch eingebe und meine Bankkarte vor das Bezahlfeld halte. »Ich dachte an einen kleinen Hofladen, die Bäuerin hinter der Theke in Schürze und mit Haube.«

Ich verkneife mir ein Lachen. »Sorry, dass du für diese Farce von einem wahrgewordenen Landleben-Traum die Schreibgruppe hintenangestellt hast. Aber schau«, sage ich und gehe zum zweiten Automaten mit den Eiern, an den Fotos der Hennen inklusive deren Namen geklebt wurden. »Und erinnere dich an die Schafe auf der Weide, die wir letztens überquert haben.«

»Die waren gruselig.« Effektvoll reibt Davie sich die Arme.

Nun kichere ich. Wie er das hinkriegt! Egal, wie beschissen es mir sonst geht. »Dann ist das hier doch mehr nach deinem Geschmack.«

Angesichts des Heubodens, auf dem ich zu einer anderen Zeit kurz davor war, mein erstes Mal zu erleben, wandern meine Gedanken statt zu dem anstehenden Zeltausflug mit Eliza und der Frage, wie sie nach der Zurückweisung aktuell zu mir steht, in eine andere Richtung. Zum Glück habe ich diesen besonderen Moment nicht mit Courtney geteilt. Mit jemandem wie Davie – einfühlsam und zärtlich – wäre das alles besser gelaufen, garantiert, und das nicht nur wegen seiner Bisexualität. Ich bin froh, dass er mir nicht ansehen kann, was es in mir auslöst, wenn ich ihn vor dieser Kulisse betrachte. Dabei würde ich es ihm gern zeigen dürfen. Ganz offensiv. Bloß käme das aus dem Blauen, wo ich es bislang nicht mal geschafft habe, ihn zu korrigieren, als er anerkennend meinte, die Romantik beim Wildcampen sei förmlich vorprogrammiert. Für mich spielte bei der Setting-Wahl für das nächste Treffen mit meiner früheren besten Freundin eher eine Rolle, dass wir das als Kinder mit ihrer Mutter und ihrem Vater öfter gemeinsam getan hatten.

Ich weiß nicht, was mir heftigeres Herzrasen bereitet: Eliza gegenüber anzuschneiden, dass wir doch nur Freund*innen bleiben sollten, oder Davie, dass ich mir mehr mit ihm vorstellen kann und so vieles davon am liebsten sofort ausprobieren möchte.

Schluckend verstaue ich die Einkäufe in meinem Rucksack. Wenn ich es ausspreche, muss ich zugeben, dass ich mich, was meine Gefühle betrifft, geirrt habe. Ich kann es nicht mehr zurücknehmen, sollte ich erneut falschliegen. Und was, wenn ich durch die rosarote Brille getäuscht werde, Davie mich lediglich als Kumpel betrachtet?

»Ich hatte so oder so nicht vor, heute die Hidden Lane aufzusuchen«, gibt er zu. »Sonst wäre ich nach der Arbeit direkt in Glasgow geblieben.«

»Stimmt, mein Fehler.« Ich zögere. »Hat das einen Grund?«

Davie setzt eine gewichtige Miene auf. »Ich habe mich mit meiner Grandma zum Telefonieren verabredet und wir wollen ihr ein Skype-Konto einrichten. Das wird ein Spaß.«

»War das Ironie?«

»Nein, du Zyniker.«

Ich nehme den Eierkarton aus der Maschine und schiebe ihn neben die Milchflaschen. »Na dann, have fun.«

Ein wenig hilflos hebt Davie die Schultern, woraufhin ihm mein Herz zufliegt. Selbstverständlich freut er sich darauf, so ist er.

»Ich wünsche mir, dass Oma und ich uns annähern«, vertraut er sich mir an. »Nicht nur, weil es sich bei ihr um meine einzige lebende Verwandte handelt, zu der ich Kontakt habe und die einen Bezug zu Brasilien hat. Mama und Papa machen sich meistens rar.«

»Das wird schon«, bestärke ich ihn in seinem Vorhaben. »Hast du nicht erzählt, dass deine Grandma dir diesen Regenbogen gestickt hat, der in deinem Zimmer hängt?«

Er lächelt breit und erhellt damit nicht nur die Scheune, sondern den trüben Nachmittag gleich mit, wovon mir etwas schwindelig wird. »Genau.«

Nichtsdestotrotz poppt in meinem Kopf die Frage auf, ob er das Telefonat auf einen anderen Tag oder auf eine andere Uhrzeit hätte legen können. Musste er dafür der Runde seiner Autorenfriends fernbleiben? Dass Davie Geheimnisse hat und etwas für sich behält, sieht ihm unähnlich. Sollte ich beunruhigt sein? Na ja, wer wäre ich, ihn zu drängen? Er hat mir so oft alle Zeit gegeben, die ich brauchte.

Eines ist nicht zu leugnen. Das Gespräch mit seiner Großmutter gibt ihm Auftrieb.

Das führt dazu, dass er Freitag noch aufgedrehter ist als sonst und dazu überaus optimistisch. Ich lieb's, wenn er so ist. Trotz meiner unterschwelligen Anspannung motiviert mich das, mit ihm im Auto die Lieder aus der Anlage mitzusingen, während wir unsere übliche Strecke nach Glasgow bewältigen. Unvorstellbar, dass ich mich mal dafür geschämt habe, Davie zu zeigen, was mir gefällt. Ich meine, auf Musik bezogen. Es wäre grandios, wenn er noch mal meine Hand nehmen würde und ich ihn darum ebenso bitten könnte, wie die Lautstärke lauter oder leiser zu drehen. Aber noch ist da dieser Graben, den ich nicht überwunden kriege. Das, was dahinter in meiner Wunschvorstellung auf mich wartet, ist immerhin auf der anderen Seite beängstigend.

Nach einem Tracy Chapman-Song seufzt Davie zufrieden. »Es kommt mir jetzt schon vor, als könnte ich endlich würdigen, wie viel Schönes mein Schwarzsein bereithält. Weißt du? Einfach, dass Oma anders als meine Mutter nicht die Augen davor verschließt und dass ich das gemerkt habe, so wie sie mich ansieht. Nicht herabwürdigend, sondern voller Liebe. Unter anderem dafür. Für meine *mixedness*, meine nichtweißen Anteile. Sie hat nichts davon weggeschoben, weil ihr das so in den Kram passt. Das war … überwältigend.«

»Ja«, bringe ich erst nach einem Blinzeln heraus. Eine Gänsehaut überzieht meinen Körper, ich muss mich räuspern. »Das glaube ich.«

Er löst etwas Ähnliches in mir aus. Wenn Davie mich betrachtet, bin ich es, den er sieht, mit jedem vermeintlichen Makel. Davor schreckt er nicht zurück, sondern kommt mir so nah, wie es noch nie jemand geschafft hat. Klar, kann man eine Person auf verschiedene Arten lieben, aber das auszusprechen, käme komisch rüber, wo es aktuell um die Verbundenheit zu Davies Großmutter geht.

Beinahe verpasse ich die Ausfahrt und wechsele erst in letzter Sekunde die Autobahnspur, so aufgewühlt bin ich auf einmal.

»Zuerst habe ich mich trotzdem nicht getraut, aber dann habe ich sie gefragt«, erzählt Davie weiter. »Darüber denke ich schon lange nach.«

»Was wolltest du denn wissen?«, frage ich meinerseits.

»*Glaubst du, ich bin Schwarz genug?*« Kurz denke ich, dass er von mir eine Antwort darauf möchte, und ich verfluche mich dafür, aus

Schüchternheit nichts von dem ausgesprochen zu haben, was mir nach meinem lapidaren »Ja« durch den Kopf geschossen ist.

»Oma hat keine Sekunde gezögert«, sagt er, seine Stimme vor Ergriffenheit beschlagen. Innerlich verdrehe ich über mich die Augen. Wie sollte ich das als weißer Mann beurteilen? Dass Davie sich vor mir entblößt, indem er mich an der Erinnerung dieses für ihn so bedeutsamen und vulnerablen Gesprächs teilhaben lässt, ist bereits eine Riesensache und ein klares Zeichen seiner Wertschätzung. »*Das entscheidest du allein. Natürlich gehörst du dazu*, hat sie gesagt. *Ich finde, wir alle sind eine Gemeinschaft und Schwarzsein kann so viele verschiedene Facetten haben. Das hast du schließlich von mir mitbekommen. Egal, was sonst wer dazu meint.*«

»Wow«, ist alles, was mir daraufhin einfällt.

Zum Glück findet Davie das nicht enttäuschend. Es ist unübersehbar, wie er zu dieser Frau aufblickt. »Ja, oder?«, erwidert er grinsend. »Wobei in Brasilien sowieso ein anderes Verständnis von diesen Kategorien vorherrscht. Ein Großteil der Bevölkerung ist dort *mixed*. Was nicht bedeutet, dass kein Rassismus existieren würde und inzwischen wohnt Oma ja auch in Deutschland …«

Verstehend nicke ich. »Ich hoffe, dass ihr euch in Zukunft noch ganz viel gegenseitig zu geben haben werdet.«

»Definitiv«, bekräftigt er. »Danke.«

Meine Finger umklammern das Lenkrad fester. »Ich kann deiner Grandma übrigens nur zustimmen«, ergänze ich mit einem raschen Seitenblick, obwohl ich meine volle Konzentration für den Verkehr bräuchte. »Du bist wunderbar, auch auf jede andere erdenkliche Weise.«

Mein Herz hämmert heftig. Aus dem Augenwinkel erkenne ich, wie Davie erneut nickt. Allerdings wirkt er, was das betrifft, nicht so überzeugt. Eine kleine Falte entsteht zwischen seinen Brauen. Wie kann ich ihn dasselbe empfinden lassen, was er in mir auslöst?

Ohne ihn wäre ich nie da angelangt, wo ich heute stehe. Ohne ihn hätte ich Eliza nie zurückbekommen. Ohne ihn würde ich noch ewig mit mir hadern, bevor ich mich dazu überwinde, Klartext mit ihr zu sprechen oder ihr zumindest mitzuteilen, dass ich kaum etwas mit Sicherheit sagen kann. Außer, dass er mich für sich eingenommen hat. Morgen kriegen sie und ich eine ganze Nacht. Da werde ich Zeit haben, um mehrere Anläufe zu nehmen.

Da es sich um keinen Spaßtrip handelt, habe ich wenig Lust, aber ich will wiedergutmachen, wie wir auseinandergegangen sind. Noch mal möchte ich keine jahrelange Funkstille oder gar einen endgültigen Kontaktabbruch riskieren, sollte es durch eine Aussprache zu vermeiden sein. Egal, wie viele Jahre verstrichen sind, weiß ich eines inzwischen ohne Zweifel: Eliza wird Verständnis für mich haben, weil es bisher stets so war. Der Samstag steht in den Startlöchern. Ich bin bereit. Möglicherweise kann ich mit ihr sogar über Davie und das sprechen, was ich in seiner Gegenwart zu fühlen meine. Diese Aussicht versetzt mich in einen flatterhaften Zustand.

Schließlich stößt Davie ein anderes Thema an. Er fragt mich, ob ich queere Vorbilder habe, und empfiehlt mir ein paar aktivistische und empowernde Instagram-Accounts, denen er folgt, weil mir spontan niemand einfällt. So beiläufig, wie er das einstreut, wird Queerness zu einem Gesprächsthema wie jedes andere. Es macht mich immer noch baff, dass das möglich ist. Zumal er danach auf ein Literaturfestival umschwenkt, welches er gern besuchen würde, wenn die Karten günstiger wären. Ich bin dankbar für die Ablenkung.

Nachdem wir in Glasgow angekommen und in verschiedene Richtungen auseinandergegangen sind, tippe ich guten Willens eine Nachricht an Eliza in mein Smartphone, bevor ich mich auf den Weg zu meiner Ärztin mache.

Passt es dir, wenn ich dich morgen gegen fünf einsammele? Ich freu mich!

Mein erstes Seminar *Sportspiele*, das mir unter anderem am meisten Freude bereitet, muss heute leider ausfallen, weil ich meine Testosteron-Injektion erhalte. Die ist alle drei Wochen fällig und zu einer Gendereuphorie-auslösenden Routine für mich geworden. Daran kann nicht mal der Schmerz etwas ändern oder dass ich dafür die Hosen herunterlassen muss, damit Dr Adams an meinen blanken Hintern gelangt.

Nach der Spritze bleibe ich, wie angeordnet, ein paar Augenblicke bäuchlings liegen, bevor ich mich vorsichtig aufrappele, mich anziehe und von der Liege hieve. Mein linker Gesäßmuskel protestiert, als ich das entsprechende Bein auf dem Boden aufsetze. Nach ein paar Schritten ist es auszuhalten und ich marschiere mit beschwingtem Gang aus der Praxis zum Campus.

Ich bin mehr als froh, dass ich Zugang zu dieser Behandlungsmöglichkeit habe, die mein Leben so sehr aufwertet und mir einiges an Leid erspart. Es ist schlimm, dass andauernd darüber debattiert wird, »ob es eine Gefahr bedeutet«, wenn wir als trans* und nichtbinäre Personen die Gesundheitsversorgung erhalten, die wir brauchen, ohne dafür wie Verbrecher*innen durchleuchtet zu werden. All das Glück und die Energie, die ich dadurch gewinne, sind unbezahlbar.

Die restlichen Vorlesungen, die heute anstehen, finde ich nicht halb so spannend wie jene, die ich verpasst habe. Sowohl *Gesundheits- und Leistungssport* als auch *Angewandtes Sportmanagement* ziehen sich. Gefühlt gucke ich alle fünf Minuten auf mein Handy. Da weder Davie noch Eliza mir schreiben, weil sie beide arbeiten, google ich nach einer Weile das literarische Event in Glasgow Green, das er erwähnt hat. Kurzerhand kaufe ich zwei Tickets. Ich kann es kaum erwarten, ihn mit dieser Überraschung zum Lächeln zu bringen. Die Vorstellung, wie genial das wird, erfüllt mich mit Wärme. Das ist eine super Sache, um ihm meine Zuneigung zu zeigen.

Irgendwann packen mich die Vorträge doch. Früher oder später ist das hier für mich Vergangenheit. Ich werde nicht für immer Bücher wälzen, Hausarbeiten und Prüfungen schreiben. Deswegen ist es okay, dass ich zunehmend weniger Lust darauf habe. Ich muss nur durchhalten, bis ich mit meinem Abschluss in der Tasche weiterziehen kann. Im Prinzip ist das etwas, das ich herbei sehnen sollte, nichts zum Fürchten, da es mir viele neue Freiheiten beschert. Ich darf nicht auf den letzten Metern schlappmachen.

Während ich nachher im Auto auf Davie warte, bis er Feierabend hat, sortiere ich das Sammelsurium an Arbeitsblättern und Notizen, welches mir seit Semesteranfang bereits etwas außer Kontrolle geraten ist. Wieso bin ich so? Hilfe!

Als ich das nächste Mal mein Telefon konsultiere, ist wie zur Belohnung für meine Disziplin eine Nachricht von Eliza eingetrudelt. Sofort klicke ich darauf.

Hi Ric, gut, dass du schreibst. Ich habe mich auch gefreut, aber ich fürchte, ich muss dir leider absagen. Bin angeschlagen und sollte mich lieber ordentlich auskurieren. Tut mir echt leid. Wir hören voneinander. E x

Erst starre ich auf ihre Worte, ohne den Sinn zu erfassen. Als es soweit ist, fühlt es sich an, als würde ich den Halt verlieren. Obwohl sie nichts dazu kann, wenn sie kränkelt und diese Entscheidung vernünftig ist, breitet sich Enttäuschung in mir aus.

Seit Sonntag haben wir kaum gesprochen. Mein Vorhaben, mit ihr über uns und Davie zu reden, mal ausgeklammert. Wir könnten auch was zu Hause machen. Ich würde mich um sie kümmern. Oder wir schauen örtlich getrennt, aber übers Telefon oder per Videocall verbunden, einen Film zusammen. Es gäbe alternative Optionen, wenn ihr etwas daran läge, mich zu sehen. Es klingt, als wollte sie sich abkapseln und erst in ein paar Tagen oder später noch auf mich zurückkommen. Oder gar nicht.

Meine Atmung beschleunigt sich. Hat sie es in Wahrheit so schlecht aufgenommen, dass ich sie nicht zurückgeküsst habe? Habe ich die erneuerten Bande zwischen uns mit meinem unbedachten Handeln in Stirling und dem Versuch, aus uns ein Pärchen zu machen, wieder durchtrennt? Das darf nicht sein! Meine Gedanken wirbeln wild durcheinander.

O nein, gute Besserung!, sende ich zittrig eine Antwort. Zu mehr bin ich nicht in der Lage.

Wahrscheinlich reagiere ich über. Eliza ist krank. Als Balletttänzerin darf sie so was erst recht nicht verschleppen, sie möchte bei den Aufführungen fit und leistungsfähig sein. Trotzdem kommt es mir vor, als wiederholte sich etwas. Wie wir weiter und weiter auseinanderdriften, bis ich nichts mehr retten kann. Nur dass diesmal sie es ist, die sich womöglich in mich verguckt hat. Was ich zu allem Überfluss angeleiert habe – und offenbar nicht länger erwidere. Haben wir uns emotional so aneinander vorbei entwickelt?

Davie klopft gegen die Scheibe. Ich zucke zusammen, raffe fahrig die Studienunterlagen an mich, wobei ich sie vermutlich erneut durcheinanderbringe, und befördere die Papiere auf die Rückbank. Sobald der Sitz nicht mehr beschlagnahmt wird, steigt er ein.

»Ric?« Mit zusammengezogenen Brauen nimmt er mich in Augenschein. »Ist was?«

»Eliza hat abgesagt«, verkünde ich.

Sei nicht so ängstlich. Zwischen euch ist alles okay.

Wenn sie denkt, es ist besser, sich zu schonen, muss ich das akzeptieren und ihrer Einschätzung vertrauen. Es geht um ihre Gesundheit, nicht um meine.

»Oh.« Davies Augen weiten sich überrascht. »Das … Ach, Mann.«

»Du sagst es.« Ich kaue auf meiner Unterlippe.

Wage ich es?

Ein Rückschlag mehr oder weniger, was soll's, wenn er bereits was anderes vorhat. Im besten Fall stimmt das Timing diesmal und der morgige Abend wird auf andere Weise Ordnung in mein Chaos bringen. Wie Davie sagte: Wer weiß, was an einem so außergewöhnlichen Ort alles passieren kann. Untätig zu bleiben und zu lange zu warten, hat mir nie etwas gebracht. Auch sonst werden wir eine tolle lustige Zeit haben. Mit ihm ist es stets leicht.

»Lust, mit zum Maybole Beach zu kommen?«, frage ich.

KAPITEL 33

DAVIE

Ich muss den Verstand verloren haben. Ich hätte »Nein« sagen sollen. Wieso habe ich mich dazu bereit erklärt, mit Ric am Strand zu zelten, obwohl ich ohne jeden Zweifel nur die Zweitbesetzung und durch einen glücklichen Zufall nachgerückt bin? Masochismus vom Feinsten, möchte ich behaupten. Doch nach Elizas Absage hat er dermaßen niedergeschlagen gewirkt, dass ich ihn wieder lächeln sehen wollte.

Das tut er nun, als er über die Schulter nach mir schaut, ob ich mit ihm mithalte. Eine erfolgreiche Intervention! Automatisch spiegele ich seine Mimik. Mit Proviant, unserer Kochausrüstung und Wechselklamotten beladen stakse ich ihm hinterher durch den Sand. Ich hätte meine Schuhe ausziehen sollen, bevor ich immer wieder einsinke, so käme ich geschmeidiger voran.

Hätte ich nur nicht bestens gewusst, wie wichtig Ric der Trip war. Zwar denke ich, dass es ihm dabei vor allem um Eliza ging und es ihm grundsätzlich egal gewesen wäre, was sie unternehmen. Dazu wird es dieses Jahr mit geringer Wahrscheinlichkeit noch mal warm genug werden, um draußen zu übernachten. Was bedeutet, *letzte Gelegenheit für ein Weilchen*, wie Ric mir die Aktion schmackhaft machte. Morgen beginnt der Oktober. Sobald es dunkel ist, dürfte es allerdings auch heute frisch werden, weshalb ich hoffe, mit meiner Kleiderwahl vorgesorgt zu haben, da ich nicht davon ausgehe, dass er mich wärmt. Schön wäre es. Ob ich das vorschlagen und als Herumalberei tarnen kann?

»Hier?« Ric hält inne und dreht sich im Kreis, um den Platz hinter einer Düne zu erfassen. Darauf wogt das Gras in einer sanften Brise.

»Ist mir recht«, gebe ich mein Okay.

Die Stelle erscheint mir so geeignet wie jede andere, um unser Lager aufzuschlagen. Dieser Strandabschnitt ist laut meines Begleiters ein eher unbekannter Geheimtipp, daher müssen wir ihn uns nicht mit haufenweise Tourist*innen und einheimischen Familien mit Kinderschar teilen. Tatsächlich war da bisher lediglich ein Pärchen auf einer Decke mit Gitarre und ein Hundespaziergänger, der uns entgegengekommen ist. Meganice!

»Prima!« Ric lädt das Zelt, die Schlafsäcke und Isomatten ab.

Ich tue es ihm mit dem Rest nach und atme einmal tief durch, um mein Glück bis in alle Einzelheiten zu erfassen. Zugegeben, bisher leide ich nicht. Es ist wie ein wahrgewordener Traum. Um uns herum befindet sich nichts als Natur, bis auf einen kleinen Parkplatz im Schutz der knorrigen Bäume. Dicht an dicht flankieren sie hier die Westküste Schottlands. Auf der Klippe, welche aus dem Waldstück hervorragt, zeichnet sich die winzige Silhouette eines Schlosses ab und dann ist da selbstredend das Meer. So weit das Auge reicht, schier unendlich.

Ric fängt an, das Zelt aufzubauen, und stellt sich dabei deutlich geschickter an, als bei der Montage meines Betts während des Umzugs, wie ich nicht umhinkomme zu bemerken. Ich könnte ihm unter die Arme greifen, wäre es nicht beeindruckender und irgendwie heiß, dieses

Schauspiel zu verfolgen. Die geübten Griffe, ein für alles gewappneter Überlebenskünstler.

»Camping ist dein Ding, oder?«, erkundige ich mich irgendwann, damit er sich nicht fragt, wieso ich ihn nur stumm anglotze und keinen Finger krümme.

Er schnauft, ein noch um einiges attraktiveres Geräusch zu dem Anblick. »Elizas Eltern waren früher oft mit uns campen beziehungsweise haben sie mich mitgenommen. Das war ein angenehmer Ausgleich zu den Luxusressorts, in die Sam und ich von Mum und Dad meistens mitgeschleppt wurden.«

Das war nur nicht, was ich hören wollte. Mein Kiefer verspannt sich, das ging schnell bergab. *Maybole Beach* hätte zusätzlich zu der romantischen Location eine spezielle Bedeutung für Eliza und Ric gehabt. Dadurch fühle ich mich doch deplatziert und meine märchenhaften Schwärmereien bröckeln.

Unschlüssig schiebe ich die Hände in die Hosentaschen, nur um sie wieder hervorzuziehen und zu ringen.

Eventuell ist der Moment gekommen, in dem ich es Ric sagen sollte. Dass ich verliebt in ihn bin. Ausgerechnet, bevor wir gemeinsam in einem Zelt schlafen wollen? *Ja, erstklassiges Vorhaben.* Damit ich daraufhin allein mit dem Bus zurück nach Norriesford fahren und dabei nicht mit dem Weinen aufhören können werde. Ich möchte mir vor die Stirn schlagen. Ich hätte nicht kneifen dürfen, mich hiervor noch mal mit Mara zu beraten. Leider befürchtete ich, sie würde mir alles ausreden und mich dazu anhalten, zu Hause zu bleiben. Hätte ich das mal gemacht.

»Das wusste ich nicht«, entschuldige ich mich, weil Ric mich gebeten hat, nicht mehr über seine ehemalige beste Freundin zu sprechen. Anfangs dachte ich, ich könnte seine zurückgekehrte *Ignorieren-wir-Eliza*-Stimmung zu meinem Vorteil nutzen. Woher die nach seiner zuletzt so stark ausgeprägten Fokussierung wieder kommt? Mara würde sagen:

Frag ihn! Abgesehen von einem »Ich hoffe, sie erholt sich schnell« hatte ich nichts aus ihm herausgekriegt, nachdem er mir berichtet hatte, dass sie beim Zelten nicht dabei sein werde. Vielleicht wollte er wie ich einfach das Wochenende genießen.

»Macht nichts.« Ric schneidet eine Grimasse.

Eliza ist eben allgegenwärtig.

Ich bücke mich nach einer unserer zahlreichen Taschen, hole eine karierte Baumwolldecke heraus und breite sie auf dem sandigen Untergrund aus. Eine Minute später steht das Zwei-Personen-Zelt und ich muss mir was einfallen lassen, um die Stimmung zu lockern oder Klartext anzuleiern.

»Ich werde mich bemühen, ein formidabler Ersatz für sie zu sein«, entscheide ich mich für einen Witz und räume die Zutaten und Utensilien für unser angedachtes Burger-Picknick aus. Dazu gehört es, tatkräftig mitanzupacken und mich beschäftigt zu halten, damit ich keine schlimmeren Dummheiten fabriziere.

Aus irgendeinem Grund würdigt Ric meinen humorvollen Einwand mit keiner Silbe. Daher schaue ich zu ihm, obwohl das riskant ist, so angreifbar wie ich mich fühle. Wie gesagt, ich habe mich selbst in diese Lage gebracht und werde das Beste draus machen.

»Du bist für mich nicht nur ein Ersatz für Eliza«, behauptet er, als sich unsere Blicke treffen. Die Isomatte, die er eben ausrollen wollte, wirkt vergessen in seinen Händen. Die Nachdrücklichkeit in seiner Stimme und der Hauch von Entsetzen – weil ich das annehme? – sorgen dafür, dass eine Gänsehaut meinen Rücken hinunterjagt. »Glaub das nicht, Davie.«

»Aber so ist es«, beharre ich, nicht mehr scherzend. Das hatten wir erst letztens. Er will mir weismachen, wie wichtig ich ihm bin, nur sprechen seine Taten eine andere Sprache. Jedenfalls komme ich in der Reihe nach einer gewissen Person. »Wie soll ich es deiner Ansicht nach sonst verstehen, dass du mich erst mit zum Strand nehmen wolltest, nachdem sie abgesagt hat?«

Wow, meine Selbstbeherrschung ist alles andere als in Höchstform. Mein Herz überschlägt sich.

Scheiße, ich wollte keine Diskussion vom Zaun brechen!

»Ja«, gesteht Ric und nimmt seine Brille ab, um sich die Augen zu reiben. Als er mich wieder ansieht, ist der Ausdruck darin noch eindringlicher. Er geht mir durch und durch. »Ich habe dich gefragt, weil Eliza nicht konnte. Doch gerade möchte ich niemanden hier bei mir haben außer dir.«

Ich bin unentschieden, ob mich das auffängt oder abfuckt. Es fällt mir schwerer und schwerer, ein Mittelmaß zwischen Flirtkurs und Abwehr zu erreichen. Als gäbe es nur diese zwei Extreme, dabei wäre auf halber Strecke die Schiene, der ich folgen müsste. Zu tragisch. Manchmal, so wie jetzt, wirkt es, als hätte Ric dasselbe Problem. Irgendetwas muss passieren. So kann das nicht weiter gehen!

»Ach?« Ich versuche, versöhnlich zu klingen, und ein bisschen aufreizend. Mal sehen, ob er nachzieht. »Da muss ich wohl sagen, ich fühle mich geehrt.«

Ric lächelt schief und fährt sich durch die Haare. »Ich bin froh, dass du bei mir bist, David Becker.«

Ich schnappe nach Luft. »Hast du absichtlich fast Frodo Beutlin zitiert?«

»Was glaubst du?« Seine Mundwinkel zucken.

»Ab und zu bist du unausstehlich!«, beschwere ich mich, knie mich mit dem Rücken zu ihm hin und werfe die Herdplatte an. Was erlaubt er sich? Meine *Der Herr der Ringe*-Vernarrtheit gegen mich zu instrumentalisieren, um mich noch mehr zu bannen!

»Deshalb kochst du für uns?« Ich höre sein Lachen. Na bitte. »Das wäre ja ein regelrechtes Debüt, seit wir zusammenwohnen. Sicher, dass du nicht un*wider*stehlich meintest?«

Das Blut rauscht mir in den Ohren. Das war kein Versehen, unmöglich. Ric flirtet mit mir! Dabei hat er behauptet, darin furchtbar ungeübt zu sein. War das fingiert? Nope, ich habe ihn mit Eliza erlebt. Dass er *mir* gegenüber so bestimmt auftritt, ist außerdem nicht das erste Mal. Es macht mir Spaß, ihn dazu zu bringen. Dessen ungeachtet sollte ich eine Erklärung verlangen, bevor ich darauf einsteige.

»Das würde dir gefallen?«, entgegne ich. »Sorry für die Enttäuschung, ich habe Hunger.«

Demonstrativ richte ich die Patties in der Pfanne an, um ihn noch weiter auf die Probe zu stellen. Ich muss sicher sein.

Es raschelt. Ric setzt sich zu mir auf die Decke und öffnet die Schnürsenkel seiner Chucks. Nur nicht die Nerven verlieren. Er streift sich die Schuhe ab. »Wonach steht dir denn der Sinn?«

Alter, das kann nicht mal rhetorisch auf Essen bezogen gemeint sein, da wir nur Lebensmittel für ein Gericht mitgenommen haben. Er spricht also von etwas anderem. Bin ich im Auto auf der Fahrt zum Strand eingeschlafen? Ist das real?

Als er sich zu mir neigt, schiebe ich ihn sanft zurück. Die Präsenz seines Körpers, unmittelbar hinter mir, ist beinahe übermächtig, nimmt mich ein. Obwohl ich von den Ohren bis zu den Zehenspitzen in Flammen stehe und keinerlei Bedenken mehr hege, ob wir dasselbe meinen, beschließe ich: »Lass uns erst essen.«

Das geht mir zu schnell und ich hinke hinterher. Ich begreife nicht, wieso die Nähe zu ihm von jetzt auf gleich um ein Vielfaches intimer geworden zu sein scheint. Wegen der allgemeinen Atmosphäre? Weil er auf meine Vorlagen einsteigt? Er steigt darauf ein! Demnach ist das alles nie nur meiner Fantasie entsprungen, sondern er hat es verschleiert und so getan, als wäre nicht mehr dabei. Aus welchem Grund und wieso hält er sich nicht länger zurück?

In mir toben tausend widerstreitende Gefühle: Unglaube, Hoffnung und Verlangen sind nur ein paar davon. Wie oft haben wir einander berührt, ohne dass die Funken sich in ein Inferno verwandelt haben? Noch dämmten wir es immer wieder ein. Wie oft waren wir bereits allein? Wir sind es seit guten drei Wochen jeden Tag! Jede Nacht trennt uns nichts als die Wand zwischen unseren Zimmern. Theoretisch könnte ich jederzeit aus dem Bett aufstehen, bei ihm klopfen und … Ich will, dass er das weiß. Wie sehr ich ihn möchte. Wer hat überhaupt bestimmt, dass das nicht sein darf?

»Okay.« Zu meiner Erleichterung reagiert Ric weder beleidigt noch verletzt.

Hat er mein Sehnen trotz der Verunsicherung verstanden? Ich wollte ihn nicht grundsätzlich abweisen und setze dazu an, das klarzustellen, nun da es wirkt, als könnte es sich für mich lohnen, mutig zu sein. Weil er gewillt ist, auf meine Avancen einzusteigen.

Oder bin ich nicht mehr fähig, zwischen Wunschvorstellung und Wirklichkeit zu unterscheiden? Was ist mit Eliza? Will ich diese Nähe, während ich fürchten muss, nur ein Lückenfüller zu sein? Entweder das oder was heute geschieht, reißt das Ruder für mich rum. Falls er mich insgeheim schon lange mehr als freundschaftlich mag und nur Angst davor hat, sich das einzugestehen, ist das hier meine Chance, den Ausschlag in meine Richtung zu geben. Wenn ich ihm zeige, was er und ich haben könnten, könnte er aufhören, sich an Eliza zu klammern. Die Gelegenheit ist da. Ich finde zumindest, dass seine Andeutungen diese Option zulassen.

Da fährt Ric mir mit dem Daumen über den Mund – bitte, was?! – und an meiner Wange bis zum Kinn hinab entlang. »Kein Ding«, sagt er. Übergangslos widmet er sich der Vorbereitung des Salats.

Meine Haut prickelt, wo er mich gestreift hat. Alles, was ich noch denken kann, ist: *Krass, krass, krass.* So würde man einen bloßen Freund nie anfassen! Dazu fühlt es sich so echt an. Ich brauche das, selbst wenn dieser Abend eine einmalige Sache sein sollte. Das wird mir sonnenklar.

Bevor ich mit dem Pfannenwender den vegetarischen Fleischersatz von einer Seite auf die andere befördere, stelle ich an meinem Handy Musik an: *Animal* von Neon Trees.

Wenn Ric dafür sorgt, dass ich derart durch den Wind bin, müssen die Lyrics für mich sprechen. Ich bin sicher, dass er auf den Text achtet.

KAPITEL 34

RIC

Ob ich mir was darauf einbilde, dass ich dem so selten um Worte verlegenen Davie die Sprache verschlagen habe? Auf jeden Fall. Wobei ich das gut nachvollziehen kann. Mittlerweile ist es nichts Neues mehr für mich, wie gern ich ihn ansehe und wie oft ich ihn am liebsten berühren würde, ohne dass es mir erlaubt ist. Wenn das denn alles wäre, ginge es noch … Doch, fuck, ich will nicht nur das, und es mir lediglich ausmalen. Meine Kehle schnürt sich zu, meine Finger geraten beim Schnippeln der Tomaten in Gefahr. Dabei sollte das keine Überraschung für mich sein. Es ist logisch, so wie sich das angebahnt hat. Nur dachte ich, mich besser im Griff zu haben.

Ich habe es satt, mir etwas vorzuenthalten, weil irgendwer meint, dass es »falsch« wäre und »sich nicht gehört«. Das kotzt mich an. Hätten Eliza und ich damals glücklich miteinander werden können, wenn ich mich getraut hätte, ihr offen zu sagen, was ich für sie fühle? Bei ihr habe ich es versäumt, den richtigen Moment beim Schopfe zu packen.

Der Beat des Songs, der aus den Lautsprechern des Smartphones hallt, vermischt sich mit meinem Herzklopfen und die Stimme des Sängers räsoniert in mir, als würde er mich direkt ansprechen und auffordern zu handeln. Ein nicht unbeträchtlicher Teil von mir brennt darauf, dem Drängen zu folgen, Messer und Schneidbrett wegzulegen und auf der Stelle die letzte Handbreit an Davie heranzurücken. Ich will seinen Kopf zu mir drehen, um herauszufinden, ob es sich so fantastisch anfühlt, ihn zu küssen wie in meiner Vorstellung.

Ein Hitzestoß durchfährt mich. Plötzlich ist jede Unsicherheit verflogen. Nichts macht mich so glücklich, wie wenn er glücklich ist, und bin ich ehrlich, weiß ich, dass er mich auch möchte. Kein Wunder, dass Davie jedes Mal zerknirscht gewirkt hat, wenn ich herumgedruckst habe, statt wie er offener zu sprechen. Die Anzeichen waren die ganze Zeit da! Ich habe mich nur dagegen gesträubt, sie als das zu erkennen, was sie sind.

Rasch verteile ich Sauce auf den unteren Brötchenhälften und belege sie mit Salat und den Tomatenstückchen, um als Nächstes wieder zu Davie zu linsen. Hochkonzentriert betreut er die Patties. Während ich die Cheddar-Verpackung aufreiße, bewundere ich die Schönheit dieses Mannes und wie er alles andere überstrahlt. Mein Magen schlägt Purzelbäume.

Ich bin davon ausgegangen, dass die Zeit am Strand spitze wird. Dafür ist das Zusammensein mit ihm eine Garantie. Die Unausweichlichkeit dessen, was zwischen uns knistert, könnte meine kühnsten Wünsche wahr werden lassen. Wider Erwarten macht mich diese Möglichkeit heute losgelöst statt panisch. Es ist perfekt.

Sofern ich ignoriere, dass ich unfähig bin, einen Burger ohne Besteck und einer Unterlage wie einem Tisch zu essen. Die Hälfte des Belags fällt mir kurz darauf runter, entwischt zwischen den Brötchenhälften, sodass ich ihn am Ende mit den Fingern aufklaube und einzeln verdrücke. Nicht allzu sexy.

Davie amüsiert sich köstlich darüber. Immerhin kleckere ich nicht auf meine Klamotten, sondern jedes Mal auf den Teller.

»Hier.« Er reicht mir ein Taschentuch, weil ich selbst keins aus der Packung fummeln könnte, ohne die Sauerei zu vergrößern.

Mit einem Brummen nehme ich es entgegen, benutze es und öffne ein zweites Ginger Beer. Die Dose zischt. Kein Alkohol nach der Eskapade auf der Party, darauf haben wir uns geeinigt. Ich genieße das süße und scharfe Getränk. Zwar fühle ich mich auch unabhängig von äußeren Einflüssen wohler, wenn ich top trainiert bin, aber intuitiver zu konsumieren, ist ein Ansatz, den ich mal versuchen möchte.

Dass ich aufgrund der ungeahnten Burger-Challenge nicht allzu gesprächig bin, stört Davie nicht. Er redet für uns beide und ich höre ihm zu. Bei ihm klingt es sogar spannend, wenn er davon berichtet, wie er die letzten Überbleibsel aus einer Zahnpastatube quetscht. Das kann nicht nur daran liegen, dass er mit der Gabe des Geschichtenerzählens gesegnet wurde. Natürlich kommt mir das so vor, weil ich ihn unglaublich gern habe.

Im Laufe des Essens verfärbt sich der Himmel golden, die tiefer wandernde Sonne taucht den Strand in ein warmes Licht, obwohl damit einhergehend ein zusehends kühlerer Wind heraufzieht. Die ans Ufer brandenden Wellen gebärden sich zart und verspielt und es riecht nach Algen, Salz und Grillgut.

Davie merkt, dass meine Aufmerksamkeit in die Ferne driftet. »Was ist das für eine Insel?«, fragt er.

Er deutet auf die bläulich schimmernde Bergkette am Horizont, auf die wir von hier aus blicken.

Nach dem letzten Bissen des Burgers tupfe ich mir den Mund ab. »Die Isle of Arran. Mein Bruder war vor einer Weile erst drüben. Hat dort mit Freunden eine Radtour gemacht.«

»Ihr steht euch nicht besonders nah«, stellt er fest.

»So kann man es ausdrücken.«

»Ich habe mir das immer cool vorgestellt«, meint er, »Geschwister zu haben.«

Übertrieben leidgeprüft hüstele ich. »Gibt Schlimmeres.«

Dafür ernte ich ein Augenverdrehen. »Du bist so ein Miesepeter.«

Ursprünglich hatte ich vorschlagen wollen, ein Stück am Wasser entlangzugehen, nur ist es später geworden als angenommen. Den Sonnenuntergang im Sitzen zu verfolgen, ist jedoch nicht minder großartig. Ich finde dieses alltägliche Wunder atemberaubend.

Ich verlagere meine Sitzposition, indem ich die Beine anwinkele und die Arme auf meinen Knien ablege. Womöglich ist das unpassend, weil wir eben erst unsere Mahlzeit beendet haben. Doch andauernd ist irgendwas, das vermeintlich stört oder dagegen spricht, und ich will endgültig nicht mehr so tun, als wäre es mir ernsthaft möglich, Abstand zu ihm zu halten. Mit Davie führt eins zum anderen, ich muss mich wehren, um es zu verhindern. Das laugt mich so aus.

»Genau das magst du doch an mir«, erwidere ich leichthin, obwohl mein sich beschleunigender Puls mich Lügen straft. »Stehen mürrische Arschlöcher nicht hoch im Kurs?«

So praktisch die von Davie erbetene Unterbrechung gewesen ist, um mich zu sammeln, kann ich vor all den brennenden Fragen, die meine Gedanken beherrschen, nicht mehr an mich halten. Sie verlangen Antworten.

Was wäre, wenn?

Wie wird es sein?

Werde ich vor Freude weinen, weil es zu schön ist, um wahr zu sein?

Das Ziepen in meiner Brust verschlimmert sich.

»Oh. Das denkst du?« Davie wendet sich mir voll zu, wobei er sich so auf der Decke aufstützt, dass seine Hand meine nur um Haaresbreite verfehlt.

Unwillkürlich ziehe ich vor Frust die Luft ein. War das gewollt? Ich muss bisher imaginäre Tomaten auf den Augen getragen haben. Ein Funkeln glimmt in seinen. Oder ist es eine Spiegelung der orange verfärbten Sonne?

»Davie«, flehe ich beinahe und taste nach seinen Fingern, die er jetzt bereitwillig mit meinen verflicht. *Danke, lieber Gott, danke.* Kann ich das immer haben? »Dann sag mir, was *du* denkst«, bitte ich ihn heiser.

Sein sachtes Kopfschütteln bringt mich innerlich zum Stolpern. Wird er zurückrudern? Das wäre furchtbar! »Ich bevorzuge die sanften und emotionalen Kerle.«

Sein hörbares Ausatmen nimmt mir die Angst und dass ich realisiere, wie wenig Abstand uns trennt. Sein Duft lädt mich ein, umfängt mich. Dass er so nah bei mir sitzt, muss bedeuten, er ist ebenso machtlos gegen die Anziehung zwischen uns wie ich. Will er mit seiner Ansage klarstellen, dass er mich durchschaut hat? Von mir aus.

»Du weißt, ich könnte stundenlang reden«, überlegt Davie. »Nur würde ich dir lieber zeigen, wie ich das meine. In Ordnung?«

So was von! Leider bringe ich vor Aufregung keinen Ton heraus. Er reibt über meinen Handrücken, und als Davie den Kopf neigt, muss *ich* keinesfalls mehr nachdenken. Ich komme ihm entgegen. Seine Lippen auf meinen sind das Zärtlichste, was ich je gefühlt habe, und ich zerfließe zu Wachs in seinen Händen. Ich möchte sie überall spüren und ihn anfassen. Viel zu früh ist es vorbei, ehe wir zu irgendetwas davon kommen. Meine Lider fliegen auf. Statt den Kuss zu vertiefen oder mich zu berühren, blinzelt er mich suchend an.

Mein Herz rast.

Habe ich etwas falsch gemacht oder verkehrt interpretiert?

Seine Pupillen inmitten der braunen Iris sind geweitet, obwohl das nahezu unschuldig war. Wie ein Vorgeschmack auf die Erlösung, die zu finden ich mich verzehre. Ich verzehre mich so heftig nach ihm, dass ich verkrampfe.

»Noch mal?«, möchte Davie vorsichtig wissen. »Noch mehr?«

Das macht mich fertig. Auf die beste Weise. Nie habe ich etwas Süßeres gesehen als ihn, der sich versichert, ob ich okay bin. Mit Sicherheit hätte er das jede*n gefragt. Daher brauche ich ein paar Sekunden, um es in Erwägung zu ziehen, das könnte mit meinem Transsein zu tun haben. Ich möchte ihn fest dafür drücken, so aufmerksam zu sein. Egal, ob es da einen Bezug gibt oder nicht.

Es ist nichts in mir, was sich sträubt, denn mit Davie gibt es keinen Grund, sich zu fürchten. Das ist der letzte Beweis, den ich brauche.

»Ja«, sage ich und weil er anscheinend besorgt ist, ich könnte ihn wegstoßen wollen: »Ich gebe dir Bescheid, falls ich mich bei etwas unwohl fühlen sollte. Und du mir bitte auch. Halt dich nicht zurück.«

Ein Grinsen breitet sich auf Davies Gesicht aus. Puh, das wäre geklärt, Gott sei Dank gehorcht mir meine Stimme wieder. Nun fehlt nur noch …

»Wie du wünschst«, verspricht er.

Bevor er etwas in der Art tun kann, presse ich meinen Mund erneut auf seinen und fange sein verblüfftes Auflachen auf. Gibt es ein herrlicheres Geräusch? Ich küsse Davie ungestüm und wild, eine Hand in seinem halblangen Haar vergraben, die andere auf seinen Oberschenkel gestützt, um das Gleichgewicht zu halten. Bloß ist das sinnlos, denn längst dreht sich alles um mich herum und in mir. Nun küsst Davie mich richtig zurück und lässt dabei jede Hemmung fahren. Unsere Zungen necken einander und er zieht mich auf sich, sein Griff fest und unnachgiebig an meiner Taille. Dem füge ich mich auf der Stelle, fege das benutzte Geschirr beiseite.

Über ihm aufzuragen, gefällt mir. Als er anfängt, meinen Kiefer und Hals mit Küssen zu bedecken, stellen sich mir sämtliche Härchen auf. Seufzend kralle ich mich in seinen Nacken, bis ich es nicht mehr aushalte und ihn nach hinten auf die Decke drücke. Davie lässt sich widerstandslos fallen. Ich folge, bin wie im Rausch und schiebe mein Bein zwischen seine, wodurch ich die Erektion, die seine Hose ausbeult, deutlich wahrnehme. Lust nimmt auch mich ein und ich erbebe, merke, wie ich selbst steif werde, nur dass er das so bei mir nicht spüren kann. Noch nicht. Davie drängt sich mir entgegen, ohne meinen Blick freizugeben. Instinktiv reagiere ich auf sein Stöhnen und erwidere den Druck. Es fühlt sich unfassbar gut an.

Der Anflug von Panik trifft mich unvorbereitet. Keine Ahnung, wie es möglich ist, dass mein Verstand noch arbeitet. Als mir aufgeht, dass ich mit ihm schlafen möchte, realisiere ich, nie über die Möglichkeit nachgedacht zu haben, dies mit einer Person mit Penis zu tun. Einerseits, weil ich so auf eine bestimmte cis Frau fokussiert war, und andererseits bin ich unbewusst von mir und meinem Körper ausgegangen. Dabei habe ich keinen Plan von seinem Körper und könnte schwanger werden und …

»Ric?« Davie stützt sich auf einem Ellbogen auf. Das ist ihm möglich, da ich unbewusst zurückgewichen bin. »Was ist?«

Verlegenheit bringt meine Wangen zum Glühen. Ich kann ihm kaum erklären, vergessen zu haben, dass nicht alle Typen wie ich eine Vulva besitzen. Dann würde er sich schon fragen, in was für einer Welt ich lebe. Es ist fast lustig, dass mir das passiert ist, neben meiner eigenen Realität andere auszublenden. Irgendwo auch gerecht. Wieso ist cis die Norm?

»Schon gut«, beruhige ich Davie, als ich die Irritation überwunden habe. Ich beuge mich wieder vor und nehme sein Gesicht behutsam in meine Hände, um ihn abermals zu küssen. »Du hast nicht zufällig Kondome dabei?«

»Äh, nein.« Erschrocken reißt er die Augen auf. Er gerät ins Stammeln, errötet. »Ich dachte nicht, dass so etwas … Also, wir müssen nicht … Nur weil ich … das bedeutet nicht …«

»Sch, sch«, unterbreche ich ihn. »Ich hätte auch nicht damit gerechnet.«

Davies Blick schweift von mir zum Meer und wieder zurück. Ein
mulmiges Gefühl breitet sich in mir aus, je länger das Schweigen an-
dauert. Es ist kalt. Habe ich die Stimmung verdorben?

»Was willst du denn?«, fragt er da rundheraus und hebt keck einen
Mundwinkel, wodurch sich meine Befangenheit verflüchtigt. »Weißt
du, wir können jede Menge Dinge anstellen, für die wir kein Kondom
brauchen. Denk mal etwas queerer, Honey. Nicht nur Liebe ist viel-
seitig, Sex ist es auch.«

Das klingt ausgesprochen verlockend. Ich muss grinsen. Davie hat
recht. Ich kann und darf mich auch in dieser Hinsicht von vorgefertigten
Mustern trennen, in die mich meine Genitalien vermeintlich pressen.
Diese »Problematik« war nichts, woran ich bisher viele Gedanken ver-
schwenden wollte und immer gehofft hatte, das werde sich von allein
lösen. Das geschieht gerade!

Pures Glück durchströmt mich. Alles ist offen. Ich bin frei. Das Einzige, was zählt, ist, dass wir zwei Menschen sind, die einander haben.
So, wie es sein sollte. Vor Rührung schnürt sich mir die Kehle zu.

Die letzten Sonnenstrahlen versinken im Wasser.

»Gehen wir ins Zelt?«, schlage ich vor.

KAPITEL 35

DAVIE

Die Zeltklappe fällt hinter uns zu und sofort schmiegt Ric sich wieder an mich. Ich schaffe es nur knapp, die Campinglampe einzuschalten, damit wir uns nicht im Dunkeln verheddern. Obwohl wir uns zuvor mehrmals geküsst haben, spielt mein Körper verrückt unter der Berührung seiner Zungenspitze, die meine liebevoll reizt. Das süß-scharfe Ginger Beer unterstreicht, wie göttlich er schmeckt. Seine starken Hände fahren über meinen Rücken. Das ist überwältigend, aber …

»Wollen wir uns ausziehen?«, denke ich laut nach, sämtliche Filter zwischen meinem Hirn und Mund haben den Dienst quittiert.

»Scheiße«, schimpft Ric, »ich bitte darum!«

Darauf bewegen wir uns synchron, kommen uns ins Gehege, doch darüber lachen wir nur. Er rückt seine Brille zurecht, mein Puls rast. Mit einem Surren ziehe ich den Reißverschluss von Rics Sweatshirtjacke nach unten und er greift in meinen Pullover, den ersten von zweien, um ihn mir über den Kopf zu streifen.

Mittlerweile ist mir so warm, dass ich schwitze. Seine Haut strahlt genauso vor Hitze, als ich unter sein T-Shirt vorstoße. Die harten Muskeln, die ich dort ertaste, steigern meine Erregung ins Unermessliche. Wäre da nicht dieses enge Top im Weg, aus dem ich ihm schon mal geholfen habe.

Nun, ich sollte mich kaum beschweren, so lange wie es dauern wird, mich zu entkleiden. Gedanklich verfluche ich den Umstand, so dick angezogen zu sein. Wer hätte erahnen können, dass ich mich heute noch nackt machen müsste? Darauf wäre ich im Leben nicht gekommen.

Ich merke, wie Ric erschaudert. »Fühlt sich das gut an?«, frage ich sicherheitshalber mit trockenem Mund nach.

Hastig nickt er und fummelt am Knopf meiner Jeans. Zwischen jeder Kleidungsschicht, die wir loswerden, finden unsere Lippen zueinander, bis das Prickeln mein gesamtes Gesicht erfasst. Es turnt mich unwahrscheinlich an, wie sich der Stoff um seine muskulösen Oberarme spannt oder meine Finger in den Bund seiner Boxershorts zu haken. Dennoch bin ich erleichtert, als uns nichts mehr voneinander fernhält.

Wie gern würde ich mir die Zeit nehmen, um ihn gebührend zu betrachten. Da rollt Ric sich über mich und befördert uns mühelos in die Horizontale auf die Isomatte.

»Das war beeindruckend«, feixe ich.

Er zwinkert mir zu, zieht einen Schlafsack über uns. Haut an Haut, in- und umeinander verschlungene Glieder. Rics Mund auf meiner Brust bringt mich zum Aufkeuchen. Seine Hand streift dabei über meinen Bauch. Mein Herz stockt, meine Augen fallen zu. Je tiefer er mit seinen Liebkosungen wandert, desto schwindeliger wird mir. Ich winde mich.

»Verrätst du mir«, murmelt er, drückt einen Kuss auf die Innenseite meines Schenkels, »wie ich dich berühren soll? Das ist neu für mich.«

»Klar!« Ich hebe den Oberkörper an.

Himmel, er sieht so gut aus, wie er da vor mir hockt und mich schüchtern anlächelt. Selbst die künstliche Beleuchtung schmeichelt ihm. Er funkelt mich mit derselben Intensität an, mit der ich sein Antlitz für immer in meinem Gedächtnis zu verewigen versuche. Das verdeutlicht mir eines: Hier und jetzt gibt es nur mich für Ric. Dass mir das vergönnt ist, ist unglaublich.

Ich strecke eine Hand aus und lege sie an seine leicht stoppelige Wange. »Aber nur wenn du mir auch sagst, was dir gefällt«, verlange ich.

Entschlossenheit ergreift Besitz von mir. Ich werde alles geben, was mir möglich ist, damit wir eine gemeinsame Zukunft haben, er und ich. Ich bin überzeugt davon, dass es sich bei dieser Verbindung nicht um eine Illusion handeln kann. Genauso wenig glaube ich, dass er mich lediglich heiß findet. Was auch nett wäre, aber nein, da ist mehr, da muss mehr sein.

»Deal«, willigt Ric ein.

Viel zum Schlafen komme ich diese Nacht nicht. Es könnte mir nicht gleichgültiger sein. Selbst danach, als sich unser Atem beruhigt hat, unsere Herzen in einen trägen Rhythmus verfallen und er längst schläft, liege ich wach und starre ihn an, obwohl ich ihn ohne Licht nicht mal erkennen kann. Ich bin randvoll mit Zuversicht und zu aufgeregt, um ein Auge zuzumachen. Auf dem hier kann ich aufbauen. Wie sollte das nichts verändern? Ric bewegt sich und dreht sich zu mir, ehe sein Arm sich um meine Mitte legt. Er nuschelt etwas und mit seiner Stimme im Ohr gleite ich in einen sanften Schlummer.

Als ich das nächste Mal aufwache, bin ich allein. Ruckartig setze ich mich auf. Es ist hell genug, wenn auch eher düster, um meine Umgebung ohne Hilfsmittel zu erfassen, weshalb ich davon ausgehe, dass der neue Tag angebrochen ist. Mein erstes Gefühl hat mich nicht getäuscht. Ein Zittern durchläuft mich. Obwohl ich es auf die Temperaturen schiebe, bin ich mir darüber im Klaren, dass ich nicht nur aus diesem Grund fröstele.

Wo ist Ric? Wieso ist er aufgestanden? Geht es ihm gut?

Hektisch suche ich meine Klamotten zusammen, um keine Minute später den Zelteingang aufzureißen. Das gestern war sein erstes Mal. Und dann auch noch mit einem Mann! Da er bis vor kurzem verkündet hat, hetero zu sein, und eher verhalten dabei war, mir seine Zuneigung derart offensichtlich zu zeigen, ist das wahrscheinlich viel auf einmal für ihn gewesen. Wenn nicht *zu viel* ... Habe ich ihn überfordert? Hätte ich darauf bestehen sollen, langsamer zu machen? Keine drei heftig hämmernde Herzschläge später entdecke ich ihn, und meine Sorge legt sich etwas.

Ric hat sich ein Stück vom Lager entfernt und ist exakt dort stehen geblieben, wo der Ozean auf die Küste trifft. Der Kragen seiner Windjacke ist hochgeschlagen und die Spitzen seiner Chucks berühren beinahe das Wasser. Ich atme tief durch. Die Luft ist eisig und belebend, sodass ich zusehe, meine Schuhe überzustreifen.

»Hey«, rufe ich, während ich auf ihn zu eile. »Alles okay? Du hast mich erschreckt.«

Er fährt zusammen, wendet sich zu mir.

»Davie«, sagt er, als wäre er überrascht, mich hier zu sehen. Zerstreut kratzt er sich am Hinterkopf.

Das mulmige Gefühl kommt wieder. Sicher habe ich keinen Kniefall mit Heiratsantrag erwartet, aber schon auf so etwas wie Freude gehofft. Ein paar Schritte vor ihm halte ich inne, beiße mir auf die Zunge. Bereut er etwa, was geschehen ist? Haben meine vor Begehren vernebelten Sinne mich ausgetrickst? Aber er wirkt nicht entsetzt oder verlegen, eher verunsichert. Das ist halbwegs beruhigend und verständlich. Verunsichert bin ich auch, da die neuesten Entwicklungen durchaus plötzlich kamen und sich das alles rasant verselbstständigt hat. So etwas habe ich noch nie erlebt, wie er mich sämtliche meiner Vorbehalte vergessen lassen hat.

»Ich dachte, du wärst ...« Ich unterbreche mich. *Abgehauen? Nach dieser Nacht? Wie klingt das?* Ich will Ric dazu bringen, dass er sich dazu bekennt, ebenfalls in mich verliebt zu sein, und nicht sein Mitleid erregen oder ihm Vorwürfe machen. Selbst wenn er es noch nicht ist, muss ein Ansatz vorhanden sein oder er ist ein verdammt guter Schauspieler.

»Sorry«, entgegnet er, streckt sich. »Konnte nicht mehr schlafen. So ein Kaffee wäre was Feines. Wollen wir abbauen und schauen, im Ort welchen aufzutreiben?«

Dagegen habe ich nichts einzuwenden.

Außer, dass wir Sex hatten und darüber reden sollten, wie wir uns damit fühlen und was das für uns bedeutet. Das kann man nicht mehr als *Womöglich will er mich ja doch nicht* missverstehen. Ein leicht hysterisches Gekicher regt sich in mir. Dass Ric so tut, als ob nichts gewesen wäre, verwirrt mich. Offensichtlich ist irgendetwas. Es arbeitet in seinem Inneren. Wie könnte es nicht? Nur laufe ich nicht richtig rund. Ich bin total verpennt. Für dieses Gespräch sollte ich meine Gedanken beisammenhaben. Koffein könnte helfen. Dazu ist Normalität besser, als wenn er sich von mir entfernen würde. Also steige ich erst mal darauf ein.

»Wie spät ist es?«, erwidere ich.

Ric holt sein Handy aus der Jogginghosentasche, um auf die Uhr zu schauen. »Gleich halb neun.«

»Denkst du, da hat schon was auf?«

»Wenn nicht, bin ich verloren.« Seine Mundwinkel verbiegen sich zu einem schiefen Lächeln. Gänsehaut pur.

Er tritt auf mich zu – oder bloß in Richtung Zelt? – und greift nach meiner Hand, zieht mich zu einem flüchtigen Kuss zu sich heran. »Guten Morgen.«

»Morgen«, flüstere ich rau.

Obwohl er die Lippen geschlossen hält, geraten meine Moleküle in Aufruhr und führen vor Dankbarkeit eine Tanzeinlage auf. Ich bin umsonst ausgerastet. Was ihn auch umtreibt, wenn er mich nach wie vor küsst, kann es so schlimm nicht sein. Wieso habe ich mir nicht die Zeit genommen, um mir ein Pfefferminzkaugummi einzuwerfen? Von denen hat Ric ja immer welche dabei. *Alles wird gut und den Rest schaffen wir gemeinsam.* Ich grinse wie ein Trottel, verschwende nur noch einen flüchtigen Gedanken an potenzielle Partnerinnen und jene eine im Speziellen, die er für geeigneter betrachten könnte, sobald er gründlich drüber nachdenkt. Das hier sollte der Punkt sein, an dem das keine Rolle mehr spielt.

Bevor ich ihm zur Hand dabei gehe, unsere Sachen zu verstauen, teile ich mein Glück in einer knappen WhatsApp-Nachricht mit Mara: *Eliza ist krank geworden und abgesprungen. Deshalb ist Ric mit mir zum Maybole Beach gefahren. Rate, wie es weiter ging!*

In der Nähe des Strands auf der Strecke ins Dorf finden wir ein Café, das müde Camper wie uns selbst um diese Uhrzeit und an einem gewöhnlichen Sonntag mit dem lebensgeisterweckenden braunen Elixier versorgt. Das weiße Häuschen mit den maritimen Akzenten versprüht Charme. Auch die Besitzerin ist freundlich und zum Quatschen aufgelegt, was meine Laune steigert, ebenso wie die Sandwiches, die sie uns zum Kaffee serviert.

»Wart ihr schon beim Culzean Castle und dem Country Park?«, erkundigt sie sich. Die Frau schwärmt von dem weitläufigen Garten, einem Schwanenteich und der wilden Waldlandschaft.

»Danke für die Tipps«, sage ich, obwohl wir vorhaben, uns gleich auf den Rückweg zu begeben. Ich will sie nicht vor den Kopf stoßen.

Ric, der abgesehen von einem »Hallo« bisher geschwiegen hat, wirft ein: »Das ist das Schloss auf der Klippe, das wir von unten gesehen haben. Hast du noch Lust darauf?«

»Sicher!«, platze ich heraus. Das muss er mich nicht zweimal fragen, nun da ich gestärkt bin und es zwischen uns nicht komisch geworden ist. Im Gegenteil verheißt mir das, länger in dieser neuen Art der Zweisamkeit zu schwelgen, und dass er das auch möchte.

Während Ric auf Toilette huscht, fragt die ältere Dame mich, seit wann wir ein Paar sind. Damit überrascht sie mich.

»G-g-gar nicht«, stottere ich mit brennenden Ohren, weil es stimmt und ich nicht weiß, wie er darüber denkt. Nur dass sie mein Abstreiten falsch interpretiert.

»Liebe ist Liebe«, betont sie mit erhobenem Zeigefinger, was ich herzallerliebst finde. »So, wie er dich ansieht, ist das mehr als deutlich.«

Ein Kribbeln entsteht in meinem Bauch. Wenn selbst eine Fremde das auf den ersten Blick bemerkt, wird Ric es mittlerweile auch geschnallt haben, oder? Dennoch sollte ich sichergehen und das aus seinem Mund hören, bevor ich mir zu viel darauf einbilde.

Nervös lache ich.

Die Cafébesitzerin gibt uns noch zwei Hafer-Schoko-Cookies für unterwegs mit. »Geht aufs Haus«, meint sie mit einem Schmunzeln, als ich bezahlen möchte.

Nachdem ich mich bei ihr bedankt habe, checke ich mein Smartphone.

Maras *OMG! Seid ihr jetzt zusammen?* versetzt mir einen weiteren Stich.

So einfach ist es nicht. Könnte es das sein? Wenn ich den Mumm aufbringe, die Karten auf den Tisch zu legen.

Noch nicht, räume ich ein. *Ich hoffe, bald.*

Habt ihr euch geküsst?

Ein Gentleman genießt und schweigt. :P

Laut der Anzeige tippt Mara.

Weil Ric in der Zwischenzeit zurückkehrt, brechen wir auf. Erst im Auto schaue ich noch mal aufs Display. Er erklärt mir, dass wir zu einem anderen Strandabschnitt fahren, von wo der Walk zum Castle startet, doch die Worte meiner Freundin lenken mich ab.

Ich weiß nicht, ob ich dir das sagen sollte, Davie. Aber vielleicht hilft dir das dabei, dich zu überwinden und anzusprechen, wie du für ihn empfindest. Du meintest, Eliza sei krank geworden? Ist sie nicht. Wir waren gestern gemeinsam unterwegs.

Meine Augenbrauen rucken in die Höhe. *Sie hat Ric angelogen?*, wundere ich mich.

Meine Herzschlagfrequenz verdoppelt sich. Elizas eher unnahbares, dann wieder zugetanes Auftreten hat mich bereits zu der Vermutung verleitet, dass sie entweder emotional durcheinander ist oder Ric absichtlich quält, indem sie ihn letztlich am ausgestreckten Arm verhungern lässt. Um es ihm für damals heimzuzahlen? Wobei ich mir so ein böswilliges Vorgehen nicht vorstellen kann, so wie ich sie erlebt habe, würde die Lüge nicht in diese Richtung weisen. Die Parallelen zu der Situation zwischen ihm und mir sind gegeben. Bloß wüsste ich nicht, wieso Ric derart gemein zu mir sein sollte.

Sieht so aus, bestätigt Mara.

Aber da ist ja noch etwas, das mir dabei helfen könnte, Eliza besser einzuordnen. *Was meinst du mit »unterwegs«?*

Nicht, was du denkst! ☹

Ahh, das tut mir leid, entschuldige ich mich für die Fehlannahme. Wobei es besser ist, wenn Mara sich gar nicht erst falsche Hoffnungen macht und die Sache abschließt, bevor sie begonnen hat. Es muss nicht noch jemand in eine so unglückselige Verstrickung geraten. Das wünsche ich niemandem und einem Menschen, den ich mag, am allerwenigsten. Es reicht, dass Ric und mir das passiert ist.

»Was hast du?« Wie selbstverständlich berührt er mein Knie.

Ich schrecke auf. Obwohl ich mich intuitiv an ihn lehnen möchte, stoppe ich mich. Maras letzter Schubs zeigt Wirkung. Daran, dass Ric womöglich von Eliza an der Nase herumgeführt wird, kann ich nichts ändern. Daran, dass er mich im schlimmsten Fall nur ausnutzt, schon. Und ich habe mich ihm ohne Zögern sofort hingegeben! Solche Storys ereignen sich andauernd, auch wenn ich nicht wahrhaben will, dass Ric so ist. Nicht jede*r schreibt dem ersten Mal eine besondere Bedeutung zu. Oder war ich so was wie sein Probedurchlauf? Ich sollte ihm solche Zärtlichkeiten verweigern, solange ich nicht weiß, wie er zu mir steht. Die Ungewissheit muss ein Ende finden. Kein Bangen und Beten, kein vorsichtiges Herantasten, keine Sperenzchen mehr. Ich muss vorpreschen, wenn ich nicht riskieren möchte, weiterhin die zweite Geige zu übernehmen. Nicht dass ich wieder abgeschrieben bin, sobald Eliza zurück auf der Bildfläche erscheint.

»Ric«, zwinge ich die Worte mit aller Macht an dem Kloß in meinem Hals vorbei. »Was war das gestern Abend? Was ist das mit uns?«

KAPITEL 36

RIC

Mit so etwas hätte ich rechnen sollen, doch ich bin völlig überrumpelt. Davor habe ich mich gefürchtet. Kaum dass ich nach dieser Nacht die Augen aufschlug, ging ich vor Übelkeit in die Knie. Da war nur noch ein Gedanke: *Was tue ich denn jetzt?* Das Thema Schlaf konnte ich danach abhaken. Neben Davie zu liegen löste auf einmal eine solche Enge in meiner Brust aus, dass ich raus aus dem Zelt musste, damit es besser wurde, obwohl ich so viel lieber weiter in dem vorangegangenen Hochgefühl geschwelgt hätte. Schöner hätte es mit niemandem sein können, diese Nähe zum ersten Mal zu erfahren, zu teilen. Das steht außer Frage.

Zuerst habe ich mich damit beruhigt, dass es keinen Unterschied machen muss, dass wir miteinander geschlafen haben, wenn wir es nicht wollen. Denn dazu bin ich nicht bereit, was ich hätte berücksichtigen sollen, bevor ich aufs Ganze ging. Leider scheint Davie das anders zu sehen.

Es gelingt mir noch, an den Straßenrand zu fahren und das Auto sicher abzustellen, bevor ich heftig zu zittern anfange. Kann ich ihn küssen, ohne gleich ein Riesending daraus zu machen? Einfach, weil es sich grandios anfühlt? Muss da direkt so ein Rattenschwanz an Problemen dranhängen à la *Wird meine Familie mich deshalb endgültig verstoßen?* und *Gefährde ich damit unsere Freundschaft?* Offenbar gibt es das nur als Gesamtpaket. Es dauert, bis Davies Stimme über das Rauschen meines Bluts an meine Ohren dringt.

»Hey! Ric? Ric!« Er rüttelt an meinem Arm.

Es ist real. Meine Gedanken überschlagen sich. Er und ich sind nicht mehr nur in meiner Vorstellung zusammen, wir waren es in echt. Ich kann mir noch so oft einreden, dass meine Gefühle keine Bedeutung haben, wenn er meinen darauf aufbauenden Handlungen eine beimisst. Ich habe eine Grenze überschritten. Zugelassen, dass diese Sehnsucht mich mit einer beängstigenden Hartnäckigkeit für sich einnimmt. Ich möchte vor den Konsequenzen wegrennen und mich verstecken. Aber nun prasselt die Wirklichkeit auf mich ein.

»Ich wollte das nicht«, stoße ich aus, ohne Davie anzusehen, starre auf meine zu Fäusten geballten Hände in meinen Schoß hinunter. Seinem Blick zu begegnen, würde das Maß des Erträglichen überschreiten und mich nur noch mehr durcheinanderbringen. Ich muss erst mal verdauen, dass er meine komplette Welt erschüttert hat. Dass plötzlich er mein Anker ist, um den sich alles dreht.

Möchte er im Gegenzug abklären, dass es für ihn nur Jux und Tollerei war? Dann würde ich mich erst recht zum Narren machen, indem ich ausspreche, was er mir bedeutet. Er muss immerhin davon ausgehen, dass es da noch eine Frau gibt, für die ich eigentlich schwärme.

»Warte.« Davie klingt schockiert. »Du … Was?«

Gott, wenn ich ihn verliere … »Wir sind Freunde«, rattere ich herunter. Eventuell können wir zum Vorher zurückkehren, auch wenn das miteinschließt, dass ich auf seine Berührungen verzichten muss. Was kann ich sagen, damit er es gut sein lässt? Ich schäme mich, ihm keine Antwort auf seine Frage geben zu können.

»Es ging mir wirklich schlecht«, murmele ich, »nachdem Eliza wieder so distanziert gewirkt hat. Ich war verzweifelt und habe mich nach Trost gesehnt. Nichts davon ist eine Entschuldigung, aber du warst nun einmal da. Du bist immer da und bitte, ich möchte, dass das so bleibt. Kannst du mir verzeihen?«

Definitiv nicht meine Sternstunde. Anders als beim letzten Mal, als Davie die Worte gefehlt haben, finde ich es überhaupt nicht super. Die Luft ist zum Zerschneiden dick und mir ist zum Weinen zumute. Meine Augen brennen.

Endlich setzt er zu einer Erwiderung an. »Ich wollte dir auf diese Weise nah sein«, beginnt er langsam. Ohne dass ich es verhindern kann, durchläuft mich ein warmer Schauder. Fast wie eine Prise Sommerregen. Ich kämpfe dagegen an. Das macht es nur schwerer und freut mich trotzdem unfassbar. »Du hast keinen traurigen Eindruck gemacht«, fährt er fort. »Und wir bandeln nicht erst seit gestern an.«

So wie er das hinstellt, klingt es so leicht. Hat er recht? Wieso fühlt es sich dann an, als würde mich eine Tonne Steine zu Boden drücken? Ich bin vollkommen überfordert.

»Entschuldige«, sage ich und schlage mir die Hände vors Gesicht. Dabei möchte ich mich so dringend in seine Arme werfen.

»Ric!« Davie braust auf. »Sieh mich mal an, ja?«

Und es passiert wieder. Mein Kopf dreht sich automatisch zu ihm, weil ich ihm nicht widerstehen kann, und laut wird er selten. Er sieht furchtbar aufgebracht aus, dabei möchte ich im Grunde, dass er lächelt. So wie vorhin, als ich seine Hand gehalten oder ihn geküsst habe. Meine Finger zucken in dem Wunsch, dies zu wiederholen. Was meine Angst nur steigert. Ein Beben durchläuft mich. Wie kann ein Mensch eine solche Wirkung auf mich haben?

»Ich«, betont Davie, »bin dir nicht böse. Darauf habe ich seit einiger Zeit gehofft«, gesteht er. »Dass du dich auch zu mir hingezogen fühlst.«

Er muss damit aufhören, sofort. Wenn ich mich nicht schütze, ist es nicht nur um mich, sondern auch um all das, was wir uns aufgebaut haben, geschehen. Hätte ich es doch so belassen, wie es war. Besser jedenfalls, als dass es so hässlich wird wie jetzt.

»Das tue ich nicht«, protestiere ich. Für ihn scheint klar zu sein, dass das, was zwischen uns passiert ist, etwas Gutes bedeutet. Für mich ist das keinesfalls eindeutig.

Davie verzieht das Gesicht, als ob ich ihn geohrfeigt hätte. »Wie kannst du das abstreiten?«

Hinter meiner Stirn pocht es.

»Verdammt, Ric.« Er schluckt hart, sein Adamsapfel hüpft. »Ich habe mich in dich verliebt!«, schleudert er mir als Nächstes entgegen.

Unwillkürlich weiche ich zurück, so weit das im Auto funktioniert. Mehr weil mich die heftige Reaktion erschreckt, als vor der Bedeutung dessen, was Davie gesagt hat. Die kommt erst zwei Wimpernschläge später bei mir an.

»Ich habe mich in dich verliebt und will mit dir zusammen sein«, sagt er matt. »So richtig.«

Fassungslosigkeit schraubt sich gemeinsam mit der Panik in mir zu einem endgültig alles verschlingenden Strudel in die Tiefe. Mir schwindelt. Es dürfte mich nicht überraschen, aber das tut es. Ich selbst war gerade mal an dem Punkt zu kapieren, dass ich vermutlich romantische Gefühle für ihn hege, obwohl ich den Großteil meines Lebens dachte, Typen würden mich nicht interessieren. Und er will gleich, dass wir eine Beziehung führen? Davie ist um einiges weiter als ich und das würde dann sowieso nicht klappen.

»Aber, aber ...«, entweicht es mir. Es kommt mir vor, als würde der Sauerstoff knapper und knapper und er mich in die Enge drängen. »Was ist mit Eliza?«

Davies Mund klappt auf. Wenn ich es nicht besser wüsste, würde ich glauben, dass er für einen Moment die Luft anhält. Mit dieser Frage versetze ich ihm den Todesstoß. Und mir gleich mit. Er kann nicht fassen, was ich gesagt habe, und ich ebenso wenig. Ich meinte, ich verliebe mich doch nur in Frauen. Nicht das, was er denken muss!

Seine Augen weiten sich, aber dann verdunkelt sich etwas in seinem Ausdruck. Der Schmerz weicht und Wut flammt auf. »Das ist das Erste, was dir dazu einfällt?«

Spätestens jetzt ist da dieser Abgrund, der uns trennt und der weiter und weiter aufklafft.

Nein, nein, nein, lehnt sich etwas in mir auf.

»Wobei ja, hervorragend. Du hast es erfasst!« Davie lacht und jede Faser in mir verkrampft sich vor der Bitterkeit in diesem Ton. »Wenn sie es ist, die du willst, solltest du nicht parallel mit einem Kumpel rummachen. Das wirkt unglaubwürdig und findet sie bestimmt uncool. Auch wenn ihr noch kein Pärchen seid.«

»Ich ...« Ich breche ab. Was soll ich darauf erwidern? Ich bin schockiert, dass er mich so sieht. Gleichzeitig weiß ich nicht, was wirklich mit mir abgeht. »Du wusstest von Anfang an, wie wichtig sie mir ist!«, schieße ich zurück.

»Ja«, murmelt Davie, nunmehr ergeben. Ich empfinde keinerlei Triumph darüber, dass er aufhört, mit mir zu streiten. Die Qual, die von ihm ausstrahlt, zerreißt mir das Herz. »Bedeutet das, du liebst sie?«

»Was hast du von mir erwartet?«, weiche ich seiner Frage aus.

Wahrscheinlich, dass ich ihm mit einem *Ich liebe dich auch* um den Hals falle. Würde sich großartig auf einer Kinoleinwand machen. Trotz der laufenden Heizung wird mir kälter.

»Und was bin ich für dich?«, schiebt er erstickt hinterher.

Verletzt habe ich ihn ohnehin, aber ich will ihm nicht noch stärker wehtun. Nun wähle ich meine Worte mit mehr Bedacht. »Du bist mein bester Freund und ich hätte das nicht aufs Spiel setzen dürfen, indem ich zu spät gemerkt habe, worauf wir zusteuern.«

»Es ging aber nicht nur um Sex«, bemerkt er.

Ich zögere, weil Davie damit wiederum in meine Wunde sticht. Worum ging es mir? »Nein, du hast recht. Du bedeutest mir so viel. Hätte ich geahnt, dass du solche Gefühle für mich hegst, hätte ich es nicht so weit kommen lassen.«

Ansonsten müsste ich endgültig einsehen, was für ein Mistkerl ich bin. Ich fühle mich so schon wie einer. Wie konnte ich so geblendet werden und übersehen, wie er leidet? Wieso kann ich ihm nicht geben, was er möchte?

»Okay.« Er strafft die Schultern, atmet zittrig aus. »Danke für deine Ehrlichkeit.«

»Ich danke dir für deine«, sage ich. Wann sind wir das letzte Mal so steif miteinander umgesprungen? »Es ist unglaublich bewundernswert, jemandem so etwas zu offenbaren.«

Davie nickt, wischt sich mit dem Ärmel der geblümten Fleece-Jacke, in der ich ihn immer besonders niedlich fand, über die Wange, als eine Träne darüber kullert.

Es schmerzt. Es schmerzt mich so sehr, ihn nicht mehr halten zu dürfen. Meine Rippen drohen unter dem Druck zu zerspringen. Während er stumm weint, sitze ich überfordert daneben und wende den Blick ab. Wir können beide nirgendwo hin. Ich bin unentschieden, ob ich losfahren soll oder noch nicht. Es ist schrecklich.

Unbestimmte Zeit später gebe ich die Adresse von zu Hause ins Navi ein und setze den Blinker, obwohl die Straße bis auf unser Fahrzeug leer ist. Davie nimmt das kommentarlos hin.

»Ich glaube«, schließt er nach einer Weile, die wir uns in Schweigen gehüllt auf der Rückfahrt befinden und nachdem er sich die Nase geputzt hat, »ich ziehe dann mal wieder bei dir aus. Sollte ja eh nicht dauerhaft sein.«

»Klar«, zwinge ich mich, zuzustimmen.

Das ist naheliegend. Alles, womit er sich besser fühlt und was es ihm erleichtert, über mich hinwegzukommen. Dabei ist mein Magen ein einziges verkrampftes Knäuel und ich will gar nicht, dass er das tut. Ich sollte zusehen, dass ich mich mit diesem Gedanken anfreunde. Schließlich möchte ich nicht mit ihm zusammen sein.

KAPITEL 37

RIC

Zurück in unserer WG, die bald keine mehr ist, verbarrikadiert Davie sich unverzüglich in seinem Zimmer. In einer Art Schockstarre glotze ich eine gefühlte Ewigkeit auf die verschlossene Tür, schlage in der Diele Wurzeln und rühre mich keinen Zentimeter.

Ich kann mich noch so anstrengen, ich begreife nur mühsam, was für eine Achterbahnfahrt die vergangenen vierundzwanzig Stunden gewesen sind – und genauso schlecht ist mir. Wie kann ich erst wunschlos glücklich gewesen sein, nur um wenig später knallhart auf dem Boden aufzuschlagen? Fieberhaft zerbreche ich mir den Kopf, was ich tun oder sagen könnte, damit Davie nicht geht. Wie sollte ich das angesichts der jüngsten Ereignisse von ihm erbitten? Ausgeschlossen. Mir ist, als hätten wir uns getrennt. So muss es sich anfühlen, wenn eine Partnerschaft zerbricht. Dabei hatten wir nie eine. Was für eine Ironie, wo sich exakt dagegen etwas in mir gesträubt hat. Wie kann es trotzdem so furchtbar sein? Alles tut mir weh. Selbst das Atmen.

Rückblickend ist es mir unmöglich zu erklären, wie ich den restlichen Sonntag rumkriege, ohne entweder in einen Heulkrampf zu verfallen, schreiend durch die Wohnung zu rennen oder irgendetwas kurz und klein zu schlagen.

Ich verstaue die Campingausrüstung an ihrem angestammten Platz in der Abstellkammer und spüle das benutzte Geschirr und Besteck. Hauptsächlich, damit ich beschäftigt bleibe. Während ich Pfanne und Teller schrubbe, denke ich daran, wie wunderbar dieser Abend am Maybole Beach war. Wie gut wir uns unterhalten, wie prächtig wir uns amüsiert haben, wie befreiend es gewesen ist, mich nicht mehr zurückzuhalten. Obwohl ich um unsere Freundschaft bange, fällt es mir schwer, die Küsse und das, was folgte, zu bereuen. Die Wahrheit ist, ich bereue nichts. Ich habe mich derart nach Davie verzehrt, dagegen kam Vernunft nicht an. Ich beiße mir so fest auf die Unterlippe, bis sich ein eiserner Geschmack in meinem Mund ausbreitet.

Am Ende lande ich im Wohnzimmer, wo ich mechanisch ein Home-Workout durchziehe, bis meine Muskeln brennen und das dumpfe Pochen in mir überstrahlen. Selbst dabei lausche ich alle fünf Sekunden, ob sich etwas bei Davie regt. Das Letzte, was ich möchte, ist zu verpassen, wenn er geht. Ich muss ihn fragen, wann wir uns wiedersehen. Sollte er vollständig aus meinem Leben verschwinden, werde ich mich für immer hassen. Das darf nicht geschehen.

Als ich abends seine Zimmertür höre, schieße ich von der Gymnastikmatte in die Höhe, auf der ich seitdem Löcher in die Luft starrend herumgelegen habe. Eine ungeahnte Energie erfasst mich.

»Davie?«

»Mhm?« Auf halbem Weg zum Bad hält er inne, weil ich im Durchgang zum Wohnzimmer auftauche. Seine schwarzen Haare sind durcheinander, die Augen gerötet und geschwollen. Er hat seinen

Schlafanzug mit den Teddybären an. Das sieht nicht aus, als ob er heute noch irgendwo hin wollte. Mein Herz setzt kurz aus. Ist das ein positives Zeichen?

»Können wir noch befreundet sein?«, frage ich kleinlaut.

»Ich breche morgen früh nach Inverness auf und bleibe erst mal bei meinen Eltern«, entgegnet er. Er klingt unfassbar müde. Ich bin schuld daran. Ich bin schuld an allem. Weil es in meinem Bauch beunruhigend schlingert, presse ich eine Hand darauf. »Ich nehme den Bus von Glasgow um neun. Muss einiges überdenken. Reden wir danach noch mal, ja? Kann ich meine Sachen so lange hier lassen?«

Es ist das Beste, auf das ich aktuell hoffen kann, dass er mir dieses Zugeständnis macht. »In Ordnung«, bestätige ich entgegen dem Drang, jedes Wort, das ich heute Morgen von mir gegeben habe, als hanebüchen zu deklarieren. Wenn ich wieder übereilt irgendwelche Signale sende, verschlimmbessere ich die Lage nur. Und er wird wiederkommen, um sein Zeug abzuholen. Das fängt mich etwas auf.

»Gut.« Davie schneidet eine Grimasse. »Das ist gut.«

»Ja«, sage ich.

»Danke. Okay.« Mit dem Daumen deutet er hinter sich. »Ich werde dann mal.«

Damit verschwindet er im Bad.

Bevor es noch unangenehmer wird oder ich vor ihm in tausend Scherben zerbreche, schleiche ich in mein Zimmer. Von dort vernehme ich, wie Davie in der Küche herumwerkelt. Er hat nur darauf gewartet, dass er mir in den gemeinsam genutzten Räumen nicht mehr ausgesetzt ist. Autsch. Statt hinzurennen und ihn zu belagern, werfe ich mich aufs Bett und ziehe mir ein Kissen übers Gesicht.

Ihn nicht mehr zu sehen und zu hören, hilft gegen die Sehnsucht und den nahenden Abschied. Die Zeiger ticken. Wären meine Ängste nur ebenso easy zu ersticken. Sich nicht zu bewegen ist zwar leicht, weil meine Glieder mit Ziegelsteinen beschwert zu sein scheinen. Dennoch hat mich selten etwas so viel Kraft gekostet, wie nicht zu ihm rüberzugehen.

Noch mal begegnen wir uns nicht. Ich bin zufrieden mit meinem Durchhaltevermögen, zumindest in dieser Hinsicht.

Die Nacht wird der Horror. Ständig wälze ich mich von einer Seite auf die andere, nur um wiederholt davon zu träumen, wie Davie mich verlässt und ich das widerstandslos geschehen lassen muss. Es schüttelt mich, in der Traumwelt und in der Realität. Dabei ist er mein Opfer und nicht ich das seine. Bis ich checke, dass ich das eine Mal nicht mehr nur träume, sondern die Geräusche echt sind, ist es zu spät.

Das Zuschlagen der Haustür weckt mich.

Die Stille danach ist ohrenbetäubend.

Erst mein lautes Schluchzen durchbricht sie. Ich kann die Tränen nicht mehr unterdrücken und weine Rotz und Wasser, sauge verzweifelt Luft in meine bebenden Lungen.

Das letzte Mal, dass ich geweint habe, ist so lange her, dass ich jeden Moment nachhole, zu dem ich wütend, verletzt oder aufgewühlt war, nun da sich die Schleusen öffnen.

Ich weine wegen Davie, wegen Eliza, wegen Mum und Dad und weil ich selbst nicht verstehe, was mit mir los ist. Ich weine wegen der intoleranten und hasserfüllten Widerlinge, der vorherrschenden Ungerechtigkeit für alle, die inwiefern auch immer von der Norm abweichen. Ich weine stundenlang aus Furcht und Selbstvorwürfen und weil ich es wieder kann. Hart zu bleiben, verlangt einem einiges ab.

Danach falle ich vor Erschöpfung in einen traumlosen Schlaf.

Auch die Tage darauf ähnelt mein Zustand dem eines rohen Eis, obwohl ich mich bemühe, darüber zu stehen. Das mit der Verdrängung, wie viel ich für Davie empfinde, klappt nicht mal mehr im Ansatz.

Es vergeht kaum eine Minute, in der ich nicht an ihn denke. Zu Hause beim Frühstück, wenn er mir nicht mehr gegenübersitzt und mit verschlafenen Augen über den Rand der Kaffeetasse blinzelt. Auf der Fahrt nach Glasgow, wenn er mich nicht mehr mit lustigen Anekdoten unterhält oder wir abwechselnd einen Song auswählen. In der Uni, wenn ich in der Mittagspause nicht mehr bei ihm auf der Arbeit hereinschneien kann, sondern mir irgendwo auf dem Campus ein einsames Plätzchen suche, an dem ich meine Ruhe habe. Beim Trainieren, wenn er mir nicht mehr heimlich dabei zusieht, statt in dem Buch zu lesen, das er sich zur Tarnung vors Gesicht hält.

In meinem Gehirn läuft eine Endlosschleife von Davies und meiner Auseinandersetzung, die ich in verschiedenen Varianten erneut durchspiele. Was ich hätte anders machen können, ob ich offen hätte kommunizieren sollen, dass er mich mit seiner Frage, was das mit uns ist, überrollt hat. Mein Herz ist in Mitleidenschaft gezogen, als verwendete es jemand beständig als Boxsack.

In der Situation selbst habe ich mich so unsicher und ängstlich gefühlt, dass ich mich nicht noch verletzlicher machen wollte. Ich wusste mir nicht anders zu helfen, als ihn rigoros abzublocken. Es kam mir nicht mal wie eine bewusste Entscheidung vor, sondern eher wie eine automatisierte Selbstschutzreaktion. Nur wovor genau wollte ich mich schützen? Davor, queer zu lieben? Vor den abfälligen Reaktionen anderer Leute? Nicht alle sind so rückschrittlich oder Lästermäuler und sowieso wäre es eine Möglichkeit, darauf zu scheißen. Bin vielmehr ich es, der sich nicht vorstellen kann, als Mann eine Beziehung mit einem Mann einzugehen? Aus irgendwelchen Gründen fällt es mir enorm schwer, das mit meinem Selbstbild zu vereinbaren. Ich meine, muss ich auch noch in dieser Hinsicht aus der Reihe tanzen?

Irgendwann langt mir meine miese Laune. Ich habe genug davon.

Mittwochmorgen antworte ich wieder ausführlicher auf Elizas Nachrichten, auf die ich zuletzt lediglich lustlos was runtergetippt habe. Wenn ich es mir mit ihr auch verscherze, habe ich nichts und niemanden mehr. Dass das noch nicht geschehen ist, wie ich zwischenzeitlich bereits angenommen hatte, ist eine große Erleichterung. Die spüre ich erst langsam richtig, da das über den Stress mit Davie untergegangen war. Die Befangenheit, die seit Stirling zwischen uns stand, ist verflogen und die kleine Auszeit voneinander hat womöglich dazu beigetragen.

An die Küchentheke gelehnt, schnürt sich mir die Kehle vor Dankbarkeit zu. Irgendwo muss ich anfangen, die Dinge in Ordnung zu bringen. Ich überlege, ob ich Eliza direkt mal schreibe, was zwischen Davie und mir vorgefallen ist. Dann weiß sie gleich, dass sich etwas verändert hat, und das würde mir leichter fallen, als es ihr ins Gesicht zu sagen. Aber was, wenn sie die Neuigkeit härter trifft, als ich annehme, weil ich ihr inzwischen in romantischer Hinsicht etwas bedeute? Die Option ist gegeben. Sie verdient es, dass ich das persönlich mit ihr kläre.

Entschuldige, ich war etwas durch. Bisschen viel los, halte ich mich daher vorerst vage. *Wie geht's dir mittlerweile?*

Alles okay!, schreibt Eliza verhältnismäßig schnell zurück. Ihre Probe dürfte noch nicht angefangen und ich sie knapp davor erwischt haben. Das ist mal ein klasse Einstieg. *Ich habe mich letztes Wochenende ja auch rar gemacht. War besser so. Dafür bin ich wieder munter und fidel. ;)*

Ich hebe die Brauen und mit ihnen sinkt meine zaghaft optimistische Stimmung. Das könnte als Vorlage gemeint sein, mit ihr zu flirten! Ein Kribbeln fährt mir unter die Haut, nur ist es kein freudiges, sondern ein unangenehmes. Krass, wie anders als geplant sich alles in den letzten zwei Monaten entwickelt hat. Irgendwie muss ich es schaffen, das zu akzeptieren.

Nervosität und Entschlossenheit ringen in mir um die Oberhand. Rasch frage ich sie, bevor ich kneife: *Können wir uns heute Abend treffen? Ich würde gern mal in Ruhe mit dir reden.*

Mag sein, dass das wie das Klischee eines unheilverkündenden Vorboten klingt, aber so kann sie sich darauf einstellen, dass ich nicht nur abhängen möchte und auch kein fulminantes nächstes Date plane. Wenn wir ihr auf welche Weise auch immer wichtig sind, wird Eliza sich die Zeit nehmen. Ich finde, das habe ich gar nicht schlecht eingeleitet.

Zu spät fällt mir auf, welchen Tag wir haben und dass ich nachher bei meinen Eltern zum Essen erwartet werde.

Fluchend beobachte ich, wie Eliza tippt, stoppt, tippt und stoppt. Mein Puls rast.

Klar!, erreicht mich ihre Antwort nach ein paar Minuten. Ich halte die Luft an, sie schreibt noch etwas. *Auch wenn sich das nach ernstem Gespräch anhört.*

Ich stoße den angehaltenen Atem aus. Okay, einmal werde ich Mum guten Gewissens mit einer Ausrede absagen dürfen. Kommt mir sowieso gelegen und wenn meine Kindheitsfreundin sich mit mir ausspricht, muss ich das nutzen. Nicht nur, weil ich jede Gelegenheit ergreifen sollte, mir etwas zu errichten, das weder von meiner Mutter zusammengehalten wird noch zerstört werden kann.

Haha, ja, erwidere ich, um nicht zu viel vorwegzunehmen und sie gleichzeitig zu beruhigen. *Aber keine Sorge! So schlimm ist es nicht.* Hoffe ich.

Ich weiß nicht, ob ich dir das glauben soll, scherzt Eliza, schlägt im selben Atemzug vor: *Passt es dir dann, zu mir zu kommen? Davor bin ich am Theater.*

Ich schicke einen erhobenen Daumen.

Um die Unterhaltung mit meiner Mutter hinter mich zu bringen, rufe ich sie direkt auf dem Handy an, auch wenn sie das meines Wissens nach während ihrer Arbeitszeit nicht mag. Noch weniger begeistert wäre sie über eine Absage per WhatsApp, so wie ich sie kenne. Daher wähle ich das kleinere Übel, obwohl mir das mehr Energie abverlangt.

»Ric.« Mum nimmt nach dem ersten Klingeln ab. Demnach kann sie nicht allzu beschäftigt gewesen sein, was sie nur nicht daran hindert, mich mit einem genervten »Was gibt's?« zu bedenken.

Ich unterdrücke den Drang, mit den Augen zu rollen, bevor man das aus meiner Stimme heraushört. Ist nicht so, als würde ich sie ständig belästigen. Wenn es geht, rede ich tausendmal lieber nicht mit ihr.

»Hallo«, bleibe ich höflich. »Tut mir leid, dass ich dich störe. Es geht um unser Dinner. Ich werde nicht kommen können, muss für einen Test lernen, der morgen ansteht.«

»Hängst du in der Uni hinterher?«, will sie augenblicklich wissen.

»Nein, Mum«, wehre ich ab. Auch das ist dieselbe alte Leier. Sie verpasst keine Gelegenheit, mich an Folgendes zu erinnern: Ich studiere ein in ihren Augen echt albernes Fach und bin dennoch zu blöd, um in der Regelstudienzeit meinen Abschluss zu machen. »Ich habe alles im Griff. Ich möchte nur gut vorbereitet sein.«

»Dann hoffe ich, dass du das sein wirst«, erwidert sie. »Am Sonntag können wir aber mit dir rechnen?«

Darüber stutze ich.

»Was war da noch mal?«, hake ich nach, massiere mir den Nasenrücken und matsche dabei unabsichtlich einen Fleck auf das rechte Glas meiner Brille. Vermutlich ist es mir entfallen, dass irgendetwas ansteht, bei allem, was los war. Oder meine Mutter hat vergessen, es mir mitzuteilen, was sie niemals anerkennen würde. Der Fehler liegt sowieso bei mir, ungeachtet dessen, wie es war.

»Die Gala in Edinburgh.« Sie atmet hörbar ein. »Macht es *Klick*? Es werden viele hohe Tiere aus Politik und Gesellschaft anwesend sein und wir sind als Familie eingeladen. Bring gern eine angemessene Begleitung mit.«

Dieser letzte Hinweis wundert mich wiederum. Ist ihr entfallen, mit wem sie spricht? Als Dauer-Single bin ich, auch was das betrifft, eine Enttäuschung für sie.

»Ich werde anwesend sein«, versichere ich. Ressourcen sparen für dann, wenn es sich lohnt. Hier und jetzt zu diskutieren, bringt nichts.

Das reicht ihr als Entschädigung und Mum fertigt mich ab. »Wenn das alles war, sehen wir uns am Wochenende. Ich schreibe dir, wann wir losfahren wollen.«

»Bis dann.«

Sie legt auf, ich reibe mir über das Kinn und seufze.

Davie käme selbstredend nicht als mein Partner infrage. Ihn mitzunehmen, gliche einem Eklat. Meine Mutter würde meinen, ich wollte sie absichtlich damit ärgern. Dabei wünschte ich aus tiefstem Herzen, wir könnten all das noch erleben, was ich in dieser Nacht am Strand vor mir gesehen habe, während wir uns liebten und ich mir so frei vorkam. Auf einmal klärt sich meine Sicht. Ich hatte so viel mit Davie vor! Ich wollte ihn ins Schminken einweisen, mit ihm zu diesem Literaturfestival und jeden Morgen im selben Bett neben ihm aufwachen. Jetzt habe ich mir das alles verbaut.

Ein neuer Schmerz durchzieht meine Brust. Ich bin so feige. Es wird Zeit, ich selbst zu sein. Wenn Davie es nicht wert ist, meinen Mut zusammenzunehmen, wer oder was ist es dann?

KAPITEL 38

RIC

Erneut hinter dieser Mauer vor dem Haus von Elizas Eltern zu hocken, um auf sie zu warten, ist nicht lustig. Es ist wie an dem Tag im August, als sie wieder nach Norriesford gezogen ist, nur dass ich mich heute angekündigt habe. Einmal zurückgespult oder als drehte sich alles im Kreis. Zum Glück nicht in Wirklichkeit.

Diesmal kommt sie vom Ballett aus Glasgow statt aus London zurück in die Heimat. Dazu ist es deutlich kälter und ungemütlicher und ich habe mir die Kapuze der Windjacke tief in die Stirn gezogen. Die Hände aneinanderreibend, überlege ich zum wiederholten Mal zu klingeln. Ihre Mum würde mich reinlassen. Aber ich will keinen Small Talk mit Beth machen und so tun müssen, als wäre dies ein normaler Besuch, bis Eliza da ist, daher harre ich aus. Wieso bin ich so früh dran? Ach, ja, weil ich schon den gesamten Tag wie auf heißen Kohlen sitze.

Unruhig verlagere ich mein Gewicht von einem Bein auf das andere. Den Nachmittag habe ich mit Uni-Kram totgeschlagen und es geschafft, mich nicht alle fünf Minuten zu fragen, was Davie wohl treibt, sondern höchstens jede halbe Stunde. Diese Überlegung tut auch jetzt nichts zur Sache. Ich muss mich auf das anstehende Gespräch konzentrieren.

Bevor ich mich vollends kirremache, biegt ihr kleines blaues Auto um die Ecke. Mit zunehmendem Herzklopfen beobachte ich, wie Eliza parkt, aussteigt, den Kragen ihres beigefarbenen Mantels hochschlägt und danach auf den Hauseingang zuhält. Eine Sache nach der anderen. So schnell ich kann, springe ich über die Mauer, wobei ich halb an ihr hängen bleibe. Mit einem »Uff« fange ich mich haarscharf ab. Was für ein Start.

»Eliza«, stoße ich hervor.

Sie stoppt in der Bewegung und wendet sich mir zu. »Was machst du denn hier draußen?«, fragt sie verblüfft.

Innerlich stocke ich, richte mich auf und breite dramatisch die Arme aus. »Etwas für die Dramatik?«

Oder sollte ich ihr sagen, wie heftig mir die Knie schlottern?

Uns trennt nur eine Armlänge Abstand. Obwohl sie die Augen über meine Stunteinlage verdreht, kann ich die Traurigkeit aus den Schatten darunter und die Nervosität aus dem Zucken ihrer Lippen herauslesen. Wirkt, als hätte sie die letzte Woche über auch einiges beschäftigt. Hat sie darauf gehofft, dass ich von mir aus auf eine Bestandsaufnahme bestehe, wie wir nach unseren paar Dates über das Ganze denken? Hat sie ebenfalls »schlechte« Neuigkeiten für mich, die mir im Endeffekt gelegen kommen? Das wäre großartig.

»Wie geht es dir?«, frage ich vorsichtig.

»Wie geht es dir?«, gibt Eliza die Frage zurück. Ihr Unbehagen ist greifbar. »Wollen wir nicht erst mal reingehen?«

Ich schneide eine Grimasse. »Punkt für dich.«

Drinnen im Warmen entledigen wir uns unserer Jacken und Schuhe. Als Elizas Mutter hört, dass ihre Tochter Besuch mitgebracht hat, wird es kurz peinlich, denn Beth lässt es sich nicht nehmen, mich herzlich zu begrüßen und uns selbstgebackenes Shortbread und eine Kanne Tee aufzuquatschen. Außerdem betont sie, wie schön sie es findet, dass ich wieder öfter vorbeischaue. Super. Eliza und ich tauschen einen Blick und nehmen beides dankend entgegen. Danach verschwinden wir nach oben in ihr Zimmer, wo wir es uns auf ihrem Bett gemütlich machen.

Automatisch kommen dabei beiläufige Berührungen zustande, weil wir es gewohnt sind, vertraut miteinander umzugehen. Jetzt, wo für mich klar ist, wie ich emotional zu ihr stehe, interpretiere ich da nichts mehr rein. Trotzdem fühlt es sich gut an, weil die junge Frau mit den unzähligen Sommersprossen, die im Augenblick nicht von Schminke überdeckt werden, stets etwas Besonderes für mich sein wird.

»Es tut mir leid«, sagen wir gleichzeitig, sobald wir unsere Sitzpositionen gefunden haben.

O Mann.

»Darf ich zuerst?«, setze ich daraufhin an und zwinge mich, den Blick nicht auf meine Hände zu senken, sondern auf sie zu richten.

Flink beugt Eliza sich zu ihrem Nachttisch und klappt die darauf stehende Spieluhr mit der Pirouetten drehenden Ballerina auf. So eine besaß ich früher auch, bis ich sie mit jeder Menge anderem Zeug aus meiner »Mädchen«-Phase weggeschmissen habe.

»Jetzt«, erlaubt sie mir.

Ich weiß, dass die Melodie sie entspannt, und auch in mir weckt sie ein Gefühl der Geborgenheit. Das passt gut zu dem, womit ich einsteigen möchte.

»Irgendwas war komisch«, breite ich, davon beflügelt, mein Innenleben vor ihr aus.

Augen zu und durch.

»Nicht erst in Stirling«, stelle ich klar. »Da habe ich es nur endgültig gemerkt. Also, logisch, dass ich dich mag. Das stand nie zur Debatte, auch wenn es mal so rübergekommen ist. Aber als wir uns fast geküsst haben, hat sich, wie dir sicher aufgefallen ist, etwas zu meiner eigenen Überraschung in mir dagegen gesperrt.«

Ich mache eine Pause, damit Eliza das erst mal verdauen kann. Bis hierhin war es eigentlich leicht.

»Ja«, bestätigt sie kühl, »so was Ähnliches habe ich mir zusammengereimt.«

»Obwohl ich vorher dachte«, beteuere ich, »dass ich nichts lieber tun würde als das. Ich glaube, ich habe meine Nostalgie in Bezug auf unsere gemeinsame Vergangenheit mit romantischer Anziehung verwechselt oder dann doch festgestellt, dass die Realität nicht mit meiner Vorstellung übereinstimmt. Wobei ich dazu erwähnen sollte, dass … Es gibt da etwas, das ich bisher für mich behalten habe.«

Was folgt, ist eine Neuigkeit, von der ich noch weniger eine Ahnung habe, was sie in Eliza auslösen wird. Doch ist die Zeit gekommen, komplett reinen Tisch zu machen. Ich esse erst mal ein Stück Shortbread, der Tee ist leider noch zu heiß. Meine Ohren erhitzen sich mehr und mehr.

Sie stupst mein Knie an, nun wieder sanfter. »Ja?«

Ich kaue und nuschle mit halb vollem Mund: »Ich nehme an, dass ich aktuell nicht in dich verliebt bin, dafür war ich es damals.«

Als Eliza ansetzt, darauf etwas zu erwidern, hebe ich eine Hand. Auch wenn ich ihre Gedanken dazu unbedingt erfahren möchte. Um angemessen zu reagieren, sollte sie die Geschichte von vorne bis hinten kennen.

»Lass mich erst zu Ende erzählen, okay?«

»Ja«, lenkt sie ein, nimmt sich auch etwas von dem Gebäck.

Also dann … Packen wir es an.

»Ich hatte Panik, mich dir anzuvertrauen«, seufze ich, »weil ich als Jugendlicher überzeugt davon war, als Mädchen für dich gar nicht erst im Rennen zu sein und dass du mich für immer mit anderen Augen betrachten würdest, wenn du mich für lesbisch hieltest. Ich wollte nicht lesbisch sein und kam mit dieser scheinbaren Erkenntnis nicht zurecht. Was bescheuert ist.«

»Total«, bestätigt Eliza mit einem Heben ihrer Augenbrauen.

Okay, sie rennt schon mal nicht davon oder blafft mich an. Jedenfalls nicht wegen dem, was ich gefühlt habe, eher weil meine Reaktion darauf so unreflektiert war.

»Jaja«, klage ich, ringe mit der Wahrheit und den Taten meines jüngeren Ichs. »Zu der Zeit wusste ich es nicht besser, als so viel Abstand wie möglich zwischen uns zu bringen! Das ist der wahre Grund, aus dem ich dir die Freundschaft gekündigt habe. Das hatte nichts mit meinem Transsein zu tun. Es war nie meine Absicht, dich anzulügen, falls du das denkst. Es ist nur … Selbst letztens habe ich mich zu heftig geschämt. Und ich wollte diese zweite Chance mit dir nutzen, ohne den Ballast dessen, was mal war.«

Ihr Gesichtsausdruck verschließt sich und ich sterbe vor Ungewissheit, was in ihr vorgeht. Sie wirkt sprachlos. Ich bete, dass sie nachvollziehen kann, wie schwer das für mich war. Auch wenn sie sich selbst nie in dieser Lage befunden haben mag.

»Das ist …« Eliza bricht ab. »Ric. Wie traurig. Das macht mich so wütend.«

»Ich verstehe, wenn du sauer auf mich bist«, versichere ich ihr.

»Ich bin nicht wütend wegen dir!«, widerspricht sie mir sofort. Ich horche auf. »Ich bin wütend, weil uns so etwas von klein auf eingeimpft wird. Schlimm ist das. Du bist ja nicht von allein darauf gekommen, dass deine Gefühle etwas Verbotenes sein könnten, was du geheim halten solltest. Da haben unser Umfeld und die Gesellschaft maßgeblich zu beigetragen.«

»Danke«, hauche ich. »Es tut mir trotzdem unendlich leid.«

Dass sie mich nicht für mein Verhalten verurteilt, ist dazu fast eine Absolution. Ich wusste nicht, wie dringend ich das von ihr hören musste, um mit mir selbst verständnisvoller zu werden. Das wäre etwas, das mit echter Selbstliebe einhergeht, den tiefsitzenden Schmerz anzuerkennen, ohne mich dafür zu zerfleischen.

Ungeachtet aller Nachsichtigkeit für meine Verschwiegenheit möchte ich in keiner Hinsicht mehr Rätselraten.

»Wie fühlst du dich denn momentan in Bezug auf mich?«, überwinde ich mich, die nächste ausstehende Unbekannte anzuschneiden. Haken wir das einmal alles ab. Wer weiß, wann ich sonst wieder die Kurve kriege, auch wenn ich besser und besser darin werde. »Ich nehme an, mein Hin und Her war für dich ähnlich anstrengend, wenn nicht aufwühlend oder verletzend.«

Eliza verzieht das Gesicht. »Ich hätte mich gar nicht erst darauf einlassen sollen. Dich zu daten, war ein Fehler. Ich dachte, ich könnte es, aber …«

»Was?«, hake ich nach.

Zwar ist das grundsätzlich praktisch, klingt nur ein bisschen zu hart, als dass ich darüber voller Freude sein könnte. Mir schwant Übles und Erleichterung will sich nicht einstellen. Schwingt da mit, dass sie mich »nicht als richtigen Mann betrachtet«? Dabei hat sie sich so über diese heteronormativen Sichtweisen aufgeregt, das passt nicht zueinander.

Mein Mund ist zu trocken. »Würdest du mir verraten, wieso du dich dann dazu bereit erklärt hast, wenn du mich unattraktiv findest? Stört dich mein Transsein?«

»Nein, null!« Sichtlich geschockt schüttelt Eliza den Kopf, sodass ihre Locken ihr ums Gesicht fliegen. »Fuck, sorry, denk das nicht. Bei der Partnerwahl mache ich mir nichts aus Körpern oder dem Geschlecht einer Person. Ich bin pansexuell, so wie ich das in den letzten zwei Jahren für mich sortiert habe. Ich finde dich toll, aber nicht auf diese Art.«

Ich atme auf, das war eindeutig.

»Wenn ich dich richtig verstanden habe«, resümiert sie, »hatten wir sogar teilweise denselben Gedanken.«

Fragend sehe ich Eliza an, während sie ihre Gedanken neu ordnet.

»Ich habe dir zwar gesagt, dass ich meinen Frieden mit unserem Bruch schließen konnte, doch du hast mir immer gefehlt«, gibt sie zu. »Es war hart für mich, dich zu verlieren. Mich hat die Befürchtung angetrieben, dass wir nie mehr zueinander finden, wenn ich dir einen Korb gebe, als du mich nach Dating gefragt hast. Das war keine gute Entscheidung, weil ich nicht auf dich stehe. Bloß wie du wollte ich, dass wir uns wieder anfreunden – oder eben mehr, wenn das anders nicht ginge.«

Vor lauter Unglauben bin ich nun an der Reihe, nach Worten zu ringen. »Ich bin unsicher, ob ich das beruhigend oder beunruhigend finde«, fasse ich meine widersprüchliche Gefühlslage zusammen.

Zustimmend nickt sie. »Ich wusste genauso wenig, wie ich mich dir gegenüber am besten verhalten soll. Deshalb habe ich mal mit dir geflirtet, nur um dich danach von mir zu stoßen. Den Zeltausflug habe ich übrigens abgesagt, weil mir diese geballte Ladung Romantik zu viel gewesen wäre. Ich war nicht krank, hab da aber eindeutig gespürt, dass alles in die falsche Richtung läuft.«

»O Mann«, seufze ich.

Bin ich der Einzige, der im Vorfeld nicht erkannt hat, wie sehr der Strand nach Date-Material aussah?

»Auf jeden Fall ist es fantastisch«, befindet Eliza und hebt einen Zeigefinger, »dass wir das Gleiche wollen.«

»Ja«, stimme ich leise zu, wische mir über die Augen, die zu brennen anfangen.

Das hier fühlt sich endlich richtig an und ein breites Lächeln gesellt sich zu meiner Ergriffenheit. Dass meine beste Freundin queer ist und wir somit eine zusätzliche Gemeinsamkeit haben, ist das Sahnehäubchen auf der Torte und auf die beste Weise ein verrückter Zufall, wie man ihn sich vorstellen kann.

»Wobei ich lieber verdrängen möchte, was uns erspart geblieben wäre, wenn wir von vornherein frei heraus miteinander geredet hätten«, muss ich es anmerken.

Eliza legt ihren Kopf auf meine Schulter. »Ist das nicht häufig so?«, gibt sie zu bedenken. »Trial und error. Wir waren noch nicht so weit und es stand zu viel zwischen uns.«

»Schon«, versuche ich, mich mit dieser Sichtweise anzufreunden, und lehne meine Stirn gegen ihre. Ihr Fliederduft lullt mich ein.

Eine Weile atmen wir nur und kosten aus, dass wir uns trotz der Irrungen und Wirrungen nicht verloren haben.

»Ich habe mich in Davie verguckt«, sage ich, als der Tee bereits kalt ist.

Eliza rückt ein Stück von mir ab. Ihr Mund verzieht sich verschmitzt. »Ach, was.«

»Tu nicht so überrascht!«, weise ich sie zurecht, da das für sie augenscheinlich nichts Neues ist. Rücksichtsvoll, dass sie es mir nicht von sich aus unter die Nase gerieben hat.

»Wie denkt er darüber?«, löchert sie mich gleich darauf, womit ich nicht gerechnet habe.

»Ich hab's versaut«, gestehe ich und werfe meine letzten Bedenken über Bord, weihe Eliza Stück für Stück in die Ereignisse der vergangenen Wochen ein.

Ich kann von Glück sagen, dass sie mich ausschließlich als Kumpel betrachtet. So ist es fantastisch, mit ihr über diese Dinge zu reden. Mir wird leichter und leichter zumute.

Als ich zum Ende komme, schüttelt sie wiederholt den Kopf. »Nun, solange du weiter mit dir haderst, wirst du nicht erfahren, ob das mit euch noch was werden kann.«

Sie verpasst mir einen spielerischen Schubs.

»Du hast recht«, erkenne ich, obwohl sie mich damit beinah vom Bett stößt, was ich nicht ungesühnt so stehen lassen kann.

Ich fange an, sie zu kitzeln. Sie quiekt. Doch dann zieht sie mich in eine feste Umarmung, anstatt mich erneut zu attackieren.

»Alles wird gut«, verspricht Eliza mir.

KAPITEL 39

DAVIE

Alle beschweren sich, weil ich vorübergehend nicht zu ihrer Verfügung stehe, sondern mal vollständig abgetaucht bin und nur auf mich achte. Das finde ich bezeichnend, war folglich umso überfälliger und ist so betrachtet ein netter Nebeneffekt davon, dass mir die Dinge über den Kopf wachsen. Jetzt bin ich an der Reihe, ziehe die Reißleine und opfere mich nicht mehr für andere auf.

Bei der Arbeit habe ich mich für zwei Wochen krankgemeldet und Deadlines für Texter*innen-Aufträge nach hinten verschoben, was meiner Chefin und den Werbemenschen gar nicht passt. Auf die Teilnahme an der Autor*innen-Runde verzichtete ich gestern erneut. Krass, es ist schon Freitag! Darüber beschwerte Mara sich halbherzig, bis ich ihr gesagt habe, wieso ich nach Inverness abgehauen bin. Seitdem umschwirrt sie mich besorgt, so gut das auf die Distanz geht. Wie ein ungebetener Gast geistere ich durch die Flure und Räume meines Elternhauses, den Mama und Papa vermutlich nur erdulden, weil ich so offensichtlich fertig mit der Welt bin. Sie drängen mich nicht mal, ihnen zu erzählen, was vorgefallen ist.

Zumindest Letzteres unterstütze ich, zugegebenermaßen. Wo sollte ich anfangen? Sie wissen, dass es am schlimmsten ist, wenn ich nicht mehr rede und wie selten das vorkommt. Daher sind sie ausnahmsweise im *Besorgte-Eltern*-Modus. Um den zu aktivieren, braucht es einiges. Ich wollte nicht, dass sie das je wieder tun müssen, wo ich ihnen früher so häufig mit meinen ungefilterten Gefühlsausbrüchen zur Last gefallen bin. Aber es rührt mich, dass sie den für den Notfall in petto haben, so wie sie mich mit nervösen Mienen im Auge behalten.

Das am Strand war das Ende, obwohl es etwas Wundervolles hätte einleiten können. Die Erinnerung an Rics und mein Gespräch im Auto treibt mir nach wie vor Tränen in die Augen. In eine Decke gehüllt lümmele ich auf der Wohnzimmercouch und lasse ihnen freien Lauf, ungeachtet dessen, dass mein Vater mir gegenüber in dem alten Ohrensessel sitzt und auf seinem Grafiktablet zeichnet. Dabei dachte ich zwischenzeitlich, ich hätte am Montag alles auf der dreieinhalbstündigen Busfahrt ausgeheult.

Ich blinzele meine Sicht frei und fokussiere mich auf das Flackern des Kaminfeuers, stelle mir vor, die Wärme würde etwas gegen die Kälte in meinem Inneren ausrichten. Ein klein wenig gefalle ich mir als tragischer Held meiner eigenen Geschichte, weil das Romantisieren die einzige Möglichkeit bietet, um mir den Schmerz der Zurückweisung, des Verarscht-worden-seins und den Verlust meiner Träumereien erträglicher zu gestalten. Theoretisch würde ich meinen Flüssigkeitshaushalt gern mit Tee auffüllen – am besten einem der Sorte *Glücksmomente* oder *Calm & Relax*, womöglich hilft's ja –, doch mir fehlt die Kraft zum Aufstehen.

Erst vor ein paar Stunden kam da diese Nachricht, die mich auf dem Smartphone angeblinkt und mir den Rest gegeben hat. Mara hat mir mitgeteilt, dass sie Ric und Eliza händchenhaltend in der Schlange vor dem kleinen romantischen Programmkino in der Ashton Lane in Glasgow gesehen hat. Sie war nach der Schreibgruppe mit ein paar Freundinnen auf Pub-Tour.

Ihr *Ich dachte, das solltest du wissen, damit du dich darauf einstellen kannst, bevor du zurückkommst* mag gut gemeint und besser sein, als wenn ich unvorbereitet auf die beiden als Paar gestoßen wäre.

Trotzdem fasse ich nicht, dass er mich so mir nichts dir nichts abgehakt hat. Bin ich Ric vollkommen egal, sodass er sich nach unserer gemeinsamen Nacht derart problemlos wieder ihr widmen konnte und das Ganze umso schneller dingfest gemacht hat? Ich balle die Fäuste, weil er mir ebenso gut ins Gesicht hätte schlagen können. Noch immer ärgere ich mich, dass ich ihm auf den Leim gegangen bin. Habe ich mir seine tiefe Zuneigung zu mir komplett eingebildet? Ich hätte mir das nicht antun müssen. Das alles.

Was bleibt mir, außer jede meiner Entscheidungen des vergangenen Jahres zu hinterfragen? Dazu höre ich mir über Kopfhörer einen Song auf Repeat an, den ich bei einem von Rics morgendlichen Plattenspieler-Sessions aufgeschnappt habe: *Wish You Were Here* von Pink Floyd. Weil das perfekt passt. Nicht, damit ich noch intensiver an ihn denke.

Anders als in dem Lied fügen sich bei einem von uns die Dinge zusammen. Wir sind nicht beide hoffnungslos verloren. Während er so glücklich ist wie nie und neue Wege einschlägt, ist mein Leben ein einziger Scherbenhaufen. Ich mahle mit dem Kiefer, bis es knirscht. Irgendwann freue ich mich sicher für ihn. Ich will es. Für mich war das mit uns nur der Höhepunkt einer Reihe von Fehlern, die ich begangen habe, und Ric, was mich zuletzt noch aufrecht gehalten hat.

Das werde ich ihm nur nicht sagen. Wenn er sich so stur und eisern an seinen Plan halten kann, laut dem Eliza für ihn bestimmt ist, kriege ich das erst recht gebacken, meinem treu zu bleiben. Und der sieht vor:

keinen Kontakt, bis ich weiß, was ich möchte. In Bezug auf uns, meine berufliche Zukunft und die Wohnsituation. Damit ich entschieden und selbstbewusst auftreten kann.

Weil meine Beine zu kribbeln anfangen, verändere ich meine Sitzposition und schnappe dabei unabsichtlich Papas Blick auf, der nicht mehr an dem Bildschirm vor ihm haftet.

Seufzend ziehe ich mir einen Kopfhörer aus dem Ohr. »Was?«

Ja, grundsätzlich will ich, dass er und Mama mich beachten. Damit meinte ich allerdings nicht diese Art von Aufmerksamkeit, sondern einen stolzen Schulterklopfer oder ein Zunicken des Respekts. Das viel zu nachdenkliche oder wahlweise zu gedankenlose Kind, um das sie sich kümmern müssen, wollte ich nicht mehr sein. Streit mit Mitschüler*innen oder Unstimmigkeiten mit Lehrkräften gehörten der Vergangenheit an. Ihnen danach zu beweisen, dass mit mir mehr anzufangen ist, hat bloß leider nicht geklappt. Hätte ich Energie übrig, würde ich mich darüber ärgern oder vor Scham winden.

»Wollen wir zu *Leakey's*?«, schlägt mein Vater nach einer Sekunde des Überlegens vor.

Dass das ein Aufmunterungsversuch werden soll, ist mir sofort klar und gegen meinen Willen fühle ich Geborgenheit sich in meiner Brust ausbreiten. Wir drei – er, Mama und ich – lieben den zweistöckigen Secondhand-Buchladen in der alten gälischen Kirche und wenn es etwas gibt, das mich gegenwärtig aus dem Haus locken kann, ist es Bücherstöbern.

»Das nehme ich mal als ein *Ja*«, kommentiert Papa das Lächeln, das meine Mundwinkel erfasst hat.

Die Vorstellung von uns zusammen an diesem magischen Ort ist zu verlockend und ich habe das vermisst. Dafür verschwinde ich, wenn auch schwerfällig, nach oben. Erst ins Bad, um Deo aufzutragen, und anschließend in mein früheres Kinderzimmer, das sich kaum verändert hat. Es ist angenehm, wieder von meinem eigenen Zeug umgeben zu sein, statt von der unpersönlichen Einrichtung, die mir Ralph zur Verfügung gestellt hat, oder den leeren Stellen in Rics vorherigem Home-Gym, die ich theoretisch gern gefüllt hätte. Meine nach Regenbogenfarben sortierten Bücherregale bilden das Herzstück. Dann ist da das Skateboard, das halb unter dem Bett hervorlugt. Das Poster eines Schauspielers, auf den ich mal stand, und im Wandschrank, durch den ich mir immer ausgemalt habe, nach Narnia abzuhauen, verbirgt sich zwischen vergangenen Modesünden ein Holzschwert. Dieser Raum hat Charakter.

Nachdem ich mich von meiner Jogginghose getrennt und in eine Jeans gezwängt habe, kommt Mama aus ihrem Arbeitszimmer mit dem Laptop unterm Arm mit mir nach unten. Dort wird sie auf den Kamin aufpassen und weiter ihrem täglichen Schreibsoll hinterherjagen. Mit einem »Habt Spaß!« wuschelt sie mir durch die Haare, was mich etwas empört. Schnell setze ich meine pinke Mütze auf. Auch das stimmt mich letztlich nur nostalgischer.

Als ich fürs Studium Richtung Glasgow gezogen bin, kam ich mir daheim überflüssig und ungewollt vor. Ich hatte vergessen, dass es nicht ausschließlich so war. Habe ich mich aus dieser Annahme heraus selbst mehr und mehr zurückgezogen? Auf jeden Fall habe ich das Gute nicht gebührend gewürdigt. Oder verstehen wir uns besser, wenn wir uns nur in kleineren Dosen begegnen? Das wäre nicht das Schlechteste.

Von Crown aus, dem Stadtteil, in dem wir wohnen, brauchen Papa und ich etwa zehn Minuten in die Innenstadt. Das ist genug an Bewegung, um mich meiner Lethargie zu entreißen, ohne mich mit Aktivität zu überfordern. Während wir durch die lebhafte Fußgängerzone laufen, schwelge ich in dem wohligen Gefühl von Heimat und die frische Luft wirkt Wunder für meinen mentalen Zustand. Ich gebe es zu.

Bei *Leakey's* verbringen wir über eine Stunde und gehen jeder mit mehreren Fundstücken raus. Danach setzen wir uns am Ness auf eine Bank, wo wir uns unsere jeweilige Auswahl präsentieren. Ich freue mich darauf, die fünf Bücher zu lesen und zwischen den Seiten abzutauchen. Es sind ein Klassiker und zwei Krimis sowie eine Sammlung feministischer Essays und ein Horrorroman geworden. Papa hat drei originale Prints aus dem neunzehnten Jahrhundert für sich entdeckt, bei denen mich vor allem die detailgetreuen Zeichnungen der prachtvollen Kleider der adeligen Ladys faszinieren. Wir blättern durch den Bildband, den er ebenfalls erstanden hat und der sich mit impressionistischen Gemälden befasst. Irgendwann schauen wir in gemeinschaftlicher Stille auf den Fluss, die Brücke und die Häuser auf der gegenüberliegenden Uferseite, welche die Skyline bilden, für die Inverness bekannt ist. Mir fällt auf, dass ich wenigstens eine Weile nicht an Ric und meine anderen Probleme gedacht habe.

»Es tut gut, hier zu sein«, sage ich ehrlich.

»Du kannst jederzeit herkommen«, sagt mein Vater.

Erst möchte ich mir auf die Zunge beißen, um die Zweifel zu unterdrücken. »Wirklich?«, versichere ich mich stattdessen.

»Natürlich!« Er wirkt erstaunt, eventuell gekränkt, sodass ich mich schlecht dafür fühle, nicht geschwiegen und die entspannte Atmosphäre ruiniert zu haben.

Trotz bäumt sich in mir auf.

So bin ich nun mal. Ich spreche Dinge an, auch wenn andere sie nicht hören wollen. Das lasse ich mir nicht nehmen. Wird es bisweilen eben ungemütlich. Dass ich Ric so lange gegenüber nichts gesagt habe, war falsch. Ebenso die Schwindelei gegenüber meinen Eltern. Die Angst, andere nicht zu verlieren, ist mächtig, aber Authentizität ist mächtiger. Wenn mich jemand nicht so mag, wie ich bin, sollte ich mich sowieso abwenden.

»Wir sind deine Familie«, erinnert mich Papa, den mein Unwille scheinbar ernsthaft beschäftigt. »Das hier wird immer auch dein Zuhause bleiben, wenn du möchtest. Ich weiß, du bist sehr selbstständig, seit jeher gewesen. Aber du kannst auf mich und deine Mutter zählen, wenn du etwas brauchst. Das ist keine Schande.«

Auf einmal bin ich es, der sich wundert. »So seht ihr das?« Das ist eine Perspektive, über die ich nie nachgedacht habe, die mich schlucken lässt und in Wut versetzt. »Ich habe euch andauernd einen Strich durch die Rechnung gemacht, wenn ihr nur mal eure Ruhe wolltet«, rücke ich das Ganze ins rechte Licht, wobei ich mich in null Komma nichts in Rage rede. »Wie oft war irgendwas, womit ich eure Geduld strapaziert habe? *Das* habt ihr mir vermittelt, selbst wenn ich nur Zeit mit euch verbringen wollte. Vor allem das wollte ich. Dass ihr euch für mich interessiert. Ich verstehe, dass es ab einem bestimmten Punkt lästig wurde, weil ich mehr Aufmerksamkeit gebraucht habe als andere Kinder. Darum habe ich später versucht, weniger von euch zu verlangen. Doch etwas Zuneigung würde ich mir wünschen. Das finde ich nicht zu viel verlangt.«

Papas Mund öffnet und schließt sich angesichts meiner deutlichen Worte. Es kommt nichts heraus.

Schock durchtränkt mich wie der Schweiß den Stoff unter meinen Achseln. Ich bin zu weit gegangen.

KAPITEL 40

DAVIE

Gerade noch rechtzeitig realisiere ich, in dieselben Muster zu verfallen, die ich eben erst als schädlich enttarnt hatte, und verpasse mir einen gedanklichen Rüffel: Nein, ich halte das aus und Papa darf das ruhig auch mal.

»Ja, Mama und du, ihr seid da, wenn es darauf ankommt«, ergänze ich ruhiger. »Noch toller wäre es, wenn ich mir dafür nicht erst das Herz brechen, meine Wohnung verlieren, pleite gehen oder mein Studium schmeißen müsste. Wobei Letzteres unwahrscheinlich ist, weil ich mich nie eingeschrieben habe.«

»Wie meinst du das?« Mein Vater runzelt die Stirn, obwohl ich mir sicher bin, dass er mich verstanden hat und mir bis hierher gefolgt ist. Dass er im Grunde einsieht, dass ich recht habe, auch wenn er nicht bereit sein mag, davon etwas anzunehmen.

»Ich habe euch nie erzählt, dass ich den Studienplatz in Glasgow nicht bekommen habe«, eröffne ich ihm. Es ist die reinste Erleichterung. »Ich studiere gar nicht, dachte aber, dass das die eine Sache sein könnte, um sichtbarer für euch zu werden. Der ultimative Beweis, dass ich wie ihr bin, der unser Verhältnis stärken würde. Hat nur nicht wirklich geklappt, von daher kann ich es ebenso gut auflösen. Denn das bin ich nicht. Ich bin wie ich.«

»Davie.« Papa schüttelt den Kopf. Unglaube und Verletztheit verzerren seine Züge und die Falten um seine Augen vertiefen sich.

Ich stähle mich gegen seine Erwiderung, rechne damit, dass er sein Fehlverhalten abstreitet. Es ist nicht okay, wie das gelaufen ist. Das wird es nie sein. Um diesen Kreis zu durchbrechen, muss irgendwer aussteigen, und das tue ich hiermit. Nun kann ich mir ein neues Ziel suchen und ihm folgen, losgelöst von dem Gedanken, in die Fußstapfen meiner Eltern treten zu müssen.

Papa seufzt, sieht über den Ness, um meinem Blick danach umso gefestigter standzuhalten. Ich kriege eine Gänsehaut. Niemand hat behauptet, dass das leicht würde.

»Es tut mir leid«, entschuldigt er sich. »Ich bin sicher, dass ich auch für deine Mutter spreche, wenn ich sage: Wir wollten nie, dass du dich im Stich gelassen fühlst. Wir mögen in der Vergangenheit überfordert gewesen sein und das ist nicht rückgängig zu machen und unser alleiniges Verschulden, aber wir lieben dich und offensichtlich müssen wir dir das häufiger und deutlicher zeigen.«

Dieses emotionale Geständnis trifft mich unvorbereitet. Dass er so schnell einlenkt und nicht auf Abwehr schaltet, wie Mama es meistens tut, ist fast zu optimal, um wahr zu sein.

»Das«, flüstere ich, »wäre schön.«

Doch … »Gilt das auch, wenn ich nie irgendetwas veröffentlichen werde?«

»Eins von deinen Manuskripten?«, hakt mein Vater nach.

Diesmal fällt mir das Nicken wieder schwerer, ich presse die Lippen aufeinander.

»Wieso sollte das etwas ändern?«

»Weil ich dann gescheitert bin«, murmele ich. »Und mein Leben nicht mehr vollständig der Schriftstellerei widme. Ich will nicht … wollte nie, dass wir uns dadurch erst recht voneinander distanzieren.«

»Das tun wir nicht«, behauptet Papa streng, wodurch er deutlich väterlicher wirkt, als ich ihn je erlebt habe. »Du bist unser Sohn. An eine solche Liebe sollten keine Bedingungen geknüpft sein. Seelenlose Kunst bringt eh niemandem was. Obwohl ich glaube, dass dein Herz durchaus für das Schreiben schlägt.«

»Es gibt mir so viel, Geschichten zu Papier zu bringen«, stimme ich zu, zu bewegt, um auf den Rest einzugehen, da ich mich sonst in Schluchzer auflösen würde und inzwischen bin ich es überdrüssig, zu weinen. Selbst wenn es vor Glück wäre. »Ich habe nur gemerkt, dass ich vorerst für mich allein schreiben möchte. Je mehr ich darüber gegrübelt habe, wie und wann ich meine Texte an den Menschen bringen kann und welche Meinungen Lesende dazu haben werden, desto weniger Spaß hat mir das Ganze gemacht und mich vor allem belastet. Ich will nicht, dass das kaputt geht. Dafür hat das Schreiben eine zu große Bedeutung für mich.«

»Ich verstehe.«

Prüfend verenge ich die Augen. Tut er das? Und wenn es so ist, wird es Mama ähnlich gehen? Und Mara? Ob ich ungeachtet dessen an der Autor*innen-Runde teilnehmen darf? Das würde ich gerne weiterhin. Oder wird man mich als Hobbyschreiber ausschließen? Den letzten Termin habe ich geskippt, weil ich das Gefühl hatte, keiner von ihnen mehr zu sein, je klarer sich für mich herauskristallisierte, was am Autorendasein für mich funktioniert und wo ich aussteige.

Diese Woche hat mein Fehlen wiederum einen anderen Grund, der mit einem gewissen Fitness-Boy und meiner Flucht in die Heimat zusammenhängt.

»Hast du eine Idee, was du alternativ beruflich machen möchtest?«, erkundigt Papa sich. Die unvoreingenommene Neugier, mit der er mir diese Frage stellt, ist exakt das, was ich brauche.

Zaghaft atme ich auf. »Den Verkauf mag ich eigentlich«, überlege ich, verwische Rics Gesicht vor meinem inneren Auge, wie man Kreide von einer Tafel entfernt. »Insbesondere den Kontakt zu den Kund*innen. Nur fände ich einen anderen Bereich als den Schreibwarenhandel interessanter. Mode zum Beispiel oder was mit Kindern spricht mich auch an.«

»Klingt toll!« Papa zwinkert mir zu, was mich zum Erröten bringt. Plötzlich ist da innere Wärme gegen die äußere Kälte. So schnell kann sich manches wandeln, sogar zum Guten. Dass das möglich ist, macht mir Mut.

»Ist dir bewusst, dass deine Mama und ich nie geplant hatten, allein von unserer Kreativität zu leben?«, fragt er mich.

»Ich hab's mir fast gedacht«, sage ich. »Seit ich klein bin, dreht sich bei euch trotzdem alles um eure Werke und um euer Schaffen.«

»Ich streite nicht ab, dass wir da ziemlich involviert sind.« Papa hüstelt. Ob er wie ich daran denkt, wie sie es mehr als einmal verpeilt haben, mich aus der Primary School abzuholen? »Worauf ich hinaus möchte: Es ist in Ordnung, sich umzuorientieren. Auf halber Strecke einen anderen Kurs einzuschlagen, macht dich nicht zu einem Versager.«

Tief durchatmend akzeptiere ich, was hier geschieht. »Danke, Papa.«

Dass er ab heute zum Super-Dad wird, wage ich zu bezweifeln. Dafür ist er zu sehr zerstreuter Künstler und ich bin kein Kind mehr, das davon abhängig wäre. Dafür könnte ich ihn vorschnell mit Mama über einen Kamm geschert haben, die ernsten Unterhaltungen lieber ausweicht. Eines Tages ist sie hoffentlich bereiter dazu. Vielleicht kann ich auf lange Sicht bei ihr etwas anstoßen, wenn sie sieht, wie ich mehr und mehr zu mir finde, indem ich mein Schwarzsein umarme. Noch gebe ich den Glauben an ein mögliches Zusammenrücken auch in dieser Hinsicht nicht auf. Internalisierter Rassismus ist ein Ding.

»Übrigens. Wo wir dabei sind, so offen zu sprechen«, setzt Papa an und schlägt die Beine übereinander. »War dein Fake-Studium der Grund, weswegen du aus dem Nichts hier aufgetaucht bist?«

»Nope, das vorhin war ein spontaner Seelenstriptease.« Verlegen lache ich. »Oder auch das Fass, das übergekocht ist.«

Dass er mir keinerlei Vorwürfe für diese Farce macht, grenzt an ein Wunder. Nicht die typischsten Eltern zu haben, kann auch von Vorteil sein.

»In finanzieller Not bist du nicht«, fährt er fort, zu spekulieren, wobei ich mit Schreck erkenne, dass er sich an meiner unabsichtlich gelegten Fährte entlanghangelt.

»Papa«, tadele ich.

Seine Miene verdüstert sich. »Herzschmerz?«

»Möglich.« Ich kaue auf meiner Unterlippe, streiche wie zur Beruhigung über den Einband jenes Buches, das ich bisher nicht in meinem Jutebeutel verstaut habe.

»Nach deiner Trennung von Vika bist du auch erst mal in ein Loch gefallen«, meint er.

Will mein Vater damit andeuten: Das damals konnte ich überwinden und diesmal wird es genauso sein? Vermutlich. Nur möchte ich die Vorstellung von Ric und mir gar nicht abhaken. Mein Brustkorb verengt sich. Es killt mich eher, dass diese Gefühle irgendwann verblassen werden. Es ist zu tragisch, so sollte es nicht sein.

»Ric gibt uns nicht mal eine Chance«, murmele ich, obwohl ich mir dabei nicht sicher sein kann. Seine Begründung, wieso das beim Zeltausflug eine Verfehlung war, war eine andere. Fairerweise korrigiere ich mich. »Oder ich möchte bloß nicht wahrhaben, dass er meine Liebe nicht erwidert. Wir sind uns nähergekommen. Trotzdem ist er nun mit dieser Frau zusammen und behauptet, mich lediglich als Trostpflaster benutzt zu haben, als es mit ihr weniger optimal lief.«

»O je«, kommentiert Papa. Seine Stimme ist voller Mitgefühl.

»Wie in einer Soap!«, beschwere ich mich, halb ernst, halb scherzhaft, um meine Betroffenheit zu übertünchen. »Ich begreife nicht, wie es sein kann, dass er nicht dasselbe fühlt wie ich. Er muss checken, wie perfekt wir zusammenpassen.«

»Ist er denn geoutet?«

»Nein, ich glaube bisher nicht«, gebe ich zu.

Rics Statement dazu ist zwar ein Weilchen her, war aber unmissverständlich. Er labelt sich als hetero. Gleichwohl scheint er an mir interessiert zu sein.

»Vielleicht warst du nur eine Zerstreuung für ihn.« Nachdenklich kratzt Papa sich am Bart. »Vielleicht traut er sich nicht, zu dir zu stehen.«

»Darüber könnte er mit mir sprechen!«, rufe ich verzweifelt, so laut, dass sich zwei Passantinnen zu uns umdrehen. Angesichts des offenen Ohrs, das mein Vater mir unversehens schenkt, kann ich meinen Kummer nicht länger für mich behalten. »Ich verstehe ja, wie schwierig so was ist und dass nicht alle begeistert auf ein Coming-out reagieren. Ich wollte nicht mal, dass er es irgendwem sagt. Ich will … doch nur ihn.«

»Hey.« Papa drückt tröstend meine Hand. »Sich gar nicht erst damit auseinanderzusetzen, wirkt auf Ric womöglich wie der leichtere Weg.«

»Solltest du nicht auf meiner Seite stehen?«, klage ich.

»Ich bezweifle, dass es bei so etwas Seiten gibt.«

Wo er recht hat, hat er recht, wie ich bedrückt einsehe.

Möglicherweise priorisiert Ric unsere Freundschaft, die er auf jeden Fall erhalten will, wie er am Abend vor meiner Abreise deutlich gemacht hat. Allerdings erwähnte er mal, dass er sich nicht getraut hätte, sich zu Eliza zu bekennen, als er noch für eine Frau gehalten wurde. Könnte es sein, dass die Wurzel seiner Überzeugung tiefer reicht und er es nicht merkt? Ein Kribbeln durchläuft mich. Ist es zu spät, ihn damit zu konfrontieren, statt weiter darauf zu setzen, dass er von selbst darauf kommt? Darf ich meinem Happy End nicht auf die Sprünge helfen? Oder sollte ich mich damit abfinden, dass er Eliza gewählt hat? Wenn sie glücklich sind, möchte ich nichts vereiteln.

Ich schlucke und sehe auf Papas und meine Hände. Unser Austausch ist für mich unglaublich wertvoll und ich wünsche mir, dass wir in Zukunft davon zehren können. Speziell in Sachen Ric muss ich nur noch mal mit Mara sprechen und ihre Sicht der Dinge als queere Person hören. Sie hat mich nicht dafür verurteilt, wie naiv ich gewesen bin, mit ihm ins Bett zu steigen, ohne zu wissen, woran ich bin. Mit Sicherheit unterstützt sie mich, wo sie kann, wenn ich sie darum bitte. Bezüglich meiner Schreiberei muss ich darauf vertrauen, dass sie ebenfalls Verständnis zeigt.

Das wird sie, weise ich mich zurecht und lächele dabei nicht zuletzt scheu zu meinem Vater hinüber.

Rics Abfuhr hat mich hart getroffen. Nichtsdestotrotz lasse ich mich nicht zurückwerfen. Endlich habe ich wieder echte Verbindungen zu Menschen geknüpft und angefangen, bestehende – wie die zu meinen Eltern und zu meiner Oma – neu aufzubauen. Weil sich das lohnt, ungeachtet des Risikos, dass es nicht zwangsläufig gut ausgehen mag. Die Gefahr, verletzt zu werden, gehört dazu und besser auf sich achtzugeben, kann man lernen. Auch aus der Zeit mit Ric habe ich unfassbar viel mitgenommen, sodass ich sie um nichts in der Welt missen wollen würde.

Ich lehne mich auf der Bank zurück, schließe die Augen und erlaube es mir wider jede Logik, einen Funken Hoffnung zu behalten.

Wehe, Mara hat keinen grandiosen Rat für mich auf Lager!

KAPITEL 41

RIC

Ich hätte zu Hause bleiben sollen. Das denke ich, seit ich herausgeputzt für die Gala bei meinen Eltern eingetroffen bin. Unruhig zupfe ich am Revers meines Jacketts herum und schaue vom Sofa aus zu, wie Mum und Dad sich darüber beraten, welche Ziele sie für den Abend verfolgen. Dabei geht meine Mutter im Wohnzimmer auf und ab, während mein Vater sich vor dem Spiegel auf der Anrichte die Krawatte bindet. Hier und da brummt er seine Zustimmung. Ab wann ist das Event ein Erfolg? Wer wird da sein? Wie schaffen wir es, einen tadellosen Auftritt hinzulegen? Welche Gesprächsthemen sind unbedingt zu vermeiden? Ich sollte aufmerksamer zuhören, um zu wissen, was sie von mir wollen. Nach Elizas und meiner Aussprache ziehe ich es jedoch zu meinem eigenen Erstaunen mit wachsender Entschlossenheit in Erwägung, ein finales Machtwort mit ihnen zu sprechen, und falls das nichts ändert, im schlimmsten Fall einen Schlussstrich darunter zu setzen.

»Fein«, schließt Mum ab, obwohl weder Samuel noch ich uns groß zu ihrem Vortrag geäußert haben. »Dann können wir ja los. Unser Fahrer ist gleich da.«

Durch die Fensterfront kann ich die Limousine, die uns nach Edinburgh bringen soll, noch nicht erspähen.

»Kommt ihr?« Sie stöckelt in Richtung Tür.

Samuel erhebt sich, ich rühre mich nicht.

Mein Herzschlag erreicht ein halsbrecherisches Tempo. Man bricht nicht mal eben so mit den eigenen Eltern. Ich jedenfalls kann das nicht, denn trotz allem möchte ich, verdammt, nach wie vor von den beiden geliebt werden. Wenn es möglich ist. Daher wollte ich heute ursprünglich noch einmal sichergehen, dass ich alles versucht habe.

»Ric?«, spricht Dad mich an.

Auch meine Mutter bemerkt mein Zögern jetzt und steckt den Kopf aus der Diele zurück in den Raum.

»Nein«, widerspreche ich.

Ihre Brauen ziehen sich zusammen, sie kommt ein paar Schritte auf mich zu. »Was heißt das?«

Ich glaube, sie will besorgt klingen, nur gerät ihre Stimmlage eher ungeduldig.

»Nein«, wiederhole ich. »Ich bleibe hier.«

Es kommt mir unwirklich vor, dass ich das ausgesprochen habe. Ich weiß, wie unwohl ich mich schon unter normalen Umständen an Orten wie diesem, einem Saal mit royaler Tapete, Kristallleuchtern und voll mit schick gekleideten Personen, fühle. Angesichts meines Liebeskummers wegen Davie würde ich das heute kaum überstehen. Erst recht nicht meinen Eltern zuliebe. Auch das hier, für mich einzutreten, ist im Endeffekt ein Test für uns, je nachdem, wie sie reagieren.

»Das geht nicht«, wirft mein Vater ein. Die Selbstgewissheit, mit der er mich abschmettert, ist beinah amüsant. *Durchgefallen*, würde ich sagen.

Ich bohre mir die Fingernägel in die Handflächen.

Umso unerwarteter kommt das Lächeln, das Mum aufsetzt. »Du kannst Eliza auch mitnehmen.«

Irritiert blinzele ich.

»Ihr steckt doch zuletzt ständig zusammen«, erklärt sie.

Wieso wundert es mich nicht, dass sie darüber im Bilde ist? Falls sie auch weiß, dass ich am Mittwoch bei meiner besten Freundin war, statt zum Abendessen bei ihnen zu erscheinen, ist es allerdings seltsam, dass Mum deshalb nicht sauer ist.

»Warum hätte ich Eliza zur Gala einladen sollen?«, mache ich keinen Hehl aus meiner Verwirrung, weil sich mir das nicht erschließt. Ich habe nie jemanden zu einer offiziellen Veranstaltung mitgenommen, denn das ist nun mal so ein Pärchending.

»Du kannst sie jetzt noch anrufen.« Leichthin zuckt meine Mutter mit den Schultern. »Es macht nichts, wenn wir etwas später dort sind.«

Mir bleibt der Mund offenstehen. Nun wird es wirklich absurd. Es sei denn, es ist exakt diese Publicity, die Mum mit einem gemeinsamen Auftreten erreichen möchte. Dass darüber spekuliert wird, ob wir eine Beziehung führen. O ja, diese Interpretation würde ihr gefallen, zumal es sich bei Eliza um eine Ballerina mit einem gewissen Erfolg und Bekanntheitsgrad handelt.

»Ich fass es nicht«, zische ich. Was sich da abzeichnet, weckt einen Groll in mir, der sowieso stetig brodelt. »Ich bin keine Marionette, die du nach Lust und Laune für deine Zwecke benutzen kannst.«

Dass dieser Ausbruch ein Fehler war, erkenne ich gleich, als mein Vater mich anfunkelt. »Dann seid ihr nicht zusammen?«

Damit bestätigt er mir, dass ihnen das gefallen würde, dass es etwas wäre, wofür ich Jubel von ihnen ernten könnte. Tja, der Zug ist abgefahren. Obwohl das gut so ist, breitet sich ein bitterer Geschmack in meinem Mund aus. Ich möchte einen Pfefferminzkaugummi einwerfen, um ihn zu überdecken. Oder ich bringe es hinter mich, ihnen die Meinung zu sagen, wo ich ohnehin vor Wut schäume.

»Wir sind nur befreundet«, entgegne ich scharf.

Diese Geringschätzung, die aus ihren Blicken spricht …

Das halte ich nicht mehr aus. Ich hatte ihnen ehrlich eine letzte Chance geben wollen, aber das war vergebens. Im Grunde brauche ich keinen Vorlauf. Ich kenne meine Familie und dieser Aufschub war nur dazu nütze, mich selbst noch etwas zu schonen. Natürlich wird es wehtun. Letztlich muss ich entscheiden, welcher Schmerz der schlimmere ist.

»Gibt es noch was, das ihr mir mitteilen wollt?«, verlange ich und rutsche weit auf der Couch nach unten, was definitiv kein wohlerzogenes Betragen bedeutet. Eine wortlose Herausforderung.

Mum streicht über die nicht vorhandenen Falten in ihrem Hosenanzug. »Meinst du nicht, dass das mit euch was werden könnte?«

»Habt ihr mir zugehört?«, brause ich auf. »Wir werden nie ein Paar sein.«

Dad schnauft. »Hast du es vernünftig versucht?«

Als außenstehende Person könnte man das für Trost und eine Ermunterung halten, offen über meine Gefühle zu reden, ihnen nichts vormachen zu müssen. Im Gegenteil handelt es sich um einen Angriff auf meine ungeschützte Flanke.

Es schüttelt mich.

Meine Mutter runzelt die Stirn. »Denkst du, es wäre für dich dann besser gewesen, eine Frau zu bleiben?«

Was zur Hölle? Ich wollte einen Streit anzetteln, habe absichtlich die entsprechenden Knöpfe gedrückt und war sicher, dass mich nichts mehr schockieren kann. Ich habe mich getäuscht.

»Was willst du damit sagen?«, verlange ich zu erfahren. »Noch mal langsam.«

»Hast du das etwa nicht wegen dieses Mädchens gemacht?«, fragt Mum halb vorwurfsvoll, halb besorgt. »Und dir für den Fall, dass es nicht klappt, die Umkehr noch nicht verbaut?«

»Was gemacht?«, entfährt es mir voller Entsetzen, als es mir dämmert. »Was verbaut?«

»Bist du nicht transitioniert, um sie für dich zu gewinnen? Damit ihr ein Pärchen sein könnt?«

»Mum! Nein.« Mit Daumen und Zeigefinger presse ich meinen Nasenrücken zusammen, um das Pochen dahinter wegzudrücken. Das ist ja tausendmal schlimmer als sonst! Auf jeden Fall sind wir beim Kern unserer Unstimmigkeiten angelangt. Schön. Auch wenn der etwas anderes bereithält, als ich dachte. »Eliza hat damit nichts zu tun. Ich weiß nicht, ob ihr es wusstet«, ergänze ich und lache, nervlich am Ende. »Frauen können auch mit Frauen zusammen sein.«

»Ist sie denn eine Lesbe?«, wirft Sam ein, wobei er das letzte Wort betont, als ob das etwas Ekliges wäre.

Ich starre ihn an. Wie konnte ich je in Erwägung ziehen, er würde eventuell hinter mir stehen? Ich bin froh, dass er nicht mehr neben mir sitzt.

»Mal angenommen, dass da was gelaufen wäre. Ich denke nicht, dass das Eliza lesbisch machen würde«, weise ich meinen Bruder auf das Offensichtliche hin. »Oder sehe ich für dich aus wie eine Frau?« Ich blitze ihn an. *Na los, sag, dass ich aber keinen Penis habe.* Er sagt nichts. *Feigling.* »Sowieso tut das nichts zur Sache«, stelle ich klar.

Wie kann jemand ernsthaft glauben, ich hätte nur kein Mädchen mehr sein wollen, damit Eliza sich für mich erwärmt? Die Spekulation über die Sexualität meiner Partnerperson frustriert mich. Dass Mum aufgefallen ist, wie stark ich meine beste Freundin gemocht habe, setzt dem Ganzen die Krone auf. Ich dachte, sie hätte nichts außer ihrer Karriere als Politikerin und den guten Ruf unserer Familie im Sinn. Hat sie mich deshalb schon zu diesem Zeitpunkt argusäugig beobachtet? Weil sie kein homosexuelles Kind haben wollte?

»Du kannst es zugeben, solltest du den falschen Weg eingeschlagen haben. So etwas kommt vor«, fährt meine Mutter unbeirrt angesichts meiner Einwände fort.

Mit heiserer Stimme falle ich ihr ins Wort. »Ich habe mich nicht geirrt und meine Angleichung auch nicht aus Unsicherheit abgebrochen«, erwidere ich, »so, wie ihr es immer behauptet.« Ich blicke von ihr zu meinem Vater, zu Sam und zurück. Es ist widerlich, wie schamlos die drei sich als verständnisvolle Unterstützung aufspielen. »Es gibt keine Liste, die man abhaken muss, um trans* genug zu sein. Ich habe das, was ich wollte, für mich getan und nicht vor, irgendetwas davon rückgängig zu machen. Meine sexuelle Orientierung hat erst mal nichts mit meiner Geschlechtsidentität zu tun.«

Wobei ich schätze, dass es mir leichter gefallen wäre, mich auf Davie einzulassen und mit ihm zusammenzukommen, wenn ich eine Frau wäre. So wie es mir leichter fiel, meine Gefühle für Eliza anzuerkennen, nachdem ich mir darüber klar geworden war, ein Mann zu sein. Schöner Mist, dass ich diesen queerfeindlichen Unfug übernommen und so lange verinnerlicht habe, bis ich mein eigenes Empfinden nicht mehr von der Ansicht anderer loslösen konnte.

Ich will das alles so nicht mehr, ich kann es nicht. Mir kommt das Mineralwasser hoch, das ich eben getrunken habe. Sofort springe ich auf, sodass ich es Gott sei Dank noch schaffe, mich zwischen meiner Mutter und Samuel hindurch zu drängen, um die Gästetoilette rechtzeitig zu erreichen.

Ich spucke in die Kloschüssel.

Verstandesmäßig ist mir klar, dass es okay ist, sich in eine Person desselben Geschlechts zu verlieben. Selbstverständlich ist es das. Trotzdem war es bis vor kurzem emotional unvorstellbar für mich, als Mann mit einem Mann zusammen zu sein. Dass ich Menschen unabhängig von Geschlecht romantisch und sexuell interessant finde, ist außerdem noch mal was anderes, als wenn ich schwul oder hetero wäre. Leugnen bringt nichts. Wobei … Etwas flattert in meiner Brust. Ist das nicht toll? Zu wissen, dass ich mich nicht festlegen muss und dass egal, wen ich liebe, alles gleichermaßen wundervoll ist. Welches Label sich für mich passend anfühlt, ist erst einmal nebensächlich. Vielleicht will ich gar keins verwenden.

Mum reibt beruhigend über meinen Rücken. Als sie mich mit meinem Deadname anspricht, würge ich erneut und eine Welle aus Selbsthass überschwemmt mich, spült den hoffnungsvollen Schimmer dessen, wie es sein könnte, ohne all die Angst in mir, fast fort. Aber diesmal nicht. Ich halte mich an ihm fest und an meinem gerechten Zorn.

»Lass das«, sage ich, wische mir notdürftig mit dem Handrücken den Mund ab und schiebe meine Mutter weg. »Stopp«, füge ich fester und mit neu gewonnener Überzeugung hinzu, die ich ihnen entgegensetzen kann. »Gebt wenigstens zu, dass ihr meine Existenz verabscheut und versucht nicht, mich hinterrücks auf den in euren Augen für mich vorgesehenen und gesellschaftstauglichen Pfad zurückzuführen, indem ihr mir etwas einredet, was gar nicht stimmt! Wieso geht es nicht in euren Kopf, dass ich zufrieden bin, so wie ich bin?«

»Wir sind es nicht, die dich manipulieren«, nimmt Dad Mum wie üblich in Schutz und tritt zu ihr. Dieser Raum ist zu klein und zu eng. »Du wirst einsehen müssen, dass du so nicht leben kannst, wie es die Leute dieser Genderwahn-Lobby behaupten. Wo soll das hinführen? Dazu, dass es keine echten Männer und Frauen mehr gibt? Reicht dir das mit Eliza nicht als Beweis?«

Ich bin sicher, mir platzt gleich der Schädel. »Es gibt keine unechten Männer und Frauen«, presse ich hervor. »Das ist demnach gar nicht möglich. Wieso versetzt es euch so in Panik, dass einige wenige Individuen nicht eurer Vorstellung der binären Geschlechter entsprechen oder dass es mehr als diese gibt? Ändert das irgendwas an eurem Dasein? Nein. Und wenn euch die Auswirkungen nicht gefallen, die ich auf euch habe, tschau tschau.«

Als ich diesmal den Ausgang ansteuere, tue ich es mit so einer Bestimmtheit, dass meine Eltern mir von sich aus Platz machen. Keine Minute darauf bin ich aus dem Haus, schlage die Eingangstür hinter mir zu und stiefele heim, den regennassen Bürgersteig entlang, auch wenn meine Jacke noch drinnen an der Garderobe hängt. Die Limousine, die meine Mutter bestellt hat, kommt mir auf der Straße entgegen.

Im Weggehen stiehlt sich ein Lächeln auf meine Lippen. Möglich, dass *ich* den Rahmen unserer Beziehung festlegen kann. Das meine ich nach dieser geballten Ladung Bullshit zu durchblicken. So war die wenigstens für irgendwas gut. Denn das Einzige, was ungeheuerlicher wäre als ein missratener Sohn, ist ein verstoßener.

Ist es nicht so, Mum und Dad?

Wie viel Kontakt ich fortan zu ihnen haben möchte, bleibt abzuwarten. Auf jeden Fall will ich mich schnellstmöglich aus dieser Abhängigkeit lösen und eine Arbeit finden, um ihnen für die Wohnung Miete zu zahlen. Wenn ich ihnen nichts mehr schulde, ist das sicher schon sehr befreiend. Ich werde auch ohne Boni wie diese zurechtkommen, da bin ich mir nun sicher.

Sollen sie und alle anderen über Eliza und mich denken, was sie wollen. Das tun sie sowieso. Genauso wie über mich und Davie. Viel wichtiger ist, was ich selbst denke.

KAPITEL 42

DAVIE

Wir haben abgemacht, dass Ric nicht da sein wird, wenn ich meine Sachen hole. Das ändert nichts daran, dass sich mein Puls beschleunigt, als ob ich mich in einen Hinterhalt begäbe. Mit zitternder Hand stecke ich den Schlüssel ins Schloss, werfe einen Blick über die Schulter zu Mara, die mir bestärkend zunickt, und betrete unsere verlassen daliegende ehemalige WG.

Tief in mir drin weiß ich, dass er keiner ist, der einen solchen Wunsch nicht respektiert. Der Gedanke, dass es in Ordnung gewesen wäre, sich kurz zu begegnen, nagt dadurch umso mehr an mir. Wir haben uns zwar verkracht und ich habe jeden Grund, sauer auf ihn zu sein, aber ich hasse ihn nicht!

Im Gegenteil zieht sich mein Herz sehnsuchtsvoll zusammen, während ich an unseren knappen Chatverlauf denke und den vertrauten Geruch dieses Ortes, der so unwiderruflich mit Ric verknüpft ist, in mich aufsauge. Schnurstracks steuere ich das Zimmer an, in dem ich eine Weile gelebt habe und in dem es dagegen vor allem nach abgestandener Luft riecht. Ich war nur zehn Tage in Inverness, doch es kommt mir vor wie ein halbes Jahrzehnt. Ich will Ric sehen. Deshalb habe ich mich gezwungen, diese Regel aufzustellen, damit ich stark bleibe und nicht von meinem Vorhaben abweiche, mit ihm abzuschließen. Das funktioniert nur, indem ich ausziehe, behaupten alle. Womit ich meine Eltern und Mara meine.

»Muss das sein?«, frage ich gequält.

Letztere ist mir gefolgt und sieht sich interessiert um, schenkt mir aber sofort ihre volle Aufmerksamkeit. »Ihr könnt ja weiter Kontakt haben«, beruhigt sie mich sanft. »Trotzdem musst du über ihn hinwegkommen. Womit fangen wir an?«

Ihre Entschlossenheit sollte es mir erleichtern, die Sache durchzuziehen. Wahrscheinlich brauche ich das. Tatsächlich bin ich ein bisschen angesäuert, dass sie mich davon abgehalten hat, noch mal das Gespräch mit Ric zu suchen. Hätte ich mich lächerlich gemacht und wäre ihm zu nahegetreten, wenn ich ihn ein letztes Mal gefragt hätte, ob er wisse, was er da tue und sich aus den richtigen Gründen für Eliza entschieden habe? Je nachdem, ob das stimmt, was er behauptet, oder meine naive Wunschvorstellung, wäre meine Einmischung wahrscheinlich verschieden aufgefasst worden. In Letzterer hat er wiederum gelogen und den unkomplizierteren sicheren Weg einer hetero Beziehung gewählt, obwohl in Wirklichkeit ich es bin, für den sein Herz schlägt. Was gäbe ich dafür, in Rics Kopf sehen zu können!

Weil das unmöglich ist, gehe ich wie in Zeitlupe in die Hocke und ziehe zwei zusammengefaltete Kartons unter dem Bett hervor, füge mich dem Unvermeidlichen. Der Realität, in der es keine Zukunft für ihn und mich zusammen gibt. »Beginnen wir mit den Büchern.«

»Aye.« Mara nimmt mir einen Karton ab und schreitet deutlich enthusiastischer als ich zur Tat.

Ich hasse das alles. Mit jedem Gegenstand, den ich einpacke, steigert sich meine Übelkeit, bis ich daran zweifle, ob ich überhaupt fähig bin, diesen Abschied zu vollziehen. Das hier ist kein Vergleich zu meinem letzten Umzug. Bei dem war ich nach dem ersten Schreck über die Notwendigkeit auch voller Vorfreude. Mein Widerwille ist zudem reichlich ungünstig, da Mara den kleinen Transporter netterweise extra für uns gemietet hat. Sie übernimmt sogar das Fahren, weil ich keinen Führerschein besitze.

Wäre sie nicht grundsätzlich eine Persönlichkeit, die hinter dem steht, was sie sagt, hätte ihre Hilfe hierbei meine letzten Zweifel vertrieben, sie könnte mich nicht mehr in der Autor*innen-Gruppe dabei haben wollen. Nach meinem Geständnis, es schreibtechnisch ruhiger anzugehen, versicherte sie mir, dass sie keinerlei negativen Kommentare seitens der Runde dulden würde.

Nichts davon möchte ich mit Füßen treten, indem ich schlappmache. *Du musst das hier packen*, halte ich mich an.

Papa wird recht behalten. Eines Tages ist heute nur eine traurige Erinnerung, die an Schmerz verliert, je länger sie her ist.

»Mach du erst mal allein weiter«, sage ich nach einer Weile erschöpft zu meiner Freundin. »Ich brauche eine Pause.«

Flüchtig wendet Mara sich von dem Chaos ab, in das sich der Raum in der vergangenen Stunde verwandelt hat, um mir einen erhobenen Daumen zu zeigen. »Okay, kein Ding.«

Ihr Rückhalt bedeutet mir unglaublich viel.

Ich erhebe mich und wandere ohne ein Ziel vor Augen von Zimmer zu Zimmer. Nur Rics lasse ich aus, da ich nicht in seine Privatsphäre eindringen möchte. Wohin ich auch schaue, holen mich die Bilder ein, wie wir hier Zeit miteinander verbracht haben und ich ständig dieser falschen Hoffnung nachgehangen bin. Ich wusste, wie abwegig es war, dass er dieselben Gefühle für mich entwickelt. Das hat mich nicht davon

abgehalten, mich an dieses Fitzelchen zu klammern und es zu nähren …
Ich balle die Fäuste. Maras Reaktion ist die einzig logische. Wenigstens
nach seiner klaren Ansage auf meine romantische Offenbarung muss ich
mich zusammenreißen. Wir müssen neue Voraussetzungen schaffen, um
von nun an unserer rein platonischen Freundschaft zu arbeiten. Dafür
werde ich ein Zeichen setzen. Denn was das angeht, stimme ich mit Ric
überein: Ihn auch als Freund aufzugeben, ist keine Option. Dafür schätze
ich ihn zu sehr, auch wenn er sich scheiße verhalten hat. Ich glaube ihm,
dass er weder mich noch Eliza verletzen wollte, und fortan gründlicher
im Vorfeld über die Auswirkungen seines Handelns nachdenkt.

In der Diele sammele ich die Schuhpaare ein, die mir gehören und
von denen ich deutlich mehr als er besitze. Dafür hatte er mich öfter
aufgezogen, mir aber bereitwillig mehr Platz eingeräumt. Dabei bleibt
mein Blick an dem Schälchen mit den Schlüsseln hängen, in das ich
meine zum Abschluss noch hineinwerfen muss. Ich schlucke hart – und
stutze. Neben Rics Kaugummivorrat liegt darin ein Briefumschlag. Mein
Mund ist auf einen Schlag wie ausgetrocknet. Da steht mein Name
drauf! Automatisch lasse ich die zusammengerafften Schuhe allesamt
mit einem Poltern zu Boden fallen, um danach zu greifen.

»Davie?«, höre ich Mara rufen.

»Alles im grünen Bereich!«, rufe ich atemlos zurück.

Ich reiße das Papier auf. Zwei Eintrittskarten für das Literaturfestival
in Glasgow Green kommen mir entgegen, welches dieses Wochenende
stattfindet. Das hatte ich vollkommen vergessen und abgehakt. Insbesondere nun, da ich beruflich neu starten und mich bald nach einem
Ausbildungsplatz umsehen werde. Alles zu ungewiss, besser ich gehe
sorgsam mit meinen Ersparnissen um. Solche Späßchen sind daher
aktuell nicht drin. Dachte ich.

Die sind für dich. Ein Geschenk, steht auf dem beigelegten Zettel
in Rics unordentlicher Handschrift, die ich bisher nur von Einkaufs-

listen kannte. Häufig hatte das zu Verwechslungen geführt und ich die falschen Sachen gekauft, sodass er beim Kochen improvisieren musste. Wie hatten wir darüber gelacht. Ich beiße mir auf die Zunge, während ich die Tickets hin und her wende.

Was bedeutet das?

Ein Hitzeschauder durchläuft mich. Ich muss mich an Ort und Stelle hinsetzen. Deutlich behutsamer falte ich das Blatt auseinander, das auch von innen beschriftet ist. Mit einem mulmigen Gefühl lese ich, was er noch geschrieben hat.

Habe ich vor kurzem besorgt. Glaub nicht, dass ich glaube, das könnte eine Entschädigung dafür sein, wie weh ich dir getan habe. Ich dachte zu dem Zeitpunkt, wir würden gemeinsam hingehen, und 'es wäre schade, wenn die ungenutzt verfallen.

Ein »Tss!« entfährt mir, dann ein Lachen. Ric, pragmatisch wie üblich. Doch als Nächstes wird er emotional. Das lässt mir ganz anders werden.

Im Grunde weiß ich seit Stirling, was ich für dich empfinde. In Ansätzen habe ich es noch früher geahnt. Bloß war ich, bis ich dir begegnet bin, nie in einen Mann verliebt. Das musste ich erst mal checken. Hätte ich öfter an eurer Schreibgruppe teilgenommen, wäre ich möglicherweise in der Lage, ein Gedicht zu verfassen, um auszudrücken, was ich spätestens nach unserem Zeltausflug hätte herausbekommen müssen. So musst du dich damit begnügen, dass ich diesmal kein Blatt mehr vor den Mund nehme. Eleganter kriege ich es nicht hin. Dazwischen gibt's halt nichts.

Immer schneller huschen meine Augen über seine Zeilen.

Allerdings wollte ich meine Gefühle für dich unter keinen Umständen zulassen, weil ich eine Scheißangst vor den Konsequenzen hatte. Was würden die Leute sagen? Wie reagieren meine Eltern? Reicht es nicht irgendwann mal mit dem Anderssein? Ich habe so viel auf mich ge-

nommen, um ein Leben zu führen, das entgegen aller Umstände ge-
wöhnlicher nicht sein könnte. Nur habe ich dabei nicht bedacht, dass
»reinpassen« nicht dasselbe wie »glücklich sein« bedeutet. Inzwischen
habe ich eingesehen, dass all meine Anstrengungen, nicht rauszustechen,
für die Katz waren.

Dazu kam: Ich hatte mich seit Jahren darin verrannt, mit Eliza zu-
sammen sein zu wollen. Und das aus meinem Kopf zu kriegen, hat ge-
dauert. Sie war und ist einer der wichtigsten Menschen für mich und ich
finde es, wie gesagt, gar nicht leicht, klar zu unterscheiden, inwiefern man
jemanden mag. Als ich ihr statt meiner Liebe gestanden habe, dass ich sie
doch nur als gute Freundin betrachte und da was verwechselt habe, hat
sie Gott sei Dank gemeint, dass es ihr ähnlich gehe.

Also waren die beiden überhaupt nie zusammen und Mara hat
falsche Schlüsse gezogen, als sie sie gesehen hat? Oder ich durch das
Kino-Drumherum, das in meiner Vorstellung nur was Romantisches
sein konnte?

Ja, Davie, ich bin auch in dich verliebt, lese ich weiter. *Daher weiß*
ich, dass ich damals in Eliza verliebt war, aber es nicht mehr bin, und
sie mich nie so lieben könnte, wie du es tust. Du hast mir gezeigt, wie es
sich anfühlen sollte.

Salz benetzt meine Lippen, weil ich angefangen habe zu weinen und
ich muss mir erst die Tränen wegwischen und die Augen mit meinem
Pulloverärmel abtupfen, damit ich klar genug sehe, um den Inhalt des
letzten Abschnitts zu erfassen.

Würdest du mit mir ausgehen, offiziell? Könnte das Festival nicht ein
perfektes erstes Date werden? Sag Ja oder such dir eine andere Begleitung.
Ich nehme es dir nicht übel, wenn du mich nach allem, was war, abweist.
Du sollst nur wissen, ich wäre nun bereit. Tut mir leid, dass ich ewig
dafür gebraucht habe.

Ich hole tief Luft und blinzele mehrmals.

Ric ist in mich verliebt! Er hat es gesagt. Er will mit mir ausgehen. Aber was fange ich damit an? Ein Teil von mir schwebt im siebten Himmel, jubiliert und weiß kaum wohin vor Rührung. Ein anderer ist wie überfahren von diesem Umschwung und nicht bereit, vor Glück Freudensprünge zu machen. Meine Vermutung hat gestimmt. Er will mich so sehr wie ich ihn und hat sich das erst nur nicht eingestehen wollen. Hat Ric sich das gründlich überlegt? Bleibt er dabei oder ist das wieder eine Laune? Ich muss Hilfe rufen, damit ich gekniffen werde, um aufzuwachen. Mal ehrlich. Bin ich gestolpert und habe mir irgendwo den Kopf angeschlagen?

»Mara?« Meine Stimme zittert.

Gleich zur Stelle erscheint sie in meiner Zimmertür. »Was ist passiert?«

Wortlos strecke ich ihr Rics Brief entgegen, den sie nimmt und überfliegt, wobei ihr Gesichtsausdruck verschiedene Stadien durchläuft. Angefangen bei Verblüffung über Skepsis bis hin zu Besorgnis. Ist sie besorgt um mich? Das bin ich auch. Ich kann Verständnis für Ric haben und zeitgleich unsicher sein.

»Was mache ich jetzt?«, murmele ich.

Dabei kenne ich die Antwort bereits.

KAPITEL 43

RIC

Bestimmt ist Davie inzwischen nicht mehr in der Wohnung, sofern er bei seinem Vorhaben, auszuziehen, geblieben ist. Doch genau davor graut es mir, während ich meine Lernunterlagen zusammenpacke und das *Carol's* verlasse, mich auf den Nachhauseweg mache, statt die Richtung zum Mittwochsdinner mit meiner Familie einzuschlagen. Zwischen uns herrscht seit Sonntag Funkstille. Dem Café den Rücken zukehrend, stelle ich mir vor, wie es sein wird, wenn *sein* ganzes Zeug weg ist und meine Nachricht ihn dementsprechend nicht mehr umstimmen konnte. Ich beiße mir auf die Unterlippe. Klar, habe ich vorgegeben, ich käme damit zurecht. Ich wollte Davie nicht unter Druck setzen. Ich bin selbst schuld. Trotzdem wünsche ich mir, dass er mich versteht, mir verzeiht und uns noch immer als Paar sehen möchte.

Unversehens beschleunige ich meine Schritte. War der Brief mit den Festivaltickets und ihm Raum zu lassen die richtige Vorgehensweise oder hätte ich mich über seine Bitte hinwegsetzen und ihm von Angesicht zu Angesicht gegenübertreten sollen? Eliza war für die direkte Konfrontation. Nun fürchte auch ich, mich wieder einmal feige verhalten zu haben und dass ein selbstbewusster Auftritt á la *Hier bin ich und verstecke mich nicht mehr* überzeugender gewesen wäre.

Shit.

Plötzlich habe ich es furchtbar eilig und fange an zu rennen. Ich glaube, ich bin noch nie so schnell gewesen und hatte im Gegensatz dazu den Eindruck, überhaupt nicht voranzukommen. Der Wind peitscht mir ins Gesicht und die Kapuze immer wieder vom Kopf. Mein Verstand garantiert mir, dass Davie auch weitere zehn Minuten auf mich warten wird, sofern er sich dazu entschieden hat. Irgendwie fühlt es sich aber so an, als liefe mir die Zeit davon. Wahrscheinlich, weil ich so lange auf der Stelle getreten habe, bis ich hier angelangt bin. Auf meinem Handy ist keine Nachricht von ihm eingegangen. Was sowohl positiv als auch negativ sein kann?

An meinem Wohnhaus angelangt, halte ich mich nicht damit auf, die Fußmatte zu benutzen, sondern erklimme keuchend die Treppe, ehe ich in meine Wohnung stürze. Sofort zuckt mein Blick nach links zu Davies Zimmer. Die Tür ist geöffnet.

Mein Herz, das bis eben gerast ist, stellt für eine herrlich-schreckliche Sekunde den Dienst ein.

Da sitzt er, im Schneidersitz auf seinem Bett, in Skinnyjeans und einem weißen Zopfstrickpullover, in seinen Händen liegt ein Buch. Weil er hineinsieht, hängen ihm die schwarzen Haare halb ins Gesicht.

Die Situation erinnert mich total an unser zweites Aufeinandertreffen in der Hidden Lane. Wie ich mir da schon jedes Detail von ihm eingeprägt habe. Wie konnte ich nicht erkennen, was vor sich geht?

Dass Davie hier ist, nimmt mir meine schlimmste Befürchtung, dass ich es ihm nicht mal mehr wert bin, mit mir zu sprechen, bevor er verschwindet. Vielleicht will er mich lieber persönlich abweisen. Wobei die nur halbgepackten Umzugskisten um ihn herum heißen, dass er mittendrin nicht weiter gemacht hat. Dafür muss es einen Grund geben.

»Hi«, sagt er, sieht in aller Ruhe auf und begegnet meinem Starren. Erwischt.

Meine Wangen erhitzen sich. »Hi«, gebe ich möglichst locker zurück und nähere mich ihm.

Sämtliche meiner Sinne sind auf Davie gerichtet, der einerseits wie immer aussieht, andererseits komplett anders. Allein dadurch, dass ich ihn zum ersten Mal betrachte und mir dabei erlaube, voll zu fühlen, was er in mir auslöst, es ohne einen unguten Beigeschmack benenne: Sehnsucht, Verlangen, Glückseligkeit. Und das nicht mehr nur in einer Art Blase fernab von allem, wie es am Strand in Maybole der Fall war. In mir tobt ein Orkan, und jede Faser zieht mich zu ihm.

Dennoch bleibe ich angesichts der Umstände in gebührender Distanz zu ihm stehen und räuspere mich. »Haben dich die Festivaltickets erreicht?«

»Ja«, sagt er. Ein Lächeln breitet sich auf seinen Lippen aus. »Danke dafür.«

Eine Gänsehaut jagt mir über die Arme. »Freut mich, dass du dich freust«, druckse ich herum.

Halleluja!

Meine Handinnenflächen werden feucht.

Das nenne ich Eloquenz. Nicht.

Davie wartet. Klar, es ist an mir, den nächsten Schritt zu machen. Bestimmt ist er nicht halb so gelassen, wie er vorgibt. Es ist verständlich, dass er vorsichtiger geworden ist. Er hat die Kartons auch nicht wieder ausgepackt. Was ich tue, wird den entscheidenden Ausschlag bedeuten.

»Es tut mir so leid. Ehrlich.« Ich würde es gern mindestens hundert Mal wiederholen, damit es weniger wie eine leere Floskel klingt und ihn erreicht, dass ich es aus tiefstem Herzen meine. Ich hoffe, schriftlich konnte ich das besser rüberbringen. Kam es charmant rüber? »Ich hätte dich nicht wegstoßen dürfen, sondern mich dir mit meinen Ängsten anvertrauen sollen.«

»Den Gedanken hatte ich auch, ja«, bestätigt er, ohne zu zögern. Mir fällt auf, wie stark ich seine direkte Art, frei zu sagen, was in seinem Kopf vorgeht, vermisst habe. Dass ich Davie unabsichtlich dazu gebracht habe, das, was er fühlt, hinunterzuschlucken, spricht eindeutig gegen mich und für ihn. Zu allem Überfluss habe ich wie in einem Horrorszenario reagiert, als er sich überwand, es mir zu offenbaren.

»Du hast mir höllisch wehgetan. Auch wenn ich nun besser verstehe, was dich blockiert hat«, ergänzt er.

»Glaube ich sofort«, murmele ich verlegen. Ich hätte wissen müssen, dass er mich nie aus Unverständnis für meine Sorgen zurückweisen würde, obwohl er schon länger für sich herausgefunden hat, queer zu lieben.

»Darf ich?« Ich deute neben ihn.

Bereitwillig rückt Davie zur Seite, sodass ich Platz nehmen kann. Sobald ich sitze, wird es leider nur noch schwerer.

Sind die Wunden, die ich gerissen habe, zu tief, um ein einfaches Pflaster drauf zu kleben?

Wir berühren uns nicht.

Meine nervös hin und her zuckenden Augen finden den gestickten Regenbogen an der Wand, woraufhin ich mich mit einem Ruck zu ihm umdrehe. Zu dem Typen, den ich nicht nur hier und heute, sondern von jetzt an und für immer will. Egal, wie viel Widerstand sich uns entgegenstellen mag. Keine falsche Scheu. Nieder mit den Mauern, die ich um mich herum errichtet habe, damit er eintreten kann. Ein für alle Mal.

Davie hat sich zuerst so verletzlich gezeigt. Es ist das Mindeste nachzuziehen, damit er erkennt, dass ich in völlig ernster Absicht handele. Zumal er nicht das Minimum, sondern alles verdient hat. Das will ich ihm geben.

Ich straffe die Schultern. »Weißt du schon, wen du am Wochenende mitnehmen möchtest?«

KAPITEL 44

DAVIE

Ric und ich haben ein Date. Kein Wunder, dass ich Ewigkeiten im Bad brauche und mein Aussehen ausgiebig im Spiegel überprüfe. Meine Haare liegen nicht, wie sie sollen. Was für ein Mist! Mit der aktuellen Länge habe ich beim Styling noch Schwierigkeiten, dabei fühle ich mich mit ihr sonst megawohl.

Frustriert stoße ich die Luft aus, nur um es dabei zu belassen. *Es wird ihn nicht kümmern*, beruhige ich mich, da ich mich bisher nie für ihn zurechtgemacht habe, und das nichts daran ändern konnte, dass er sich in mich verliebt hat.

Der Gedanke löst heftiges Herzklopfen bei mir aus. Wie so oft in den letzten drei Tagen ertappe ich mich dabei, dass ich nicht mehr aufhören kann zu lächeln. All das fühlt sich absurd an. Insbesondere, weil ich kurz zuvor am Boden zerstört war. Aufgrund der Tatsache, dass wir nach wie vor als Mitbewohner zusammenwohnen und uns gut kennen, ist es dazu ein bisschen seltsam, offiziell auszugehen. Aber sich nicht

Hals über Kopf in eine Beziehung zu stürzen, klingt sinnvoll. Und ich finde, es hat seinen Reiz, dass Ric diese Nummer auffährt. O ja. Obwohl ich nicht glaube, dass unser Vorhaben, es langsam anzugehen, funktionieren wird.

Kaum habe ich das Badezimmer verlassen, drängt er sich mit einem »Na endlich!« an mir vorbei hinein. Dabei streifen sich unsere Schultern und Funken stieben auf.

Ich grinse und trällere ihm ein »Sorry!« hinterher, ehe die Tür hinter ihm zuschlägt. Bevor das Wasser ins Waschbecken plätschert, höre ich ihn etwas Unverständliches murren. Diese Vertrautheit, dass das noch geht, ist wie Balsam für meine Seele. Wir sind wir, und doch sind die Dinge neu und aufregend. So habe ich mir das gewünscht.

Während ich warte und die Schnürsenkel meiner Doc Martens zubinde, pulsiert kribbelnde Vorfreude durch meine Adern. Ich habe die richtige Entscheidung getroffen. Selten war ich von etwas so überzeugt. Jede Zurückhaltung, ihn zurückzustoßen oder mich dagegen zu sperren, ihm zu vergeben, wäre gekünstelt gewesen und hätte uns beiden erneut das Herz gebrochen. Nein, da habe ich auf mein Gefühl gehört. Letztlich kann ich nicht mehr böse auf Ric sein. Dass er nach unserer gemeinsamen Nacht noch mal mit Eliza angebandelt haben soll, hat sich inzwischen auch als Missverständnis aufgeklärt.

Nach nur fünf Minuten stößt er wieder zu mir. Er sieht umwerfend aus. Diesen lässigen Look hat er perfektioniert. Wobei ich argwöhne, dass das weniger mit seiner Optik als mit der Wirkung seines puren Seins zu tun hat. Mit dem Wissen, dass dieser Mann mich ebenso möchte wie ich ihn, ist es kaum auszuhalten, hier nur rumzustehen. Ich befeuchte mir die Lippen mit der Zungenspitze.

»Es ist mir schleierhaft, wie du das machst«, bewundere ich ihn. Damit will ich mich auf Rics fixe Badezimmerroutine beziehen und merke wie so häufig nicht, wie zweideutig das klingt und dass meine anderen Überlegungen mir ins Gesicht geschrieben stehen.

Erst als er mir neckisch die Zunge rausstreckt, checke ich es. »Das kann ich nur zurückgeben. Du siehst auch nicht übel aus. Los?«

»Los!«, erwidere ich hastig, wobei mir einfällt, dass ich mich dafür nicht mehr zu zieren brauche.

Wir daten uns.

Echt wahr.

Hintereinander poltern wir die Treppe runter, um zusammen nach Glasgow zu fahren. Auch wenn das Festival über mehrere Stunden geht und ich mir nur eine Lesung heute Nachmittag rausgepickt habe, bin ich dafür, dass wir keine Zeit verlieren. Die Veranstaltenden haben es laut Line-up geschafft, Amber Thompson als Special Guest mit exklusiven News zu kommenden Projekten einzuladen, obwohl die sonst nie irgendwo auftritt und seit Jahren nichts veröffentlicht hat. Bei der Unternehmung geht es jetzt aber mehr um meinen Begleiter als um Bücher oder Autor*innen und darum, dass wir das gemeinsam machen. Was mich nicht im Geringsten stört.

»Es ist angenehm, das heute ausschließlich zu genießen«, überlege ich im Auto, während wir über die Landstraße fahren.

Dass die Sonne scheint, ist nicht nur eine nette Abwechslung und viel romantischer als schlechtes Wetter, sondern praktisch, da die Unternehmung sonst ins Wasser gefallen wäre. Das literarische Brimborium findet in einem Park unter freiem Himmel statt.

In meiner Hochstimmung unterbreche ich anstandslos den aktuell laufenden Song und schalte stattdessen *Moment In The Sun* von Sunflower Bean ein.

»Wie war das, Glücksjunge?«, zieht Ric mich auf. »Willst du doch noch unter die Blumenwiesenhüpfer gehen?«

»Alles nur wegen dir«, beschwere ich mich übertrieben.

Für einen Moment vergesse ich, dass Ric und ich eine kurze Zeit getrennt gewesen sind und was zwischen uns vorgefallen ist. So normal fühlt es sich mit ihm an, so losgelöst bin ich.

»Wieso solltest du keinen Spaß haben?«, fragt er unvermittelt nach.

Überrumpelt hüstele ich. »Ach, das weißt du ja noch gar nicht.«

Er wirft mir einen neugierigen Blick zu, bevor er wieder auf die Straße schaut.

Ich überlege, wie ich es am besten erkläre. Einfach drauf los quatschen? Dafür bin ich prädestiniert. Also gut!

»Ich werde meine Autorenkarriere nicht weiterverfolgen«, fasse ich zusammen, »sondern ab sofort ausschließlich als Hobby schreiben. Keine Veröffentlichungspläne mehr. Das heißt, ich muss gleich nicht an so was denken und mich deshalb stressen, sondern bin vollständig im Freizeitmodus. Das hat mir zuletzt sehr zugesetzt und ich möchte daher einen anderen Berufsweg einschlagen.«

»Oh«, macht Ric. Er klingt nicht wertend, schlicht verwundert.

Findet er mich dadurch weniger cool?

»Ich werde nicht aufhören, Geschichten zu schreiben«, erläutere ich. »Nur von nun an ohne Druck. Ich habe das Gefühl, dass ich vor allem deshalb so dringend erfolgreich sein wollte, um meine Eltern zu beeindrucken und von ihnen beachtet zu werden. Sie sind selbst Kreative. Es ist für mich persönlich aber gar nicht diese eine Sache, die ich unbedingt machen will.«

Er nickt, dabei habe ich das so vor ihm noch nie angesprochen. Und er versteht es, wie mir seine Schlussfolgerung bedeutet: »Klasse, dass du erkannt hast, was du brauchst und dich nicht weiter verbiegst.«

Wahrscheinlich, weil es ihm in anderer Hinsicht ähnlich geht. Ich könnte Ric abknutschen. Später. Unbedingt. Seit unserer Versöhnung haben wir uns noch nicht geküsst.

»Ja«, stimme ich erleichtert zu. »Ich möchte lieber was mit Menschen machen und liebäugele mit einer Ausbildung im Bereich Kinder-betreuung. Ich habe im Laden gemerkt, wie gern ich mit den Kids agiere, wenn sie ihren ersten Füller brauchen oder Schulranzen an-probieren. Mal ganz hochtrabend gedacht, kann ich da hoffentlich was Gutes bewirken und für sie ein Vorbild werden.«

»Das kann ich mir bei dir super vorstellen«, findet Ric. Mir wird wohlig warm.

»Hattest du schon die Einweisung als Fußballtrainer?«, erkundige ich mich im Gegenzug, um mich auf den neuesten Stand zu bringen, was bei ihm so los war. »Oder die erste Stunde mit den Mädchen?«

»Erst am kommenden Dienstag. Da soll ich Jared, dem aktuellen Trainer, unter die Arme greifen. Was praktisch ist.« Ric verzieht das Gesicht und gleitet mit den Fingern übers Lenkrad, nur um knapp vor meinem Bein in der Bewegung innezuhalten und die Hand zurück ans Steuer zu legen. So schüchtern ist er auch cute. Ich schmunzele in mich hinein. »Ansonsten wäre ich nicht bei der Sache gewesen«, mutmaßt er. »Ich muss zugeben, dass mich das mit uns heftig mitgenommen hat.«

Dieses freiwillige Eingeständnis verdeutlicht mir einmal mehr, dass wir beide gelitten haben. Obwohl er es war, der sich von mir fern-gehalten hat. Kann sein, dass es für ihn sogar schlimmer war, so wie er mit sich und dem, was ich in ihm hervorgerufen habe, ringen musste. Ein inneres Coming-out kann unfassbar anstrengend und aufwühlend sein.

»Ich bin froh, dass du mittlerweile ehrlich mit dir selbst bist«, sage ich und hoffe, dass es nicht zu eigennützig rüberkommt. Mehr als alles andere freue ich mich für ihn. »Das war wahrscheinlich schwerer für dich, als ich es mir vorstellen kann. Ich habe, was meine Bisexualität betrifft, viel Rückhalt von den Menschen erhalten, die mir nahestehen.«

Rics Kieferpartie verspannt sich. »Meine Eltern stellen sich gern tolerant dar. Leider sind sie weit davon entfernt. Es ist für sie nur eine

Performance nach außen. Von meinen so genannten Freunden muss ich gar nicht anfangen. Die kennst du ja.«

»So eine Scheiße«, halte ich mit meiner Meinung nicht hinterm Berg. Die Bestätigung dessen, was ich vermutet habe, lässt Wut auf seine Mum und seinen Dad in mir aufsteigen. War das ein Stimmungskiller?

»Aye«, gibt er mir recht, klingt dabei schon wieder deutlich weniger niedergeschlagen. Das beruhigt mich. »Aber ich werde das nur noch zu meinen Bedingungen mitmachen. Zerbrich dir darüber nicht den Kopf.«

»Höchstens wegen dir, nicht meinetwegen«, betone ich. »Ich möchte, dass du dich gut damit fühlst.«

»Das tue ich. Nicht ausschließlich, dafür überwiegend und grundsätzlich.« Auch das ist eine so unverstellte Antwort, dass ich sie Ric ohne Wenn und Aber abnehme. Meine Zuneigung zu ihm steigert sich noch mal und dehnt meinen Brustkorb aus.

Ausnahmsweise stellen wir das Auto heute nicht bei der Uni ab, damit wir näher an Glasgow Green dran sind. Die großflächige Grünanlage erstreckt sich entlang des Clyde und steht voller weißer Festivalzelte, Verkaufs- und Essensstände, als wir eintreffen. Vor dem Eingang beim Triumphbogen reihen wir uns in die Schlange aus literaturvernarrten Menschen ein und ich drehe mich wiederholt im Kreis, um die vor Vorfreude summende Atmosphäre und Gespräche über Bücher in mich aufzusaugen. Schon das ist unheimlich toll! Wie wird es erst drinnen werden? Währenddessen ruht Rics Blick unentwegt auf mir, was ich mit einem Kribbeln im Bauch zur Kenntnis nehme. Beim Einlass zeigen wir unsere Tickets. Man kontrolliert meinen Jutebeutel und seine Hüfttasche auf gefährliche Gegenstände. Erst danach dürfen wir das eingezäunte Veranstaltungsgelände betreten.

»Da wären wir. Wohin zuerst?« Erwartungsvoll sieht er mich an.

Das Problem ist, dass die Antwort »überall« lautet. Ich kann mich nicht entscheiden, wenn ich die zahlreichen hübsch präsentierten Bücher um mich herum betrachte. Hier und da gibt es Pappaufsteller mit Abbildungen von Buchcharakteren oder einer Büchereule, Plakate mit XXL-Buchcovern und Autor*innen-Fotos, die die Events an den jeweiligen Ständen ankündigen.

Eines davon irritiert mich allerdings, weil es ein mir nur zu bekanntes Gesicht zeigt. Das ist Mara! Der über ihrem Bild abgedruckte Name lautet jedoch anders und in diesem Moment fällt bei mir ein Groschen. Ihr schriftstellerischer Überraschungserfolg in jungen Jahren und die darauffolgende lange Pause ... Meine Freundin ist die gehypte Autorin, deren Lesung ich nachher besuchen wollte!

Ich bin baff. Wie bitte? Was?

»Oh, die wird was von mir zu hören kriegen«, empöre ich mich, sobald ich meine Stimme wiedergefunden habe, und kläre Ric über die Unmöglichkeit des Ganzen auf.

Er findet es amüsant. »Ist das nicht cool«, meint er, »dass Mara bereit für ein Comeback zu sein scheint?«

Schließlich gebe ich ihm recht, trotzdem abgefahren.

Es wuseln mehr Leute herum, als ich erwartet hätte. Einige sind mit vollen Büchertaschen behangen oder mit Fan-Merch ausgestattet. Ich bin so happy, dass Ric das hier möglich gemacht hat. Sein Vorhaben, mir eine Freude zu bereiten, ist ihm bestens gelungen.

»Ich fürchte, ich bin positiv überfordert«, teile ich ihm nach einer Weile mit. Bisher sind wir nicht weiter vorangekommen, weil ich nach wie vor staunend herumstehe.

Theoretisch sollte meine Verunsicherung nachlassen, als Ric daraufhin nach meiner Hand greift, um die Führung zu übernehmen. Nur fängt meine Haut an zu prickeln und ich höre auf zu atmen, denn seine Finger verschränken sich dabei mit meinen. Hier, wo uns alle sehen.

Wobei niemand schaut, wie ich aus dem Augenwinkel scanne. Niemand beachtet uns, obwohl ich finde, es müssten Fanfaren trompeten oder jemand Beifall klatschen. Ric hält meine Hand! Inmitten von Menschen.

»Ist das okay?«, fragt er mich in Anbetracht meines Zögerns.

»Ja«, bringe ich heraus. Das Herz pocht mir bis in die Kehle. »Es ist fantastisch.« Er soll mich nie wieder loslassen. »Ich bin nur verwundert. Ist das okay für dich?«

»Absolut«, meint er.

Ich blinzele und verliere mich in seinen grünbraunen Augen, die meinen unverwandt begegnen. Unsere Umgebung tritt in den Hintergrund. Doch ich möchte unter keinen Umständen, dass er sich gedrängt fühlt, mir etwas zu beweisen. Das ist eine große Sache, sich so in der Öffentlichkeit anzufassen. Wow.

»Aber wir ... Das ...« Meine Zunge stolpert. »Das sieht sehr schwul aus. Das ist dir klar, oder?«

»Ich weiß, Davie.« Sanfter als sanft zieht Ric mich zu sich, nah genug, dass ich seine Körperwärme spüre. Er senkt die Stimme. »Kommst du jetzt mit?«

Dabei klingt er noch entschlossener und ich verfalle ihm vollends. Lustig, dass er mal mich als Wingman engagiert hat, um ihm zu zeigen, wo es langgeht.

»Na schön«, sage ich. »Weil du es bist.«

EPILOG

RIC

EIN MONAT SPÄTER

Die Premiere von *Prince of Sea* war ein voller Erfolg. Der Applaus nach der Vorstellung reißt minutenlang nicht ab. Ich selbst klatsche, was das Zeug hält, und würde Eliza, die auf der Bühne zwischen ihren Kolleg*innen steht und sich wieder und wieder verbeugt, am liebsten zupfeifen. Leider wäre das unangebracht, so beim Ballett in einem Theatersaal, aber ich könnte nicht begeisterter und stolzer auf sie sein.

Das Stück um das Meervolk und eine Liebe, die unter den unwahrscheinlichsten Umständen entsteht, war magisch und gefühlsgeladen, mit der perfekten Prise Drama; die Musik, die Tanzschritte, die Kostüme ein Traum.

Davie und Mara zu meiner Linken machen auf mich einen ebenso entzückten Eindruck. Sie hat sogar ein Sträußchen für meine beste Freundin besorgt, über das Eliza garantiert aus dem Häuschen sein wird, und er glaubt, da bahnt sich etwas an zwischen den beiden. Ich würde mich auf jeden Fall riesig freuen, wenn das stimmt.

Kaum habe ich den Kopf zu ihm gewendet, ist es Davie, der mich hinreißt. Wärme erfüllt mich bis in die Zehenspitzen. Zieht er mich schon normalerweise an wie ein Magnet, ist es in Smoking kaum auszuhalten. Oder macht das sein Strahlen? Dieses untrügliche Zeichen, dass seine Emotionen übersprudeln und er sich nicht mal im Ansatz schämt, diese nach außen zu tragen?

Als er sich zu mir beugt, um mir ein »Alles klar?« ins Ohr zu flüstern, schießen mir Tränen der Dankbarkeit in die Augen. Ich blinzele nicht dagegen an. Werde ich mich je an dieses Glück gewöhnen, dass dieser Mensch sein Leben mit mir teilen möchte?

Keine Ahnung, ob ich Davie je meiner Familie vorstellen kann oder ob ich das überhaupt will. Die gibt eisern vor, nicht mitgekriegt zu haben, wie ich ihnen von meinem Freund erzähle. Unser Umgang miteinander ist unterkühlt wie eh und je. Letzten Endes ist das immer so gewesen und die meiste Zeit tue ich es mit einem Schulterzucken ab, reduziere unseren Kontakt auf ein Minimum.

Ja, viel wichtiger ist das Vertrauen in mich selbst, das jeder Tag mit ihm nur verstärkt. Es ist mir schleierhaft, wie er das macht. Gestern habe ich mich getraut, mich für den von mir ins Auge gefassten Hobby-ballettkurs anzumelden, welcher im Dezember neu in der Hidden Lane startet. Ich kann es kaum erwarten, wieder zu tanzen! Die Fußball-mannschaft von Norriesfords D-Mädchen zu trainieren, macht mir erstaunlich viel Spaß und ab nächstem Monat werde ich zusätzlich in meinem Fitnessstudio jobben.

Ich muss lächeln. Auf einmal geht es mir leicht von der Zunge, obwohl wir es uns bisher nicht gesagt haben.

»Ich liebe dich«, flüstere ich, streife mit meinen Lippen Davies Wange.

»Wie bitte?« Er runzelt die Stirn. »Es ist laut. Würdest du das wiederholen?«

Ich merke, wie ich rot werde. In meiner Brust gibt es eine Karambolage. »Ich liebe dich?«, kiekse ich.

Wie peinlich, ausgerechnet. Typisch, dass das schiefgehen würde. Aber ich wollte, nein, kann nicht mehr warten und das für mich behalten.

Als sich auf Davies Gesicht ein Lächeln ausbreitet, geht mir auf, dass er mich veralbert und mich beim ersten Mal bereits gehört hat. Dieser Schuft!

»Ich liebe dich«, sage ich erneut mit mehr Stärke, recke das Kinn vor. »Ich *liebe* dich. Kapiert?«

Er nickt, äußerst zufrieden über meinen grumpy Gesichtsausdruck, ehe er mir zuzwinkert. »Und ich dich erst.«

Bevor ich zu einer neuerlichen Erwiderung ansetzen kann, küsst Davie mich auf den Mund. Wie gut, dass wir die fehlenden Worte unserer Herzen gefunden haben.

GLOSSAR

A_sexualität, a_sexuell: Überbegriff für Personen, die keine oder wenig sexuelle Anziehung gegenüber anderen Menschen empfinden, alternativ kann auch vom *asexuellen Spektrum* gesprochen werden.

Binder: Ein enganliegendes, top-ähnliches Kleidungsstück, das dazu dient, die Brust abzuflachen. Es wird vor allem von trans* Männern und (nichtbinären) Personen getragen, denen bei der Geburt das weibliche Geschlecht zugewiesen wurde, um das mentale und emotionale Wohlbefinden zu steigern. Insbesondere bei trans* Männern soll dies ein männlicheres Erscheinungsbild bewirken.

Bisexualität, bi, bisexuell: Sexuelle und romantische Orientierung, bei der sich eine Person zu zwei oder mehr Geschlechtern hingezogen fühlt (z.B. zu Männern und Frauen). *Bi+* kann dabei auch als Überbegriff für alle sexuellen und romantischen Orientierungen fungieren, bei denen eine Person Menschen zweier, mehrerer oder aller Geschlechter anziehend findet.

cis: Überbegriff für Personen, die sich mit dem Geschlecht identifizieren, das ihnen bei der Geburt zugewiesen wurde. Das Gegenteil von trans*.

Deadname: Bezeichnung für den alten, abgelegten Vornamen einer trans* und/oder nichtbinären Person, den diese nicht weiter verwenden möchte. Deadnaming bezeichnet das versehentliche oder absichtliche Ansprechen einer trans* und/oder nichtbinären Person mit ihrem alten Namen bzw. wenn mit dem alten Namen über eine trans* und/oder nichtbinäre Person gesprochen wird.

Gender: Wissenschaftliche Beschreibung für das soziale Geschlecht, oft in Abgrenzung zu biologischen Merkmalen. Dabei geht es um die gesellschaftliche Konstruktion, was als männlich und was als weiblich gilt (z.B. bei Geschlechterrollen). Im alltäglichen Sprachgebrauch und auf persönlicher Ebene wird der Begriff auch synonym für die Geschlechtsidentität einer Person verwendet.

Gendereuphorie: Ein positives Gefühl, das sich bei trans* und nichtbinären Menschen einstellt, wenn ihre Geschlechtsidentität von außen bestätigt wird, z.B. durch die Verwendung der richtigen Pronomen.

Gender Identity Klinik: Bezeichnung für Fachkrankenhäuser in Schottland (und dem restlichen Vereinigten Königreich), die für die Gesundheitsversorgung von trans* und nichtbinären Menschen zuständig sind.

Geschlechtsdysphorie: Körperliches und soziales Unwohlsein, das trans* und/oder nichtbinäre Personen empfinden, wenn sie von ihrer Umwelt in einem falschen Geschlecht wahrgenommen werden oder die eigenen Vorstellungen von ihrem Geschlecht nicht zu ihrem Aussehen, Auftreten oder Verhalten passen.

Geschlechtsidentität: Der Begriff beschreibt, mit welchem Geschlecht sich ein Mensch identifiziert. Neben den Geschlechtern *männlich* und *weiblich* gibt es weitere Geschlechtsidentitäten, z.B. nichtbinäre Menschen.

Heteronormativität, heteronormativ: Ein System, das davon ausgeht, dass nur zwei Geschlechter (Mann und Frau) existieren und Heterosexualität als das »Naturgegebene« betrachtet. Alles, was diesen Kategorien nicht entspricht, gilt laut dieses Systems als etwas Negatives und hat darin keinen Platz.

Hormonersatztherapie: Eine Hormonersatztherapie oder auch die gegengeschlechtliche Hormonbehandlung ist für viele trans* und/oder nichtbinäre Personen ein wichtiger medizinischer Schritt auf dem Weg zu sich selbst. Ziel ist es, mit der Einnahme von Sexualhormonen die äußeren sekundären Geschlechtsmerkmale an das eigene innere Empfinden anzugleichen.

Label: Ein Label ist die Bezeichnung, mit der eine Person die eigene Sexualität und/oder Geschlechtsidentität beschreibt. Nicht alle Menschen möchten sich labeln oder einer Kategorie zuordnen.

LGBTQIAP+: Buchstabenkombination, mit der alle Identitäten im queeren Spektrum abgebildet werden sollen. Jeder Buchstabe steht dabei für eine sexuelle, romantische oder geschlechtliche Identität (lesbisch, gay/schwul, bi, trans* und nichtbinär, queer, questioning, inter, a_sexuell, pan). Da eine vollständige Aufzählung unmöglich ist, folgt am Ende das +.

Mastektomie: Chirurgischer Eingriff, bei dem Brustgewebe bzw. die vollständige Brust entfernt wird. Im Zuge einer Transition bei trans* Männern und/oder nichtbinären Personen, denen bei der Geburt das weibliche Geschlecht zugewiesen wurde, handelt es sich hierbei um eine geschlechtsangleichende Operation.

Misgendering: Man spricht von misgendern, wenn eine trans* und/oder nichtbinäre Person mit den falschen Pronomen angesprochen oder nicht als ihr tatsächliches Geschlecht bezeichnet wird.

mixed: Eine Person, die Eltern oder Vorfahren mit verschiedenen ethnischen Hintergründen hat, kann sich als *mixed* bezeichnen.

nichtbinär: Überbegriff für Personen, die weder eine (eindeutig) männliche noch weibliche Geschlechtsidentität haben. Nichtbinäre Menschen können sich dabei u.a. zwischen diesen beiden Geschlechtern einordnen, sich außerhalb davon oder komplett als geschlechtslos verstehen. Die Geschlechtsidentität kann sich auch im Fluss befinden und fluide variieren. Eine nichtbinäre Person muss sich nicht androgyn präsentieren.

Pansexualität, pan, pansexuell: Sexuelle und romantische Orientierung, bei der sich eine Person unabhängig vom Geschlecht zu einem Menschen/zu allen Geschlechtern hingezogen fühlt. Der Mensch mit seiner Persönlichkeit steht bei der Anziehung im Vordergrund (im Gegensatz zu körperlichen Merkmalen oder Gender).

Passing: Die Fähigkeit einer Person, von ihrer Umwelt als das Geschlecht wahrgenommen zu werden, mit dem sie sich identifiziert. Cis Passing bedeutet, dass eine trans* und/oder nichtbinäre Person als cis durchgeht.

Pride: Der selbstachtende und stolze Umgang mit der eigenen sexuellen und/oder geschlechtlichen Identität.

Queerness, queer: Überbegriff für Menschen, die mit ihrer sexuellen, romantischen und/oder geschlechtlichen Identität von der gesellschaftlichen Norm abweichen.

Schwarze Menschen: Selbstbezeichnung für Menschen, die von Rassismus negativ betroffen sind. Diese dient nicht zur Beschreibung reeller Eigenschaften wie der Hautfarbe, sondern bezieht sich auf die Position, welche eine Person in der Gesellschaft einnimmt.

trans*: Überbegriff für Personen, die sich nicht oder nicht vollständig mit dem Geschlecht identifizieren, das ihnen bei der Geburt zugewiesen wurde. Das Sternchen kann als Platzhalter für die zahlreichen und vielfältigen Identitäten verstanden werden, die unter den Begriff fallen können (z.B. transgender, transgeschlechtlich, transident, transmaskulin, transfeminin …)

trans* Mann: Ein Mann, dem bei der Geburt das weibliche Geschlecht zugewiesen wurde, der sich aber mit dem männlichen Geschlecht identifiziert.

trans* Frau: Eine Frau, der bei der Geburt das männliche Geschlecht zugewiesen wurde, die sich aber mit dem weiblichen Geschlecht identifiziert.

Transition: Prozess, bei dem eine trans* und/oder nichtbinäre Person soziale, körperliche und/oder juristische Änderungen vornimmt, um in ihrem wahren Geschlecht zu leben und diesem Ausdruck zu verleihen. Dies kann eine Hormontherapie und Operationen umfassen, aber auch bloß eine neue Frisur oder einen neuen Kleidungsstil. Nicht alle Schritte werden von allen trans* und/oder nichtbinären Personen gewünscht.

***weiße* Menschen:** Wie bei »Schwarz« wird auch hiermit keine biologische Eigenschaft, sondern eine gesellschaftliche Position beschrieben, die politisch und sozial konstruiert ist. *weiß* bildet dabei die dominante und privilegierte Position innerhalb des Machtverhältnisses *Rassismus*.

DANKSAGUNG

Irgendwie vergesse ich immer wieder aufs Neue, wie viel Arbeit eigentlich in so ein Buchprojekt fließt. Wie viel Herzblut und Tränen, Freude und Zweifel in jeder Zeile stecken und am Ende eine Geschichte ergeben. Jedes Mal, wenn ich ein neues Manuskript beginne, habe ich verdrängt, wie oft ich – neben all dem Spaß, den mir das Schreiben macht – beim letzten die Flinte ins Korn werfen wollte. Nur um dann doch zu erzählen, was erzählt werden musste. Jedes Buch birgt eigene Herausforderungen und genauso war es bei »Die fehlenden Worte unserer Herzen«.

Zum Glück muss ich das nie alleine schaffen.

Danke an das großartige Team vom LAGO Verlag. Ich fühle mich bei euch so gut aufgehoben. Es bedeutet mir unendlich viel, dass ich über meine Herzensthemen schreiben darf. Danke, Karina, dass wir es noch mal getan haben. Danke, Kristina, für die tolle Zusammenarbeit. Danke, Jasmin, für die wunderbare Marketingbetreuung. Danke, dass ihr auch Ric und Davie so ein perfektes Gewand gezaubert habt.

Danke an meine Lektorin Nina. Ich bin froh, dass du dich diesem Text wieder mit so viel Liebe und Sorgfalt angenommen hast und ich gemeinsam mit dir das Beste aus den beiden Jungs herausholen konnte (panischer Phonecall inklusive).

Danke an meine Sensitivity Readerin Nora. Dein Input zu Davie und seiner *mixedness* und der intensive Austausch zum Thema Rassismus waren für mich unglaublich wertvoll. Danke für dein Vertrauen.

Danke an meine Mama. Weil du jederzeit für mich da und seit der ersten Seite, die ich je geschrieben habe, mit dabei bist. Danke, dass du mich stets ermutigst und gemeinsam mit mir wächst.

Danke, Elias, dass du dir trotz der anstehenden Überarbeitung deines eigenen Texts die Zeit genommen hast, mein Manuskript zu lesen. Danke, dass du mir der Freund bist, den ich brauche, und uns nichts erschüttert.

Danke, Fran, für deine Gastfreundschaft und dein offenes Ohr, weil du mich durch (dein) Schottland geführt hast und das Testlesen. Ohne dich sähe manches (in und außerhalb von diesem Buch) ziemlich anders aus.

Danke, Melina, dass du mir gezeigt hast, wie wunderschön die Realität sein kann. In jeder Story steckt ein Funken Wahrheit. Maras Mantarochen ist für dich.

Danke, Leon, dass du auf mich Acht gibst, mich aufmunterst und auffängst – in guten wie in Lektoratszeiten. Du machst mich am glücklichsten. Ich liebe dich.

Und danke, liebe*r Leser*in, fürs Mitfiebern, Mitlachen und Mitweinen. Danke, dass du hinsiehst und zuhörst. Danke, dass du dich nicht unterkriegen lässt. Danke, dass es dich gibt.

Dann mal auf zum nächsten Buch.

Bis dahin alles Gute!
Euer Marius

Mehr zu mir, meinem Autorenleben und jede Menge queeren Stuff findet ihr auf Instagram @derunbekannteheld